哈克贝利·费恩历险记

The Adventures of Huckleberry Finn

〔美〕马克·吐温／著

张友松／译

名著名译

丛书

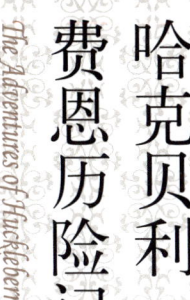

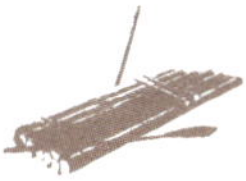

人民文学出版社

PEOPLE'S LITERATURE PUBLISHING HOUSE

Mark Twain

THE ADVENTURES OF HUCKLEBERRY FINN

根据 Mark Twain's Works, The Author's National Edition（Harper and Brothers, New York）译出

图书在版编目（CIP）数据

哈克贝利·费恩历险记/（美）马克·吐温著;张友松译.—北京:人民文学出版社,2016（2025.9重印）

（名著名译丛书）

ISBN 978-7-02-011586-0

Ⅰ.①哈… Ⅱ.①马…②张… Ⅲ.①儿童文学—长篇小说—美国—近代 Ⅳ.①I712.84

中国版本图书馆 CIP 数据核字（2016）第 094909 号

责任编辑　翟　灿
装帧设计　刘　静　陶　雷
责任印制　王重艺

出版发行　人民文学出版社
社　　址　北京市朝内大街 166 号
邮政编码　100705

印　　刷　三河市中晟雅豪印务有限公司
经　　销　全国新华书店等

字　　数　277 千字
开　　本　890 毫米×1290 毫米　1/32
印　　张　11　插页 3
印　　数　80001—92000
版　　次　2016 年 10 月北京第 1 版
印　　次　2025 年 9 月第 17 次印刷

书　　号　978-7-02-011586-0
定　　价　31.00 元

如有印装质量问题,请与本社图书销售中心调换。电话:010-59905336

马克·吐温

马克·吐温(1835—1910)

美国作家，美国批判现实主义文学的奠基人。一生创作颇丰，作品多以密西西比河畔为背景，反映十九世纪末美国社会的方方面面，其文笔幽默诙谐，针砭时弊深刻准确。

《哈克贝利·费恩历险记》(1884)是《汤姆·索亚历险记》的姊妹篇，小说以风趣诙谐的手法，描写主人公哈克贝利为了追求自由的生活，离家出走并与黑奴吉姆结伴乘坐木筏沿密西西比河漂流的种种经历，塑造了一个不愿受"文明"社会约束、一心想回归大自然、聪明机灵但又不乏同情心的美国顽童形象。本书可以说是一幅杰出的美国社会生活风物图，被视为美国文学史上具有划时代意义的现实主义杰作。

译 者

张友松(1903—1995)，原名张鹏，湖南醴陵人。民盟成员，北京大学英文系肄业。曾任上海北新书局编辑，后创办春潮书局，任经理兼编辑。1925年发表处女译作《安徒生评传》。此后，通过英译本翻译了屠格涅夫的《春潮》、契诃夫的《三年》和施托姆的《茵梦湖》等作品。新中国成立后，曾任《中国建设》编辑；二十世纪五十年代被人民文学出版社聘为特约译者，开始翻译马克·吐温的作品。共译九部，是我国最著名、最具特色的马克·吐温作品的中译者。

出 版 说 明

人民文学出版社从上世纪五十年代建社之初即致力于外国文学名著出版，延请国内一流学者研究论证选题，翻译更是优选专长译者担纲，先后出版了"外国文学名著丛书""世界文学名著文库""二十世纪外国文学丛书""名著名译插图本"等大型丛书和外国著名作家的文集、选集等，这些作品得到了几代读者的喜爱。

为满足读者的阅读与收藏需求，我们优中选精，推出精装本"名著名译丛书"，收入脍炙人口的外国文学杰作。丰子恺、朱生豪、冰心、杨绛等翻译家优美传神的译文，更为这些不朽之作增添了色彩。多数作品配有精美原版插图。希望这套书能成为中国家庭的必备藏书。

为方便广大读者，出版社还为本丛书精心录制了朗读版。本丛书将分辑陆续出版。

人民文学出版社
2015年1月

译　序

《哈克贝利·费恩历险记》出版于一八八四年,是一八七六年《汤姆·索亚历险记》出版后马克·吐温的一部更为重要的名著。它是十九世纪美国文学中最富有意义的作品之一,受到很高的评价,并享有广泛的国际声誉,但也遭到一些敌视者的诋毁和排斥。

众所周知,马克·吐温是一位善于写讽刺小说的幽默大师和杰出的批判现实主义作家。我们读他的作品,都有百读不厌、余味无穷的感受。《汤姆·索亚历险记》和《哈克贝利·费恩历险记》先后问世,相隔八年;在这段期间里,作者随着美国社会情况的逐步变化和他对实际生活的观察和体验,在写作手法上便有所深化。这两部杰作的故事情节是有连贯性的,但在写作《汤姆·索亚历险记》时,作者沉浸在童年时代的生活回忆中,作品充满了乐观的气氛;而在八年后写《哈克贝利·费恩历险记》时,吐温的笔锋却显示出他对曾经使他满怀信心的美国的愤怒和憎恶,表现出他的严峻的批判态度。他虽然始终没有掌握正确的阶级观点,却在这部书里鲜明地突出了反对种族歧视的主题。

十九世纪八十年代以后,美国的社会矛盾日趋尖锐化,财富急剧集中到少数垄断资本家手中,富者愈富,贫者愈贫,频繁的罢工和镇压,农民的贫困化,促使剥削阶级和被剥削阶级的对立迅速加剧了。社会日益动荡不安,人们对美国的"民主自由"的信念大大动摇了。曾经起过迷惑作用的"美国特殊论"在事实面前彻底破产了。这一切反映在文学上,就使批判现实主义的倾向日益占了上风。马克·吐温的创作也就随着时势的变迁,比他写《汤姆·索亚历险记》时进入了一个更加成熟的阶段;在他的笔下,讽刺和批判的成分增多了。两部书中的几个主要角色的地位也有了一些变化。在《汤姆·索亚历险记》一书中,汤姆占着绝对的首要地位;而在《哈克贝利·费恩历险记》一书中,哈克和黑人吉姆却成了最主要的角色,汤姆则退居比较次要的地位了。

从童年时代起,吐温就对黑人有了好感。他在晚年写的《自传》里说过,他从小就和黑人在一起,和所有的黑人交朋友,"我爱上了这个种族的某些优良品质","直到现在,我还是像当年一样,一见到黑面孔,心里就高兴"。他在许多作品中描写了黑种人物,他对待黑人的态度,不是悲天悯人的救世主的态度,而是真诚的喜爱和深切的同情。他所刻画的黑人都没有服服帖帖、奴颜婢膝的可怜相,而是有各自的生活理想和独立的人格,并有许多优良品质;在某些方面甚至胜过了白人。《哈克贝利·费恩历险记》书中的吉姆就是作者笔下的一个最典型的黑人形象。吉姆虽然是一个处于奴隶地位的黑人,却丝毫没有奴才相。他虽然是个小人物,却具有真挚的感情和清醒的头脑,而且很有骨气,绝不是一个逆来顺受、听天由命的懦夫。他始终怀念着被卖到别处的老婆和孩子,一心想逃到自由州去找工作,将来攒下钱来把他们赎回来。同情和掩护吉姆的哈克说:"我相信他惦记着家里人,也是跟白种人一样的。"这话虽然出自哈克之口,实际上却表达了吐温对黑人的同情和关切。在他看来,不分种族和肤色,人人都应有享受自由幸福生活的权利,这是吐温的民主思想的一个重要内容。

吉姆对自己的未来怀着美好的憧憬,努力争取自由,同时他还是个心地纯洁善良、毫不自私、乐于舍己为人的好人。在他和哈克一同逃亡的途中,他们是相依为命的。他不但随时随地照顾哈克,还不惜冒着自己牺牲自由的危险,留下来伺候受伤的汤姆。他和这两个白种孩子的关系是平等相待、互助互爱的朋友关系,而不是奴隶和主子的从属关系。吐温塑造的吉姆这个忠诚纯朴、机智勇敢的黑人形象,使人感到真实可信,印象很深;这是作者艺术上的一个可贵的成就。比起斯陀夫人[①]笔下的汤姆大叔,吉姆是个截然不同的人物。

哈克是我们在《汤姆·索亚历险记》中早已熟悉的一个可爱的角色。他是有教养的人们所不齿的一个顽童,规矩的孩子也不屑于和他

[①] 斯陀夫人(1811—1896),小说《汤姆叔叔的小屋》是她为黑奴的悲惨处境而呼吁的一部名著。

做伴。但是汤姆·索亚却和他是最亲密的朋友。汤姆厌恶枯燥乏味的学校教育和虚伪的牧师骗人的说教,以及庸俗而呆板的生活环境和家里的种种规矩,一心追求传奇式的冒险生活。哈克既要逃避他那醉鬼父亲,又要找个自由自在、称心如意的新天地。于是他们就和另一个孩子结伴出去当"海盗",结果他们找到了真正的强盗埋藏的大量黄金,成了他们所在的圣彼得堡小镇上两个富有的孩子。他们立即受到了上流社会的重视,被迫过起阔绰生活来了。但是他们不但不感到幸福,反而觉得受到了无法忍受的束缚。

《哈克贝利·费恩历险记》的中心人物却是哈克,书中讲的是他帮助黑奴吉姆逃亡的故事。追求自由是他们的共同目标,他们是同生死、共患难的。但因哈克受了种族歧视的传统思想的毒害,有时就觉得自己帮助一个黑奴逃脱他的主人,是犯了不可饶恕的罪过,死后将要下地狱的,他甚至曾经打算给吉姆的主人华森小姐去信告密,叫她把在逃的吉姆接回去。可是他又想到吉姆的种种好处,以及他们在逃亡途中的一些欢乐情景,于是便受到良心的谴责,打消了那个邪恶的念头。他的思想感情一度陷于矛盾和混乱的境地,最后他终于清醒过来,打定了主意,心里说:"好吧,那么,下地狱就下地狱吧。"随即就把他写的信撕掉了。

马克·吐温写下了这个情节,不但无损于哈克的形象,反而加强了这个人物的真实性,显示了作者刻画人物性格和心理的特长。哈克帮助吉姆摆脱奴隶的处境,争取自由,原是做了一件好事,他却认为自己犯了罪,这是他在种族歧视思想的影响下必然产生的一种颠倒是非的可笑的想法,也是作者讽刺美国种族歧视的妙笔。

马克·吐温自从十二岁父亲去世后,就开始进入社会,先后做过各种工作,积累了丰富的生活经验。他对他所接触的各色人物和自然风光都有仔细的观察和深刻的印象,因此他的写作也就有了充实的基础。正如高尔基一样,他把社会当作自己的一所活的大学。他在密西西比河流域生活的期间较长,有几部重要著作都描绘了这条河上的景色和风土人情,以及形形色色的人物。《汤姆·索亚历险记》和《哈克贝利·费恩历险记》都富有密西西比河的风土气息;在后者之前出版的

《密西西比河上》一书更是把这条河写成了一个具有无穷生命力的巨人，引起了读者浓厚的兴趣。

《哈克贝利·费恩历险记》写了沉船中的格斗那样的惊险场面，刻画出当时的一些亡命之徒和醉鬼的凶相。混到哈克和吉姆的木筏上来的"国王和公爵"这两个骗子给这对逃亡者带来种种的灾难。作者虽然是用极度夸张的手法描绘这两个可笑的角色，却像漫画一样，能使读者产生真实感。老波格斯酒后臭骂舍本上校，遭到这个恶霸的枪杀，凶手竟能逍遥法外，这就是当时歹徒横行无忌的写照。格兰纪福和谢伯逊两家的世仇和相互残杀的恐怖气氛使局外人提心吊胆，而双方的老小角色却把杀人和被杀根本不当一回事。这种完全丧失人性的情景并不是作者的杜撰。人们的生命财产的安全毫无保障。这样的社会太可怕了。美国资产阶级所吹嘘的"民主、自由、幸福的国家"究竟是个什么样的国家？

种种事实使马克·吐温感到痛心疾首，宗教、教育、资产阶级的民主选举、种族歧视所造成的无数惨剧，以及政治的腐败、经济的混乱和弥漫全国的投机之风，都成了他的讽刺对象。他对这一切现象的揭露和批判日益深刻而辛辣。他运用他所擅长的艺术夸张的手法，把他手中的一支笔当作一把锋利的解剖刀，无情地剖析着这具遍体毒瘤的尸体，企图引起人们的警醒，使它起死回生。这种愿望当然是无法实现的。

马克·吐温和其他同时代的幽默作家不同，他不是只图逗乐的笑匠，他的作品都是有针对性的讽刺作品。他在晚年写的《自传》里说："四十年间，我在公众面前一直算是一个职业的幽默作家。当初同我在一起的还有七十八个幽默作家。……他们为什么消失了呢？因为他们老是为幽默而幽默。为幽默而幽默是不可能经久的。……而我呢，老是训诫。这就是为什么我坚持写作了三十年。"足见马克·吐温是有意识地把幽默当作一种艺术手段，以求达到教育（即吐温所说的"训诫"）读者的创作目的。

美国黑人的命运在一个很长的时期内，一直掌握在奴隶主手里，林肯打着解放黑奴的旗号，在南北战争中打败了南部农奴主的统治，名义上解放了黑奴,实际上只不过是为北方工业资产阶级夺得了黑人的劳动力;在北方和南方妥协之后,黑人始终处于被剥削、被欺压的地位。直到今天,黑人还在许多地方遭到三K党一类的恐怖组织的残杀。觉醒起来的黑人唯有通过顽强的斗争,才能获得真正的解放和自由。

马克·吐温对黑人的同情和关怀是真挚的;他确实希望通过他对种族歧视的讽刺和批判改变黑人的命运,但这种主观的愿望并没有实现。他自己对黑人本身求解放的力量是估计不足的,否则他就不会把吉姆获得自由归因于他原来的女主人的良心和慈悲的作用。不过马克·吐温虽然只是一个资产阶级人道主义者,他为黑人发出的呼吁毕竟是激起了人们的思考,为黑人自求解放的斗争起了奠基的作用。这是他的不可磨灭的功绩。

由于顽固的种族主义者和卫道士们对哈克和吉姆这两个角色的憎恨和畏惧,《哈克贝利·费恩历险记》至今还被一些图书馆和学校视为禁书。种族歧视者是不会甘愿自行退出历史舞台的。

这部书是我和张振先合译的,但他只译了全文的百分之十二三;他的译文由我做了彻底的修改,全书已经没有合译的痕迹了。振先原来是个基督教徒,有些涉及《圣经》和基督教的教义,以及关于教徒的生活习惯的问题,他都毫不费力就能解决。他在这方面对我是很有帮助的。

张友松
一九八二年四月

目 录

前　言 …………………………………………………… 001
第一章　我发现摩西和"蒲草帮" ……………………… 003
第二章　我们帮里的秘密誓词 …………………………… 008
第三章　我们打埋伏，抢劫阿拉伯人 …………………… 015
第四章　毛球儿神卦 ……………………………………… 020
第五章　爸重新做人 ……………………………………… 024
第六章　爸跟死神的斗争 ………………………………… 029
第七章　我把爸作弄了一场就溜掉了 …………………… 037
第八章　我饶了华森小姐的吉姆 ………………………… 044
第九章　凶房漂过去了 …………………………………… 056
第十章　摆弄蛇皮的结果 ………………………………… 061
第十一章　他们追上来了！ ……………………………… 065
第十二章　"还不如就这么混下去好哪" ……………… 074
第十三章　从"瓦尔特·司各特"船上得来的光明正大的赃物 ………………………………………………… 082
第十四章　所罗门算不算聪明？ ………………………… 088
第十五章　拿可怜的老吉姆开玩笑 ……………………… 094
第十六章　响尾蛇皮果然灵验了 ………………………… 101
第十七章　格兰纪福这家人收留了我 …………………… 111
第十八章　哈尼为什么骑着马回去找他的帽子 ………… 121
第十九章　公爵和法国太子到木排上来了 ……………… 134
第二十章　皇家人物在巴克维尔干的事情 ……………… 144
第二十一章　阿肯色的难关 ……………………………… 154

第二十二章	私刑会为什么碰了钉子	165
第二十三章	国王们的无赖	172
第二十四章	国王又成了牧师	179
第二十五章	伤心痛哭,信口胡说	186
第二十六章	我偷了国王骗来的钱	194
第二十七章	金圆归了棺材里的彼得	203
第二十八章	贪得无厌没有好下场	211
第二十九章	我趁着大风大雨溜掉了	222
第三十章	黄金救了坏蛋的命	233
第三十一章	祷告可不能撒谎	238
第三十二章	我改名换姓	248
第三十三章	皇家人物的悲惨下场	256
第三十四章	我们给吉姆打气	264
第三十五章	秘密和巧妙的计划	272
第三十六章	想办法帮吉姆的忙	281
第三十七章	吉姆接到了妖巫大饼	287
第三十八章	"这里有一颗囚犯的心碎了"	295
第三十九章	汤姆写匿名信	303
第四十章	迷魂阵似的营救妙计	310
第四十一章	"准是些鬼神"	317
第四十二章	他们为什么没有绞死吉姆	325
最后一章	再没有什么可写了	334

前　言

　　这部书里使用了好几种方言土语,包括密苏里的黑人土语;西南部边疆地带极端粗野的方言;"派克县"的普通方言;还有最后这一种方言的四个变种。这些方言色彩并不是随意拼凑,或是凭臆测写成,而是煞费苦心,以作者对这几种语言的直接熟悉,作为可靠的指南和支柱而写成的。

　　我之所以说明这一点,是有原因的:如果不加说明,许多读者就会以为这些人物想要说同样的话,而没有说好,那就与事实不符了。

作　者

第一章　我发现摩西和"蒲草帮"

你要是没有看过《汤姆·索亚历险记》那本书,就不知道我是什么人;不过那也不要紧。那本书是马克·吐温先生作的,他基本上说的都是真事。也有些事情是他胡扯的,可是基本上他说的还是真事。那本来是不要紧的。从来不撒一两次谎的人,我根本就没见过,除非是像波莉阿姨或是那个寡妇那种人,也许还可以算上玛丽。波莉阿姨——她是汤姆的姨妈——和玛丽,还有道格拉斯寡妇,这些人都是那本书里说过的。那本书大半都靠得住,不过我刚才说过,有些地方是胡扯的。

那本书的结局是这样的:汤姆和我找到了那些强盗在山洞里藏着的钱,我们就发了财。我们每人分到六千块钱——都是金圆。把那些钱都堆在一起,真是多得吓人。后来萨契尔法官就给我们拿去放利,这下子我们一年到头每人每天都拿到一块钱的利息——这简直多得叫人不知怎么办才好。道格拉斯寡妇拿我当她的儿子,说是要给我受点教化。可是因为那寡妇一举一动都很讲究规矩和体面,实在太闷气,在她家里过日子可真是一天到晚活受罪;所以我到了实在受不了的时候就偷着溜掉了。我又穿上我那身破烂衣服,钻到我那空糖桶里去待着,这才觉得自由自在,心满意足。可是汤姆·索亚又把我找到了,说他要组织一个强盗帮,他说我要是肯回到寡妇那里做个体面人,那就可以让我加入。所以我又回去了。

寡妇对我大哭了一场,说我是个可怜的迷途羔羊,还拿一些别的话骂我,可是她一点也没什么坏心眼。她又偏给我穿上那些新衣服,弄得我简直没法子,一身又一身地直淌汗,浑身上下都觉得别扭。嗐,这以后老一套又来了。那寡妇一摇吃晚饭的铃,你就得按时到。到了桌子跟前还不能马上就吃,还得等着寡妇低下头去嘟哝一番,抱怨那些饭菜做得不好①，其实饭菜做得也没有什么不好，只可惜每样菜都是单做的。要是一桶乱七八糟什么都有，那就不同了，各样的东西和在一起，连汤带菜搅和搅和，那就会好吃得多了。

吃完晚饭，她就拿出她的书来，教我摩西和"蒲草帮"的事②，我急得要命，想要弄清摩西到底是怎么一回事；可是慢慢地她才吐露出来，原来摩西老早就死了；这下子我就不再理会他了，因为我才不管什么死人的事情呢。

一会儿，我想抽烟，就请寡妇让我抽。可是她不肯。她说抽烟是下流的习惯，也不干净，叫我千万不要再抽了。有些人做事就是这样的。他们对一件事并不清楚，就去反对。你看，就拿摩西这件事来说吧，他又不是她的亲戚，又是个死了的人，对谁都没有什么好处，她可偏要为他瞎操心；我干的事虽然有点好处，她可反而要拼命地找碴儿。其实她自己还闻鼻烟呢；那自然就算是对的，因为那是她自己干的事情。

她的姐姐华森小姐是个相当瘦的老姑娘，戴着一副眼镜，她是才来和寡妇一起住的；她拿一本识字课本，老把我盯得很紧。她逼着我挺费劲地干了差不多一个钟头，然后寡妇才叫她放松了点。我再也熬不了多久了。后来又待了一个钟头，实在无聊死了，我觉得坐也不是，站也不是。华森小姐老爱说什么"哈克贝利，别把脚跷在那上面呀""哈克贝利，别那么嘎吱嘎吱地蹭呀——坐正了吧"这一套；一会儿她又说："哈克贝利，别那么打哈欠伸懒腰吧，你怎么老不打算乖乖地学点儿规矩呀？"后来她把地狱的情形给我说了一大套，我说我就想到那儿去。她简直气得要命，可是我实在并不是和她捣蛋。我只不过是想到一个什么地方去，我只想换换空气，至于到什么地方我倒不在乎。她说我说出刚才说的那种话实在是罪过，说她无论如何也不会说那样的话，说她

---

① 寡妇实际是在低声祈祷谢饭。

② 据《圣经》记载，耶稣的祖先以色列人因故乡闹饥荒，逃亡到埃及就食。后来埃及王对他们很歧视，下令杀死所有的以色列婴儿，所以摩西的母亲在他生下来以后不久，就把他放在一个蒲草做的箱子里，藏在河边芦苇丛中。埃及王的女儿把他救起来养大成人。后来摩西就领着被压迫的同胞逃回故乡去（见《旧约·出埃及记》）。费恩根本没有听清楚这段故事，所以把"蒲草箱"说成了"蒲草帮"。

活着就为的是将来好升天堂。哼,我可看不出上她要去的地方有什么好处,所以我下定决心,不作那个打算。可是这点我从来没有说过,因为说了光找麻烦,没什么好处。

她既扯开了头,就接着把天堂的整个情形又给我说了一大套。她说在那儿什么事都不用做,只是整天地到处走走,老是弹着竖琴,唱着圣歌,永远永远是那么过日子。所以我觉得那也没什么了不起。可是我从来没有那么说过。我问她觉得汤姆·索亚能不能上那儿去,她说不行,他还差得远哪。我听了很高兴,因为我就愿意和他在一起。

华森小姐老是找我的碴儿,这真是怪讨厌,闷死人。一会儿,她们就叫那些黑奴进来做祷告,随后各人都去睡了。我拿了一支蜡烛上楼到我的屋里去,把它放在桌上。随后我靠着窗子坐在一把椅子上,想法子开开心,尽量想些痛快的事,可是简直办不到。我觉得闷得要命,差点儿就想死掉算了。星星闪着光,树林子里的叶子沙沙地响,叫人听了怪难受,我还听见一只猫头鹰因为有人死了,远远地在嘿嘿地笑①,还有一只夜鹰和一条狗因为有人快死了,在那儿嚎叫;还有风想给我说点儿悄悄话,我又听不出它说的是什么,所以它就吓得我直打哆嗦。后来我又听到远远的树林里有那种鬼叫的声音,那是游魂老想说说心里的事,又说不清楚,所以老不能在坟墓里好好儿待着,只好每天晚上都那么唉声叹气地游荡着。我简直弄得垂头丧气,害怕得要命,所以很希望有个伴儿在一起。一会儿,有一个蜘蛛爬到我肩膀上来,我拿手指头把它弹掉,正掉在蜡烛上;我还没来得及动弹一下,它就烧蜷缩了。这种事我很清楚,不用别人说,我也知道那是个很坏的兆头,一定要给我惹出些倒霉的事,所以我就害怕起来,差点儿把身上的衣服都哆嗦掉了。于是我就站起来,就地转了三圈,每次都在胸前画了个十字;然后拿小绳子把我一绺头发扎起来,好避妖巫②。可是我对这个避灾的办法还没有什么把握。人家拾到个避灾求福的马蹄铁,要是还没有钉在门框

---

① 中国也有一句迷信的俗话:"不怕夜猫子(即猫头鹰)叫,就怕猫子笑。"迷信的人认为猫头鹰有一种叫声是笑,它一笑,就是表示有人死了。

② 西方的迷信里有一种通魔法和邪道的人(多半是女的),叫作妖巫;迷信的人认为妖巫与鬼怪相通,有许多非凡的本领可以跟好人捣蛋。

上又把它丢了,那才用这个办法,可是我从来没听见谁说过弄死了蜘蛛还能用这个办法避灾。

我又坐下来,浑身发抖,我就拿出烟斗来抽袋烟;因为这时候全家都睡得挺死,一点声儿都没有,所以寡妇也就不会知道我在抽烟。后来待了老半天,我听到镇上的大钟老远地当——当——当,敲了十二下;这下子又整个儿清静下来,比以前更清静了。一会儿,我听到漆黑的地方那些树里有一根树枝子啪的一声断了——那准是有什么东西在动哪。我一声不响地坐着听。马上我就听见那儿有一阵刚刚可以听到的"咪哟!咪哟!"的叫声。这可好了!我也就尽量地小声叫着"咪哟!咪哟!"随后我吹灭了蜡烛,从窗户里爬出去,爬到那木棚上。我再从那儿溜到地下,爬进树林里去。果然不错,又是汤姆·索亚在那儿等着我呢。

第二章　我们帮里的秘密誓词

我们踮着脚尖顺着树林子里的一条小路朝寡妇的花园尽头往后面走,弯着腰不让矮树枝子蹭着头。我们从厨房那儿过的时候,我让树根绊了一跤,弄出响声来了。我们马上蹲下,悄悄地待着。华森小姐的大个子黑奴吉姆正在厨房门槛上坐着;我们可以把他看得很清楚,因为他背后还点着亮呢。他站起来,伸着脖子听了有一分来钟。然后他说:

"那儿是谁?"

他又听了听,随后就踮着脚尖走下来,正站在我们俩中间,我们差不多都能摸着他了。后来过了一阵又一阵,老没有一点声音,我们三个可是离得那么近。后来我脚上的踝骨那儿有个地方痒起来了,可是我又不敢抓,我的耳朵也跟着痒起来;然后我的背,正在两肩当中的那个地方也痒起来。我好像要是不能抓一抓就非痒死不可似的。是呀,我后来有许多次注意到这样的事了。只要你和那些有身份的人在一起,或是参加了丧礼,或是不困的时候偏想睡着的话——反正是你在不能随便抓痒的地方,那你就浑身不知有多少处都会痒起来。一会儿,吉姆说:

"嘿,你是谁?你在哪儿?他妈的,我要是没听见什么才怪哪。好吧,我知道我该怎么办:我就坐在这儿听着,反正会再听见那个声音的。"

于是他就在我和汤姆中间的地上坐下。他靠着一棵树伸着腿,有一条腿快碰到我腿上来了。我的鼻子又痒起来,痒得眼泪都要出来了。可是我还是不敢抓。后来鼻子里面也痒。再后来连屁股也痒起来了。我简直不知道怎么才能坐着不动。这样难受了足有六七分钟,可是我觉得比这还要长久得多。这时候我已经有十一处都在痒。我想连一分钟也不能再熬下去了,可是我还是咬紧牙关,打算再熬下去。正在这时候，吉姆的呼吸声音大起来了，随后他就打起呼噜来——这下子我也就马上又觉得舒服了。

汤姆向我打了个招呼——嘴里出了一点声儿——我们就手脚着地爬开了。爬了十英尺远以后，汤姆小声告诉我说，他想开个玩笑，把吉姆拴在树上。可是我说不行，他可能醒来，那就要闹开了，那么他们就会发现我不在了。后来汤姆又说他的蜡烛带得不够，想溜到厨房里去再拿一些。我不愿意让他那么做。我说吉姆恐怕会醒，醒了就会来找我们。可是汤姆偏要冒一下险。所以我们就溜进去，拿了三支蜡烛，汤姆还把五分钱放在桌上，算是蜡钱。随后我们就出来，我简直急得要命，直想走开；可是怎么也拦不住汤姆，他非爬到吉姆那儿去拿他开个玩笑不可。我等着，好像等了很久，因为四周围清静得要命，叫人闷得慌。

汤姆一回来，我们马上就绕着花园的围墙，顺着小路一直走，不久就爬到了房子对面那座小山挺陡的山顶上。汤姆说他刚才把吉姆的帽子轻轻地从他头上摘下来，挂在他头顶上一根树枝上，吉姆动了一下，可是没有醒。从那以后，吉姆就说妖巫们迷住了他，把他弄得昏昏沉沉骑在他身上游遍了全州，后来又把他放在那棵树下，把他的帽子挂在树枝上，好让他看出那是谁干的事情。吉姆第二次再说这个故事的时候，他就说妖巫们骑着他一直到了新奥尔良；再往后，他每次说起来，都要添油加醋，慢慢地说成妖巫们骑着他游遍了全世界，说是差点儿把他累死了，并且还说他背上弄得全是鞍子蹭的大泡。吉姆为了这件事可是非常得意，他把别的黑人都不放在眼里了。黑人们甚至从多少英里外来听吉姆说这件事，他在那带地方比随便哪个黑人都让人看得起些。外乡来的黑人都张着大嘴站着，浑身上下地看着他，就好像他是个什么了不起的怪人似的。黑人老爱在厨房里的火旁边漆黑的地方讲妖巫的故事；可是谁要是在那儿谈，冒充他对这类事情全都知道的话，吉姆就要像碰巧赶上似的进来说："哼！你对妖巫的事懂得个什么？"那个黑人马上就让他堵住了嘴，只好让位给他。吉姆用一根小绳子串着那五分钱挂在脖子上，说那是魔鬼亲手给他的一道符，他说魔鬼还对他说过，他可以拿它随便给谁治病，他要是想要找妖巫来的时候，只要对这个钱念念咒，就可以随时把他们找过来；可是他从来没有告诉过人，他对那个钱念的到底是什么咒。黑人们从四面八方来找吉姆，他们为了要看一眼他那个五分的钱，有什么就给他什么；可是他们都不摸它，因为那是魔鬼亲手摸过的。从那以后，吉姆当用人就不大对头了，因为他亲眼见过魔鬼，又让妖巫们骑过，简直就骄傲得不得了。

好吧，言归正传，汤姆和我走到了山脊梁上，我们就往下看着村庄，还可以看见三四处灯光在那儿一闪一闪，那也许是有病人吧；星星在头上照得那么亮；下面的村庄旁边就是那条大河，足有一英里宽，怪清静、怪神气的。我们下了山，找到乔埃·哈波、贝恩·罗杰和其他两三个男孩，他们都藏在那个老硝皮厂里。于是我们解开一只小船，顺水划下两英里半，划到山边那个大断岩的地方，就上了岸。

我们走到一片矮树林里去，汤姆就叫每个人都起誓保守秘密，然后他指给大家看，在矮树林长得最密的地方有个小山洞。然后我们点起蜡烛，连手带脚地爬进去。大约爬了二百码，那个洞就大起来了。汤姆在那些过道里摸索了一阵，忽然在一道石壁底下一低身，那儿在你注意不到的地方有个小洞。我们顺着一条很窄的过道走进去，走到一个像屋子一样的地方，四壁都渗着水珠，又湿又冷，我们就在那儿停住了。汤姆说：

"好吧，咱们现在就来组织这个强盗帮，就把它叫作汤姆·索亚帮吧。要加入的都得宣誓才行，并且还得用血写上他的名字。"

人人都愿意。于是汤姆就拿出一张写好了誓词的纸念起来。誓词里叫每个孩子都宣誓对本帮决不变心，决不泄露秘密；有谁伤害了本帮的人，不管叫谁去杀那个人和他的全家，被派的人就非么办不可，如果不把他们杀了，再在他们胸前砍上一个十字的帮号，就不许吃东西，也不许睡觉。帮外的人不许用这个暗号，谁要是乱用，就跟他打官司；再用就把他杀掉。在帮的人有谁泄露机密，就割断他的喉咙，然后把尸体烧毁，把骨灰在空中撒掉，还要拿血把他的名字从名单上涂掉，帮里就再也不提他，还要咒他一顿，永远把他忘掉。

大家都说这真是个漂亮的誓词，问汤姆是不是他自己想出来的。他说有些是，其余的都是从海盗和强盗小说里抄来的，每个有派头的强

盗帮都有这么一套誓词。

有人提议对于泄露秘密的孩子们也应该把他们全家都杀掉才好。汤姆说这是个好主意,所以他就拿起铅笔来把这个写了上去。然后贝恩·罗杰就说:

"那么你瞧哈克①·费恩,他可就没有什么家;那你拿他怎么办呢?"

汤姆·索亚说:"咦,他不是有个父亲吗?"

"是呀,父亲他倒是有一个,可是近来你就根本找不着他。他从前老是喝醉了就和硝皮厂里的猪睡在一起,可是现在已经有一年多没在这带地方露面了。"

他们商量了一阵,打算取消我入帮的资格,因为他们说每个孩子都得有个家或是一个什么人可以让我们杀才行,要不然对别人就不公平了。这么着,谁也想不出办法来,大家都很为难,坐着一声也不响。我差点儿急得要哭,可是我忽然想出了一个办法,我把华森小姐给提出来——他们可以杀她呀。大家都说:

"噢,她倒是行。那就好了。哈克可以入帮了。"

然后他们都拿别针把手指戳破了,挤出血来签名,我也就在那张纸上画了个押。

贝恩·罗杰说:"那么,咱们这个帮要做哪行生意?"

汤姆说:"只干抢杀。"

"可是咱们去抢谁呀?抢人家的住宅呢?还是抢牛羊呢?还是……"

"瞎说!偷牛羊什么的不算明抢;那是暗盗,"汤姆·索亚说,"咱们又不是夜贼,那简直没个派头。咱们是拦路虎式的大强盗。咱们要戴上假面具,专劫过路的商车和讲究的马车,把人杀掉,抢掉他们的表和钱。"

"咱们非得老把人杀掉不行吗?"

"噢,当然。最好是杀,也有些老行家认为不必,可是大伙儿多半认为最好是杀——除了有些人要带回洞里,扣留下来等着赎。"

---

① 哈克是哈克贝利的简称。

"赎？什么叫赎？"

"我不知道，不过人家就是那么办的。我在书里看到过；所以咱们当然非那么办不行。"

"可是咱们根本不知道这是怎么回事，那又怎么去办呢？"

"嘿，管他妈的，反正咱们就非这么办不可。我不是告诉你了，书里是那么说的吗？难道你打算不照书行事，把事情都弄糟吗？"

"噢，汤姆·索亚，那说说倒是很好，可是咱们要不知道怎么去赎他们，那到底这些人该怎么个赎法呢？——我想要弄清楚的就是这一点。那么，你猜这是怎么回事呢？"

"哼，我也不知道。可是也许咱们把他们扣留下来等着赎，那就是说把他们扣起来，等到他们死了就算完事。"

"啊，这可妙得很。那就行了。你怎么不早说呢？咱们就把他们扣留下来，等到他们赎死了为止，他们可真是一群讨厌的家伙——把东西都吃光了，还老想着要逃跑呢。"

"贝恩·罗杰，你怎么这样说呀。咱们有守卫的看着他们，他们稍微动弹一下，就把他们一枪打死，他们怎么跑得了？"

"守卫！哼，那倒好。那就还得有人专为看着他们，整夜坐着不能睡觉。我想那简直是件傻事。为什么不能等他们一来就拿根棍子把他们赎了呢？"

"为什么？就是因为书上没有那么说。那么，贝恩·罗杰，你到底是不是打算照书行事？——问题就在这儿。难道你觉得作书的人还不知道应该怎么办才对吗？难道你觉得你还能教他们什么吗？还差得远吧。不，小伙子，咱们就得照老规矩赎他们才行。"

"好吧，我倒不在乎；可是我说无论如何那也是个笨法子。噢，咱们把女的也杀了吗？"

"哼，贝恩·罗杰，我要是像你那样什么都不懂，那我决不会充内行。把女的杀了？不；谁也没在书里看到过有那样的事情。你得把她们带到山洞里来，对她们总得客气得什么似的；慢慢地她们就会爱上你，再也不想回家了。"

"好吧，要是那样，我就赞成，可是我并不相信这一套。过不多久，咱们就会把整个山洞都挤满了女人和等着赎的男子汉，会挤得连强盗自己的地方都没有了。好，接着说下去吧，我没什么说的了。"

小汤密·巴恩斯这时候已经睡着了，人家一叫醒他，他就害怕起来，并且还哭了，他说他要回家找妈妈去，再也不想做强盗了。

于是他们都拿他开玩笑，叫他哭脸娃娃，那么一来，可真把他气坏了。他就说他马上要去泄露所有的秘密。可是汤姆给了他五分钱，叫他别作声，并且说我们全都先回家去，下星期再碰头，去抢个什么人，还要杀几个人。

贝恩·罗杰说他不能常出来，只有礼拜天才行，所以他想要下个礼拜天开始；可是孩子们都说礼拜天干这种事情是有罪的，这话就把问题解决了。大家同意尽早碰碰头，定个日子，后来我们就选了汤姆·索亚做大头目，乔埃·哈波做二头目，完了以后就动身回家去了。

天刚要亮以前，我就爬上了木棚子，爬进窗户去。我的新衣服弄得满身是油和泥土，我也累得要命了。

第三章　我们打埋伏,抢劫阿拉伯人

　　第二天早上,老华森小姐因为我把衣服弄得那么脏,唠唠叨叨地说了我一顿;可是寡妇并没有骂我,只是把我衣服上的油渍和泥土都刷洗干净了,她显得那么难过,使我觉得只要我能办到,可真得乖一会儿了。过后华森小姐带我到小屋子里去祷告,可是什么也没祷告出来。她叫我天天祷告,说是随便我求什么都能求到。可是结果并不是那样。我试过了。有一回我弄到一条钓鱼线,可是没有钩儿。光有线没有钩儿对我也没什么用。我试了三四次,想祷告出几个钩儿来,可是不知怎么的,老是不灵。后来有一天,我请华森小姐替我求一下试试,可是她说我是个傻瓜。她可根本就没有给我把道理说清,我也没法子弄清那是怎么回事。

　　有一次我在后面树林子里坐下,把这件事想了好半天。我心里想,要是一个人能祷告什么就得到什么,那为什么狄肯·韦恩卖猪肉亏的钱赚不回来呢?为什么寡妇让人偷掉的银鼻烟盒儿求不回来呢?为什么华森小姐不能胖起来呢?不,我心想,祷告根本就没什么道理。我去把这话告诉了寡妇,她说一个人祷告所能求得的东西是"精神的礼物"。这可叫我莫名其妙了,可是她把她的意思告诉了我——我得帮助别人,尽量给别人做事,时时刻刻都得照顾别人,永远不要为自己打算。据我看,她这话大概把华森小姐也包括在内了。我又出去到树林子里把这件事在心里翻来覆去地盘算了半天,可是我还是看不出这有什么好处——有好处也是别人的;所以后来我也就想着干脆不用再为这件事情伤脑筋了,随它去吧。有时候寡妇把我带到一边,给我谈起老天爷的事,她说得怪有劲,简直叫人馋得要流口水;可是也许第二天华森小姐又另说一套,把寡妇的话全给推翻了。我琢磨着我可以看出来是有两个老天爷,要是在寡妇那个老天爷那儿,一个可怜虫还可以有点办法，可是落到华森小姐那个老天爷手里，那他可就再也没救了。我把这个都想通了，算计着要是寡妇的老天爷要我，那我就跟他去，虽然我可弄不清，他有了我以后，对他会有什么好处，因为我实在糟透了，又没知识，又下作，脾气又别扭。

爸有一年多没露面了，这倒叫我觉得挺痛快；我再也不想见他了。他从前只要是没有喝醉，只要能抓到我的时候，就老是揍我；虽然我只要他在这儿，就多半都逃到树林里去。唉，大约就在这时候，大家传说在这个镇的上游差不多十二英里的地方发现他在河里淹死了。反正人家猜着那是他；说这个淹死的人正是他那么个身量，穿着一身破衣服，头发特别长，这些都像爸；可是脸上一点也看不清楚，因为泡在水里那么久了，简直泡得不怎么像个脸了。他们说他是仰面朝天地漂在水上的。他们把他捞上来埋在岸上。可是我心里踏实了没多久，因为我碰巧想起了一件事。我知道得很清楚，一个男人淹死了不是仰着漂，是脸朝下漂的。所以我就知道死的不是爸，是个穿男人衣服的女人。这么一来，我心里又不自在了。我猜老头儿不久就会突然再露面，虽然我希望他别来。

大约有一个月的工夫，我们时常当强盗玩，后来我就不干了。所有的孩子们也都不干了。我们谁也没有抢，谁也没有杀，只不过是假装着玩就是了。我们老是从树林里跳出来，朝着那些放猪的和坐着大车送菜去赶集的女人冲过去，可是我们从来没有揍过什么人。汤姆·索亚把猪叫作"元宝"，还把萝卜青菜什么的叫作"珍珠宝贝"，完了我们就到洞里去，把我们干的事儿大谈特谈，还合计合计我们打死了多少人，打中了多少人。可是我可瞧不出这究竟有什么好处。有一次汤姆派了个孩子拿着一根烧得冒火苗的棍子在镇上到处跑了一遍，他把那个叫作口号（那就是强盗帮集合的信号），过后他就说他从间谍那里听到了秘密情报，知道第二天有一大队西班牙商人和有钱的阿拉伯人要到空心洞去露营，他们带着两百只大象，六百头骆驼，一千多匹驮货的骡子，全都满载着钻石，他们只不过带了四百个卫兵护送，所以我们就可以埋伏下来——他是这么说的——他说我们可以把他们都杀了，一下子把东西全劫过来。他说我们得把刀枪都擦得亮亮的，做好准备。他永远都是那样,哪怕是为了追个萝卜车子,他也得叫大伙儿把刀枪擦好,其实什么刀枪,只不过是些木头片儿和笤帚把儿,你不管怎么擦,哪怕把人都累死了,也不会比没擦的时候好个屁。我不相信我们干得了这么一群西班牙人和阿拉伯人,可是我想要看看骆驼和大象,所以第二天星期六,我就参加这个埋伏去了;一接到命令,我们就跑出了树林子,冲下山去。可是那儿并没有什么西班牙人和阿拉伯人,也没有骆驼,也没有大象。什么都不是,只不过是个主日学校的野餐会,又偏偏只是个初级班。我们把它冲散了,把那些孩子们往山沟上面撵;可是我们什么东西都没抢到,只不过弄到了一点儿油炸饼和果子酱,还有贝恩·罗杰算是抢到了一个布娃娃,乔埃·哈波弄到了一本颂主诗歌和一本讲《圣经》的小册子;后来主日学校的老师冲过来了,逼着我们把什么都扔下,撒腿就跑。我没看见什么钻石,我也就对汤姆·索亚这么说了。他说不管我看见没看见,那儿反正是有成驮的钻石;还说那儿有阿拉伯人,还有大象和别的东西。我说,那么,我们为什么看不见呀?他说要是我不那么没知识,要是我念过一本叫《堂吉诃德》的书,那我就不用问都明白了。他说那都是耍了魔法的结果。他说那儿其实是有好几百个兵,还有大象和财宝,等等,等等,可是有人跟我们作对,他管那些人叫作魔法师,他说他们为了要使坏心眼跟我们捣蛋,把那些东西全都变成了一个小毛孩子的主日学校了。我说,那好吧;咱们只好去找那些魔法师算账。汤姆·索亚说我是个笨蛋。

他说:"嗐,魔法师可以叫一大群妖怪来,你还来不及叫一声哎哟,他们就叫你完蛋了。这些妖怪长得身量像大树那么高,胸围像教堂那么粗。"

我说:"咦,咱们干吗不去找些妖怪来帮咱们的忙呀——那咱们不就能把他们那一群打垮吗?"

"你打算怎么把他们找来呢?"

"我也不知道。可是人家是怎么把他们找来的呢?"

"嗐,他们就把个旧洋铁灯或是个小铁圈儿擦一擦,跟着就只见四处连打雷带打闪,一团团的黑烟在地下直滚,妖怪们一下子就像一阵风似的跑进来了,不管你叫他们干什么,他们都马上就干。哪怕是叫他们把一座制弹塔连根儿拔起来,砸到主日学校的学监头上——或是随便谁的头上都行——这对他们都不算一回事儿。①"

"谁能叫他们这么飞跑过来呢?"

"嗐,还不是擦那个灯或是小铁圈儿的人嘛。谁擦那个灯或是小铁圈儿,他们就跟谁,并且随便他说什么,他们就得干什么。要是他叫他们去用钻石盖一座四十英里长的皇宫,再把它都装满口香糖,或是你想要的随便什么东西,哪怕是叫他从中国接个公主来跟你结婚,他们也得办到——并且他们还得在第二天天亮以前就把这些事办好才行。还不止这个哪,他们还得随你的意思把这座皇宫抬着上全国各地去转,你明白吧。"

我说:"那么,我看他们可真是一堆大傻瓜,有了皇宫不留着自己用,偏要给人家那么瞎忙一阵。还有咧——要是我是个妖怪,我宁肯跑到天边去,也不肯把自己的事扔下不管,只要他擦一擦那旧洋铁灯,就乖乖儿去听他使唤。"

"你怎么这么说呀,哈克·费恩。嗐,你愿意也好,不愿意也好,反正他把灯一擦,你就得去。"

"什么!我这么个像大树一样高、像教堂一样大的妖怪吗?那么好吧,我就来吧;可是我他妈的准得把那个人吓得爬上全国顶高的树上去。"

"呸!跟你说话简直是白费劲,哈克·费恩。你好像什么也不懂,不知是怎么回事——简直是个十足的大笨蛋。"

我把这些事翻来覆去地想了两三天,后来我就想着要试试看,到底这里面有什么道理没有。我拿起一个旧洋铁灯和一个小铁圈儿,跑到树林里去,就擦呀擦呀,擦得我淌汗淌得像什么似的,心里老打算着盖一座皇宫去卖给人家;可是白费劲,连一个妖怪也没来。这么一来,我就觉得那些梦话只不过又是汤姆·索亚瞎说八道罢了。我想他是相信真有那些阿拉伯人和那些大象的,可是我呢,我的想法可不一样。我看到的分明都是个主日学校的事儿呀。

---

① 这个故事出自《一千零一夜》(《天方夜谭》)里的《阿拉丁与神灯》。有个小孩子叫阿拉丁,得到了一盏神灯,他只要用手轻轻地擦它三下,立刻就会有个唯命是从的大妖怪出现。

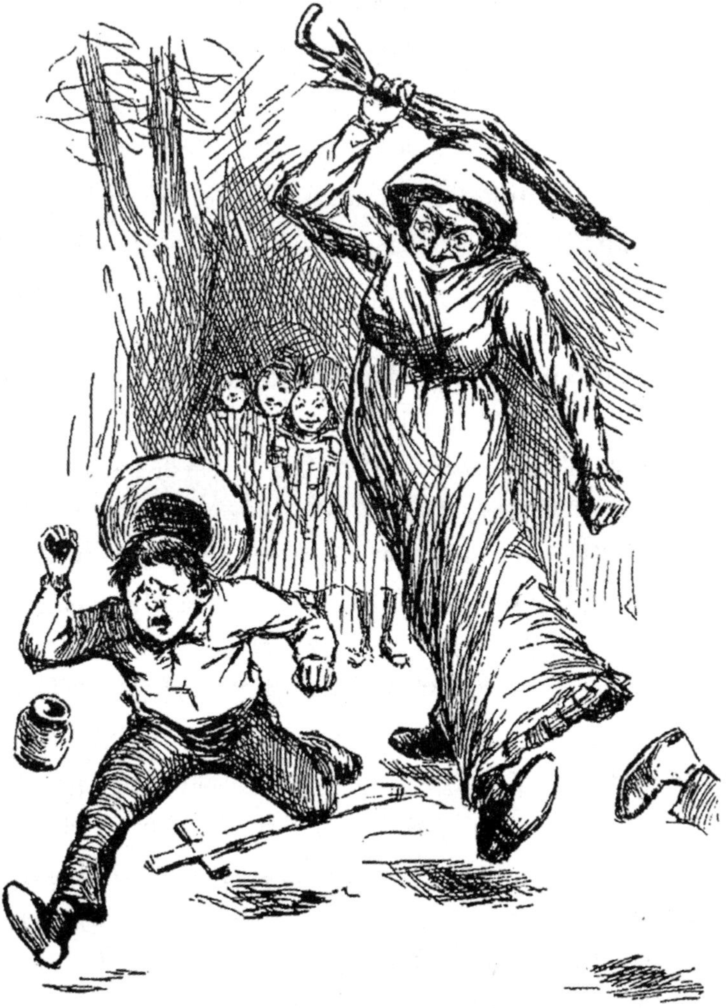

第四章　毛球儿神卦

　　后来,三四个月混过去了,那时冬天已经过了不少日子。我差不多天天都在上学,也能稍微拼拼字,念念书,写写字了,还能把乘法表背到六七三十五,我估计着我哪怕能永远活下去,也不能再往上背了。反正我是不喜欢搞数学的。
　　起初我恨那个学校,可是过了些时候,就慢慢儿也能熬下去了。只要我太腻了,我就逃学,第二天挨的那顿鞭子对我倒有点儿好处,也还让我起劲一点。所以我上学的日子越长,就觉得越不在乎了。寡妇那一套我也慢慢儿搞惯了,不那么叫我着急了。又得在屋子里住,又得在床上睡,这叫我顶憋得慌,可是天还不冷的时候,我常常溜到树林里去睡,这才能让我歇一歇。我最喜欢我从前过日子的老办法,可是我慢慢儿变得也有点喜欢新的一套了。寡妇说我虽然长进得慢,可是挺稳,我的行为也很叫她满意。她说她不觉得我丢她的脸了。
　　有一天早晨吃早饭的时候,我碰巧把盐罐儿打翻了。我赶快伸手想捏点儿撒了的盐往左肩膀后边一扔,好避邪运,可是华森小姐的手比我伸得更快,她拦住了我,说:"拿开手,哈克贝利;你怎么老是弄得这么一团糟!"寡妇替我说了句好话,可是那也不能替我避开邪运,这我知道得挺清楚。吃完早饭,我就出去了,心里觉得很犯愁,吓得直发抖,猜不着邪运要在什么地方落到我头上来,也猜不着会是什么样儿的邪运。有些邪运是有法子避开的,可是这个不是那么回事;所以我就根本没有去想什么办法,只是垂头丧气、提心吊胆地游荡着。
　　我走到前面的花园那儿,爬过高木栅栏的梯磴。新下的雪有一英寸来厚,我看到有人的脚印儿。那些脚印儿是从采石头的地方来的,看得出那个人是在梯磴旁边站了一会儿,然后又绕着花园的栅栏走了一圈。那个人到处站了一会儿,可是没有进来,真是奇怪。我摸不清这是怎么回事。不知怎么的,我反正觉得有点稀罕。我刚要跟着脚印儿转一圈,可是我又先弯下身去把那些脚印儿看了看。起初我什么也没看出来,可是再一看就看出碴儿来了。左靴跟上有个用大钉子钉成的十字架,那是弄来避邪的。

我马上拔腿就跑,溜下山去。我老是回头看,可是谁也没看见。我拼命地跑到了萨契尔法官那儿。他说:

"怎么啦,我的孩子,你跑得简直喘不过气来了。你是来取利钱的吗?"

"不是,先生,"我说,"有我一点儿利钱吗?"

"啊,有呀,昨晚上收进了半年的——一百五十多块钱哪。对你是挺大的一笔钱财呢。你最好是让我把它跟你那六千块的本钱一起放出去,因为你要是拿去,你就要把它花掉了。"

"不,先生,"我说,"我不要花。我根本不要了——连那六千,也都不要了。请您收下吧;我要送给您——连那六千跟别的钱都送给您。"

他吃了一惊,好像摸不清那是怎么回事。他说:

"哎呀,你这可是什么意思啊,我的孩子?"

我说:"这桩事情请您什么都别问我。您收下吧——好不好?"

他说:"哎呀,这简直叫我莫名其妙。出了什么岔子吗?"

"请您收下吧,"我说,"什么都别问我——那我也就不用扯什么谎了。"

他琢磨了一会儿,然后说:

"噢,噢!我想我明白了。你是想把你整个的财产都卖给我——不是给我。那才对了。"

然后他在纸上写了点什么,念了一遍,又说:

"你瞧,这儿写着'作为代价'。那意思就是说我把它从你那儿买过来了,也把钱付给你了。这儿这块钱是给你的。现在你签上字吧。"

于是我签上了字就走了。

华森小姐的黑奴吉姆有个像拳头那么大的毛球儿,那是从一头牛的第四个胃里取出来的,他老爱拿那个耍魔法。他说那里头有个精灵儿,什么事都知道。所以那天晚上我就去找他,告诉他说爸又上这儿来了,因为我在雪地里发现了他的脚印儿。我要想知道的是他要干什么,他是不是要待下去?吉姆拿出他的毛球儿来,冲着它念了一会儿咒,然后把它拿起来,再一撒手把它扔在地板上。它掉得挺重,只滚了差不多一英寸远。吉姆又把它试了一次,然后又试了一次,可是它老是那样。吉姆跪下去,拿耳朵贴着它仔细地听。可是没有用;他说它不肯说什么。他说有时候没有钱它就不肯说话。我告诉他我有个花不出去的又旧又滑溜的两毛五的假银角子,因为铜都从上面镀的银里露出一点儿来了,无论如何也瞒不过人,就算铜没露出来也不行,因为它光得简直像是上了油似的,所以每回都叫人看出来了。(我想我从法官那儿拿到的那一块钱,我还是不提吧。)我说那是挺坏的钱,可是也许毛球儿肯把它收下,因为它也许根本分不出真假。吉姆把它拿来闻闻咬咬,又擦了一会儿,然后说他想个法子让毛球儿把它当成好钱。他说他打算切开一个生的白土豆,再把那个银角子夹在当中放一整夜,第二天早晨就看不出铜来了,摸着也不油滑了,这样儿马上就能把镇上的人个个都哄过,毛球儿更甭提了。嗐,我本来就知道土豆能干这一手,可是我忘了。

吉姆把那个银角子放在毛球儿底下,又跪下去听。这回他说毛球儿行了。他说要是我想要它说话,它就可以给我算个命。我说,算吧。于是毛球儿就讲给吉姆听,吉姆再告诉我。他说:

"你老子还不知道要怎么办。一时他想走,一时他又想留下。顶好是沉住气,随他爱怎么办就怎么办。有两个天使围着他头上转哪。一个白白亮亮的,一个黑乎乎的。白的差使他往好路上走一会儿,黑的插进来又整个儿拆了台。眼下还不能说到底哪个扭得住他。可是你的八字还不错。命中有不少凶险,可也有不少吉利。有时候你会受伤,有时候会得病;可是回回儿都能逢凶化吉。命中有二女缠身,一白一黑,一富一贫。元配穷的,续娶富的。离水愈远愈好,可别冒险,因为卦上注定了你命中该被绞死。"

当天夜里我点上蜡烛上我屋子里去的时候,爸就在那儿坐着——可不就是他嘛!

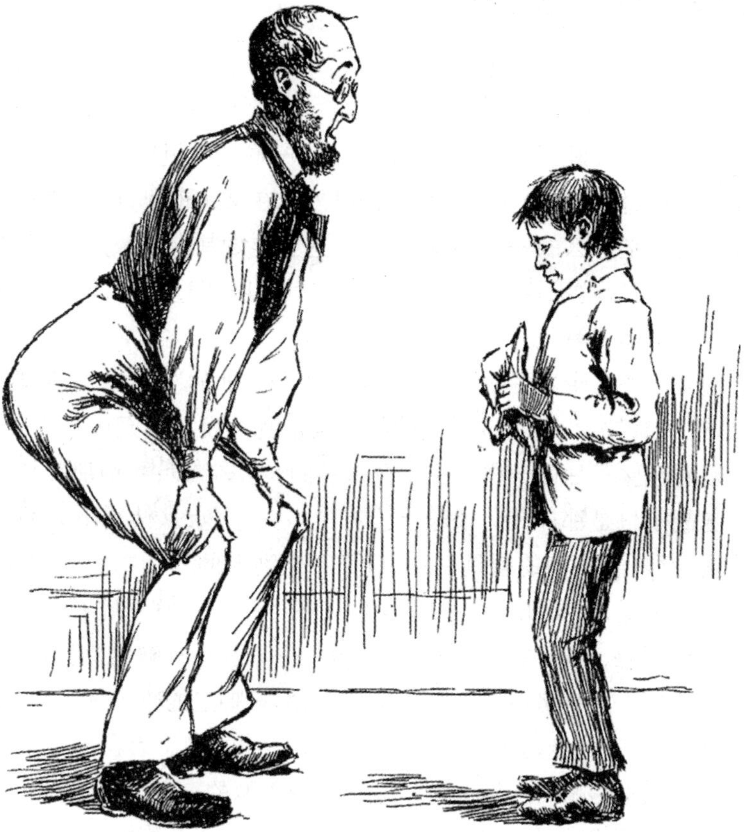

第五章 爸重新做人

我把房门关好了。然后我转过身去,一眼就瞧见他在那儿。我从前老是怕他,他太爱揍我了。我起初以为现在又害怕了;可是待一会儿我又觉得不是那么的——那就是说,他这么突如其来地一露面,就叫我吃了一惊,可以这么说吧,弄得我好像连气都喘不过来了,可是我马上就明白我根本不算怎么怕他。

他差不多五十岁了,看样子也像那么老。他的头发又长,又乱,又油腻,往下耷拉着,你可以看到他的眼睛从乱头发后面闪出光来,就好像他是藏在藤子后面一样。头发全是黑的,还没有发白;他那又长又乱的络腮胡子也是那样儿。他脸上没有一点儿血色,从他露出来的那点儿脸就看得出来;他的脸是白的;可又不像别人的那么白法,简直白得叫人看了难受,白得叫人看着浑身起鸡皮疙瘩——像雨蛙①那么个白法,像鱼肚那么个白法。说到他的衣服——除了一身破烂,别的什么也没有。他把一只脚搭在另外那个膝盖上;那只脚上的靴子张了嘴,露出两个脚趾头来,他老是要把它们扭动扭动。他的帽子丢在地板上——一顶旧的黑垂边帽,顶子都瘪了,像个大锅盖似的。

我站着盯住他,他也坐在那儿盯住我,把椅子稍微往后翘起一点。我把蜡烛放下。我发现窗户是开着的;就知道他是从棚子上爬进来的。他老是从头到脚打量我。一会儿他说:

"衣服倒是笔挺的——真神气呀。你觉得自己很有点大阔佬的派头吧,是不是?"

"没准儿,也许是,也许不是。"我说。

"不许你跟我顶嘴,"他说,"自从我走了之后,你就有些摆起臭架

---

① 雨蛙是一种能爬树的蛙,快要下雨的时候它就叫起来。

子来了。我非得把你的面子下了,决不肯跟你干休。听说你还受了教育哪——能念能写。现在你自以为比你爸爸强了,因为他不会,是不是?我非把你这个连根儿拔掉不可。谁让你没事儿掺进去搞这种无聊的傻事,嘿?——是谁叫你干的呀?"

"寡妇。是她给我说的。"

"寡妇,咦?——那么又是谁叫寡妇那么爱管闲事,管到别人的事情上面来了呢?"

"谁也没叫她管。"

"好了,我得教训教训她怎么去管闲事。你可得记住——赶快退学,听见了没有?这些人打算叫别人的孩子长大了就跟他亲老子摆架子,还装得比他老子都强,我可得教训教训他们才行。瞧你再去上那学校瞎混,叫我抓住可够你受的,听见了没有?你妈在世一辈子不会念书,也不会写字。全家的人个个都是一辈子不会这一套。连我都不会;你可偏要在这儿打肿了脸充胖子。我这人可受不了这个气——听见了没有?好,我来听听你念书吧。"

我拿起一本书来念了些华盛顿将军和打仗的事。我刚念了差不多半分钟的工夫,他就猛一下抬手把我的书使劲打了一拳,打到屋子那一边去了。他说:

"啊,原来如此。你真的会念啊。刚才你说了我还有点儿不信呢。好了,你听着:你得给我放下你的臭架子来。我见不得这个。我要盯住你,你这自作聪明的家伙;要是我在那学校附近抓着你,我可要好好地揍你一顿。你要知道,你一上学就得信教。我这辈子也没见过这么个儿子。"

他拿起一张蓝色和黄色的小图画,上面画着几头母牛和一个孩子,他说:

"这是什么?"

"这是因为我功课学得好,他们给我的一点儿东西。"

他把它撕了,说:

"我要给你点儿更好的——我要赏你一顿牛皮鞭子。"

他坐在那儿,嘴里叽里咕噜地牢骚了一阵,随后他又说:

"瞧，你这不成了个透鼻儿香的花花公子了吗？哼，一张床；还有一份铺盖；还有个镜子；地板上还铺着地毯——可是你的亲老子得在硝皮厂里跟猪睡在一块儿。我一辈子也没见过这么个儿子。我反正得先打掉你这副臭架子，再跟你一刀两断。嗐，你这副神气还真是摆个没完——人家说你发财了。嘿？——到底是怎么回事？"

"他们瞎扯——就是那么着。"

"你听着——跟我说话得加点儿小心；我现在可是差不多忍无可忍了——可别再给我来这套没规矩的话。我到镇上来了两天了，尽听见人家说你发财的话。我在大河下边老远就听说了这件事。我就是为这个来的。明儿你把那些钱给我拿来——我要。"

"我没钱。"

"放屁。在萨契尔法官手里哪。你去拿来。我要。"

"我没钱，这是实话。你去问萨契尔法官吧；他也还是会跟你这么说。"

"好吧。我去问他；我得把他的钱挤出来，要不然我就得弄清楚到底是怎么回事。嘿，你口袋里有多少？我要。"

"我只有一块钱，我还要去……"

"不管你要拿去干吗，那都不相干——你干脆全给我拿出来。"

他接过去，还咬了一下，瞧瞧是真的不是，然后他就说要到镇上去买点儿威士忌酒，他说他整天都没有摸到一杯酒喝了。他爬出去爬到棚子上以后，又把脑袋伸进窗户来，骂了我一阵，说我不该摆臭架子，还想赛过他；等我猜着他已经走了，他又回来了，把脑袋伸进来，叫我对上学的事加点小心，因为他要盯住我，要是我不退学的话，他就要揍我。

第二天他喝醉了，他上萨契尔法官那儿对他乱吵乱骂了一场，想硬逼着他交出钱来；可是他没能办到，然后他起誓要告他，叫法院强迫他把钱交出来。

法官和寡妇到法院去告状，请求法院判我跟他断绝关系，还判他们俩当中随便哪一个做我的监护人；可是法官是才上任的，还不知道老头子的底细；所以他说法院对这种事但得不管就不管，最好能不拆散一家子的骨肉；说他还是不愿意把一个孩子由他父亲手里夺过去。这么着法官和寡妇就只好不管这件事了。

老头子这下子可得意忘形了。他说要是我不弄点儿钱给他,他就要把我揍得浑身发青发紫。我从萨契尔法官那儿借了三块钱,爸拿去就喝醉了,出去到处大吹大吵,大骂大叫,满街胡闹一阵;他敲着个洋铁盆子,在镇上到处都闹遍了,差不多一直折腾到半夜;后来他们把他关起来了,第二天把他送到法院去,又关了他一个星期。可是他说他还是满意;说他儿子得服他管了,他得收拾收拾他,叫他也受受罪。

他给放出来以后,那个新来的法官说他要叫他重新做人。所以他就把他带到自己家里去,给他穿得干干净净,漂漂亮亮,叫他跟家里人一块儿吃早饭,吃午饭,又吃晚饭,对他可以说是好到家了。吃完晚饭,他就跟他讲戒酒一类的大道理,讲得老头子哭起来了,他说他一直都当了个大傻瓜,把这一辈子都糟蹋了;可是现在他要重新打鼓另开张,重新做人,叫谁都不必再替他难为情,他还希望法官帮他的忙,别瞧不起他。法官说听了他那些话,恨不得抱抱他;所以连法官也哭了,法官太太也哭了;爸说他从前一直都叫人误会,法官说他相信这话。老头子说一个倒了霉的人顶需要的是同情,法官说的确不错;这么一来,他们又都哭起来了。然后到了睡觉的时候。老头子就站起来,伸出手去,说:

"请看看这只手,诸位先生,诸位太太小姐;你们把它抓住吧;咱们来拉拉手。这只手呀,从前简直是个猪蹄子;现在可不是那样了;它现在是个要改邪归正的人的手,这个人宁死也不再走老路了。诸位记住这些话——别忘了这是我说的。我这只手现在是干干净净的了;咱们拉拉手吧——别害怕。"

于是大伙儿一个又一个地通通都来跟他握手,并且又哭了。法官太太还亲了亲他的手。然后老头子就在一张保证书上签了字——画了个押。法官说这是自古以来最了不起的好事。至少也差不多是这样。后来他们把老头子安排到一间漂亮的屋子里,那是间空着的客房;夜里不知在什么时候,他又发了酒瘾,简直熬不住,于是就从楼窗爬出去爬到门廊顶上,再顺着一根柱子溜下去,拿他的新上衣换了一壶酒劲儿挺冲的威士忌,又爬了回去,再大过了一阵瘾;天快亮的时候,他又爬出去了,醉得什么似的,从门廊顶上滚下去,把左胳臂摔坏了两处;太阳出来以后，才有人发现了他，那时候他差点儿快冻死了。后来他们到那间空屋子去一看，满屋都弄得乱七八糟，非得先捉摸清楚，简直就不能下脚。

法官真有点儿生气。他说他觉得干脆给这老头子一枪，送他回老家，也许就能叫他改掉他的毛病，别的办法他可想不出来。

第六章　爸跟死神的斗争

后来过了没有多久,老头子就好了,他起来到处走动,跟着就去找萨契尔法官上法院打官司,叫他交出那笔钱来,他也找上了我,怪我不退学。他抓到我两回,拿鞭子揍我,可是我还是照样上学,多半都是躲着他走,或是跑得叫他追不上。我从前并不怎么喜欢上学,可是我觉得现在偏要去,就为的是跟爸赌气。那个官司可是件磨洋工的事儿——看样子简直就像是根本没日子开庭似的;所以我过不两天又要从萨契尔法官那儿借两三块钱给他,免得挨他的皮鞭子。每回他拿到钱就喝个烂醉;每回喝醉了就在镇上闹个天翻地覆;每回闹出乱子,就叫人家给关起来。他搞这套把戏正合适——这正是他的拿手好戏。

他后来老爱在寡妇住的地方转来转去,实在叫她太讨厌了,所以最后寡妇就对他说,要是他还老是围着那儿转,她可就要对他不起了。哼,这不简直把他气疯了吗?他说他倒要叫人瞧瞧哈克·费恩到底该归谁管。所以春天里有一天,他盯住了我,把我抓到手,用一只小船把我带到大河的上游三英里来远的地方,再划过河,到伊利诺伊州那边去,那儿是一片树林子,没有人家,只有个破旧的木头小屋子,那地方树木长得挺密,不认得路的人谁也找不到。

他老叫我跟他在一块儿,我根本就得不到逃跑的机会。我们就住在那个小屋子里,一到晚上,他老是把门锁上,把钥匙搁在头底下睡觉。他有一杆枪,我猜是偷来的。我们捉鱼打猎,就靠那个过日子。隔不多久,他就把我锁在屋子里,一个人走三英里路,到渡船码头上的铺子去,拿鱼和打猎打着的野物换威士忌酒,拿回来喝个醉,痛快一阵,再揍我一顿。寡妇后来探听出我待的地方了,她就派个人过来,想找到我;可是爸拿枪把他赶跑了,那以后过了不久,我就在那儿待惯了,并且还喜欢待在那儿——只除了挨鞭子,什么都挺好。

日子过得懒洋洋的，怪有趣，整天舒舒服服地躺着，抽抽烟，钓钓鱼，也不用念书，也不用学什么功课。两个多月的工夫飞快地过去了，我的衣服弄得又破又脏，我真不懂，当初在寡妇那儿住着，我怎么也会慢慢儿觉得对劲了，在她那儿你得洗脸洗手，得使盘子吃东西，得梳头发，得按时候睡，按时候起，老得为书本儿伤脑筋，还有老华森小姐一天到晚都得给你找碴儿。我再也不想回去了。我本来已经不骂人了，因为寡妇不喜欢那个；可是现在我又骂上瘾了，因为爸并不反对。整个儿说来，在树林里过的日子倒是挺痛快的。

可是后来爸把他那根胡桃棍儿使得太顺手，我简直受不了啦。我让他打得浑身都是伤痕。他又那么常常把我锁在屋里，自己走了。有一回他把我锁在屋里，走了三天一直没回来。那可真叫人闷得要命。我猜他是淹死了，我一辈子也甭打算出去了。我害怕起来。我打定了主意要想个什么法子离开那儿。我好几回打算想法子逃出那个小屋子，可是什么法子也没想出来。那儿连个狗能钻得过去的窗户都没有。我也不能从烟囱里爬上去，那太窄了。门是挺厚、挺结实的橡木板做的。爸很小心，他走的时候决不在屋里留把刀子什么的；我想我已经把那地方找遍了一百回了；哼，我差不多老是在找，因为要混时间，差不多只有干那个才行。可是这次我终于找到了一样东西；我找到了一把没有把儿的、生了锈的旧木锯；那是放在椽子跟屋顶板子中间的。我把它上了点油，就动手干起来。有条旧马毯钉在屋子那头桌子后面的粗木头上，那是挂在那儿挡风，免得缝儿里刮进风来，吹灭蜡烛的。我钻到桌子底下，掀起毯子，动手锯起来，要把底下的那条大木头锯下一块——锯出个大洞，要能让我钻得出去才行。嗐，这可叫我干了老长的工夫，可是我快干完了的时候，就听见爸在树林里放枪的声音，我就弄掉了锯木头的痕迹，放下毯子，把锯子藏起来，过一会儿爸就进来了。

爸又在发脾气——这么着他又现出原形来了。他说他到镇上去了，事儿全不对头。他的律师说他估计只要一开审，他的官司就能赢，钱就能到手；可就是人家总有法子往后拖好些时候，萨契尔法官就懂得那一套办法。他还说人家都料着会要再开一次庭，审我跟他断绝关系、让寡妇做我的监护人那个案子，他们猜着这回人家准赢。这可叫我大吃一惊,因为我不愿意再回寡妇那儿去,叫她们把我管得那么紧,还要像她们说的,让我受什么教化。后来老头子就骂起来了,把他想得起来的每个人和每件事都骂到了,然后又从头到尾再骂一遍,怕的是刚才有骂漏了的,这样骂了两道以后,又来一次笼统的、一包在内的大骂来收场,把他连名字都不知道的许多人也都骂在里头了,轮到他们头上的时候,就管他们叫"那个叫什么名字的家伙",又一直骂下去。

  他说他倒要看看寡妇来把我夺去。他说他要提防着,要是他们想来跟他玩这个花招儿,他知道六七英里外有个地方可以把我藏起来,那儿他们找到底也只好撒手,怎么也找不着我。这又叫我挺担心,可是只担心了一会儿,我算计着我决不会老待在他身边,让他有机会来那一手。

  老头子叫我到那只小船那儿去,取他弄来的东西。那儿有个五十磅一袋的棒子面、一大块咸肉,还有弹药、四加仑一罐的威士忌酒、垫东西用的一本旧书和两张报纸,另外还有些麻经儿。我运上一担去,回头去坐在船头上歇一歇。我把这件事从头到尾想了一遍,盘算着我要是开小差,那就带着那杆枪和几条钓鱼线往树林里逃吧。我想着我还是别在一个地方待着,干脆就一直往全国各处去游荡,多半在夜里走,靠打猎和钓鱼过活,就这样走得老远老远,不管是老头子还是寡妇,谁也甭想再找到我。我猜那天晚上爸要是醉得够厉害的,我就可以锯完那个洞钻出去,我算计着他是会醉得够呛的。我尽想着这个,忘了我在那儿待了多大半天了,直到后来,老头子喂喂地大声叫我,问我是睡着了,还是淹死了。

  我把东西全运到小屋子里去,那时候天就差不多黑了。我正做晚饭的时候,老头子大喝了一两次,劲头又有点上来了,他又破口大骂起来。他本来在镇上就喝醉了,在臭水沟里躺了一夜,他那个样子可真够瞧的。人家真会把他当成亚当——他弄得浑身上下满是泥。每回只要他的酒性一发作,他差不多总是大骂政府。这回他说:

  "这也叫政府!嗐,你瞧瞧吧,瞧它到底像个什么玩意儿。他妈的那个什么法律就打算着把人家的儿子抢去——人家亲生的儿子,费了多大事,着了多少急,花了多少钱,好容易才把他养大的呀。可不是嘛,人家好不容易把这儿子养大了,正好叫他去干点儿活,孝顺孝顺他老子,让他歇口气,这下子法律可跑过来跟他捣蛋。他们还管这个叫政府!那还不算完哪。法律还给萨契尔法官那老家伙撑腰,帮他跟我捣蛋,叫我得不着自己的财产。这就是法律干的好事:法律把个有六千多块钱的人硬掐在手里,把他塞到这么个耗子笼似的小屋子里,让他穿上这些披在猪身上都不像话的衣服到处转。他们还管这个叫政府!有了这么个鬼政府,谁也别想享受他的权利。有时候我想干脆还不如离开这个国家,一辈子也不回来。不错,我就是这么对他们说的;我就当着萨契尔那老头儿的面也是这么说的。他们有好些人都听见我说了,他们都会记得我说的话。我说,我不管三七二十一,反正得离开这个浑蛋的国家,一辈子都不再沾它的边。我就是这么说的,一个字儿也不差。我说,瞧瞧我这顶帽子——要是这也能叫作帽子的话——帽顶子朝上耸得挺高,帽边儿耷拉下来,一直耷拉到我下巴底下,这简直就不能算帽子,还不如说是我把脑袋钻到一截洋炉子烟囱里哪。你瞧瞧吧,我说——这么一顶破帽子叫我戴着——我,要是我能享受我的权利的话,这镇上最大的财主我也得算一个呀。

"啊,不错,这可真是个妙透了的政府,真是妙得很哪。哼,你瞧。有那么一个俄亥俄州的自由黑人——他是个黑白混血种。差不多像个白人一样白。他穿的衬衫可真白呀,你一辈子也没见过的那么白法,还戴着顶漂亮的帽子;全镇上找不出一个人穿他那么好的衣服;他还有只金表和链子,还有根银头的手杖——简直是全州最叫人看得起的一位老财主。还有,你猜怎么着?人家说他还是个大学教授,各国的话他都会说,什么他都懂。那还不算顶糟糕的哪。人家说他在家乡的时候,还能投票选举。哼,这可把我弄得莫名其妙了。我心里想,这个国家要糟成什么样子呀?那天是选举的日子,要不是我醉得走不动的话,我还打算亲自去投票哪;可是他们跟我一说,咱们这个国家里还有一州能让那个黑鬼投票,我就泄了气。我说我一辈子再也不去投票了。我就是那么说的,一个字儿也不差;他们都听见我说了;我恨不得咱们这个国家马上就完蛋——我这辈子再也不投票了。瞧着那黑鬼那种不懂礼的样儿,真叫人生气,——哼,要不是我给他推到一边儿去,他连路都不给我

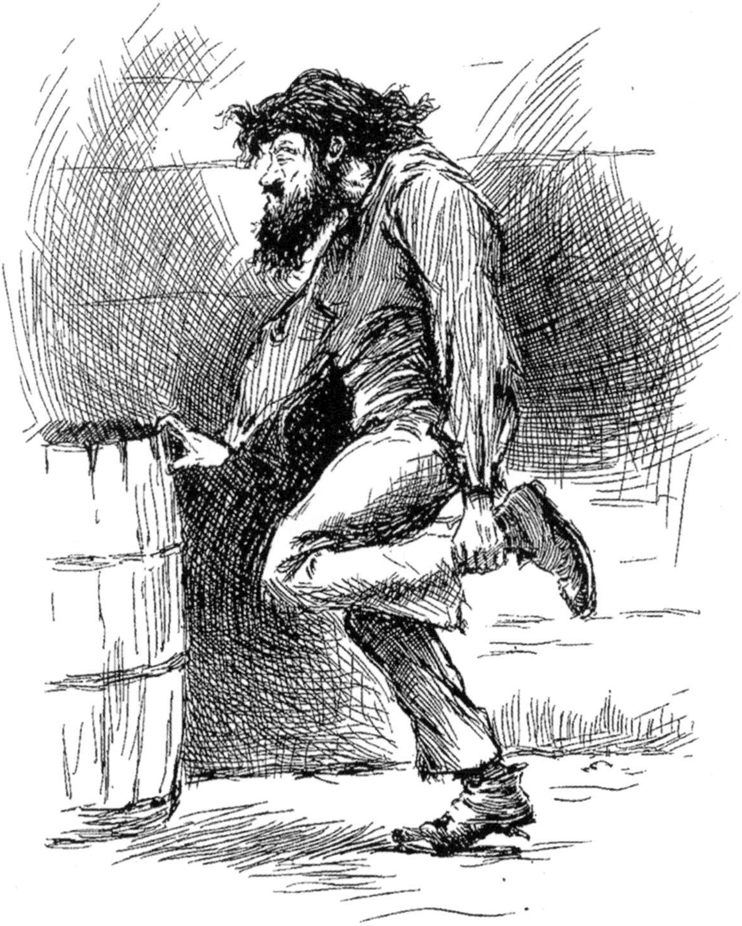

让呢。我跟人家说,为什么不把这个黑鬼拿去拍卖了呢?——我就是要问清楚这个。可是你猜他们怎么说?嗐,他们说他非得在这个州里住上六个月才能把他卖了,可是他在那儿还没住够那么多的时候。得啦,你瞧——这可真叫怪事。一个自由的黑人在州里还没住上六个月,政府就不能卖他,人家可还是管它叫政府。居然会有这么个政府,自己管自己叫什么政府,装什么政府的样子,自己也觉得自己真是个政府,可是还非得一丝儿不动地整整等六个月,才能动手抓一个偷偷摸摸的、贼头贼脑的、无法无天的、穿白衬衫的自由黑人,并且……"

爸就这样一个劲儿骂下去,简直没有当心他那两条东歪西倒的老腿在往哪儿走,结果他就一下子撞在盛咸肉的木桶上,摔了个倒筋斗,把两根迎面骨①都蹭破了皮。这以后,他骂的话更是凶极了——多半都是骂那个黑人和政府的,尽管他也东一句西一句地骂一骂那个桶子。他在小屋子里跳着转圈儿,转了老大工夫,一会儿用这条腿跳,一会儿用那条腿跳,先提着这根迎面骨,再提着那根,末后他突然放开左脚,砰的一声把木桶使劲踢了一下。可是这下他没有算计得好,因为那正好就是头上露出两个脚趾头的那只靴子;所以他就大声号叫起来,叫得简直叫人头发都竖起来了,他扑通一下倒在脏土里,在那儿抱着脚指头直打滚;这时候他那一阵臭骂简直比他一辈子骂的什么都更凶。后来他自己也是那么说。他从前听见过邵伯利·哈根那老头儿在他最得意的时候骂人,他说他刚才这阵骂连他都赛过了;可是我看那也许是天花乱坠地瞎吹牛吧。

吃完晚饭,爸拿起那个酒罐子来,说那里面的威士忌酒足够他两回大醉,发一回酒疯的。那就是他老爱说的一套词儿。我猜他差不多只要一个钟头就会醉得不省人事,到那时候我就打算把钥匙偷来,或是锯个洞钻出去,随便怎么都行。他喝了又喝,不一会儿就扑通一下倒在毯子上;可是我还是不走运。他并没有睡熟,只是醉得难受。他连哼哼带哎哟,又把胳臂往左右乱甩,闹了个老半天。后来我困得怎么也撑不住了,简直睁不开眼睛,所以我就不知不觉地睡熟了,蜡烛还在点着哪。

---

① 迎面骨就是脚杆骨。

我不知道睡了多久,可是忽然有一声可怕的尖声喊叫,我马上就惊醒过来。是爸来了,他显出发疯的样子。前后左右乱跳乱蹦,叫喊着说有蛇。他说它们往他腿上爬;然后他就跳起来,又尖声惨叫了一阵,还说有一条蛇咬了他的腮帮子——可是我看不见什么蛇。他跳起来,在小屋子里转着圈儿跑个不停,一面叫着"快把它抓下去!快把它抓下去!它咬我的脖子哪!"我从来没瞧见过一个人眼睛里显出这种吓得要命的神气。不一会儿,他累得不行了,倒下去直喘气;然后他就在地下直打滚,滚得别提多快了,他还把东西往各处踢,拿手往空中猛打猛抓,嚷着说有魔鬼缠住了他。他不一会儿又累乏了,乖乖地躺了一会儿,一面小声地哼。后来他躺得更安静了,简直不声不响。我听得见猫头鹰和狼老远地在树林里叫,外面好像是清静得可怕。他在屋子犄角儿那边躺着。不一会儿他撑起一半身子来仔细地听,把脑袋歪在一边。他声音很低地说:

"嚓——嚓——嚓;那是死人的脚步声;嚓——嚓——嚓;他们抓我来了;我可偏不走。嗷,他们来了!别动我——别动!撒手——冰凉的手呀;放了我吧。嗷,别缠住我这倒霉蛋呀!"

后来他手脚着地爬到一边去,嘴里还是求他们别缠住他,他拿毯子把他自己裹起来,滚进那张旧松木桌子底下去了,一面还在那儿哀求;随后他就哭起来了。我隔着毯子都听到他的哭声。

不一会儿,他滚出来,一下就蹦了起来,样子挺凶,他看到我,就往我这边冲过来。他拿把大折刀追着我在屋子里直打转,一个劲儿管我叫"死神",说要杀掉我,我就不能再来抓他了。我央求他,告诉他说我是哈克;可是他尖声地怪笑了一声,又大吼大骂,一直追着我。有一回我猛一转身,想从他胳臂底下躲过去,他伸手一抓,就抓住了我的上衣背后的领子,我想这下子可完蛋了;可是我像闪电那么快,一下子就挣脱了衣服,逃出了命。不一会儿他就累得不行了,背靠着门垮了下去,说他要休息一会儿再来杀我。他把刀放在身子底下,说他要睡一会儿,长一股劲儿,到那时候他倒要看看谁行谁不行。

这么着,他很快就打起盹来了。不一会儿我拿了那把木条子钉成坐板的旧椅子,轻轻地爬上去,不弄出一点儿声音,摘下那杆枪来。我拉开枪栓,瞧清楚它的确是装着子弹,然后我就把它架在萝卜桶上,枪口对准了爸,我就坐在后面等着他动弹。等着的时候可真是难熬,真是静得要命呀。

第七章　我把爸作弄了一场就溜掉了

"起来,你在干吗?"

我睁开眼睛,四下里张望着,想弄清楚我到底在哪儿。已经是大天亮了,我原来一直睡得很熟。爸弯着身子在我身边站着,绷着一副脸——还显得有些烦躁的样子。他说:

"你拿枪干吗?"

我猜他一点儿也不知道昨晚上自己干了些什么事,所以我就说:

"有人想进来,所以我就在这儿打下埋伏等着他哪。"

"你怎么不把我叫醒?"

"嗨,我叫了,可就是叫不醒;我一点也弄不动你。"

"那么,好吧。别整天站在那儿说废话,你还是出去瞧瞧钩上有鱼没有,好做早饭。我一会儿就来。"

他开开门上的锁,我连忙跑出去,顺着河岸往前走。我瞧见几根树枝子什么的在河里漂下来,还有一些零零碎碎的树皮;于是我就知道河水开始在涨了。我算计着这时候要是我在镇上的话,一定可以大大地痛快一阵。六月里一涨水,向来都是我走运的时候;因为水一涨,马上就有些大块的木料往这儿漂下来,还有冲散了的木排——有时候一下子就是十几根大木头连在一块儿;这么一来,你只要去捞起来卖给木厂子或锯木厂就行了。

我顺着河边往上水走去,一只眼睛盯着爸,一只眼睛瞧着大水冲下些什么东西来。嘿,忽然之间一只小划子漂下来了;这可真是美透了,它差不多有十三四英尺长,逍遥自在地漂过来,像只鸭子似的。我学着青蛙的样子,把头朝下,从岸上扑通冲下水去追那只划子,连衣服什么的全没脱掉,就浮过去。我估计着一定有人在划子里面躺着哪,因为有些人老爱那么办,好作弄别人,专等人划只小船快把它追上了,他们再坐起身来冲着那个人哈哈大笑。可是这回可不是那样。它是个漂下来没有主的划子,一点也不错;我就爬上去把它划到岸上来。我心里想,老头子瞧见这个就该高兴了——它能值十块钱哪。可是我划到了岸,还没瞧见爸过来,后来我正在把它划进两岸长满了藤子和柳树的一条水沟似的小河里去,忽然想起了一个新的主意来:我想我还是好好地把它藏起来吧,那么,等我逃跑的时候,就不用往树林子里跑,干脆顺水划下五十来英里,找个地方永久住下,再也不用跑腿,到处游荡着受活罪了。

那地方离小屋子很近,我老是觉得像听见老头子来了似的,可是我还是把它藏好了。过后我就走出来,在一堆柳树那儿转了一圈,四下张望了一阵,果然瞧见老头子一个人顺着小路走过来,他正在拿枪打鸟儿哪。所以他什么也没瞧见。

他走过来的时候,我正在那儿使劲把一条"排钩"钓绳往上拖。他骂了我几句,说我太慢了;可是我告诉他说我掉到河里了,所以才耽误了那么半天。我知道他一定会看出我身上湿了,随后就要盘问我。我们从钓绳上摘下五条鲶鱼,就拿回住的地方去了。

吃完早饭,我们躺下来想睡睡觉的时候,我们俩都快累垮了,这时候我想着要是我能琢磨出个什么法子,叫爸和寡妇都不再找我,那可就比专靠运气、趁着人家还没发现我不见了的时候,就拼命跑得老远,更有把握得多了;你知道吗,说不定什么岔子都会出的。我一时简直想不出什么主意来,可是不一会儿爸就爬起来,又喝了一罐水,他说:

"下回再有人贼头贼脑地上这儿来转,你就把我叫醒,听见了吗?那个人上这儿来是不怀好心的。我要是看见,就把他一枪干掉了。下回你把我叫醒吧,听见了吗?"

他说完就倒下去,又睡着了;他刚才说的话恰好给了我一个好主意,正合我的心思。我心里想,现在我可以把这个事儿安排得好好的,叫谁都想不到要去找我了。

大约十二点的时候,我们出来顺着河边往上走。河水涨得相当快,好些冲下来的木头浮在大溜上往下漂。不一会儿,漂过来一个冲散了的木排——九根大木头紧紧地连在一块儿。我们把那只小船划出去,

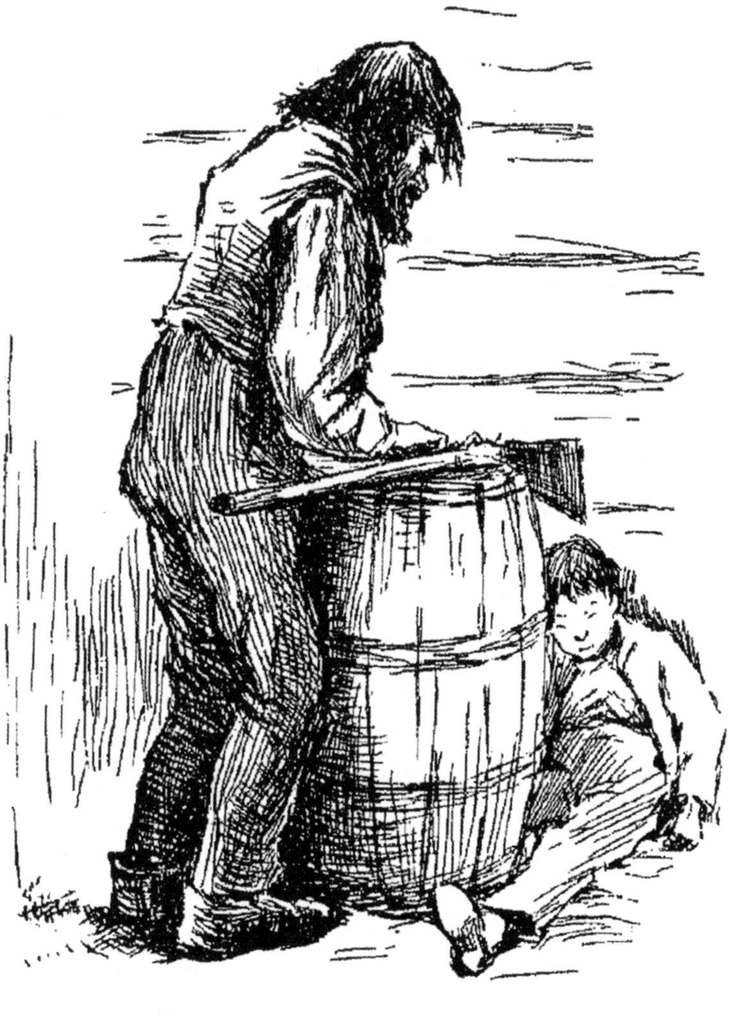

把它拖到岸边上来。随后我们就吃午饭去了。除了爸,谁也得一直待个整天,好再多捞点东西;可是那不是爸的作风。一回捞上九根大木头,这就足够了;他得马上弄到镇上去卖。所以他就把我锁在屋子里,解下小船,大约在三点半的光景,他就拖着木排划走了。我估计他那天晚上不会回来。我等了一会儿,等到我算计着他划上了劲儿的时候,就拿出锯子,又锯起那根大木头来了。他还没划到河对岸,我就从那个洞里钻出来了,那时候他和那木排老远地漂在河里,简直就像一个小黑点子似的。

我把那袋棒子面拿到藏划子的地方,拨开藤子和树枝,把它放到划子上;随后我又把那一大块咸肉也那么搁好;还有那个威士忌酒罐子。我把那儿所有的咖啡和糖都拿走了,还有所有的弹药;我还拿了垫东西的书报;拿了吊桶和葫芦瓢;拿了个带把儿的勺和洋铁杯子,还有我那把旧锯子和两条毯子,还有那个长把儿矮脚小锅和咖啡壶。我还拿了钓绳、火柴和一些别的东西——只要是值一个小钱的东西通通都拿走了。我简直把那个地方整个儿搬空了。我想要一把斧子,可是那儿没有,只有外边柴火堆里那一把,我可知道为什么得把它留下。我把枪拿出来,这下子我就全准备好了。

我从那个洞里往外爬,又从那儿拖出那么多的东西来,所以就把那块地磨掉了不少。我就从外面在那儿撒了一些浮土在地上,把那光溜溜的地和那堆锯末子都盖好了,拼命收拾得不露痕迹。随后我又把那块锯下来的木头安在原处,底下垫两块石头,另外再搬一块把它顶住,因为原来那根木头在那地方是往上弯的,没大挨着地。你要是站在四五英尺远,不知道是锯过了的话,你就怎么也看不出毛病来;再说这又是小屋子背后,谁也不会到那儿瞎转去。

一直到小划子那儿都是草地,所以我就一点脚印儿都没留下。我转到各处看了一下。我站在岸上远远地往河那边望了一阵。保险没事。于是我就拿起枪来,一个人往树林里走,我正在四下里找鸟儿打的时候,就看到个野猪;猪从草原上的农场里跑出来以后,不久就在这些河边的低洼地方变成野的了。我把这家伙一枪打死,就拖到原来住的地方去了。

我拿起那把斧子把门砍碎了。我连锤带劈,乱干了好大一阵子。我把猪拖进来,一直弄到屋里快靠着桌子的地方,拿斧子砍破了它的喉咙,把它放在地上流血;我说"地上"是因为那的确就是土地——挺结实的硬地,没有木板。好了,下一步我就拿条旧口袋,里面装上好些块大石头——我能拖得动多少就装多少——我就把它从猪那儿拖起,拖到门口,再穿过树林子,到河边就把它丢下水去,扑通一声就沉下去,沉得没影儿了。这么一来,你就很容易看出是有人拖着什么东西从那块地上走过的。我真愿意有汤姆·索亚在场;我知道他对这类事情一定有兴趣,他还会出些主意,添些新鲜花样儿。干这类事情,谁也赶不上汤姆·索亚那么在行。

好了,最后一步我揪下点儿头发来,把斧子好好地用血涂了一遍,把头发粘在斧子背上,再把斧子扔到旮旯儿里。随后我就抱起那只猪来,拿我的上衣把它托在我的胸脯前面(这样它就不能往地下滴血了),一直托着走出屋子往下走了一大段路,再把它扔到河里。这时候我又想起另外一个主意来。所以我就去把那袋棒子面和我那把旧锯子都从划子里拿出来,把它们拿到那个屋子里去。我把袋子拿到原来放着的地方,拿锯子在它底下戳了一个洞,我只能用锯子,因为那地方没有吃饭用的刀子和叉子——爸做饭全用他那把大折刀。随后我就扛着那袋子走过草地,穿过房子东边那些柳树,走了一百来码远,扛到一个浅水湖边上,这个湖有五英里宽,湖里长满了灯心草——在那个季节,还可以说满是野鸭子哪。湖那边有一条小河沟流到好几英里以外去,我不知道它到底流到哪儿,反正是没有往大河里流。棒子面撒了一路,一直到湖边上,撒出了小小的一条印子。我又把爸的磨刀石也丢在那儿,弄得叫人看着好像是谁偶然丢下的。后来我用一根小绳子把棒子面口袋的裂口扎起来,不叫它再漏了,随后就把它和我的锯子都拿到划子上去了。

现在差不多到天黑的时候了;于是我就在岸上垂着枝子的几棵柳树底下把划子漂到大河边上,等着月亮出来。我把划子在一棵柳树上拴稳了;随后我就拿点东西来吃,不一会儿又躺在划子里抽了袋烟,琢磨出个主意来。我心里想,他们准会顺着那一袋子石头拖出来的印儿一直找到河边上去,跟着就会在河里打捞我。他们也准会跟着棒子面那道印子找到湖边上去,再像牛羊吃草似的低着头顺着湖里流出去的那条小河沟去找那些杀了我又抢走东西的强盗。他们在大河里也就除了捞我的死尸之外,决不会再打算找别的什么了。他们不久也就会捞腻了,再也不会为我操心了。这就好了;我就可以爱在哪儿待着就在哪儿待着了。杰克逊岛对我倒是够好的;那个岛我相当熟悉,并且从来没有谁上那儿去。往后我还可以在夜里划过河到镇上去,四下里偷偷地遛一遛,捡点儿我需要的东西。对,杰克逊岛正是个好地方。

我累得很,就迷迷糊糊地睡着了。我醒来的时候,愣了一会儿,不知自己在什么地方。我坐起来,四下里张望张望,有点儿害怕。随后我才想起来了。那条河好像有多少多少英里宽。月亮亮极了,我简直可以数得清顺水漂下来的木头,黑乎乎的,静悄悄的,离河岸有几百码远。一切都静得要死,看样子时候是不早了,连闻都闻得出是不早了。你明白我的意思吧——我不知道该怎么说才好。

我打了个大哈欠,伸了个懒腰,刚要解开绳子开船,就听见河面上老远的地方有个声音。我仔细听着。一会儿我就听出来了。那是清静的夜里船上的桨在桨架子上划动的那种单调的均匀的声音。我隔着柳树枝子往外偷偷地一看,果然不错——是一只小船,远远的在河那边。我弄不清楚小船里有多少人。它一直冲着我这边划过来了,等它跟我并齐的时候,我看清楚了里面只不过有一个人。我心里想,那也许是爸,虽然我可是没想到他会那么早就回来。他顺着大溜冲到我下边去了,不一会儿他又转了个向,划着船走那股静水里靠岸了;他挨着我很近地过去,我简直可以伸出枪去就碰到他了。嗐,果然是爸,一点也不错——要按他划桨的样子看来,他居然还没有醉哪。

我一点也没有耽误时间。马上我就在靠岸背阴的地方顺流急冲下去,我轻轻地划,可是划得挺快。我往下水划了两英里半,随后就往河中间划了四五百码,因为我怕的是等会儿冲过船码头的时候,人家也许会瞧见我,还要招呼我。我划到那些漂下来的木头当中,随后就躺在划子底上,让它往下漂。我躺在那儿,好好地休息一下,又抽了一袋烟,望着老远的天空,天上一点云也没有。在月光里仰起身子躺着看天,天色就老是显得非常深远；这可是我从来不知道的。还有在这样的夜里，你在水面上听得多远多远呀！我听见人家在渡船码头上聊天。连他们说的是什么都听得出来——一个字一个字都听得清楚。有一个人说现在快到日长夜短的时候了。另外一个人说，照他看来，这一夜可真不算短哪——他这么一说，他们就都哈哈地乐了，他又把那句话说了一遍，他们又乐了；后来他们叫醒了另外一个家伙，把这句话告诉他，他们又乐了，可是这个家伙没有乐；他骂了一句挺厉害的话，叫他们别打搅他。先头说话的那个家伙说他打算把这句话告诉他的老伴——她准会觉得怪有趣；可是他说比起他年轻的时候说的那些话来，这可简直就不算一回事了。我听见有一个人说差不多快三点了，他希望可别再等一个星期才天亮。从那以后，聊天的声音就越来越远，我再也听不清楚他们说的话了；可是我还能听到他们叽叽咕咕的声音，有时候还听见笑声，可是那好像是离得老远老远了。

我现在离开渡船码头，到下边来了。我站起来一看，杰克逊岛差不多就在下边两英里半的地方，岛上的树长得挺密，它突出在河中间，又大又黑又结实的样子，像一只没点灯的火轮船。岛前头的沙洲连影儿也看不见了——它现在完全叫水给淹了。

没有多大工夫我就到了那儿。我像射箭似的冲过岛的前头，那儿水流得挺急，我跟着就划到静水里去，在朝着伊利诺斯州河岸那边靠了岸。我把划子划进了原先知道的岸边上一个凹进很深的地方；我得把两边的柳树枝子拨开才能钻进去；我把划子拴好之后，从外边谁也看不见它了。

我走上去，在岛前头的一根大木头上坐下，朝着那条大河往远处望过去，望着那些漂下来的黑乎乎的木头，望着三英里以外的镇上，那儿已经有三四处灯光一闪一闪地亮起来了。有一个大得吓人的木排从上水大约一英里的地方漂下来了，木排中间还点着灯。我仔细看着它慢慢儿漂下来，后来它跟我站的地方并齐的时候，我就听见有个人说："划尾桨，嘿！把船头往右转！"我听得挺清楚，就好像说话的人在我身边一样。

这时候天色有点灰白了；所以我就往树林里走，先躺下来，睡个小觉，再吃早饭。

第八章　我饶了华森小姐的吉姆

　　我一觉睡醒来,太阳已经很高了,我猜准是八点过了。我躺在草地上阴凉的地方,想着一些事情,我觉得歇够了,挺舒服,挺满意。我可以从树叶子当中的一两个洞里往外看到太阳,可是四下里多半都是些大树,待在那里面简直是黑洞洞的。有些地方太阳光透过树叶子照得满地斑斑点点,这些斑斑点点的地方还有点儿晃晃悠悠地动,看得出树顶上吹着微微的风。有一对松鼠坐在树枝上,叽叽喳喳地冲着我叫得挺亲热。

　　我觉得懒洋洋的,挺舒服——简直不想起来弄早饭吃。后来我刚要再打起盹来,就觉得好像听见河上游老远的地方有个挺深沉的声音,"轰隆!"我醒过来,拿胳膊肘支着身子仔细听;不一会儿又听见了那声音。我跳起来,走到树叶子漏着缝儿的地方往外瞧,瞧见在上游远远的水面上浮着一团烟——差不多就在渡船码头的地方。渡船上满是人,正顺着水往下漂哪。我现在明白这是怎么回事了。"轰隆!"我瞧见一朵白烟从渡船边上迸了出来。要知道,他们正在往水上放炮,想叫我的尸首浮到水面上来。

　　我觉得挺饿,可是我又不能生起火来,因为那么一来他们也许会瞧见我这儿冒烟。所以我就只好坐在那儿瞧着放炮的烟,听着轰隆的声音。大河在那儿有一英里宽,夏天早晨总是显得挺好看的——我只要有一口东西吃,那我在那儿瞧着他们找我的尸首,就真够有趣的。唉,后来我碰巧想起来,人家老是把水银灌到面包里,丢到水里去让它漂起,因为这面包老是一直漂到淹死的人那儿就不动了。所以我就说,我得注意瞧着,要是有找我的尸首的面包漂下来的话,我就不把它们放过。我转到这个岛朝伊利诺斯州的那一边去碰运气。结果总算没有白去,一个挺大的双料面包漂过来了,我拿根长棍子差点儿把它够着了,可是我的脚一滑,它又漂远了。当然,我是在大溜靠岸最近的地方待着——这个我是知道得够清楚的。可是不一会儿又漂下来一个,这回我可把它弄到手了。我拔出面包上的塞子,甩掉里面那点儿水银,就放在嘴里咬了一口。那是面包房做的讲究面包——是阔人吃的;绝不是你们那种难吃透了的棒子面做的粗面包。

我在树叶子中间找到一个好地方,在那儿坐在一根大木头上,一面挺响地啃着面包,一面瞧着渡船,心里觉得挺满意。后来我忽然想起一件事来。我想,现在我算计着寡妇或是牧师他们那些人准会祷告上帝,求他让这个面包找到我;面包倒是果然漂过来了,还真把我找到了。这么说来,不成问题,这种事的确还是有点道理——那就是说,像寡妇或是牧师那样的人祈祷起来,反正总有点门道,可是对我就偏不灵,我猜这种事除了对好人之外,都不会灵的。

我把烟点着,好好儿抽了一阵,一面还是瞧着那渡船。这时候渡船顺着大溜漂下来了,我想它一过来,我就可以趁机会瞧瞧有谁在船上,因为渡船准会像那个面包似的,漂到挺近的地方来。后来它顺水冲着我走得挺近的时候,我就把烟斗弄灭了,走到原先捞面包的那个地方,在岸边上一小块空地上的一根大木头后面趴下来。从那木头分叉的地方,我就可以偷偷地往外看。

不一会儿渡船真过来了,它漂得靠岸挺近,船上的人要是放下一块跳板,就能走上岸来。所有的人差不多都在船上。爸和萨契尔法官,还有贝奇·萨契尔、乔埃·哈波、汤姆·索亚,还有他的老波莉阿姨和席德、玛丽,还有好些别的人。每个人都在说这个谋杀案子,可是船长插进嘴来说:

"大伙儿注意瞧着吧,大溜在这儿靠岸最近了,也许他让水冲上岸去,在水边上的小树堆里挂住了。反正我希望是这样。"

我可没有这么希望。船上的人全都冲这边拥上来,靠着船栏杆把身子往外伸出来,差不多简直就对准了我,他们一声不响,拼命地注意瞧着。我瞧他们瞧得顶清楚,他们可瞧不见我。后来船长拉开嗓子叫了一声:"站开!"炮就正在我前头轰了一下子,那声音简直把我震聋了,烟也快把我给弄瞎了;我想这下子可完蛋了。要是他们放的炮里有炮弹的话，我想他们就能把他们想要找到的尸首弄到手了。总算还好，我一瞧自己并没有受伤，谢天谢地。船接着漂下去了，在下面突出来的地方一拐弯就不见了。我过不一会儿还能听到几回轰隆的声音，可是越来越远了，再往后，过了一个钟头，我就再也听不见了。这个岛有三英里长。我猜他们到了岛下面那一头，就要拉倒了。可是他们一下子还是不肯丢手。他们绕过了岛尾，又慢慢地开动机器，顶着密苏里州那边的水道往上开，走一会儿就轰一下子。我又往那边钻过去，瞧着他们。他们开到齐着岛上头的时候就不再放炮了，他们开到密苏里州那边靠了岸，都到镇上回家去了。

我知道现在没问题了。谁都不会再来找我了。我把我带来的东西从划子上拿出来，在密密的树林里收拾了一个挺舒服的地方住下。我拿毯子做了个帐篷似的玩意儿，把东西都放在底下，不让雨给淋湿了。我捉到了一条鲶鱼，拿我那把锯子把它破开，在太阳快落山的时候，我就生起了营火，把晚饭做来吃了。后来我又撒下钓绳去，弄些鱼来第二天做早饭吃。

天黑了，我就坐在营火旁边抽烟，觉得心满意足；可是过了一会儿就有点闷得慌，所以我就去坐在岸边上听大溜的水哗啦哗啦地冲过去，还数着星星和漂下来的木头和木排，后来就睡觉了；你在闷起来的时候，没有比这更好的消磨时间的办法了；你决不会老是那么闷，过一会儿就痛快了。

就这样过了三天三夜。没有什么变化——老是那个样儿。可是再过了一天，我就一直穿过整个的岛，四处去探险。我成了岛上的主人；整个的岛都属我了，可以那么说吧，我得把岛上什么都弄清楚；可是主要的还是要消磨时间。我找到挺多的草莓子，熟得呱呱叫；还有夏天的青葡萄和插田藨；青的黑莓子才长出来。我看这些东西过些时候也就都能随便摘来吃了。

好，我随便在那深深的树林里瞎晃了一阵，后来我猜大概走到离岛尾不远了。我一直都带着我那杆枪，可是我什么也没打；那是为了防身用的；只打算在住处附近打点儿什么野物。差不多就在这时候我差点儿一脚踩着一条大蛇，它从草和花当中溜跑了，我就追上去，打算打它一枪。我一个劲儿往前飞跑,突然一下子正踩着一堆营火的灰,那上面还在冒烟哪。

我的心猛一下快跳到嗓子眼儿上来了。我连等着再看一眼都没等,就拉下了枪上的扳机,踮着脚尖,要多快有多快地悄悄儿往回溜。我隔不了多久就在密密的叶子当中停下来,仔细听一听,可是我自己喘气的声音太重了,别的什么都听不见。我再往前溜了一段路,又仔细地听;就这样溜一会儿听一会儿,溜一会儿听一会儿。要是看到个树墩子,我就把它当作人;要是踩折了一根树枝子,那就叫我觉得好像有人把我的一口气砍成了两截似的,我只喘出了半截,并且还是小半截哪。

到了露营的地方,我觉得简直没有多大劲儿,肚子里的勇气差不多全给吓跑了;可是我想,这可不是吊儿郎当的时候。所以我就把我那些东西全都搬回划子里,好把它们藏起来,我又把营火弄灭了,把灰都撒开,好让它显得像是去年才有人露营的老地方,完了之后,我就爬到一棵树上去了。

我算计着在树上待了两个钟头;可是什么也没看见,什么也没听见——光是*想着*好像是听见和看见了千百样事情似的。不过,我可不能老在树上待着呀;所以后来我就下来了,可是我还是躲在密密的树林里,老是留神提防着。我能拿来吃的,就只有莓子和早饭剩下来的那点儿东西。

熬到了晚上,我可实在饿了。所以等到天黑透了的时候,在月亮出来以前,我就从岸上溜出去,划过了河到伊利诺伊州的岸上去——差不多有四五百码远。我跑到树林里做了一顿晚饭。我快要打定主意在那儿过夜的时候,就听见踢踏踢踏的声音,我心里想,马来了;后来就听见有人说话。我拼命赶快把东西都搬到划子里,然后从树林里爬过去瞧瞧到底是怎么回事。我还没爬多远,就听见一个人说:

"要能找到个好地方,咱们最好就在这儿露营吧;马都差不多累坏了。咱们先往四下里瞧瞧吧。"

我可没耽误工夫,马上就把划子撑了出去,轻轻地划开了。我又把划子拴在老地方,打算就在划子里睡觉。

我没怎么睡。我因为老在想事情,不知怎么的,简直就睡不好。每回一醒来,就觉得有人掐着我的脖子。所以睡觉也就对我没有什么好处。后来我想我可不能这么下去;我得弄清楚和我同在岛上的那个人到底是谁;我豁着这条命不要,也得把这事儿弄清楚。好了,这么一来,我马上就觉得好过些了。

这下子我就拿起桨来,从岸上撑出一两步去,然后让划子在树荫里顺着边儿往下漂。月亮正在照着,树荫外面照得差不多像白天那么亮。我偷偷摸摸地往前划了个把钟头,一切都像石头一样地安静,睡得挺酣。唔,这时候我差不多已经到了岛尾上。有一股飕飕的小凉风吹起来了,这就等于说黑夜快完了。我拿桨一拨,叫划子的前头朝着岸;然后拿着枪溜到岸上,从树林边上溜了进去。我在那儿坐在一根大木头上,从树叶子里往外看。我看见月亮下班了,河上又罩上了一片漆黑。可是过了一会儿,我就看见树尖儿上照出一条灰白的光,知道天就快亮了。这下我就拿起枪来,朝我碰到营火的地方溜过去,每过一两分钟就停下来听一听。可是不知怎么的,我又偏不走运;我好像找不到那个地方。可是过了一会儿,我从那些树当中清清楚楚瞧见了有个火。我小心地慢慢儿走过去。不一会儿,我就走得挺近,可以看得见了,原来那儿地上躺着一个人。这下子可是把我吓得不知怎么好了。他头上蒙着一条毯子,他的头差不多伸到火里去了。我坐在一堆矮树后面,离他差不多有六英尺的地方,拿眼睛死死地盯着他。这时候天色已经发白了。不一会儿,他就打了个哈欠,伸了伸懒腰,把毯子掀开,哦,原来是华森小姐的吉姆!老实说,我看到他真是高兴。我说:

"喂,吉姆!"一面就蹦了出来。

他猛然一下子跳起来,慌慌张张地瞪着我。随后他就跪下来,合着手说:

"别害我呀——别介!我从来没得罪过鬼。我向来喜欢死人,总要拼命帮他们的忙。你是从河里出来的,还是回河里去吧,可别伤害老吉姆,他向来是你的朋友哪。"

总算还好,我没费多大工夫,就让他明白了我并没有死。我看见吉姆真高兴极了。现在我也不寂寞了。我告诉他说,我并不怕他给别人说我在那儿。我一直往下说,可是他光坐在那儿瞧着我;一句话也不

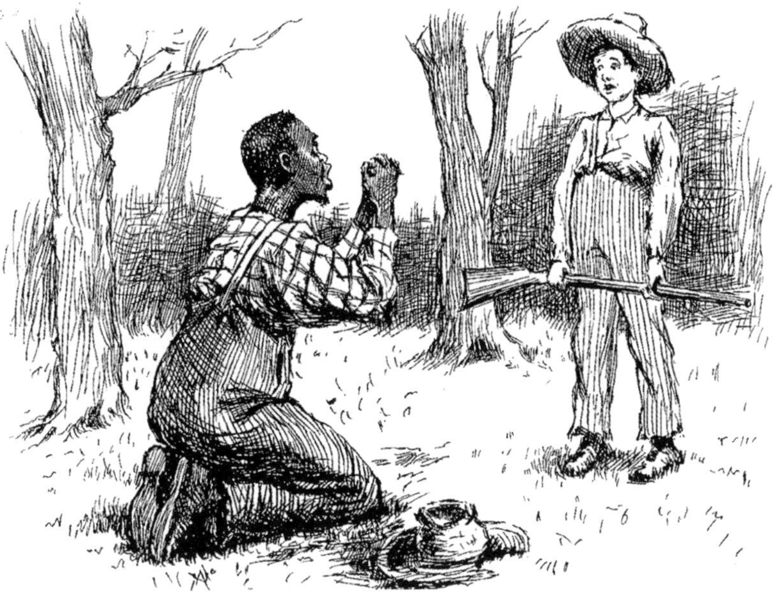

说。后来我说：

"天大亮了。咱们来做早饭吃。把你的营火弄好吧。"

"像草莓子那些东西，干吗还要生起营火来煮呀？可是你有杆枪，是不是？那咱们就能打点儿比草莓子好吃的东西了。"

"像草莓子那些东西，"我说，"难道你就光吃那些东西活命来着？"

"我找不到别的呀。"他说。

"哎呀，吉姆，你在这岛上待了多久？"

"你叫人弄死了以后那天晚上我就来了。"

"怎么，一直待了那么久吗？"

"是呀，一点儿不假。"

"你除了那些乱七八糟的东西，别的什么吃的都没有弄到吗？"

"可不是嘛，您哪——别的什么都没有。"

"哎呀，那你一定快饿死了，是不是？"

"我看我简直能吃得下一匹马。我琢磨着我能吃得下。你在这岛上多少天了？"

"就从我叫人杀了那天晚上起。"

"怎么！嚄，那你怎么活命来着？可是你有枪。啊，对了，你有枪。那就好了。现在你去打点儿什么来，我就生火。"

我们一面说着，就往划子那儿走过去；他在树林里一块空草地上生起火来的时候，我就去拿东西，把面粉、咸肉、咖啡、咖啡壶、煎锅、糖和洋铁杯子都拿来了，那个黑人简直吓了一跳，因为他想着这全是用魔法变来的。我又捉到了一条大鲶鱼，吉姆就拿他的刀子把它收拾干净，使油把它炸了。

早饭做好了，我们就懒洋洋地坐在草地上，把它趁热吃了。吉姆拼命大吃大嚼了一阵，因为他差点儿就快饿死了。后来我们把肚子塞得满满的，就歇了一阵，什么事也不干。

过了一会儿，吉姆说：

"可是我问你，哈克，那要不是你，到底是谁在那小屋里叫人弄死了呢？"

我就把整个儿的事情都告诉了他，他说这可干得漂亮。他说汤姆·索亚也不能想出比这更妙的主意。后来我说：

"吉姆,你怎么上这儿来了,你是怎么来的?"

他显出挺窘的样子,过了一会儿没有作声。然后他说：

"也许我还是不说好。"

"为什么,吉姆?"

"哎,自有缘故。我要是告诉了你,你可不能说出去呀,怎么样,哈克?"

"我要是说出去,就不得好死,吉姆。"

"好,我相信你,哈克。我——我是逃跑的。"

"吉姆!"

"记住,你可是说过不告诉人家呀——你知道你是说过这话的,哈克。"

"对,我是说过。我说了不给人家说,就一定算数。真的,决不失信。人家准会为了我不作声,管我叫作赞成废奴的坏蛋,还要瞧不起我——可是那一点儿关系也没有。我决不会说出去,也决不回那鬼地方去,怎么也不干。好吧,那么,把事儿全告诉我吧。"

"好吧,你瞧,是这么回事。老女东家——那是说华森小姐——她老找我的碴儿,对我凶得很,可是她老说她不会把我卖到奥尔良去。可是我瞧见有个黑奴贩子这些日子老在这带地方转,我觉得不放心。后来,有一天晚上挺晚的时候,我悄悄儿溜到门口,门关得不怎么紧,我就听见女东家告诉寡妇说,她要把我卖到奥尔良去,她本来不愿意,可是她能把我卖到八百块钱,那么一大堆钱简直不由她不要。寡妇想叫她不卖,可是我再也没等着听她们说下去。我跟你说吧,我赶快就溜掉了。

"我溜出来往山下跑,想到镇上面靠河边什么地方去偷只小划子,可是那时候还有人走动,这么着我就藏在河沿儿上那个破烂的老箍桶铺里等人走尽了。嗐,我在那儿待了个通夜。四下里老不断地有人。差不多到了早上六点,就有小划子顺着河边过去了,差不多到了八九点钟的时候,每条过去的小划子都在说你爸到镇上来了,说你叫人给杀了。末了那些小划子上坐满了先生太太们,都是上那儿去瞧热闹的。

有时候他们还没过河,就先把小划子靠岸,歇一会儿,这么一来,我听着他们说呀说的,就把这件杀人的事儿全听清楚了。我听说你叫人杀了,真是难受透了,哈克,可是我现在可不难受了。

"我在那儿躺在刨花堆里待了一整天。我饿了,可是并不害怕;因为我知道女东家和寡妇吃过早饭马上就要到乡下去开布道会,得去一整天,她们知道我在快天亮的时候就赶着牲口出去了,所以她们就会想着我不会在那个地方,一直要到天黑,才会知道我不在了。别的用人也不会发觉我不在,因为那两个老太婆一出去,他们跟着也就会溜到外面去玩了。

"好,后来天黑了,我就顺着河边的大路往上水走,差不多走了两英里多路,到了没有人家的地方。我打定了主意要怎么办。你瞧,我要是再走着往前逃,狗就会把我追上;我要是偷一只小划子划过河去,人家就会发现小划子不见了,他们也就会知道我过了河在什么地方上了岸,还会知道到什么地方就能把我找到。所以我就说,我得找个木排;那就不会留下什么线索了。

"不一会儿,我瞧见有个亮从拐弯的地方过来了,所以我就蹚到河里去,推着一根大木头,游到河中间还过去一点,混在漂着的木头当中,埋着脑袋,顶着大溜游过去,一直到木排过来的时候。随后我就游到木排的尾上,一把抓着它。这时候天上起了乌云,黑了一会儿。我就趁这机会爬上去,躺在板子上。木排上的人都远远地在当中,就是在那有灯的地方。河水还在往上涨,大溜挺急;所以我算计着到了早晨四点钟,我就会到河下游二十五英里的地方了,再趁着天快亮的时候,我就溜下水去,游到岸上,钻进伊利诺伊州那边的树林里去。

"可是我偏不走运。我们快漂到岛头的时候,就有一个人拿着灯笼到木排后头来。我一看待着是不行的,所以我就溜下水去,冲着岛上游过来了。我本来还当是差不多在什么地方都能上岸,可是结果不行——岸太陡了。我一直快游到岛尾上,才找到个上岸的好地方。我走进了树林里,想着只要他们拿着灯笼晃来晃去,我就再也不上木排去找麻烦了。我把我的烟袋和一块板烟,还有一些火柴都放在帽子里,都没弄湿,所以这么着我就安稳了。"

"这么说你这么多时候都没有肉也没有面包吃吗?你干吗不捉甲鱼来吃呢?"

"你怎么捉得到手呢?你总不能悄悄儿摸过去,使手去抓它们呀;要是拿石头去砸,你怎么能砸得着呢?夜里干这个怎么行呢?白天我又不敢在岸上露面。"

"啊,那倒是不错。当然,你得老在树林子里藏着。你听见他们放炮了吗?"

"啊,听见的。我知道他们是在找你。我瞧见他们打这儿过——从那些矮树当中盯着他们。"

有几只小鸟儿飞过来了,每回总是飞一两码就落一下。吉姆说那是要下雨的兆头。他说小鸡儿要是那么飞,那就是要下雨,所以他猜着小鸟儿那么飞也是一样的。我刚要去捉几只小鸟儿,可是吉姆不让我捉。他说谁捉鸟儿谁就得死。他说他父亲有一回病倒了,病得挺厉害,有人捉了只鸟儿,他的老奶奶就说他父亲准得死,后来他果然就死了。

吉姆还说你要把吃的东西拿去煮的时候,可不能数,因为那也是要惹出倒霉事儿来的。你要是在太阳下山以后把桌布拿来抖,那也是一样。他还说要是有个人养着一窠蜜蜂,那个人死了,第二天出太阳以前就得把这件事儿告诉蜜蜂,要不然蜜蜂就全得病倒了,活也不干了,全得死。吉姆说蜜蜂不螫傻瓜;可是我不信,因为我自己试过许多回,它们也不螫我呀。

这些事儿我从前也听说过几件,可是并没有全听过。各种各样的兆头吉姆全知道。他说他差不多什么都懂。我说我觉得好像是所有的兆头都是叫人倒霉的,所以我就问他有没有叫人走运的兆头。他说:

"那太少了——**好兆头**对人也没用。你干吗要知道好运气什么时候来呢?难道要避开好运气吗?"他还说:"要是你胳臂上和胸脯上都长着毛,那就是要发财的兆头。那么,像这样的兆头总算还有点儿用,因为那是指着老远老远的事儿。你瞧,也许你得先穷多少时候,要是没有这个兆头叫你知道迟早要发财,那你说不定会泄气,就自杀了。"

"吉姆,你胳臂上和胸脯上有毛吗?"

"这还用得着问吗?你还瞧不见我身上有毛吗?"

"那么，你是不是阔呢？"

"不，可是我从前阔过一阵，往后还得再阔哪。有一回我有十四块钱，可是我拿去做投机生意，后来全给赔掉了。"

"你做的是什么投机生意呀，吉姆？"

"噢，起先我买了一头赚钱货。"

"一头什么赚钱货呀？"

"啊，赚钱的牲口——我说的是牛，你知道吧。我把十块钱花在一头母牛身上，可是我再也不那么冒险拿钱来倒腾牲口了。那头牛一到我手里就死了。"

"这么说你把那十块钱都赔了吧？"

"不，我还没赔光。我差不多赔了九块钱。我把牛皮和牛油卖了一块一毛钱。"

"那你还剩下五块一毛呀。你又做什么投机生意了吗？"

"是呀。你知道布来狄史老先生家里那个一条腿的黑奴吗？他开了个银行，谁要存一块钱，到年底就能多得四块。嗯，所有的黑人都存了一份儿，可是他们没有多少钱。就我一人钱多。所以我就说利钱要比四块还多才行，他要是不给我那么大的利钱，我就自己也开个银行。这一来，那个黑人当然不愿意让我跟他抢那行生意，因为他说生意并不多，不够两个银行做的，所以他就说我可以存上我那五块钱，到年底他给我三十五块。

"我就那么办了。后来我打算着马上把那三十五块全拿去做买卖，叫它利上滚利。那时候有个叫巴布的黑人捞着了一只平底木船，他的主人还不知道那回事儿；我就从他手里把那只船买过来，告诉他年底一到，就让他去取那三十五块钱；可是当天晚上就有人把那只船偷走了，第二天那个一条腿的黑人又说银行垮了。这么一来，我们大伙儿谁也没有捞回一个钱来。"

"吉姆，你拿那一毛钱干吗了？"

"嗐，我本打算把它花掉，可是我做了个梦，那个梦告诉我说，叫我把它交给一个叫作巴伦木的黑人——人家为了省事，干脆叫他'巴伦木笨蛋'；你也知道，那群傻瓜里头他也得算上一个。可是人家都说他运气好,我瞧我可老不走运。梦里说让巴伦木替我把那一毛钱拿去倒腾一下,他就准能替我赚钱。好了,巴伦木拿了钱,上教堂做礼拜的时候,听见牧师说谁要是施舍给穷人,就等于把钱借给上帝,那就准能百倍地收回他的钱来。这么着巴伦木就把那一毛钱给了穷人,光等着瞧有什么结果。"

"那么,结果又怎么样呢,吉姆?"

"什么结果也没有。我没法儿把那笔钱收回来;巴伦木也没法儿。我往后要不看到抵押,就再也不把钱借出去了。那牧师说,准能百倍地收回你的钱来。哼!要是我能把那一毛钱收回来,我就算它是公平,只要碰到这么个运气,我也就挺高兴了。"

"好了,这反正也没什么,吉姆,只要你往后早晚要再阔起来,那就没什么关系。"

"是呀,我现在就挺阔,你瞧瞧吧。现在我是我自己的,我值八百块钱哪。我真希望能把这笔钱弄到手,那我也就不再多要了。"

第九章　凶房漂过去了

　　从前我探险的时候，差不多正在岛中间发现过一个地方，现在我想上那儿去看看；于是我们就动身往那儿走，不一会儿就到了，因为那个岛只有三英里长、四五百码宽。
　　这个地方是个挺长挺陡的山脊梁，差不多有四十英尺高。我们好不容易才爬到顶上去，因为坡儿挺陡，小树丛儿又挺密。我们在这山脊梁上满处乱走乱爬了一阵，后来在朝伊利诺伊州那边快到山顶的岩石当中，找到了一个挺好的大山洞。那个山洞有两三间房子合起来那么大，吉姆可以直着身子站在里面。那儿挺凉快。照吉姆的主意，马上就要把我们的东西搬进去，可是我说我们不用老在那儿爬上爬下。
　　吉姆说要是我们把划子藏在一个好地方，把东西都搬到洞里，那么要是有人到岛上来，我们就可以赶快跑上去，他们要是没有带狗，就一辈子也找不着我们。还有，他说那些小鸟儿都说了就要下雨，难道我要把东西都弄湿吗？
　　于是我们就回去，把划子划到正对山洞的地方，使劲把东西都搬上来。随后我们就在附近密密的柳树当中找了个地方，把划子藏起来。我们从钓绳上摘下几条鱼来，把钩子放好，就预备动手做饭。
　　山洞的门口挺大，可以滚进一个大木桶去，门口有一边的平地伸出外面一点，是块平平整整、挺好生火的地方。所以我们就把火生在那儿，做起饭来。
　　我们把毯子铺在里头当地毯，就在那儿吃饭。我们把别的东西都放在洞里的后面拿起来方便的地方。不一会儿天上的黑云来了，跟着就打雷打闪；这么说小鸟儿倒真是对了。马上就下起雨来，下得猛透了，风也刮得什么似的，我一辈子没见过。那是一阵地道的夏天的暴风雨。天变得黑极了，外面就像是一大片青黑色，还怪好看呢；雨也挺密

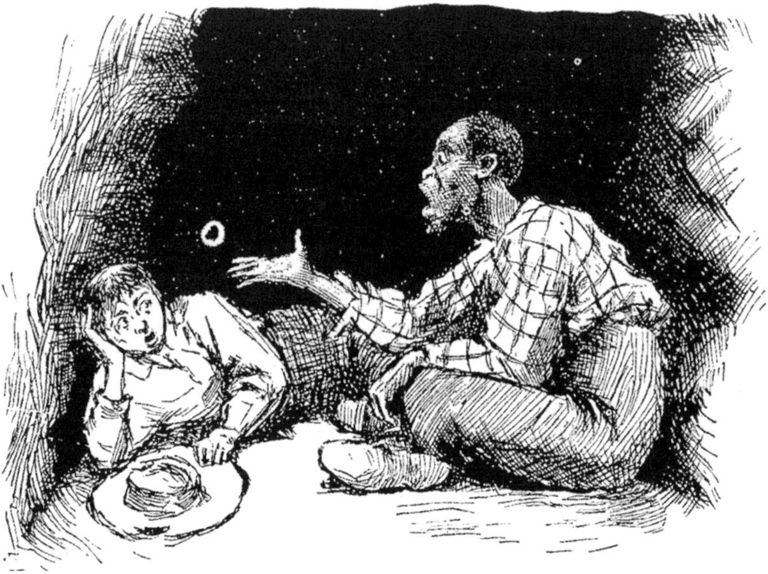

地扫过去,就连离得挺近的树都看不清楚了,像是罩着蜘蛛网似的;一会儿又来了一阵暴风把树都吹弯了,把叶子底下发白的那一面都吹得翻过来;跟着又刮起一阵十足的大妖风,把树枝子吹得甩起胳膊来,就好像发了疯似的;还有,天上差不多正在顶青顶黑的时候——唰! 一下子就变得亮堂堂的,像天国一样,你一眼就能看到远远的树梢儿在暴风雨里往下乱窜,你望得到的地方比原来要远出好几百码以外去;可是一转眼又是一片黑,这时候你就听得见一声吓死人的大雷,然后一路轰隆隆、咕冬冬、扑通通,从天上一直滚到地底下去,就好像是推着一些空桶子从楼上往地下滚似的——你知道吧,楼梯还得是挺长的,桶还得是跳得挺厉害的才像哪。

"吉姆,这可真好玩,"我说,"我哪儿也不想去,就想在这儿待着。再递给我一大块鱼和几个热玉米面包吧。"

"嗐,要不是我吉姆,你还不会上这儿来哪。你准得还在下面树林子里,也没饭吃,还得快淹死了;你真得那么着,宝贝儿。小鸡儿知道什么时候要下雨,鸟儿也知道,孩子。"

河水涨了又涨,一直涨了十一二天,后来终于涨上岸来了。岛上的低地和伊利诺斯州的河滩上都有三四英尺深的水。这边的河水足有好几英里宽,可是密苏里州那边的河面还是从前那么宽——半英里来路——因为密苏里州那边的河岸尽是些挺高的悬崖峭壁,像一堵墙似的。

白天我们驾着划子围着这个岛到处划。在那挺深的树林里是挺阴凉的,哪怕太阳在外面晒得像火烧也是一样。我们在许多树当中划进划出,有时候藤子太密了,我们就得倒退回来,再往别处划才行。啊,每一棵倒下的老树上,你都能看到兔子和长虫那些玩意儿;岛上淹了一两天之后,这些东西就因为饿了,都变得挺乖,只要你愿意,尽管一直划过去,把手按在它们身上都行;可是长虫和乌龟可不行——它们一见人就往水里溜。我们那个洞上面的山脊梁上满是这些东西。我们要是愿意要它们,就能养挺多的玩意儿。

有一天夜里,我们捞到了一个大木排的一小截——挺好的松木板子。那有十二英尺宽,约莫十五六英尺长,露出水面有六七英寸——简直像是一块又结实又平整的地板。白天我们有时候还看见有锯好的木料漂过去,可是我们让它们漂过去就算了;我们白天是不露面的。

又有一天夜里,天快亮的时候,我们在岛头上待着,看见从西边漂下来一幢木头架子的房子。那是个两层的楼房,在水里歪得挺厉害。我们划到那儿,就爬上去——从一个楼上的窗户里爬到里面。可是那时候还太黑,什么也看不见,所以我们就把划子拴在上面,坐在划子里等着天亮。

还没等我们到岛尾上,天就慢慢儿亮起来了。这下子我们就从窗户往里看。我们看得出有个床铺、一张桌子、两把旧椅子,还有好些东西在地板上乱扔着,墙上还挂着衣服。在远远的旮旯儿里,地板上有个像是人的什么东西躺着。于是吉姆就说:

"喂,老乡!"

可是它动也不动。我又叫了一声,随后吉姆就说:

"那个人不是睡觉——他死了。你别动——我去瞧瞧。"

他爬进去,弯下腰瞧了一瞧,说:

"这是个死人。是的,一点儿不错;身上还是光着的哪。他被人从背后打了一枪,我猜他死了有两三天了。进来吧,哈克,可是别瞧他的脸——实在太吓人了。"

我连一眼都没瞧他。吉姆拿几块破布片儿把他盖上,可是他用不着那么办;我根本就不想瞧他。地板上撒着一叠一叠的油光光的旧纸牌,还有旧威士忌酒瓶子,还有黑布做的一对假面具;满墙都拿木炭涂着顶下流的字和画儿。墙上挂着两件又脏又旧的花布衣裳、一顶遮太阳的女人帽子,还有几件女人穿的衬衣,也还有一些男人的衣裳。我们把这些通通都放在划子里——往后也许有点儿用处的。地板上还有一顶男孩子的带花点儿的旧草帽;我把那也拿走了。还有个装过牛奶的瓶子,上面还有个给娃娃咂奶的布塞儿。我们本来想把瓶子拿走,可是它破了。那儿有个破了的旧箱子,还有个鬃毛做的大箱子,那上面的合页都坏了。这两只箱子都是开着的,可是里面什么值钱的东西也没有。照那些东西那么乱七八糟地扔着的样子看来,我们算计着那些人准是慌慌张张地走了,也没来得及打算打算,把大半的东西都带走。

我们找到一个旧洋铁灯笼、一把没把儿的屠刀、一把崭新的巴罗牌折刀,这把刀子随便在什么铺子里也得值两三毛钱,另外还有好些牛油蜡烛、一个洋铁蜡烛台、一把葫芦瓢、一只洋铁杯子,还有甩到床下的一条破烂的旧被子、一个手提的网兜儿,里面有针、有别针、有黄蜡、有扣子、有线,还有些零七八碎的东西,另外还有一把斧子和一些钉子,还有一条像我的小拇指头那么粗的钓绳,那上面还带着些大得要命的钓钩,还有一卷鹿皮、一根皮子做的狗脖圈儿、一个马蹄掌、几只没贴标签的药瓶子;我们正要走出来的时候,我又找到一把还算好的马梳子,吉姆找到个破旧的拉琴的弓子和一条木头假腿。木腿上面的皮带都断了,可是,除此之外,那还算是条怪好的腿,不过我用起来太长,吉姆又嫌太短,另外那一条我们怎么也找不着,四下里都找遍了,还是白找。

那么,一包在内算起来,我们这下子可真捞着了。等我们全都弄好,预备撑开的时候,已经漂到岛下边四五百码了,这时候天也大亮了;所以我就让吉姆躺在划子里,盖上被窝,因为要是他一坐起来,人家从老远就能瞧出他是个黑人。我朝着伊利诺伊州那边划过去,这么一来就漂下去约莫有半英里来路。我顺着岸边的静水往上划,总算没出什么岔子,也没碰见什么人。我们平平安安地回来了。

第十章　摆弄蛇皮的结果

吃完早饭，我要聊聊那个死人的事儿，琢磨琢磨他是怎么让人弄死的，可是吉姆不愿意聊这个。他说聊死人就会惹出倒霉事儿；还有，他说，死鬼也许就会来缠我们；他说一个没入土的死人爱在外面到处去闹，不像入了土的、舒舒服服的死人那么老实。这话听着挺有道理，所以我也就没有再说什么；可是我不由得不琢磨这件事情，很想知道是谁开枪把那个人打死了，他们又为什么要把他打死。

我们把弄来的衣服仔细搜了一阵，搜到了八块银元，这些钱是缝在一件旧毯子做的大衣里子里面的。吉姆说他猜那件大衣准是那屋子里的人偷来的，因为他们要是知道里面有钱，就不会把它扔在那儿。我说我琢磨着就是那些人把他弄死的；可是吉姆不愿意谈这个。我说：

"现在你觉得聊这个会惹出倒霉事儿；可是我前天把我在山脊梁上找到的那条蛇皮拿进来的时候，你说什么来着？你还不是说手摸到蛇皮是天下最倒霉的事儿吗？好了，眼前就是咱们的倒霉事呀！咱们捞来了这么多的东西，另外还有八块钱。我真希望咱们天天都能碰到一些这样的倒霉事儿哪，吉姆。"

"别忙吧，宝贝儿，别忙吧。你先别太得意了吧。倒霉事儿马上就会来。当心我给你说的话吧，马上就会来。"

倒霉事儿果然来了，真的。我们说话的那天是星期二。嗐，星期五吃完晚饭，我们在山脊梁上边那头的草地上躺着，烟叶子抽光了。我回洞里去再拿点儿来，偏巧在那儿瞧见一条响尾蛇。我把它打死了，又把它盘到吉姆的毯子下半截那儿，简直盘得像活的一样，心想吉姆要瞧见它在那儿，准得叫人打个哈哈。得，到了夜里我把蛇的事儿全忘了，我正在划洋火，吉姆刚往毯子上一躺，哈，原来死蛇的伴儿就在那儿哪，一口就把他咬了。

他一边叫着就跳起来,亮儿刚一照,就瞧见那条毒蛇抬起头来,正准备着再扑过来咬人。我马上就拿根棍子把它打死了,吉姆抓起爸的威士忌酒罐子就往肚里灌。

他是光着脚的,那条蛇正咬在他的脚后跟上。这全都怨我是那么个大傻瓜,就没记住不管你把死蛇扔到哪儿,它的伴儿就得过来盘在它身上。吉姆叫我把蛇头砍下来扔掉,把皮剥了,烤上一块肉。我照办了,他把那块蛇肉吃下去,说那能有点好处,帮他快点把伤治好。他又叫我把蛇的响鳞弄下来,拴在他手腕子上。他说那也有好处。随后我悄悄儿溜出去,把两条死蛇远远地扔到矮树丛里去;因为我不打算让吉姆瞧出这都是我惹的祸,所以能够不说实话就不说。

吉姆抱着酒罐子嘬了又嘬,一阵一阵地发起酒疯来,东倒西撞,还怪声地叫起来;可是他每回清醒过来,就马上又嘬那罐子酒。他的脚肿起多高来,连腿也肿了;可是后来酒劲儿慢慢见了点效,所以我就想着他这下子大概不要紧了;不过我宁可让蛇咬一口,也不愿意上爸那威士忌酒的当。

吉姆躺了四天四夜。后来肿都消了,他又起来活动了。现在我既然明白了摆弄蛇皮有这种结果,就决心再也不用手去拿蛇皮了。吉姆说他想着下回我该信他的话了。随后他又说弄蛇皮要倒霉倒得厉害,也许我们的苦头还没有吃完哪。他说他宁可从左边肩膀上看一千回月牙儿,也不愿意摸一回蛇皮。嘻,我自己慢慢儿也觉得是那样,尽管我向来老想着从左边肩膀上看月牙儿,那是顶粗心、顶愚蠢的事儿,谁也干不出更糟的事来。韩克·班克那老头儿有一回就那么看了一下,还吹牛说他并没倒霉;可是不到两年,他就喝醉了,从制弹塔上摔下来,摔成一大块,像个烙饼似的,可以那么说吧;人家拿两块仓门板钉起来当棺材,把他侧着塞进去,就那么把他埋了,人家都那么说,我可没瞧见。是爸给我说的。反正这都是那么傻头傻脑地看月亮的结果。

唔,日子一天天地过去,河水又退到两岸中间了;大概我们干的头一件事就是把一只剥了皮的兔子当鱼食,挂在一个大钓钩上,放到河里,钓了一条像人那么大的鲶鱼,足有六英尺二英寸长,两百多磅重。我们当然弄不动它;它简直能一下子把我们甩到伊利诺斯州那边去。我们就光坐在那儿瞧着它噼里啪啦地乱跳乱撞,一直等它淹死了才算

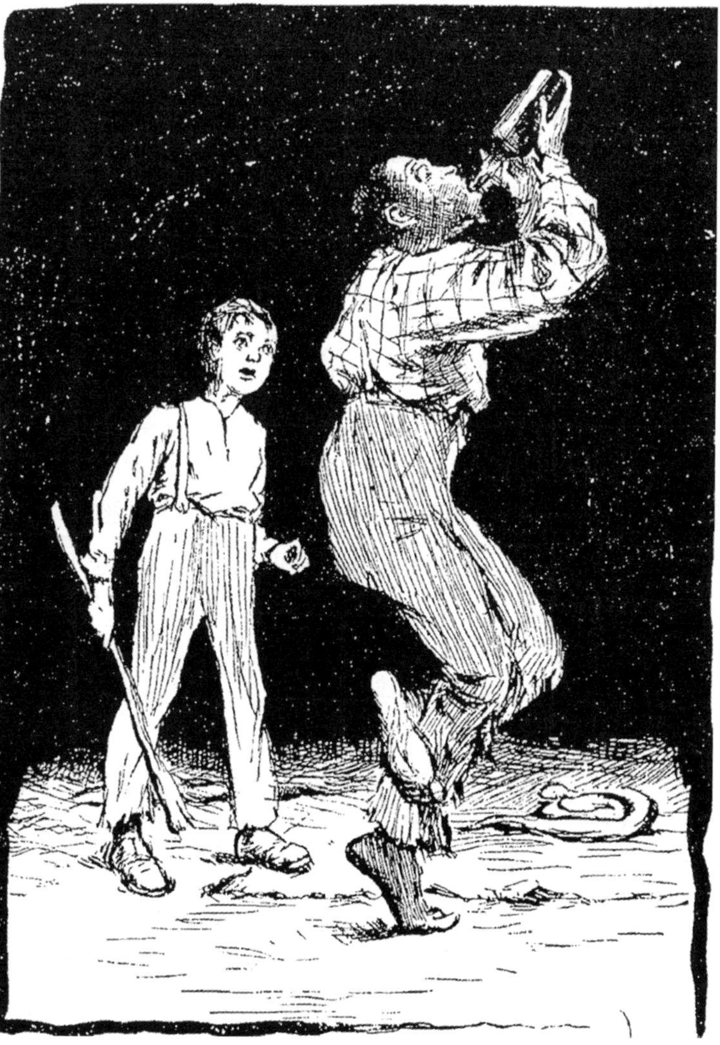

完事。我们在它肚子里找到了一颗铜纽扣、一个圆球儿,还有好些别的乱七八糟的东西。我们拿斧子把球儿砍开,里面还有个线轴儿。吉姆说那线轴上包来包去包成了一个球儿的样子,这就可以看出那个鱼老早就把它吞进去了。我看像这么大的鱼,恐怕密西西比河里从来还没有人捉到过。吉姆说他从来没有瞧见过比那更大的鱼。要是拿到镇上去,准是挺值钱的。人家在市上卖这种大鱼,都是论磅零卖;每人都得买一点儿;鱼肉是雪白的,煎起来可真好吃呢。

第二天早晨,我说日子过得怪无聊,闷得慌,我想要到哪儿去活动活动。我说我想着要溜过河去打听打听有什么消息。吉姆挺赞成这个主意;可是他说我得等到天黑了才能去,还得加点儿小心。后来他又琢磨了一阵,就说,我能不能把那些旧衣服穿上点,扮成个姑娘呢?那倒是个好主意,真的。于是我们就把那些花布袍子取出一件来,弄短了一点,我又把裤腿卷到膝盖上面,就穿上这件衣裳。吉姆拿钓钩儿把后面弄高一点,这衣服就显得挺合身了。我戴上遮太阳的大草帽儿,还在下巴底下拴上带子,这下子谁要是想往帽子里面瞧瞧我的脸,那简直就跟往洋炉子烟囱里瞧那么费劲。吉姆说就算在白天,谁也认不出我来,反正是不好认。我扭来扭去地练了一整天,为的是寻找扮成个姑娘的窍门儿,后来我果然能装得挺像了,只是吉姆说我走起路来还不像个姑娘;他说我不该老是提起袍子,伸手往裤袋里插,叫我改掉这个毛病。我加了小心,后来就扮得好一点儿了。

天刚黑,我就驾着小划子顺着伊利诺伊州的河边往上去。

我从渡船码头下边一点的地方往镇上划过来,大溜把我冲到镇下头去了。我把船拴上,顺着河岸走。在一个很久没人住过的小茅屋里有个亮,我猜不出是谁住在那儿。我溜过去,偷偷地从窗户那儿往里瞧。有个四十来岁的女人坐在一张松木桌子旁边,在蜡烛光底下织毛线活。她那张脸我不认识;她是个外乡人,因为全镇上就找不出哪张脸是我不认识的。这倒是碰巧了,因为我正在拿不定主意;我有点害怕,后悔不该来;人家也许会听出我的声音,把我认出来。可是这个女人只要在这么个小镇上住过两天,她就能把我要打听的事儿全都说出来;所以我就敲门,拿定主意不忘记自己是个姑娘。

第十一章　他们追上来了！

"进来吧。"那个女人说,我就进去了。她说:"请坐吧。"

我坐下了。她用她那双发亮的小眼睛把我浑身上下瞧了一遍,就说:

"你叫什么名字?"

"莎拉·威廉士。"

"你住在哪儿?就在附近吗?"

"不,大娘。我家在胡克维尔,在这儿下去七英里的地方。我一直走来的,简直累得不行了。"

"也饿了吧,我琢磨着。我去给你找点东西来吃吧。"

"不,大娘,我不饿。我本来饿极了,就在下边两英里的一个庄上待了会儿,所以我现在不饿了。就因为这个,我才弄得这么晚。我母亲在家里病了,又没钱,什么都没有,她叫我来告诉我舅舅艾布纳·摩尔。她说他住在这镇上的上水那一头。我从前没上这儿来过。您认识他吗?"

"不认识;这儿的人我还不全认识哪。我在这儿住了还不到两个星期。由这儿到镇上的上水那一头还有老长一段路哪。你顶好在这儿住一夜。把帽儿摘下来吧。"

"不,"我说,"我看还是歇会儿就走吧。我不怕黑。"

她说她不能叫我一人走,可是她男人一会儿就会回来,也许只要一个半钟头的工夫,她就可以叫他陪我一块儿去。随后她就扯起她的男人来,又扯起她在河上边的亲戚本家和河下边的亲戚本家,说他们从前日子过得多么富裕,不知道他们不在老地方好好儿住下去,偏要搬到我们这镇上来,原来是打错了主意——怎么长怎么短地叨唠了一大套,弄得我倒担心起来,怕的是我上她这儿来打听镇上的事,才真算是打错主意哪；可是不一会儿她就转到爸和谋杀的事情上来了，这下子我可挺愿意让她顺嘴儿叨唠下去。她说到我和汤姆·索亚找到一万二千块钱的事儿（她可是把钱数弄成了两万）；把爸的事儿也全说了，说爸是个多么讨厌的家伙，又说我是个多么讨厌的家伙，末后她就说到我让人谋害了的事儿。我说：

"是谁干的呢？我们在下边胡克维尔那儿也听到这些事儿，可是我们不知道是谁把哈克·费恩弄死的。"

"唔，我看就是在这儿也有好些人想要知道是谁把他弄死了。有些人猜着是老费恩自己干的。"

"不对吧——会是他吗？"

"起先差不多谁都那么想。他根本不知道，他差点儿叫人用私刑治死了。可是快到天黑的时候，他们又变了主意，断定那是个逃跑的黑奴干的，那家伙叫吉姆。"

"怎么，他……"

我停住了嘴。我看顶好还是不作声吧。她一个劲儿说下去，根本就没有注意到我插过嘴：

"那个黑奴就是在哈克·费恩叫人杀死了那天夜里跑掉的。结果就悬了赏捉拿他——三百块钱。另外还悬了个赏捉拿老费恩——两百块钱。你瞧，他在出了人命案的第二天早晨到镇上来了，说了这桩事情，跟大伙儿坐渡船出去找尸首，后来他可又一下子跑掉了。没到天黑，大伙儿就想把他用私刑治死，可是他已经跑了，你瞧。接着，第二天他们又发现那黑奴也跑了；自从出了人命案的那天晚上十点钟他就不见了。所以他们就把这桩事情栽到他头上了，你知道吧；第二天，他们正在把这事儿说个没完的时候，老费恩可又一下子回来了，大哭大吵地上萨契尔法官那儿去要钱，好上伊利诺伊州到处去找那黑奴。法官给了他一些钱，当天晚上他就喝醉了，跟两个凶神恶煞的陌生人到处胡闹，一直到后半夜，才跟他们一道儿走了。唔，从那时候起，他就一直没回来，大伙儿猜着非等这事情风声小一点儿，他是不会回来的，因为大伙儿想着是他把他的孩子弄死了，又布下了疑阵，叫人猜想是强盗干的，这下子他用不着花老长的工夫去打官司，就可以把哈克的钱拿到手。人家都说他那个人可是干得出这一手。噢,我看他是挺阴险的。要是他一年不回来,他就没问题了。你没法儿证明他有什么罪,你说对不对;到那时候什么事也都得风平浪静了,他就可以毫不费劲地把哈克的钱骗到手了。"

"对,我也琢磨着是这样,大娘。我看他准能干出这种事来。大伙儿都不再疑心是那黑奴干的了吗?"

"噢,不,并不是个个人都那么想。有好些人还是觉得是他干的。反正他们很快就可以把那黑奴捉到,也许他们一吓唬他,他就会把事儿全招出来。"

"怎么,他们还在捉拿他吗?"

"嗐,你真是好傻!难道还会天天有三百块大洋搁在那儿叫人随手就拿吗?有些人想着那黑奴离这儿还不远。我也就是这么想——可是我没有到处去说。前几天我跟隔壁那个木头房子里住着的老公婆俩闲聊,他们信口说到对面那个叫作杰克逊岛的地方,大概谁都没去过。我说,那上面没人住吗?没有,什么人也没有,他们说。我没再说什么,可是我动了动脑筋。我差不多敢说准没弄错,在那以前一两天,我的确瞧见过那儿冒烟,约莫就在那个岛靠上水那一头;所以我心里想,说不定那黑奴就藏在那儿;我说,不管怎样,反正总值得麻烦一下,不妨去搜搜那个地方。从那以后,我再也没瞧见有什么烟了,所以我琢磨着那要真是他的话,他也许又跑了;可是我男人还是要过去瞧瞧——他跟另外一个人。他本来有事到河上游去了;可是他今天回来了,两个钟头以前他刚到家,我就把这件事儿告诉他了。"

我简直着急死了,坐也坐不住。两只手像没处搁似的,非干点儿什么不可;所以我就从桌子上拿起一根针来往上穿线。可是手直发抖,简直穿不好。那女人的话头儿一打住,我抬起头来瞧瞧,她正在挺好奇地瞧着我直笑哪。我把针线搁下,假装着听入了神——我也实在是听入了神,真的——我说:

"三百块大洋可真是一大笔钱呀。要是我母亲能得到就好了。您当家的今天夜里就上那儿去吗?"

"噢,是呀。他跟我刚才给你说过的那个人到镇上去了,想找条船,还要瞧瞧能不能再借到一杆枪。他们在后半夜就要过去了。"

"他们要是等到天亮,不是看得更清楚吗?"

"是呀,可是那黑奴不是也能看得更清楚吗?趁着后半夜,他多半也许睡着了,他们就可以从树林子里摸过去,要是他生了营火的话,那么天越黑就越容易找到。"

"这个我可没想到。"

那个女人还是挺好奇地尽在瞧着我,瞧得我浑身直不对劲儿。不一会儿她说:

"你刚才说你叫什么名字来着,好姑娘?"

"唔——玛—玛丽·威廉士。"

不知怎么的,我好像觉得刚才说的不是玛丽,所以我就没有抬头——我好像觉得刚才说的是莎拉似的;这么着我就觉得有些窘,也担心着脸上显出這副神气来了。我希望那个女人接下去再说些话;她一声不响地坐在那儿工夫越大,我就越不对劲儿。可是后来她总算说话了:

"好姑娘,我好像记得你一进来的时候,说的是莎拉呀?"

"噢,对了,大娘,我是那么说的。莎拉·玛丽·威廉士。莎拉是我名字里的头两个字。有人管我叫莎拉,有人管我叫玛丽。"

"噢,原来是这么回事呀?"

"是呀,大娘。"

这下子我觉得心里舒服了一点儿,可是我反正还是希望躲开那儿。我还是不敢抬起头来看她。

后来那个女人又扯到年成多么不好,他们的日子过得多么苦,耗子自由自在地跑来跑去,好像房子是它们的,她把这些事情叨唠开了,我又放了心,耗子的事儿她可真说对了。过不了一会儿,你就会瞧见一只从一个旮旯儿的洞里往外伸出鼻子来。她说她一个人在家的时候,老得在手边放着东西随时砸它们,要不然它们一点也不让她安静。她拿一块铅条卷成的疙瘩给我看,说她平常拿那个砸得很准,可是前一两天她扭了胳臂,不知道现在还能砸得准不准。可是她盯着了个机会,马上就砰的一声冲着耗子砸过去了;可是她没砸中,差得太远,她说:"哎哟!"这下子把她的胳臂弄得好痛哪。随后她说再有耗子出来,叫我试试。我想不等老头儿回来,就离开那儿,可是我当然没露相儿。我拿起那块铅疙瘩,头一个耗子才一露鼻子,我就一下砸过去,要是它待着没动的话,一定得让我砸个半死。她说我砸得真是顶呱呱,她琢磨着第二只耗子出来,我准会砸中。她去把那块铅拿回来,顺便还带来一支儿线,想让我帮她绕。我举起两只手来,她把那支儿线套上,又扯起她自己和她男人的事儿来。可是她打断了话头说:

"盯着耗子。你最好把铅块放在腿上,随用随拿。"

于是她就在说话的那会儿工夫,把铅块扔到我膝上来了,我啪啦一下把两腿一夹,夹住那块铅,她还是一个劲儿扯下去。可是只扯了一会儿,随后她把那支儿线拿下来,直盯着我的脸,显出挺和气的样子说:

"算了吧,嗐,说真的,你叫什么名字?"

"什——什么,大娘?"

"你的真名字叫什么?叫毕尔,还是汤姆,还是巴布①?——还是什么别的名字?"

我想我准是像风吹的树叶子那么哆嗦,简直不知怎办才好。可是我还是说:

"请别跟我这么个可怜的女孩子开玩笑吧,大娘。要是我在这儿碍您的事,那我就……"

"不,没什么。你坐着别动。我不会害你,也不会泄你的底。你尽管把你的秘密告诉我,相信我吧。我准替你瞒住,这还不算,我还要帮你的忙。要是你用得着我的老伴儿的话,他也会帮助你。你瞧,你是个逃走的学徒,没别的。那算不了什么。那也没什么坏处。人家待你太坏了,你打定主意开小差。老天保佑你,孩子,我决不泄你的底。现在全都给我说了吧,啊,那才是个好孩子哪。"

这么着我就跟她说,我再想装下去也没用,干脆我就坦坦白白地把事情都告诉她吧,可是我说她可不能说话不算数。随后我就跟她说,我父母全死了,法院里把我判给离大河三十英里乡下的一个刻薄的老庄

---

① 这些都是男孩子的名字。

稼汉做押身工,他待我太坏,叫我再也熬不下去了;后来他出门去了,得两三天的工夫才回来,所以我就趁机会偷了他女儿几件旧衣裳跑了,这三十英里路已经走了我三夜。我夜里走,白天藏起来睡觉,我从家里带来的一口袋面包和肉吃了一路,现在还有好些哪。我说我相信我舅舅艾布纳·摩尔准会照顾我,我就是为着这个,才奔这高升镇来。"

"高升吗,孩子?这儿可不是高升镇。这是圣彼得堡。高升还得往上水再走十英里哪。谁告诉你这是高升镇?"

"唉,今儿早上刚天亮的时候我碰到的一个人说的,那时候我正要再上树林子里去睡觉哪。他告诉我说,我一见岔道,就往右手边走,走上五英里就到高升了。"

"我猜他准是喝醉了吧。他正好给你说错了。"

"嗯,看他那举动,是像喝醉了的,可是现在这倒没关系了。我得往前走才行。我不等天亮就得赶到高升镇。"

"等一会儿。我给你弄点儿吃的带去。你也许用得着吧。"

于是她就弄了点儿吃的给我带着,又说:

"喂,一头趴着的牛要起来的话,哪一头先起来?你得马上回答我——别等着琢磨琢磨再说。哪一头先起来?"

"后头,大娘。"

"好了,那么,马呢?"

"前头,大娘。"

"青苔长在树的哪一面?"

"北面。"

"要是有十五头牛在山腰儿上吃草,有多少头把脑袋冲着一边儿吃?"

"十五头全冲一边,大娘。"

"好了,我看你的确是在乡下住过的。我还当是你说不定又在哄我哪。嗐,说半天你到底叫什么名字?"

"乔治·彼得士,大娘。"

"好吧,你可要好好儿记住呀,乔治。别忘了,要不然一会儿你还没走出门,又给我说是艾力山大,回头我抓着你的错儿,你又说是乔治·

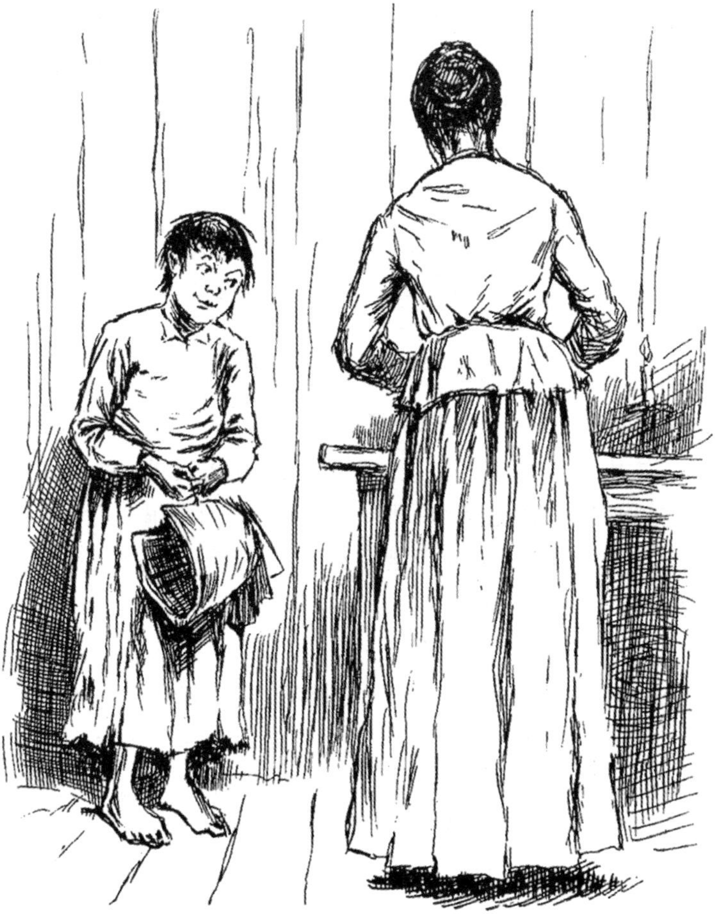

艾力山大,想把我哄过去,好让你出门,那可不行呀。你穿着那身旧花布袍子,可别再上女人跟前去转了。你装个姑娘装得很不像,可是你要哄男人家,那也许还行。哎呀,孩子,拿起针线来穿的时候,别把线拿着不动,一个劲儿把针往线上凑合;你得拿稳了针,把线往针眼里穿才行;女人家差不多总是这么穿的,可是男人家老爱反过来穿。砸耗子什么的时候,你得踮起脚尖儿来,把手举过头顶,拼命地做出笨手笨脚的样子,还别把耗子砸中,要差六七尺远才行。砸的时候,胳臂要从肩膀上硬邦邦地甩出去,像是肩膀那儿有个轴可以转动似的,反正得像个姑娘的样子;别把胳臂伸到一边,从手腕子和胳臂肘儿往外甩,那就像个男孩子的样儿了。还得留神,女孩子想在怀里接点什么东西的时候,总是把两膝分开;她不像你接那块铅的办法,把腿一夹。嘿,你穿针的时候,我就瞧出你是个男孩儿了;我又想出几个别的圈套儿来,就为的是弄弄清楚。好吧,现在你上你舅舅那儿去吧。莎拉·玛丽·威廉士·乔治·艾力山大·彼得士;要是你碰到什么困难,你就送个信儿给朱迪斯·罗夫达斯太太,那就是我,我一定尽力把你解救出来。一直顺着河边的大路走,下次再出门,千万要穿上鞋袜。河沿的路尽是石头,我看你走到高升的时候,你那双脚就会走得像个样儿了。"

我顺着河边往上水走了五十来码,随后就往回走,溜到我停划子的地方,那儿离那所房子下边有一大段路哪。我跳到船上,赶快就划走了。我往上水划了老远,算准了划过去就能划到岛头上,然后就横着划过去。我摘下了遮太阳的大草帽,因为这时候我用不着遮脸的东西了。我划到河中间的时候,就听见大钟敲起来了,所以我就停了一下,仔细听听;那声音从水面上漂过来,听起来挺弱,可是挺清楚——十一点了。我一靠了岛头儿的岸,就连喘气的工夫都不耽搁,尽管我简直是有点儿上气不接下气;可是我还是一直钻进我原先露营的树林里去,在那儿找块又高又干的地方,点起挺亮的一堆营火来。

随后我就跳到划子上,拼命使劲往我们那地方划,那是在下边一英里半的地方。我上了岸,钻过树林子,爬上山脊梁,跑到洞里。吉姆在那儿躺在地上呼呼地大睡。我把他叫起来说:

"起来,打起精神来吧,吉姆!连一分钟也不能耽误了。他们追咱们来了!"

吉姆什么都没问,一句话都没说;可是后来那半个钟头里从他那股干劲儿就看得出他吓成了什么样子。忙了半个钟头以后,我们所有的东西全都搬上了小柳树湾子里藏着的木排,准备把它从那儿撑出去。我们先把洞口的营火弄灭了,以后连一支蜡烛的亮儿都没在外面露出来。我把划子划到稍微离开岸上的地方,四下里望了一会儿;可是就算附近有只船我也瞧不见,因为在星光和黑影里是不大瞧得清楚的。随后我们就把木排撑出来,在树影子里一直往下溜,悄悄儿溜过了岛下面那头——一直连一句话都没说。

第十二章 "还不如就这么混下去好哪"

　　我们末后溜到岛下头的时候,准是快一点钟了,木排的确像是走得挺慢。要是有条船开过来的话,我们就打算跑到划子上,往伊利诺伊州河岸那边逃;亏得没有船来,因为我们根本没想到把枪或是钓鱼线或是什么吃的东西放在划子里。我们实在太急了,没来得及想起那许多事儿。不管什么通通都放在木排上,那实在不是个高明的打算。

　　要是那些人到岛上去搜,我算计着他们自然会看到我生的营火,在那儿守个整夜,老等着吉姆回来。不管怎样,反正是把他们给甩开了,没让他们找到我们;要是我生的火根本没把他们哄住,那也不能怨我。我给他们玩的这个把戏,总算是够缺德的了。

　　天刚一透出亮来,我们就把木排拴在伊利诺伊州那边一个大湾子里的冲积洲上,用斧子砍掉一些白杨枝子,拿来把木排盖上,这么一来,就把木排藏住了,看起来就好像是那儿的河岸塌下了一块似的。冲积洲就是一种沙洲,那上面长着许多白杨,密得像耙齿似的。

　　密苏里州那边岸上有许多山,伊利诺斯州这边尽是树林子,河里的大溜在这地方是靠密苏里州那边流,所以我们就不怕碰着人。我们整天在那儿躺着,瞧着木排和小火轮顺着密苏里州那边飞快地往下冲,上水的小火轮在河中间挺费劲地顶着大河往上拱。我把我跟那女人斗花枪的那段儿笑话全都告诉了吉姆;吉姆说她是个精明人,要是她自己来追我们的话,她可不会坐在那儿守着那堆火——不,您哪,她准得带条狗来。我说,咦,那么,她会不会叫她男人带条狗来呢?吉姆说他敢打赌,临到那两个男人要动身的时候,她准是想到这个了,他相信他们准是到镇上找狗去了,所以他们才耽误了那么大工夫,要不然的话,我们就不能到村子下面十六七英里的这个冲积洲上来哪——不,真的,我们就得叫人家抓回那个老镇上去了。我就说,只要他们没追上我们就行,我才不管是为什么没追上呢。

天刚擦黑,我们就把头伸出那堆白杨树来,前后左右望了一阵;什么都没瞧见;于是吉姆就拿起木排上面的几块板子来做了个挺舒服的小窝棚,好在太阳挺毒的天儿和下雨天进去躲一躲,也好不让东西弄湿了。吉姆还在那个小窝棚里铺上了地板,把它垫得比木排面上高出一英尺多,这么一来,小火轮翻起来的浪就打不到毯子和别的随身的东西上来了。在小窝棚的正中间,我们铺了一层五六英寸厚的土,四边儿围上,不让它散开;这是预备在潮湿的天气或是冷的时候生火的;小窝棚把火遮住,别人也看不见。我们还做了一支多余的掌舵的桨,因为原有的桨说不定会有一支碰到沉树什么的弄断了。我们竖起一根短叉子棍儿,把那旧提灯挂在上面,因为我们只要看见下水的小火轮,就得挂上提灯,免得让它撞翻;可是我们看见上水船,那就不一定要点灯,除非我们看见自己漂进了人家叫作"横流"的地方;因为河水还挺大,很低的岸还有点儿在水底下淹着哪;所以上水船并不老在大溜里跑,有时候也找静水里走一走。

这第二天夜里我们跑了七八个钟头,大溜一个钟头流四英里多。我们又钓鱼,又聊天,有时候还游游水,免得困。我们在这么一条静静的大河上往下漂,躺在木排上仰着看星星,这倒是有一股神妙的味道,我们一直不想大声说话,也很少大笑过——只有一点儿嘻嘻的笑声。那几天老是碰到挺好的天气,也没有遇到什么事情——当天夜里、第二天夜里、第三天夜里都挺顺当。

我们每天夜里都要走过一些市镇,有些是在老远的黑洞洞的山腰上,除了一片灯光,什么也没有;连一幢房子也看不见。第五天夜里我们经过圣路易,哈,那简直就像是全世界都点上了灯似的。我们在圣彼得堡镇常听见人家说圣路易住着两三万人,可是我从来也不相信,一直等到那个安静的夜里两点钟,我瞧见那透亮的一大片灯光,才知道那话不假。那儿一点声音都没有;大伙儿全都睡着了。

这些日子,每天夜里快到十点钟的时候,我都在一个小村子溜上岸去,买上一毛多钱的玉米片或是腌肉,或是别的吃的东西;有时候我遇到一只小鸡不在窝里好好待着,也就顺手牵羊地抓住它,把它带回来。

爸常说，你一有机会就尽管抓只小鸡儿，因为你自己要是用不着，也挺容易找到别人要，做了好事，人家总忘不了。我从来就没瞧见过爸什么时候把小鸡儿弄来自己不要，可是他反正老爱这么说。

有时候清早天还没亮，我就溜到老玉米地里去借个西瓜，或是香瓜、南瓜，还有刚熟的玉米，或是这类东西。爸常说只要你打算以后还人家的话，借点儿东西是没什么坏处的；可是寡妇说那也不过是比偷说得好听一点儿就是了，有身份的人谁也不干那个。吉姆说他觉得寡妇有点儿道理，爸也有点儿道理；所以顶好的办法就是从各种东西里面挑出两三样来，借了之后就说我们再也不借了——那么他觉得往后再借一借别的那些，就没什么要紧了。于是有一天夜里，我们就把这事儿翻来覆去聊了一遍，一面往大河底下漂着一面聊，想要打定主意，到底是去掉西瓜呢、甜瓜呢，还是去掉香瓜呢，还是去掉什么。可是聊到快天亮的时候，我们就把这事儿全都挺满意地解决了，归结是去掉山楂和柿子。在那以前，我们老是觉得不对劲儿，可是这时候心里就挺踏实了。我们这么打定了主意，我是挺高兴的，因为山楂根本就不好吃，柿子要过两三个月还熟不了哪。

我们有时候打只早上起得太早或是晚上睡得太迟的水鸟儿。整个儿说起来，我们的日子是过得挺痛快的。

第五天夜里，半夜过后，我们在圣路易下边碰到一场大暴风雨，又打雷、又打闪，都打得挺凶，大雨白茫茫的一大片直往下灌。我们在小窝棚里待着，让木排自个儿随便漂。一遇到打闪照得挺亮的时候，我们就能瞧见前面一条挺直的大河，两岸都是高高的悬崖峭壁。不一会儿我说："嘿，吉姆，瞧那边！"那是一只触了礁的小火轮。我们的木排一直冲着它漂过去。闪电的光把它照得挺清楚。它是歪着身子的，上舱还有一部分在水面上，一打闪就能清清楚楚地看到一条条拉住烟囱的铁索，大钟旁边还有把椅子，椅背上挂着一顶垂边的旧帽子。

唔，在那深更半夜，又是大风大雨，并且还有些神秘的味道，在这种时候，我一瞧见那条破船在河中间那么凄惨，那么孤零零地歪在那儿，我心里的感觉就和随便哪个小孩子一样。我想到船上去，偷偷地四下里遛一遛，瞧瞧那上面有什么。所以我就说：

"咱们上去吧,吉姆。"

可是吉姆起先死不赞成。他说:

"我才不到破船上瞎窜去呢。咱们过得他妈的挺好,还不如就他妈的这么混下去好哪。《圣经》上都说过,人得知足。说不定那破船上还有人看守着哪。"

"守你奶奶的,"我说,"那儿除了顶上那层舱和驾驶台,就什么都没有可守的了;像这么个大风大雨的夜里,那条船说不定什么时候就会打碎,冲到河底下去,你看哪会有什么人不顾死活,去守那顶层上的舱和驾驶台?"吉姆听了这话,说不出什么道理来,所以他也就没作声。我说:"再说呢,我们碰巧也许还能从船长的舱里弄出点儿什么值钱的东西来。雪茄烟,我敢跟你打赌一定有——每一支都得值五分钱,叮叮当当的现钱呀。轮船上的船长都是挺阔的,每月进六十块大洋,他们那种人,你要知道,只要他们想买,就不管一件东西得花多少钱,他们都满不在乎。往口袋里塞根蜡烛吧;吉姆,非等咱们把它给搜个透,我心里简直踏实不下来。你猜要是汤姆·索亚,他会把这么个机会白白地放过吗?那才不会哪,他决不会放过。他会管这个叫历险——他准会那么说;哪怕他一去就送命,他也得到那条破船上去。他还能不扮个派头十足?——他还能不做个神气活现?难道他会马马虎虎了事吗?嗐,准叫你觉得像是克利斯多弗·克伦布①发现天国一样。哎,我真希望汤姆·索亚就在眼前。"

吉姆埋怨了几句,终归还是依了我。他说我们不但得不说话就别再说话,要说也得小声小声地说才行。这时又打了一次闪,正好又给我们把破船照亮了;我们就抓住了右舷上的吊车,把木排拴在那儿。

这地方甲板翘得挺高。我们在黑地里顺着甲板上的斜坡悄悄儿朝着顶层的舱里往左边溜下来,一面拿两只脚慢慢地蹭着道儿走,一面还得伸出双手来挡开船上的支索,因为四处都是一团漆黑,那些绳子连一点影儿都看不见。不一会儿我们碰到天窗前面的那头,就爬了上去,再

---

① 克利斯多弗·哥伦布(1446—1506),是发现北美洲的探险家。哈克说他发现天国,当然是胡扯;他把哥伦布的名字也念错了音。

往前一步，就到了船长室的门前；门是开着的，哎呀，我的天哪，我们顺着顶层舱里的过道望过去，瞧见老远有一道灯光！也就在那一会儿工夫，我们好像听见那儿有一阵很低的声音！

吉姆悄悄儿说他觉得挺不对劲儿，叫我跟着他走。我说，好吧，正要往木排那儿走；可是就在这时候，我听见有人哭着说：

"噢，弟兄们，饶了我吧；我起誓决不说出去呀！"

另外有个声音说得挺响：

"吉姆·特纳，这是骗人的话。你从前就来过这一套。分油水儿你老是要得比你应得的那份儿多，你还每回都弄到了手，因为你起誓说要是不行，你就要说出去。可是这回你又这么说，那就该你倒霉了。你真是全国顶卑鄙、顶阴险的坏蛋。"

这时候吉姆已经往木排那儿去了。我简直好奇得要命；我心想，要是汤姆·索亚，他决不会退缩下去，那么我也不走开；我得瞧瞧这儿到底是怎么回事。于是我就在那条小小的过道里趴下去，用两只手和两个膝盖摸着黑往船尾上爬，直到后来，我和顶层舱的穿堂间当中只隔着一个特等舱了。这时候我就瞧见那儿有一个人，手脚都捆着，躺在地下，他身边站着两个人朝下瞧着他，他们两人当中有一个手里拿着一个挺暗的提灯，另外那个拿着一支手枪。这个人老是把手枪对准了躺在地下的那个人的脑袋，一边说：

"我真想这么干！我也应该这么干——你这卑鄙的兔崽子！"

躺在地板上的那个人吓得缩成一团，他说："噢，毕尔，饶了我吧；我决不说出去呀。"

每次他这么一说，那个拿着提灯的人就哈哈大笑起来说：

"你当然不会说喽！你一辈子也没说过比这更靠得住的话，真是。"

有一回他说："听他央求吧！要不是咱们收拾了他，把他捆上了，他早就把咱们俩都弄死了。到底为了什么呢？无缘无故。就因为咱们要应得的那一份儿——就是为了那个。可是我敢说你再也别想吓唬谁了，吉姆·特纳。把手枪收起来吧，毕尔。"

毕尔说："不行，杰克·派卡德。我主张把他干掉——他还不就是

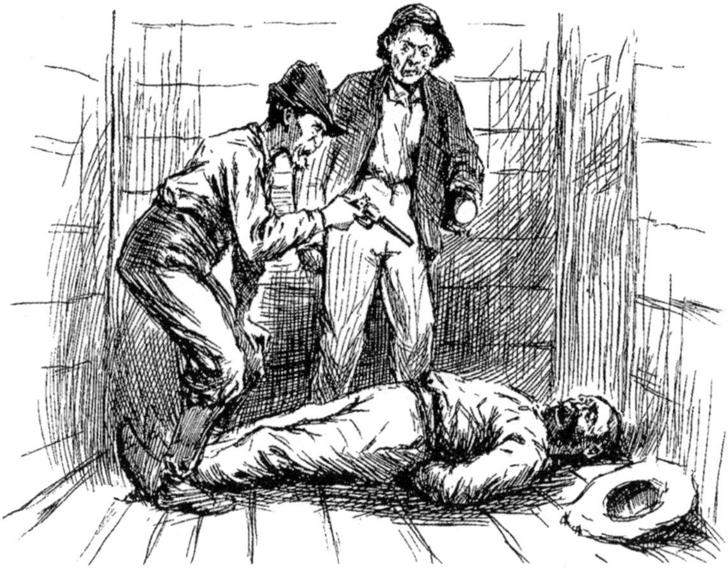

这样把老哈特斐尔德干掉的吗——现在干掉他,还不是活该吗?"

"可是我不要弄死他,我有我的理由。"

"你说这种好话,老天会保佑你,杰克·派卡德!我一辈子也忘不了你的好处呀!"躺在地板上的那个人有点儿哭哭啼啼地说。

派卡德没理会他这话,只管把提灯挂在一个钉子上,朝我藏着的那块黑地方走过来,还对毕尔招招手,叫他过来。我拼命地赶快往后退了两码来远,可是船身歪得挺厉害,我简直就来不及躲;所以为了不叫人家踩着,不叫他们抓住,我就爬到上边的一个特等舱里去。那个人在黑地里摸索着走过来,后来派卡德走到我那个特等舱的时候,他就说:

"这儿——上这儿来。"

一面说着,他就进来了,毕尔跟在后面。可是他们还没进来的时候,我就爬到上铺去了,弄得没有退路,我真后悔不该来。随后他们就把手放在床架子上,站在那儿谈起来。我看不见他们,可是从他们刚才喝的威士忌酒的味儿,我就能闻得出他们在哪儿。幸亏我没喝酒;可是那反正也没什么关系,因为多半的时候我都没敢出气,所以他们没法儿找到我。我吓得太厉害了。再说,他们那么谈话,你就是出气,也根本听不见。他们谈得声音很低,很认真。毕尔要把特纳弄死。他说:

"他说过他要说出去,他就准会那么干。咱们跟他吵了一架,又这么收拾了他一顿,现在咱们哪怕就把咱们的两份儿全都给了他,那也不行了。准没错,他一定会去自首,把咱们干的事情全都供出来;现在你还是听我说吧。我主张送他回老家,别叫他再受活罪了。"

"我也是这么想。"派卡德挺沉着地说。

"他妈的,我还以为你不打算干掉他呢。那么,好,这就行了。咱们就去干吧。"

"等一会儿;我的话还没说完呢。你听我说。给他一枪倒是好,可是这事儿要是非干不可的话,那还有不声不响的办法。我的意见是这样:要是用个什么别的好法子,也能一样达到目的,同时还不给你惹祸的话,那就犯不着一个劲儿去犯法,硬把绞绳往自己脖子上套。你说我这话对不对?"

"你这可实在有道理。可是这回你打算怎么办呢?"

"噢,我是这么打算的:咱们赶快动手,把那些特等舱里咱们忘了拿走的东西都收拾起来,搬到岸上去藏起来。完了咱们就等着。我说现在用不了两个钟头,这条破船就得碎,顺水冲到河底下去。明白吗?他就得淹死,除了抱怨他自己,谁都怨不着。我琢磨着那可比弄死他强得多。只要有法避免,我就不赞成杀人;那反正不是个高明的办法,而且还缺德。我说得对不对?"

"对,我想你说得对。可是假定船不碎,不叫水给冲走,那可怎么好?"

"嘻,咱们反正可以等过这两个钟头,不是吗?"

"那也好;走吧。"

随后他们就走了,我就溜出来,吓得浑身都是冷汗,再往前面爬过去。那儿简直是一团漆黑;可是我哑着嗓子悄悄儿叫了一声"吉姆!"谁知他就在我胳臂肘儿旁边,好像哼哼似的答应了一声;我说:

"吉姆,赶快,这可不是闲着胡闹和唉声叹气的时候;那里面有一帮杀人的凶手,咱们要不找到他们的救生船,把它漂下河去,让这些家伙不能从这条破船里跑开,那他们当中有一个就得遭殃,无路可走。可是咱们要能找到那条小船,咱们就能把他们**全都**甩在这儿,叫他们都跑不了——让警察来把他们抓去。快——赶快!我往左边去找,你往右边去找。你从木排那儿找起,再……"

"噢,我的老天爷呀,老天爷呀!**木排**!木排不见了,不见了;绳子断了,木排冲走了!——咱们还在这儿可怎么好!"

第十三章　从"瓦尔特·司各特"船上得来的光明正大的赃物

嗐,我吓得透不过气来,差点儿晕过去了。跟那么一帮人一块儿关在一条破船上!可是这时候唉声叹气是没有用的。我们现在更是非把那条救生船找到不可——得找来给我们自己用。所以我们就战战兢兢地顺着右边走过去,那可真是慢透了——好像走了一个星期才走到船尾。连个救生船的影儿都没有。吉姆说他觉得再也走不动了——他吓得连一点劲儿都没有了。可是我说,来吧,咱们要是留在这条破船上,那可准得遭殃。所以我们又偷偷摸摸地往前走。我们朝顶层舱位靠船尾的那头走去,终于找到了那儿,再揪着天窗上的窗板悬在空中窜到前面去找,因为天窗的边儿已经歪在水里了。我们快走到穿堂间门口的时候,那条小船就在那儿,一点也不错!我只能模模糊糊地看见它。我真是谢天谢地。我本来可以马上爬到那小船上去,可是偏巧这时候门开了。里面的人有一个把脑袋伸出来离我只有一两英尺远,我想这下子可完蛋了;可是他又把头缩了回去,说:

"把他妈的那提灯拿开吧,毕尔,可别叫人瞧见!"

他把一袋子什么东西扔到小船上,随后自己也爬上船去坐下了。那是派卡德。毕尔也跟着出来上了船。派卡德低声说:

"全都弄好了——开船吧!"

这下子我吓得浑身都没有劲,简直有点儿揪不住窗板了。可是毕尔说:

"等一会儿——你搜过他身上了吗?"

"没有。你呢?"

"没有。这么说他那份儿钱还在他身上哪。"

"那么,好吧,过来;光拿东西,把钱倒给留下,那可不行。"

"嘿,那么一来,他不就会猜着咱们要干什么了吗?"

"也许他猜不着。可是咱们反正得把钱拿走。来吧。"

于是他们就从小船上下来,走进舱里去。

门是在破船朝上歪起的那边,所以跟着就砰的一声关上了;我马上就跳到小船里,吉姆也跟着歪歪倒倒地撞进来了。我拿出刀子来,把船索割断了,开起船就跑!

我们没动桨,也没说话,连悄悄话都没说,简直连气都没大敢出。我们顺着水飞快地溜下去,简直静得要命,我们从明轮壳顶上那边溜过去,又溜过了船尾;再过一两秒钟,我们就漂到了那条破船下面一百码的地方,黑夜把它遮住了,一点儿影子也瞧不见了,我们总算逃出了虎口,心里也明白。

我们漂下去三四百码以后,就瞧见那提灯像颗小火星儿似的在顶层舱的门口晃了一下,这么一来,我们就知道那两个坏蛋已经知道他们的船不见了,他们也慢慢儿明白了自己跟吉姆·特纳一样地遭了殃。

随后吉姆划起桨来,我们就追我们那木排去了。这时候我才开始替那些人担心——我看原先我是没有工夫想到他们。现在我渐渐想起他们虽然是凶手,弄到这种走投无路的地步,也还是太可怕了。我心里想,现在还不敢保我自己什么时候会不会变成一个凶手,到那时候我要是弄到这种地步,难道会高兴吗?所以我就跟吉姆说:

"咱们一瞧见岸上有亮,就在那儿上下一百码找个好地方把你和小船藏起来,我就上岸去瞎编一个故事,找个人去把那一帮家伙救出来,且等他们到了该死的时候,再叫人给绞死就行了。"

可是这个主意是白想了;因为不一会儿大风大雨又起了,并且这回比哪回都凶。雨直往下灌,岸上一点儿亮都看不见;大伙儿全都睡了吧,我想是。我们冲着大浪顺着河往下去,一面注意找灯光,一面注意找木排。过了半天雨才住了,可是云还没有散,雷还不住地小声儿咕咚着,后来天上打闪的光给我们照出前面有个漆黑的东西漂着,我们就追上去。

那正是我们的木排,我们又能上去,可实在太高兴了。这时候我们瞧见下面远远地在右边有个灯光,在岸上。于是我就说要上那儿去。那帮家伙从破船上偷出来的贼赃把小船装满了一半。我们把它胡乱地堆在木排上,我就让吉姆漂下去,漂到他算计着有两英里的地方就挂起个灯,一直点着等我回来;随后我就划起桨,冲着那个亮划过去。我一路划过去的时候,又瞧见三四个亮儿,——在一个小山腰上。原来那是个村子。我在岸上挂着亮的地方上面一点靠拢,停住桨往下漂。我从那儿漂过的时候,瞧见那是个提灯,挂在一个双身渡船头上的旗杆上。我绕着渡船挺快地划着,找看船的人,一边琢磨着他睡在什么地方;不一会儿,我看见他在前头拴锚的柱子上蹲着,脑袋垂在两个膝盖当中。我轻轻地推了他的肩膀两三下,跟着就哭起来。

他吓了一跳似的醒过来;可是他一看不过是我,他就打了个挺大的哈欠,伸了伸懒腰,这才说:

"嘿,怎么回事?别哭吧,小兄弟。出了什么岔儿?"

我说:"爸和妈和姐,还有……"

说着说着就大哭起来。他说:

"嗷,算了吧,千万别这么伤心;咱们大家都有倒霉的时候,你这回一会儿就没事了。他们怎么啦?"

"他们……他们……——你是看船的吗?"

"是呀,"他说,像是很得意的样子,"我又是船长,又是船主,又是大副,又是舵手,又是看船的,又是水手头目,有时候我还是货物和乘客哪。我不像老吉姆·洪贝克那么阔,我也不能像他那样儿,不管对张三李四都他妈的那么大方,那么痛快,也不能像他那样把钱到处乱甩;可是我跟他说过多少遍,要是叫我跟他换个位子,我还不干呢;因为,我说,我这个人就偏爱当水手,要是让我上那离镇两英里的地方去住下,一辈子也见不着什么事,那我可真受不了,哪怕是把他那些臭钱全给了我,再加上一倍,我也不干。我说……"

我插嘴说:

"他们遭了一大串倒霉事儿,并且还……"

"谁?"

"唉,爸和妈和姐,还有胡克小姐;您要能把渡船划到那儿去……"

"到哪儿?他们在哪儿?"

"在那条破船上。"

"哪条破船?"

"唉,还不就是那么一条吗?"

"怎么,你是说瓦尔特·司各特轮吗?"

"是呀。"

"天哪!他们上那儿干吗去了,我的天哪?"

"噢,他们并不是有心要上那儿去的。"

"我敢说他们当然不是!哎呀,老天爷呀,他们要不赶快离开那儿,可就没救了!嘻,他们到底怎么搞的,弄到这么个糟糕地方去了呢?"

"这还不是挺容易嘛。胡克小姐是要到上边那个镇上看个人去——"

"啊,卜家码头——往下说吧。"

"她就是要到卜家码头那儿去找人,刚要天黑的时候,她带着她的女黑奴,坐着运马的渡船过河到她朋友家里去过夜,她那朋友不知叫什么小姐来着——我不记得她的名字了——他们把掌舵的桨掉了,一下子船就调过头来,船尾在前,漂了下去,差不多漂了两英里来远,就撞在那条破船上撞翻了,那个撑渡船的和那女黑奴和船上的马都淹死了,可是胡克小姐一把就抓住破船爬上去了,后来天黑了个把钟头的工夫,我们坐着做买卖的大平底船顺水溜下来的时候,天太黑了,我们一直冲上去,等到撞着了那条破船才知道,这么一来,我们的船也撞翻了;可是我们全都有人救上去了,只差毕尔·斐普尔一人——噢,他可真是个顶好的人哪!——我恨不得淹死的是我,我真那么想呀。"

"嘻呀!我这辈子也没听过这么糟糕的事。那么,后来你们怎么办呢?"

"唉,我们大声嚷起来,简直急得发疯,可是那地方河面太宽了,我们拼命嚷也没人听见。于是爸就说非得有人到岸上来想法子求救不可。只有我一个人会游水,所以我就冒冒失失地自愿来干这事儿;胡克小姐说要是我一时找不到人来救命的话,就上这儿来找她舅舅,他一定得想个办法。我在下面约莫一英里地的地方上了岸,一直在东撞西撞,想法子找人去救,可是人家都说,'好家伙,在这么个夜里,水又流得这么急!真是开玩笑;去找那汽划子渡船吧。'现在只要您肯去……"

"天哪,我倒是愿意去,哼,他妈的,我哪能不愿意去;可是他妈的谁给钱呢？你猜你爸……"

"唉，那倒好办。胡克小姐特别告诉我说，他舅舅洪贝克……"

"好家伙！原来他就是她的舅舅呀！我告诉你，你冲着远远的那个有亮的地方去，到了那儿就往西拐，约莫走上四五百码，就到了那个小酒店；你叫他们快领着你上吉姆·洪贝克家里去，他准得付这笔钱。你可别吊儿郎当，白耽误工夫，因为他一定想知道这个消息。你告诉他吧，还不等他赶到镇上，我就会把他的外甥女救上来。好吧，打起精神赶快去；我到拐角那儿叫驾船的去。"

我朝那个亮儿走过去，可是他刚一拐弯儿，我就走回来，跳到小船上，把船里的水舀出来，随后就顺着岸边上的静水往上划了约莫六百码，钻到一些木船当中待着；因为我非得眼看着那条渡船开出去才能放心。整个儿说来，我为了那帮家伙费这么多事，心里倒是觉得挺舒服，因为肯这么干的人是不多的。我希望寡妇知道这件事儿才好。我猜她准会因为我帮了这些坏蛋的忙，替我觉得得意，因为寡妇跟别的好心眼儿的人对坏蛋和骗子这类家伙都是挺关心的。

唔，不一会儿那条破船就过来了，黑乎乎的，一直漂下来了！我心里打了个冷战，随后我就冲着它划过去。它已经沉下去挺深了，我马上就看出船上要是还有人，也不会有什么活着的机会了。我围着它划了一转，还叫了一会儿，可是根本没人答话；四下里都静得要命。我为了那帮家伙心里觉得有点难受，可也并不太怎么的，因为我觉得只要他们受得了，我也就受得了。

随后渡船开过来了；于是我就把船头歪过去，顺着一条斜流的大溜划了一大段，冲着河中间划过去；我算计着人家看不见我了，就停下桨来，回头望着渡船围着那破船来回地转，想找胡克小姐的尸首，因为那个船长知道她舅舅洪贝克一定想要它；后来过一会儿渡船也就不找了，开回岸上去，于是我就使劲划起来，顺着大河往下冲。

好像过了多长多长的时候，才瞧见吉姆的灯光露出来；那时候这道灯光简直像是离着我有一千英里似的。等我划到了那儿，东边天上已经有点发白了；于是我们就冲着一个岛划过去，把木排藏起来，把小船沉到河里，再往小窝棚里一钻，就像死人似的睡着了。

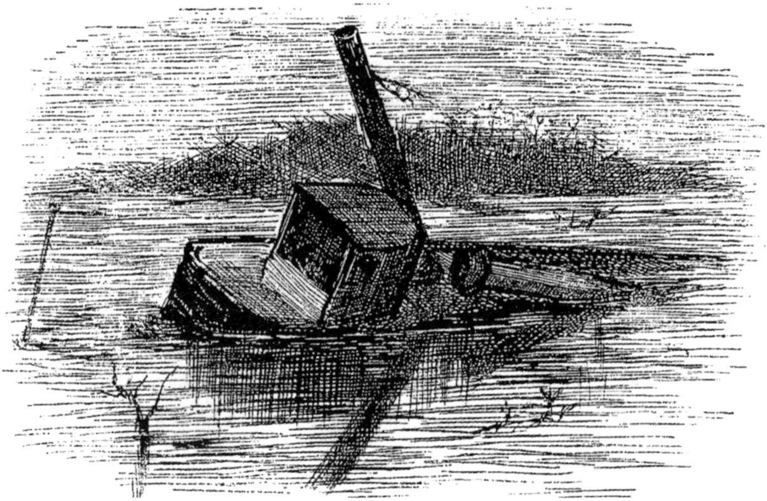

第十四章　所罗门算不算聪明？

后来我们睡醒起来的时候，翻了翻那帮坏蛋从破船上偷出来的那些乱七八糟的东西，找出些靴子、毯子、衣裳，还有各式各样别的东西，还有好些书、一个望远镜和三盒雪茄烟。我们俩一辈子谁都没有这么阔过。雪茄烟是呱呱叫的。我们整个下午都在树林里歇着聊天，我还看了看那些书，整个儿说来过得挺痛快。我把我在破船里和渡船上碰到的事情，全告诉了吉姆，我说这类事情就叫历险；可是他说他可不愿意再干什么历险的事。他说起先我到顶层的舱里去了，他爬回去要上木排，结果发现它不在，那时候他差点儿死了过去，因为他估计着不管怎么的，他这下子反正是完蛋了；因为要是没人救他，他就得淹死；要是有人把他救起来，不管是谁救的，也得把他送回原地方去领奖金，那么华森小姐就得把他卖到南方去，准没错。嘻，他想得对；他差不多老是想得挺对；拿黑人来说，他的脑筋可算是特别清楚的。

我念了好些关于国王、公爵、伯爵那些人的故事给吉姆听，那里面说到他们穿得多么耀眼，他们摆出多大的派头，彼此称呼的时候，不叫什么什么先生，都叫陛下、殿下、阁下等等；吉姆听入了神，眼睛都突出来了。他说：

"我还不知道有这么多贵人呢。除了一个所罗门老国王，我差不多连一个都没听说过，除非你把一摞扑克牌里的王牌都算上。国王挣多少钱呢？"

"挣钱？"我说，"哼，他们要钱的话，一月能拿一千块；他们要多少有多少，什么都是他们的。"

"那可多么痛快哟！他们都干吗呢，哈克？"

"他们才什么都不干呢！唉，你真是说傻话！他们光是这儿坐坐，那儿坐坐。"

"不能吧;真是那样吗?"

"当然是真的。他们就是东坐坐、西坐坐的——也许,除非在打仗的时候;那他们就去打仗。可是别的时候,他们就光是懒洋洋地待着,什么也不干,要不就去放鹰打猎——光是去放放鹰,一天到晚……嘘!——你听见有声音吗?"

我们跳出去瞧了瞧;可是那不过是下面老远的一条小火轮的轮子打水的声儿,那条船正在拐过弯来;于是我们又回窝棚里来了。

"是的,"我说,"还有的时候,日子过得太无聊的话,他们就找国会的碴儿;要是有人不规规矩矩照他的心眼儿办事,他就砍掉他们的脑袋。可是他们多半都在后宫里鬼混着。"

"在哪儿混?"

"后宫。"

"什么叫后宫呀?"

"就是国王养他那群老婆的地方呀。你连后宫都不知道吗?所罗门就有一个;他差不多有一百万个老婆呢。"①

"啊,对了,是那么的;我——我把这个全忘了。后宫就是个大公寓,我猜是。大概在带孩子的屋子里也得整天哇哇地吵。我看那些老婆也会吵得够瞧的;那么一来,吵的声音就更厉害了。可是人家都说所罗门是自古以来顶聪明的人。我可不信那一套。为什么呢:一个聪明人哪会愿意一天到晚住在那么个叽叽喳喳、吵吵闹闹的鬼地方呢?不会的——他怎么也不会愿意受那个罪。一个聪明人宁肯盖个锅炉工厂;那他要是打算歇一歇,还可以把那锅炉工厂关了哪。"

"嗐,他反正就是顶聪明的人;因为这是寡妇告诉我的,她亲口告诉我的。"

"寡妇怎么说,我可不管,反正所罗门不是个聪明人。他有些事情真是太胡闹,我一辈子也没见过。你知道他硬把一个小孩儿砍成两半

---

① 所罗门王是两三千年前的以色列一位有名的贤明国王。据《旧约·列王纪上》第十一章第三节说,他有妃七百,嫔三百。

的事儿吗?①"

"我知道,寡妇把这事儿全给我说过。"

"**那就好了!** 那还不是世界上顶糊涂的主意吗?你瞧瞧这桩事儿吧。那儿有个树墩子,那儿——那就算是一个娘们儿吧;你在这儿——就算是另外那个娘们儿吧;我是所罗门;这儿这一块钱的票子,就算是那个小孩儿吧。你们俩全说这张票子是自己的。我怎么办呢?我是不是应该上街坊家东走走,西串串,打听打听这张票子到底是谁的,回来就把它全须全尾地交给本主儿,只要有点儿脑筋的人不都会这么办吗?不;我偏要拿起这张票子来,呲啦一下子把它撕成两半,这半儿给你,那半儿给那个娘们儿。所罗门就硬要拿孩子也这么办。现在我要问你:那半张票儿能干吗?——什么也买不着。那么半个孩子有什么用?就是拿一百万个半边孩子给我,我也不稀罕。"

"他妈的,吉姆,这里面的妙处你全没弄明白——真糟糕,你简直差了十万八千里。"

"谁?我?去你的吧。别跟我说你那套妙处吧。我觉得我要是看出有什么道理,就知道那是有道理;像那么胡搞的事儿,简直是糊涂透了。人家争的又不是半个孩子,争的是整个孩子嘛;谁要是以为他可以拿半个孩子给人家,叫他别为了整个孩子争吵,这种糊涂虫就会遇到下雨天都不懂得进屋里来躲一躲。别跟我提所罗门了吧,哈克,他这个人我算是看透了底儿。"

"可是我跟你说,你没把这里面的妙处弄明白。"

"什么他妈的妙处不妙处!我看,是我明白的事儿我都明白。你知道,**真正的**道理还得往下边去找——这里面的道理还深着哪。你得看所罗门是在哪种人家生长的。你先拿一个只有一两个孩子的人来说吧;这个人肯不肯随便把孩子糟蹋掉?不,他决不会;他糟蹋不起。他知道怎么疼孩子。可是你要拿个有五百来万个孩子满屋乱跑的人来说,那可就不一样了。他这种人把孩子砍成两半,就像砍一只猫似的。

---

① 见《旧约·列王纪上》第三章第十六至第二十八节。这故事说明所罗门断案的英明机智。

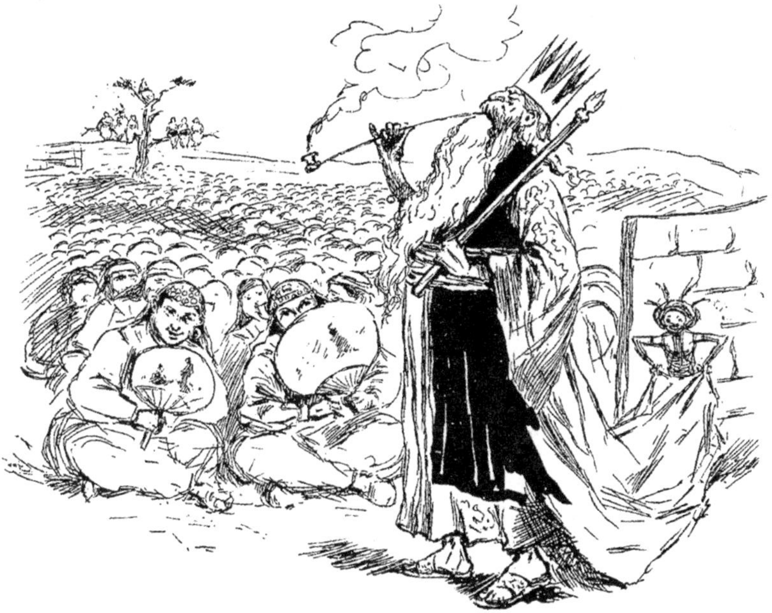

他还有的是。孩子多一两个,少一两个,对所罗门反正没关系,该死的东西!"

我从来没见过这么一个黑人。只要他脑袋里装进了一个想法,那就简直没法子再弄出来。他在我碰到过的黑人里头,要算是最反对所罗门的了。于是我就撇开了所罗门,接下去说别的国王的事儿。我告诉他,好多年以前,路易十六在法国让人砍了头;还说到他的孩子,本是法国皇太子,应该做国王的,可是人家把他抓起来关在牢里,还有人说他就死在那儿。

"可怜的小家伙。"

"可是也有人说他跑出去了,逃到外面,上美国来了。"

"那倒挺好!可是他准会觉得挺孤单的——这儿又没有什么国王,是不是,哈克?"

"是的。"

"那他可就找不到什么事儿做了。他还有什么可干的呢?"

"唉,我也不知道。他们逃出来的那些人,有的当了警察,有的教人说法国话。"

"咦,哈克,法国人还不是跟咱们说一样的话吗?"

"不,吉姆;他们说的话你全听不懂——连一个字都听不懂。"

"哎哟,那可要我的命了!那是怎么回事呀?"

"我也不知道;反正是那样。我从书本儿上学了点他们的鸟话。要是有人上你这儿来,跟你说 巴来—乌—疯郎崽——那你觉得怎么样?"

"我什么也不会觉得,那我就一下子给他的脑瓜儿砸开——那是说,要是他不是白人的话。我可不许什么黑人那么叫我。"

"呸,那并不是叫你呀。那不过是说,你会说法国话吗?"

"嗷,那么,他为什么不说清楚呢?"

"嘻,他是说得挺清楚呀。法国的说法就是这样。"

"哼,那真是他妈的说得古怪,我可不要再听这种鬼话。这简直是莫名其妙。"

"我问你,吉姆;猫是不是像咱们一样说话?"

"不,不一样。"

"得,牛呢?"

"不,牛也不一样。"

"猫说话像牛一样吗,牛说话像猫一样吗?"

"不,都不一样。"

"它们说话不一样,那是挺自然、挺合适的事,是不是?"

"当然。"

"猫和牛跟咱们说不一样的话,那不也是挺自然、挺合适的事吗?"

"唔,那是顶对顶对的。"

"得啦,那么,一个法国人跟咱们说不一样的话,为什么就不自然、不合适呢?你给我说说这个道理吧。"

"猫是人吗,哈克?"

"不是。"

"好了,那么,猫就没什么道理要说人话。牛是人吗?——要不牛是猫吗?"

"不是,它不是人,也不是猫。"

"好了,那么,它就用不着说他们俩的话呀。法国人是人吗?"

"是呀。"

"好了,那还说个屁!他妈的,那他为什么不说人话呢?你倒给我说说这个道理吧!"

我知道老跟他说也没用——你想教会一个黑人讲道理,那可真没办法。所以我就算了。

第十五章　拿可怜的老吉姆开玩笑

我们算计着再有三夜就可以漂到卡罗镇，那地方在伊利诺伊州的尽头，俄亥俄河就在那儿流进密西西比河，我们就是要上那地方去。我们打算到那儿就把木排卖掉，搭上小火轮，顺着俄亥俄河往上水走，到那些不买卖黑奴的自由州去，以后就不用提心吊胆了。

第二天夜里偏又下起雾来，我们开到一个冲积洲上去，打算把木排拴住，因为在雾里走木排是不行的；可是我把划子往前面划过去，拿着缆索想拴木排的时候，谁知那儿什么都没有，只有一些小矮树可以拴一下。我把缆索拴在陡岸边上一棵小树上，可是那儿有一股急流，木排让它轰隆一声冲下来，劲头挺大，把那棵小树连根拔了出来，又往下面冲去了。我瞧见大雾团团地围上来，弄得我又着急，又害怕，好像觉得有半分来钟连动都不敢动弹一下——随后就瞧不见木排了；简直连二十码远都看不见。我跳上划子，跑到船尾上，拿起桨来，使劲往后划了一下。可是它动也不动。原来是我慌慌张张，忘了解船索了。我站起来，想把绳子解掉，可是我太着急，两手直哆嗦，简直想干什么都不行了。

刚一划开，我就追木排去了，我使尽了劲拼命划，一直顺着那冲积洲往下撑。这段倒还顺当，可是那冲积洲还不到六十码长，我刚一漂过它下面那一头，就像箭似的射到一大片白茫茫的雾里，简直像个死人似的，东西南北全都摸不清了。

我心想，再拿桨划可不行了；首先我知道那么一来，就得撞到岸上，或是撞着冲积洲和别的什么地方；我只好老老实实坐着往下漂，可是在这么个时候，硬要搣着两只手不动，可真是个叫人怪着急的事儿。我喊了几声，又听了一阵。随后在下面老远的地方，我听见有一点儿喊叫的声音，马上就把我的精神鼓起来了。我拼命赶过去，竖着耳朵仔细听，希望再听到那个声音。等我又听到一声的时候，我才知道我并不是正冲着那儿走,原来是冲着它右边哪。再过一会儿,我又冲着它左边了——并且也没撑上多少,因为我老在飞快地左一下右一下拐着弯儿往前冲,可是那声音却总是一直走在前面。

我真希望那傻瓜能想起敲个洋铁盆子,一个劲儿敲,可是他根本就没那么办,他老是喊一喊又停一停,最叫我伤脑筋的就是当中听不见喊声的时候。唉,我使劲地往前划,马上又听见了喊声,可是这回声音却跑到了我的后头。这下子可真把我弄迷糊了。那准是别人在喊吧,要不就是我掉过头来了。

我把桨扔下来。我又听见喊声;它还在我后头,可是又换了地方;那声音不断地传过来,可是也不断地换地方,我不断地答应着,直到后来,它又跑到我前边去了;我知道大溜已经把我的划子的头冲得朝下水的方向了,只要那是吉姆的声音,不是别的撑木排的人,那我可就好了。我在雾里一点也分不清声音是谁的,因为在大雾里不管什么都是看起来要走样,听起来也要走样。

喊声还是没有停,过了一分来钟的工夫,我扑通一下子撞到下面一个陡岸上,那上面长着一些大树,都像是烟雾似的鬼影一样;大溜把我甩到左边,就从水底下伸出来的许多树干当中像箭似的冲过去了,冲得它们哗啦哗啦地响。

过了一两秒钟,四下里又变得一片白茫茫的,什么声音也没有。这时候我就坐着一点也不动,听着自己的心怦怦地跳,恐怕它跳了一百下,我也没换一口气。

这时候我就只好听天由命了,我知道那是怎么回事。那个陡岸是个岛,吉姆冲到岛那一边去了。那并不是一个十分钟就能漂过去的冲积洲。那上面的大树林是一个大岛上才有的,这个岛也许有五六英里长,半英里多宽。

我一声不响,竖着耳朵,约莫有十五分钟的样子。不消说,我一个劲儿往下漂,每点钟得漂四五英里;可是谁也想不到漂得那么快。不,你只觉得好像自己一点也不动,死钉在水上似的;要是有一棵水里伸出来的树桩子偶尔让你瞧见一眼的话,那你也万想不到自己漂得多快,反倒会突然倒吸一口气想着,我的天哪!瞧那根树桩子往下冲得多快呀。

你要是以为夜里一个人在大雾里漂着,并不像那么可怕,也不那么闷得慌的话,你就来试一回吧——那你就知道这个滋味了。

后来,有半个来钟头的工夫,我隔一会儿就叫两声;末了我听见老远有回答的声音,就想法子跟上去,可是老找不着,随后我一下子就知道我是冲到冲积洲当中了,因为我在两边都模模糊糊稍微瞧见一些冲积洲的影子——有时候当中只有一条挺窄的水溜,还有些冲积洲我连瞧都瞧不见,可又知道的确是有,因为我听得见大溜把岸边上垂着的那些小树和乱七八糟的东西冲得哗哗响的声音。嗐,我在这些冲积洲当中漂下去,没多久就听不见喊声了;我反正只跟了一会儿就算了,因为这简直比追鬼火还费劲。一辈子也没见过一个声音像这样前后左右地躲人,老是换地方,又换得那么快。

有四五回我都不得不赶紧从岸边上把船撑开,怕的是把那些小岛从河里撞出去;我猜木排也准是时时碰到岸上,要不然它就会走到老远,根本就听不见它的声音了——它比我漂得稍微快一点儿。

过了一会儿,我好像又漂到宽阔的大河里了,可是我哪儿也听不见一点喊叫的声音。我估计吉姆也许是碰在沉树上,一下子完蛋了。我简直乏透了,所以我就躺在划子里,心想算了,随它去吧。我当然并不想睡;可是我困得简直熬不下去了;所以我就想着还是打个小盹儿吧。

可是后来我看那可不是一个小盹儿,因为我醒来的时候,星星照得挺亮,雾也全散了,我正飞快地顺着一个大河湾子往下冲,船尾朝前。起先我还不知道自己在哪儿;我还当是在做梦哪;等我把事情慢慢儿想起来的时候,又像是已经过了一个星期似的,模模糊糊地只剩下一点儿影子了。

这段大河简直宽得吓死人,两边岸上都有顶高顶密的大树林子;在星光底下瞧着,简直就是一堵结结实实的大墙。我朝下水远远地一望,瞧见水面上有个小黑点儿。我追了上去;可是等我追上了,原来什么都不是,只不过是两根拴在一块儿的木料。随后我又瞧见一个黑点儿,又追了上去;后来又是个,这回我才追对了。正是那个木排。

我赶到的时候,吉姆正坐在那儿,脑袋垂在两个膝盖当中睡着了,右手还在掌舵的桨上耷拉着。另外那支桨已经撞掉了,木排上撒满了

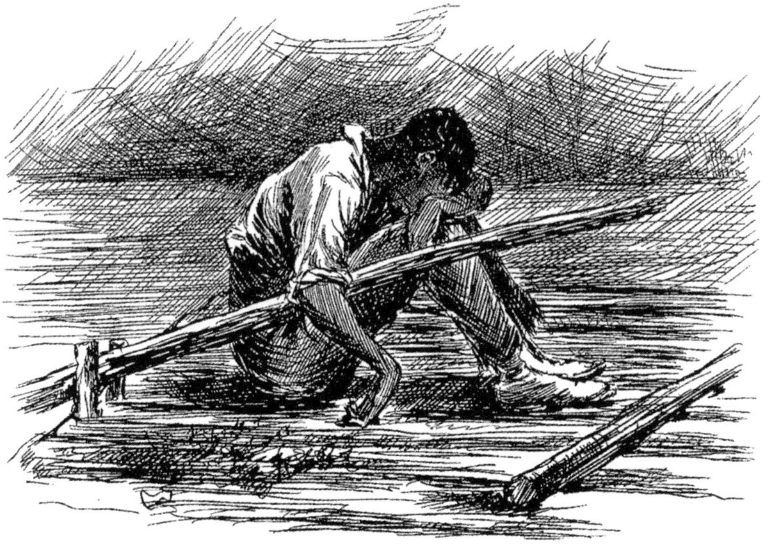

乱七八糟的树叶子、树枝子和烂泥。这么看来,它也是经过了一番凶险的。

我把划子拴住,就在吉姆眼前,躺在木排上,打了个哈欠,把拳头冲着吉姆伸出去,说:

"喂,吉姆,我睡着了吗?你怎么不把我叫起来呀?"

"我的老天爷,是你吗,哈克?原来你还活着——你并没有淹死呀——你又回来了吗?这要是真的,可实在太好了,宝贝儿,要是真的可太好了。让我瞧瞧你吧,孩子,让我摸摸你吧。真的,你没死!你又回来了,高高兴兴、结结实实的,还是和从前的哈克一模一样——一模一样,哎呀,真是谢天谢地!"

"你怎么啦,吉姆?你喝醉了吧?"

"喝醉了?你说我喝醉了?我还有空儿喝酒哪?"

"好了,那么,你干吗说话说得这么不着边儿呀?"

"我怎么说得不着边儿?"

"你还问怎么不着边儿?哼,你刚才不是说我回来了,还说了些这种莫名其妙的话,好像我是上哪儿去过吗?"

"哈克——哈克·费恩,你抬起头来瞧着我;抬起头来瞧着我。你难道压根儿就没上哪儿去过吗?"

"上哪儿去过?嗐,你这到底是什么意思呀?我哪儿都没去过。我有什么地方可去呀?"

"咦,你瞧,大爷,那恐怕是出了什么毛病,准是。我还是**我**吗,要不然我是**谁**呢?我是在这儿吗?要不然我在**哪儿**呢?我得把这个弄明白才行。"

"噢,我看你是在这儿,这倒没问题,可是我觉得你简直是个昏头昏脑的老糊涂虫,吉姆。"

"我?我是糊涂虫?好吧,那我要问问你,你不是坐了小划子把木排上的绳儿拿去,要把它拴在冲积洲上吗?"

"没有,没那事儿。什么冲积洲?我根本就没瞧见什么冲积洲。"

"你没瞧见冲积洲?嗐,不是你拴的绳儿松开了,木排哗啦一下往大河下面冲下来,把你和小划子都甩在后面的大雾里了吗?"

"什么大雾？"

"嗐，就是那大雾呀！整夜没散的那大雾呀。你不是还直喊，我不是也直喊来着吗？一直喊到咱们让那些岛给弄迷糊了，结果咱俩一个迷了道儿，还有一个也跟迷了道儿一样，简直连自己到底在哪儿都摸不清了，不是吗？我不是还撞到好些个岛上，受过一阵活罪，差点儿没淹死吗？你说这能假得了吗，大爷——这能假得了吗？你给我说清楚吧。"

"哎呀，这可太莫名其妙了，我简直摸不着头脑，吉姆。什么大雾呀，小岛呀，受活罪呀，还有这些那些的，我都根本没瞧见。我一直跟你在这儿坐了一整夜，老在聊天，一直聊到十分来钟以前，你就睡着了，我看我大概也睡着了。这么会儿的工夫，你绝不会是喝醉了，那么你当然是在做梦。"

"真是活见鬼，我怎么能在十分钟里梦见这么些事儿呀？"

"嗐，算了吧，你当然是梦见的，因为你说的那些事儿没一样是真的。"

"可是，哈克，这些事儿都是清清楚楚的，我觉得……"

"不管怎么清楚，那也不相干；反正全没那回事儿。我知道，因为我一直待在这儿。"

吉姆有五分来钟一直没说话，光坐在那儿琢磨。后来他说：

"得啦，那么，我看我真是梦见了这些事儿，哈克；可是我这辈子要是做过比这再真的梦，就他妈的算怪了。我也从来没做过什么梦，把我累得这样。"

"啊，得啦，那没什么，因为有时候做梦也跟别的事儿一样累人。可是这回这个梦实在了不起；你给我从头到了说说吧，吉姆。"

于是吉姆就说开了，他把整个的事儿一五一十地给我说了一遍，全是照实在情形说的，不过他还添油加醋地瞎扯了一些就是了。然后他就说他得琢磨琢磨，把这个梦给"解一解"，因为这个梦是老天爷给我们下的警告。他说第一个冲积洲指的是个要给我们行点儿好的吉人，可是大溜就指的是个要把我们从吉人那儿拽开的小人。喊声就是指我们常要听到的警告，我们要不拼命把这些警告的意思弄清楚的话，它们就不但不能替我们消灾除难,还得给我们招灾惹祸。后来那许多冲积洲指的是我们得跟那些不好惹的人和各式各样的小人闹些口角是非,可是我们只要当心不管别人的闲事,不跟人家顶嘴,不惹他们生气,我们就能逢凶化吉,从大雾里钻出去,又回到那开朗的大河里,那就是指那些不买卖黑奴的自由州,往后也就不会再有什么灾难了。

我上木排以后不久,天色变得挺黑,可是现在黑云又散开了。

"啊,对啦,说到这儿为止,你都解得挺好,吉姆,"我说,"可是这些玩意儿又是指的什么呢?"

我说的是木排上那些树叶子和乱七八糟的脏东西,还有那支撞折了的桨。这时候可以看得清清楚楚了。

吉姆瞧瞧那些一塌糊涂的东西,再瞧瞧我,又回过去瞧瞧那些东西。他脑子里让那个梦牢牢地占据了,他好像一时简直摆脱不掉,没法子再想起实实在在的事情,可是等他明白过来之后,他就瞪着眼睛瞧着我,绷着脸一点也不笑,说:

"这些东西指的是什么?我来告诉你吧。我因为拼命地划木排,又大声喊你,简直快累死了,后来我困得打瞌睡的时候,我因为你不见了,真是伤心透顶,我就连我自己和木排要出什么岔子都懒得管它,就那么睡了。后来我一醒过来,瞧见你平平安安、全须全尾地回来了,我就掉下眼泪来,简直恨不得跪下来亲你的脚,因为我简直谢天谢地,高兴透了。可是你就光想着怎么扯个谎来拿老吉姆开玩笑。这些乱七八糟的东西都是*废物*;废物就是那些往朋友头上抹屎、叫他们丢脸的人。"

他说完就慢慢儿站起来走到小窝棚跟前,再也没说什么就走进去了。可是那就够我受的。这下子可真叫我觉得自己太缺德,我简直恨不得去亲亲他的脚,好叫他收回他那些话。

足足过了十五分钟,我才鼓起勇气来,打定主意去向一个黑人低头认罪;可是我到底是那么做了,后来我一辈子也没有为这件事情后悔过。我再也不给他使坏主意了,我要是早知道这会逗得他这么伤心,那我就连那一回也不会那么胡闹的。

第十六章　响尾蛇皮果然灵验了

我们差不多睡了一整天,到晚上才动身;我们跟在一个长得吓人的木排后面,离它挺近,那木排在河里漂下去,简直像一个游行队伍那么长。它每头都有四支挺长的桨,所以我们估计那上面载的人恐怕有三十来个那么多。木排上有五个大窝棚,彼此离得挺远,木排当中还烧着一堆大火,两头都有一根挺高的旗杆。这个木排可实在是派头十足。在这种木排上当个伙计,*那才神气哪*。

我们一直往下漂,漂到了一个大河湾里;这时候夜里的天色越来越黑,天气也闷热起来了。大河宽得很,两边都长着密密的树林,像两道墙似的;你简直难得瞧见那些树林有个缺口,也瞧不见有亮。我们谈到卡罗,可是摸不清我们到了那儿的时候,是不是会认得那地方。我说我们恐怕会认不出来,因为我听说那地方只有十几户人家,要是碰巧他们没点灯,那我们怎么会知道是走过一个小市镇呢?吉姆说那儿有两条大河汇合,总会看得出来。可是我说我们也许会想着那是走过一个岛下面,又漂进了原来那条大河里。这么一来,就弄得吉姆心里有些着慌——我也是一样。于是就出了个问题——怎么办?我说,咱们再瞧见有亮的地方,就划拢岸去,给人家说爸在后面,驾着一只做买卖的大船跟着,说他干这一行还是个生手,想要打听打听卡罗离这儿有多远。吉姆觉得这个主意很好,所以我们就一面抽烟,一面聊着这桩事情,等着机会。

现在唯一的办法就是注意瞧着,别叫这个小镇走过了还不知道。吉姆说他准会瞧见那地方,因为他一瞧见卡罗,马上就会成个自由人,要是错过了,就要再到蓄奴的地方,往后就不会有自由的机会了。他老是过不了一会儿,就跳起来说:

"就在这儿!"

可是那并不是卡罗。那是鬼火,或是萤火虫;于是他又坐下来,眼巴巴地望着,还是像原先那样儿。吉姆说他马上就要得到自由了,这简直使他浑身又发抖,又发烧。嗐,老实说,我听见他说这话,也弄得浑身连发抖带发烧了,因为我脑子里也渐渐想起他的确是**快要**自由了——那怨谁呢?嗐,就是怨我呀。我不管怎么样,也没法儿让我的良心安静下来。我心里为了这桩事情烦得要命,简直弄得站也不是,坐也不是;我简直不能在一个地方好好儿待着。在这时候以前,我脑子里从来没有在这上面转过念头,根本不知道我干的事情有多么严重。可是现在问题来了,并且老摆不开,越来越叫我心里像火烧似的。我老想给我自己说明这事情并不怨我,因为我并没有叫吉姆从他的合法主人那儿逃跑;可是怎么也不行,我的良心每回都出来说话:"可是你明明知道他是要逃出去找自由,你本来可以划上岸去,告诉别人嘛。"的确不错——我怎么也没法儿推卸责任。为难的地方就在这儿。良心对我说:"倒霉的华森小姐有什么事对不起你呢,你就睁着眼睛看着她的黑奴从你面前跑掉,连一句话都不说吗?这个可怜的女人究竟怎么得罪了你,叫你对她这么昧良心呢?嗐,她老想教你念书,她老想教你学礼貌,她想尽种种办法,反正是要对你好。她就是**这样**对你的呀。"

我简直觉得自己太没良心、太不要脸了,恨不得死了还好些。我在木排上心慌意乱地踱来踱去,老在心里自己骂自己;吉姆也在心慌意乱地踱来踱去,从我身边走过。我们俩都沉不住气。每回他兴高采烈地转过身来说:"那不就是卡罗吗!"我听了就觉得好像是身上中了一枪,心想那如果**真**是卡罗,我看我真得难受死了。

我在心里暗自盘算着的时候,吉姆可老是大声大气地说话。他说的是到了自由州头一桩要干什么事,他说他要拼命攒钱,连一分钱也不花,攒够了就到华森小姐老家附近的那个庄子上去,把他的老婆从那儿赎回来;随后他俩就可以一起干活,把两个孩子也赎回来。要是他们的主人不肯卖,他们就找个反对蓄奴的人去把他们偷来。

听了他这些话,真叫我心里凉了半截。要是在从前,他一辈子也不敢说这种话。你瞧他刚一觉得快自由了,马上就变得多么厉害。有句老话说得真不错:"黑奴不知足,得寸又进尺。"我心想,这就是我不用脑筋的结果。眼前就有这么个黑人,他差不多要算是我帮着逃掉的,现在他干脆就说要把他的孩子们偷回来——这两个孩子的主人,我可连认都不认得;人家根本就没有惹过我呀。

我听着吉姆说这种话,真是难受;他这种打算实在是太不要脸了。我的良心把我搅得越来越不对劲儿,后来我就对它说:"别再缠我了吧——现在还来得及——再瞧见有亮,我就划上岸去告他。"这么一来,我马上就觉得轻松愉快,简直轻得像根鸡毛似的。于是我的烦恼全都没有了。我仔细望着岸上,想找到个灯光,这时候我真快活得像是在心里唱歌似的。不一会儿,就看见一个亮儿。吉姆欢欢喜喜地喊道:

"咱们平安无事了,哈克,咱们平安无事了!快跳起来,立个正,敬个礼吧!那就是卡罗镇那好地方,终于到了,这回我可准没弄错!"

我说:"我驾着小划子过去瞧瞧吧,吉姆。你知道,也许还不对哪。"

他一下就跳过去,把小划子准备好了,还把他那件旧褂子铺在船板上让我坐,再把桨交给我;我撑出去的时候,他又说:

"过不了一会儿,我就会高兴得大嚷起来了,我会说,这全是仗着哈克帮忙;现在我是个自由人了,要不是有了哈克,我是得不到自由的;全靠哈克帮忙。吉姆一辈子也忘不了你,哈克;你真是吉姆一辈子没碰到过的好朋友呀;现在老吉姆也就只有你这一个朋友了。"

我正要往岸上划,一个劲儿忙着要去告发他;可是他一说这些话,我就好像是整个儿泄了气似的。这以后我就往前划慢了,我简直不大明白自己划出来了究竟是高兴不高兴。我划出了五十码的时候,吉姆说:

"你走了,可靠的老朋友哈克;白种人对老吉姆讲信用的就只你这么一个呢。"

我真是难受透了。可是我说,我非这么干**不可**——这是**无法避免**的。正在这时候,有一只小船过来了,里面有两个人带着枪,他们都停下来,我也停住了。他们俩有一个说:

"那儿是什么?"

"是半截儿木排。"我说。

"你是那上面的吗?"

"是的,先生。"

"那上面还有人吗?"

"只有一个,先生。"

"嗐,今晚上河湾子上头那边跑掉了五个黑奴。你那个人是白人还是黑人?"

我没有马上就回答。我想要赶快说,可是说不出来。我稍停了一会儿,很想鼓起勇气说出来,可是我没有那份儿胆量——连个兔子的胆量都赶不上。我知道自己软下来了;所以我就干脆打消了那个主意,冲口而出地说:

"他是白人。"

"我看咱们还是亲自去瞧瞧吧。"

"我也希望你们去瞧瞧才好,"我说,"因为那上面是爸,也许你们会帮我把那木排划到岸上去,上那有亮的地方。他病了——妈和玛丽·爱恩也病了。"

"啊,他妈的,我们忙着哪,小孩儿。可是我看我们还是不能不去,好吧,使劲划,咱们赶快去吧。"

我拼命划我的短桨,他们也使劲划他们的桨。我们划了一两下之后,我就说:

"爸准会非常感谢你们,我敢说。我求人家帮我把木排划上岸去,大伙儿都不干,我一人又划不动。"

"嗐,他妈的那真是太没良心了。也奇怪,真是。喂,小孩儿,你爸爸害的是什么病?"

"害的是……呃——是……唉,没什么要紧。"

他们停手不划了。这时候离木排已经挺近了。他们俩有一个说:

"小孩儿,你这是撒谎。你爸到底是害的什么病?你得老老实实回答,那么说对你还要好一点。"

"我老实说吧,先生,我老实说吧,真的——可是您别走开,我求您。他害的是……是……先生,你们只要划到前面,我把缆绳扔过来,你们就用不着靠近这木排了——求您帮帮忙吧。"

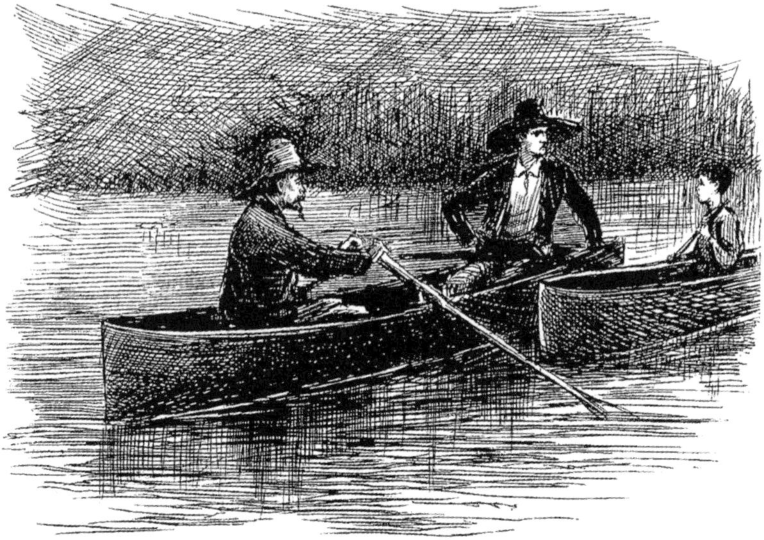

"往后退吧,约翰,往后退!"有一个说。他们就把船划着往后退。"快划开点儿,小孩儿——划到背风那边去。真糟糕,我看恐怕已经让风给刮过来了。你爸害了天花,你分明知道得清清楚楚。你干吗不老实告诉我们?你打算让它满处传染吗?"

"唉,"我哭哭啼啼地说,"我本来是跟谁都说老实话的,可是人家干脆就不管,把我们甩开了。"

"可怜的小鬼,原来是这么回事。我们也挺替你难受,可是我们……嗐,他妈的,我们可不愿意染上天花,你知道吧。你听我说,我告诉你怎么办吧。你可千万别打算自己一人靠岸,要不然你就会闹得鸡飞狗跳。你得往下漂个二十来英里,就会到大河左手边一个镇上。那时候早就出太阳了,你求人帮忙的时候,就给他们说你家里的人都在打摆子。可别再那么傻,让人家猜出是怎么回事。我们这是帮你的忙;那么你就从我们这儿划出二十英里去吧,好孩子听话。你要是往那有亮的地方上岸,一点好处也没有——那不过是个木厂子。喂,我猜你父亲是挺穷的,我看他也遇上了倒霉的运气。我这儿把一个二十块钱的金圆搁在这块板子上,你等它浮过来就把它拿着。我把你甩下,心里实在觉得过意不去;可是,天哪!跟天花闹着玩可是不行呀,你懂不懂?"

"别忙撒手,派克,"另外那个人说,"我这儿也拿出二十块钱,请你给我搁在板子上。再见吧,小孩儿;你就照派克先生告诉你的办法去做吧,准保你没错。"

"那准没错,好孩子——再见,再见。你要是瞧见跑掉的黑奴,你就叫人帮帮忙,把他们抓住,那你还可以挣点儿钱呢。"

"再见,先生,"我说,"我只要有办法,绝不会让跑掉的黑奴从我身边溜走。"

他们走开了,我也就回到木排上,心里觉得怪别扭,怪难受,因为我明知这事儿做错了,我知道我想学会把事情做对是办不到的;一个人从小就没学得好,后来自然也就没出息——一遇到难处,就没有一股劲儿给他撑腰,叫他把事情干好,结果他就泄气了。后来我想了一会儿,在心里对自己说,别忙;假定你做对了,把吉姆交了出去,那你难道会比现在觉得好受吗?不,我说,我也会难受——也会像现在一样难受。那么,得啦,我说,要是把事情做对反而要惹许多麻烦,把事情做错又毫不费劲,并且代价都是一样,那你干吗还要去学会把事情做对呢?这可把我弄迷糊了。我没法儿回答这个问题。所以我就想着还是不再为这事情费脑筋吧,从此以后,凡事都看当时怎么办方便,就怎么办好了。

我走到小窝棚里;可是吉姆不在那儿。我四处看了一遍;他哪儿都不在。我就叫了一声:"吉姆!"

"我在这儿哪,哈克。他们走远了吗?别大声说话吧。"

他泡在河里,藏在后头那支桨底下,只把鼻子露在外面。我告诉他说,他们已经走远了,他才爬到木排上来。他说:

"刚才你们几个说的话我全听见,我溜到河里去了,要是他们到木排上来,我就打算浮到岸上去。等他们走了,我再浮回来。可是天哪,你可把他们哄得真妙呀,哈克!实在对付得太妙了!真的,孩子,我看这一手可把老吉姆给救了——老吉姆不会忘记你这个好处,宝贝儿。"

随后我们就谈到那几十块钱。这下子可真是捞到不少——每人二十块哪。吉姆说现在我们可以搭小火轮坐统舱,有了这些钱,我们在自由州里爱上多远的地方就可以上多远的地方去。他说再在木排上走二十英里并不算远,可是他还是希望我们已经到了那儿。

天快亮的时候,我们就靠了岸,吉姆非常仔细地把木排藏起来。后来他又忙了一整天,把东西收拾起来,打成一捆一捆,什么都准备好了,只等和木排分手。

那天夜里十点来钟,我们瞧见大河下游左手边河湾子那儿有一座小镇的灯光。

我驾着小划子上那儿去打听打听。一会儿我就发现河里有一个人坐着一只小船,正在放排钩钓绳。我划过去问他:

"先生,那地方是卡罗吗?"

"卡罗?不是。你他妈的简直是个大傻瓜。"

"那是个什么镇呢,先生?"

"你要是想要知道,那你就自个儿去打听吧。你要是不知趣,只要再在这儿跟我捣半分钟麻烦,那你可就得自讨苦吃了。"

我又划到木排那儿。吉姆大失所望,可是我说不要紧,我看再下去的一个地方就是卡罗了。

天亮以前我们又走过一个市镇,我又打算过去瞧瞧;可是那儿地势挺高,所以我就没有去。吉姆说,卡罗附近没有高地。我起先忘记这个了。我们在离左边河岸挺近的一个冲积洲那儿藏了这一天。我心里渐渐起了一个疑问。吉姆也是一样。我说:

"说不定那天晚上咱们在大雾里走过了卡罗吧。"

他说:"咱们别谈这个吧,哈克。可怜的黑人是不会走好运的。我老在疑惑那条响尾蛇皮带给我们的晦气还没有完哪。"

"我真恨不得压根儿就没有瞧见过那块蛇皮,吉姆——要是从来就没瞅它一眼多好。"

"那不能怨你,哈克;你是不知道呀。你别埋怨自己了吧。"

大天亮的时候,一看靠岸这边是俄亥俄河清亮的水,一点也不错,外面那一边还照旧是那条浑河的黄泥浆子水!原来是早就走过卡罗了。

我们把这事儿大谈了一阵。起早是不行的;我们当然也不能把木排朝上水划。没法儿,只好等着天黑,再驾着小划子往回走,去碰碰运气。所以我们就在白杨树丛里睡了一整天大觉,好把精神恢复过来再卖劲儿,谁知天黑的时候我们跑回木排那儿一看,小划子不见了!

我们愣了挺大工夫,一句话也没说。我们实在说不出什么话来。我们俩都知道得挺清楚,这还是那条响尾蛇皮在作怪;那还谈它干吗?那不过显得我们在埋怨,结果又准会再惹些晦气——并且还得老惹个没完,到后来受够了教训,还是得不声不响才行。

后来我们又商量该怎么办,结果还是想不出别的办法,只好再驾着木排往下漂,找个机会买只小划子再往回走。我们并不打算照爸的办法,趁着没人的时候就去借人家的划子,因为那么一来,就会惹得人家来追我们。

于是天黑之后,我们又驾着木排走开了。

蛇皮叫我们倒了这么多霉,要是还有人不相信摆弄蛇皮是一桩傻事,那他把这本书再往下看,瞧瞧它还给我们带来了多少祸事,就会相信了。

买小划子的地方是在靠岸停着木排的河边。可是我们并没有瞧见什么木排停着；所以我们就一直往前面漂了三个多钟头。咳，偏巧这天夜里变得阴沉沉的，一团漆黑，这简直差不多是和下雾一样糟糕的事。河里是什么样子，你也不知道，远近也看不清楚。后来到了深夜，非常清静的时候，忽然来了一只上水轮船。我们赶紧把提灯点着，估计着它会瞧得见。上水船通常都不会靠近我们走；它们老是跑到一边，顺着沙洲走，专找暗礁下面的静水；可是到了这种黑夜里，它们就拼命跟大河作对，硬顶着大溜一个劲儿往上拱。

我们听得见它轰隆轰隆地开过来，可是一直到它开到了跟前才把它看清楚，它对准了我们冲过来。它们老爱这么走，想要试试能靠多近走过还不会撞上木排；有时候轮船上的大明轮啃掉木排上一支桨，领港就伸出头来哈哈大笑，觉得他干得挺帅。嘿，这回它就这么对直开过来了，我们说它又是想来"刮我们的胡子"，可是它简直像是一点也不闪开。那只轮船挺大，来势又挺猛，那样子就像是一团黑云，四周围有一排一排的萤火虫似的；可是突然它一下子就在眼前出现了，简直大得吓死人，前面有一长排敞开的锅炉门，像烧红的牙齿似的发出火光，它那大得要命的船头和保险档子一直伸到我们头顶上来了。船上有人冲我们嚷了一声，还叮叮当当响了一阵停止机器的铃子，又有人乱叫乱骂，还有一阵放汽的声音——于是吉姆就往木排一边钻到水里，我也从另外一边溜了下去，这时候轮船就对准了木排冲过去，把它撞得粉碎。

我往水底下钻——还打算够着河底，因为船上有一只三十英尺的大明轮要从我身上过去，我得让开一点，别挡住它才行。我一向能在水底下待一分钟的工夫；这回我估计是待了一分半钟。随后我就一下子往水面上猛撞上来，因为我简直憋得要命了。我冒出头来，一直到胳肢窝那儿，再把鼻子里的水擤出来，嘴里也喷出了几口，河水当然是流得挺猛的；那只轮船当然也只停了十来秒钟，又开动机器往上走了，因为他们根本就没有把驾木排的当一回事；所以这时候它就冲起浪头往大河上面开过去了，我虽然还听得见它的声音，它可是在那黑沉沉的夜里跑得不见了。

我大声嚷着找吉姆，叫了十几声，可是根本没听见他答应；于是我一面"踩水",一面揪住一块碰到我身上的木板子,推着它往岸上浮过去。可是我左望右望总算看出了河水是向左边岸上流的,这就是说,我恰好在一股横流里;所以我就改变方向,朝那边浮过去了。

那是一道足有两英里长的横流;所以我浮过去花了许多工夫。我找了个妥当地方靠岸,随后就爬到岸上去了。我只能瞧见眼前一短截路,可是我在那挺难走的路上一直摸索着往前走了四五百码远,后来猛不提防走到了一幢双排的旧式大木头房子跟前。我正想从旁边绕过去,躲开这地方,可是有一大群狗跳出来,汪汪地冲着我直咬,我就知道只好站住不动了。

第十七章　格兰纪福这家人收留了我

过了一分来钟,有个人连头都不伸出来,从窗户里冲着外面说:

"别咬了吧,小子们！那是谁？"

我说:"是我。"

"我是谁呀？"

"乔治·杰克逊,先生。"

"你来干吗？"

"我不干吗,先生。我只要从这儿走过去,可是这些狗不让我走。"

"这么深更半夜的时候,你在这儿偷偷摸摸地要干吗——嘿？"

"我并不是偷偷摸摸呀,先生；我从轮船上掉到水里了。"

"啊,是这么回事,真的吗？谁给划根洋火吧。你说你叫什么名字？"

"乔治·杰克逊,先生。我还是个小孩儿哪。"

"喂,你说的要是实话,那你就用不着害怕——谁也不会伤害你。可是你千万别动；就在原地站着吧。快去把巴布和汤姆叫醒,你们谁去,还得把枪拿来。乔治·杰克逊,有人和你一道吗？"

"没有,先生,就我一人。"

这时候我听见屋里有人走动,还瞧见有灯光。那个人大声喊道:

"快把那个亮儿拿走,贝西,你这老糊涂蛋——你怎么这么没脑筋呀？把它搁在大门后面地板上。巴布,你和汤姆要是准备好了,就赶快到各人的岗位上去吧。"

"全准备好了。"

"那么,乔治·杰克逊,你认识谢伯逊他们吗？"

"不认识,先生；我从来没听说过。"

"得,这也许是实话,也许靠不住。喂,都准备好。往前走吧,乔治·杰克逊。你可得注意,千万别忙——慢慢儿、慢慢儿走过来。要是有人跟你在一块儿,叫他在后面待着——他要是露面,我们就要开枪打死他。好吧,你过来。慢慢儿走;你自己把门推开——只许推开一点儿,能钻得进就行了,听见了吗?"

我走的并不快;就是想快也快不起来。我一回只迈一个慢步,走得一点儿响声也没有,不过我觉得可以听得见自己的心跳。那些狗也和人一样,不声不响,可是它们在我背后不远的地方跟着。等我走到那三步木头台阶的时候,就听见里面的人开锁,还把门杠卸下,把门闩抽开。我用手按住门,一点儿一点儿推开,后来就有人说:"得,这就行了——把脑袋伸进来吧。"我照这么办了,可是我猜想他们也许要把我的脑袋揪下来。

蜡烛是搁在地板上的,他们大伙儿都在那儿望着我,我也望着他们,这样过了十几秒钟:三个大汉拿枪对着我,老实说,这可吓得我直缩脖子;年纪最大的一个大概有六十来岁,头发都花白了;另外那两个大概有三十多岁——他们都长得模样儿挺好、挺漂亮——还有那位顶和气的头发灰白的老太太,她背后还有两个年轻的女人,我不大瞧得清楚。那位老先生说:

"得,我看是不成问题。进来吧。"

我刚一进去,那位老先生马上就把门锁上,还顶上门杠,插上门闩,再叫那两个年轻人带着枪往里走,随后他们全都走进一间大客厅,那里面地板上铺着一块布条编的新地毯;他们在一个旮旯儿里站在一起,那地方离前面那些窗户挺远——这一边是没有窗户的。他们举起蜡烛,把我仔仔细细看了一阵,大家都说:"嗯,他的确不是谢伯逊家的——他的样子一点儿也不像谢伯逊家的。"随后老头儿就说他要搜一搜我身上有没有武器,叫我别见怪,因为他这并没有什么恶意——这不过是要弄弄清楚罢了。所以他也就没有往我口袋里搜,只拿手在外面摸一摸,就说是不成问题。他叫我自由自在,不要见外,还要我把自己的事情通通说一遍,可是那老太太说:

"哎呀,天哪,索尔,这可怜的孩子浑身都湿透了;你看人家肚子饿不饿呀?"

"你说得对,瑞奇尔——我忘了。"

于是老太太就说:

"贝西(这是个黑女人),你赶快去给他弄点儿吃的东西来,真可怜哪,快点快点;你们两个姑娘去一个把勃克叫起来,叫他……啊,他上这儿来了。勃克,把这个小客人领去,给他的湿衣服脱下来,把你的干衣服拿两件给他换上吧。"

看样子,勃克和我年纪差不多——大概是十三四岁左右,不过他长得个子比我大一点。他身上只穿了一件衬衫,头发乱蓬蓬的。他打着呵欠走过来,一面使一只拳头揉着眼睛,另外那只手拖着一杆枪。他说:

"没有谢伯逊家的人上这儿来吗?"

他们说没有,刚才是一场虚惊。

"哼,"他说,"要是来了几个的话,那我看我准能打中一个。"

他们大伙儿都笑了,巴布说:

"嗐,勃克,你来得这么慢,那恐怕他们早把我们的头皮剥掉了。"

"唉,谁也没有去叫我呀,真是岂有此理。你们老不把我放在眼里;我简直没机会出头。"

"不要紧,勃克,好孩子,"老头儿说,"你迟早会出头的,往后机会多着哪,你别着急。现在你先去吧,你妈妈叫你做的事,你快去做吧。"

我们上楼去,到了他的屋子里,他就给我拿出他的一件粗布衬衫、一件短上衣和一条裤子来,我都穿上了。我在穿衣服的时候,他问我叫什么名字,可是我还没有来得及搭腔,他就给我说起他前天在树林里捉到一只喜鹊和一只小兔子的事,后来又问我,蜡烛灭了的时候,摩西在什么地方。我说我不知道;我从前压根儿没听说过。

"那么,你猜猜。"他说。

"我从前根本没听说过,那叫我怎么猜呢?"我说。

"可是你随便猜猜总行呀,是不是? 真是太好猜了。"

"哪支蜡烛?"我问。

"唉,随便哪支都行。"他说。

"那我可不知道它在什么地方,"我说,"它到底在哪儿呢?"

"嘁,在漆黑的地方呀!它可不就在那儿!"

"那么,你既然知道他在什么地方,干吗还要来问我?"

"唉,他妈的,这是个谜呀,你连这都不懂吗?喂,你打算在这儿待多久?你干脆老在这儿待下去吧。你在这儿可是痛快极了——现在又不用上学。你有狗吗?我有一只狗——它会跳到河里去,把你扔下去的小木头片叼出来。你爱在礼拜天把头发梳得光溜溜的吗?有好些个这种无聊的事儿,你爱干吗?我简直不喜欢这一套,可是妈偏要叫我干这些事儿。这条旧裤子真糟糕!我看还是把它穿上好,唉,还是别穿吧,怪热的。你全穿好了吗?好极了。走吧,伙计。"

凉的玉米面包,凉的卤牛肉、奶油和奶酪——这就是他们在楼下预备着给我吃的,我可是一辈子还没见过比这更好的东西啊。勃克和他妈,还有其余那些人都抽玉米秆烟斗,只除了那黑女人,她没有在那儿,还有那两个年轻的女人。他们都一面抽烟,一面谈话,我也一面吃一面谈。那两个年轻的女人身上都搭着披肩,头发披在背后。他们都问了我一些话,我告诉他们说,爸和我和全家人原来都住在阿肯色州顶南边一个小庄子上,我姐姐玛丽·爱恩跑掉了,她跟人家结了婚就再也没有音讯了,毕尔去找他们,结果他也从此就没有消息了;汤姆和莫特都死了,后来就只剩下我和爸两人,他遭了那许多倒霉事儿,结果穷得精光;所以他死了之后,我就只好拿着他剩下来的一点破东烂西出门,因为那庄子并不是我们自己的;我买了一张统舱票,搭船往上水来,谁知又掉到河里了;我就是这样上这儿来的。于是他们就说只要我愿意的话,我尽可以把他们那儿当作自己的家,爱住多久就住多久。这时候天快大亮了,大伙儿都去睡觉,我就跟勃克去睡,到第二天早上一醒来,真他妈糟糕,我把自己的名字忘了。我在床上躺了个把钟头,老想记起来,后来勃克醒过来了,我就问他:

"你识字吗,勃克?"

"识字。"他说。

"我敢说你准不知道我的名字是哪几个字。"我说。

"我敢说你这可难不住我,我知道。"他说。

"好吧,"我说,"你说说看。"

"荞麦的荞,自治的治,清洁的洁,克服的克,孙子的孙——怎么样?"他说。

"好,"我说,"你说对了,我还当你说不出哪。我的名字这几个字倒是不算稀奇,挺容易认——不用细想,一下子就说出来了。"

我心里把它悄悄记住,因为说不定回头会有人叫我说这几个字,所以我就得把它背熟,一口气说得出来,好像是说惯了似的。

这家人可真是好极了,房子也呱呱叫。我从前在乡下可是压根儿没见过这么好的房子,也没有这种派头。前面的门上并没有铁闩子,也没有钉着鹿皮带子的木头门闩,那上面装着能转的铜把手,就跟城里的房子一样。他们那客厅里没有摆床铺,连个床铺的影儿都没有;可是城里倒有好些客厅里摆着床铺哪。那儿有一个挺大的壁炉,底下是砖铺的,他们往这些砖上泼水,还拿另外一块砖去磨,老把它弄得干干净净、通红通红的;有时候他们还拿一种名叫西班牙赭色的颜料在砖上洗刷,就跟城里人的办法一样。他们还有挺大的黄铜柴火架,哪怕搁上一根大木料也放得下。壁炉板当中摆着一座钟,钟上的玻璃门下半截画着一幅小镇的图画,那当中有一块圆圆的地方,算是太阳,你可以瞧见钟摆在那后面摆动。这个钟嘀嗒嘀嗒地响,真是好听极了;有时候来了个背货郎担的,给它的油泥擦干净了,把它收拾得好好的,它就会当当当地连敲一百五十下,才累得不再响了。人家给它修好了还不要钱呢。

这个钟两边还有一对外国鹦鹉,好像是白粉那类东西做的,上面涂着大红大绿的颜色。有一只鹦鹉旁边摆着一只陶料的猫,另外那一只旁边有一只陶料的狗;你拿手在那上面一按,它们就吱吱地叫,可是并不张开嘴,也不做出什么特别的样子,也不显出高兴的神气。它们是从底下叫出声音来的。这些东西背后有两把野火鸡毛的大扇子撑开摆着。屋子当中的桌子上有一只挺好玩的陶料筐子,那里面摆着一些苹果、橙子、桃儿和葡萄,堆得挺高,这些东西都比真的还要红得多,黄得多,漂亮得多,可是那到底不是真的,因为你看得出有些地方外面掉了一层,露出底子来,那也许是白粉什么的。

这张桌子上铺着一块漂亮的油布,那上面画着一只红蓝的、展开翅膀的老鹰,周围还画了好些花样。他们说那是从费城老远买来的。另外还有些书,放在桌子的四个犄角上,堆得整整齐齐。有一本是大本头的家庭《圣经》,里面满是图画。还有一本是《天路历程》,里面讲的是一个离开家里出远门的人,可并没有说是为了什么。我有时候翻开来看看,念得不少。那里面的话怪有趣,可是不大好懂。另外还有一本是《友谊的献礼》,里面尽是些漂亮的东西和诗歌;可是我没有念那里面的诗歌。另外还有一本是亨利·克莱①的演说集,有一本是格恩博士的《家庭医药须知》,里面说的是人病了或是死了该怎么办,说得挺仔细。另外还有一本赞美诗集和许多别的书。屋子里还摆着一些挺好的木条底板的椅子,都是一点毛病没有的——并不是当中凹下去、裂开了的,像只破筐的样子。

他们还在墙上挂了一些图画——主要都是些华盛顿和拉斐德②的像,还有些打仗的图,还有《高原上的玛丽》③,还有一张叫作《签署独立宣言》。还有几张他们叫作蜡笔画,都是一个死了的女儿在她还只有十五岁的时候自己画的。这几张画跟我从前看到过的随便什么图画都不一样——多半是比普通的画颜色深些。有一张画的是个女人,穿着一件挺瘦的黑衣服,还拿带子在胳肢窝底下捆得挺紧,两只袖子当中都鼓得挺大,像棵包心菜似的,头上戴着一顶杓式的大黑帽,蒙着一块黑面纱,脚腕子又白又细,缠着黑带子,脚上穿着挺小挺小的黑色尖睡鞋,像凿子似的;她站在一棵垂柳底下,右手腕支着身子靠在一块墓碑上,显出一副伤心的样子,另外那只手在身边耷拉下来,拿着一条白手巾和一只网袋;这张图画底下写着:"哎,我难道永远不能再与你相见?"另外一张画的是个年轻的姑娘,她把满头的头发一直往头顶上梳,就在那儿用一把梳子把它往前面一卷,挽成一个结,活像个椅子靠背似的,她使手巾捂着嘴在哭,另外一只手托着一只仰着的死鸟儿,两脚朝天;这张图画底下写着:"哎,我再也听不见你那悦耳的歌声了。"还有一张画的是一位年轻的姑娘在窗前抬头望着月亮,眼泪顺着脸蛋

---

① 亨利·克莱(1777—1852),美国国会议员和演说家。
② 拉斐德(1757—1834),法国将军和政治家,对美国独立曾出过不少的力。
③ 《高原上的玛丽》是苏格兰诗人罗伯特·彭斯(1759—1796)的两个情人,名字都叫玛丽。一个是玛丽·坎贝尔,一个是玛丽·摩理逊。

儿直往下流；她手里拿着一封摊开的信，信封上有一边还露着封口的黑火漆；她把一个带链子的小金盒使劲按在嘴上，这张图画底下写着："你已弃我而去吗？哎，你竟弃我而去了。"我看这些图画都挺好，可是不知怎么的，我好像不大喜欢它们，因为要是我心里有点儿不舒服，这些图画就老是叫我更难受。她死了，大伙儿都觉得可惜，因为她还打算要画许多这样的图画，没有画出来，光从她已经画出来的图画，谁都看得出大家因为她死了受到多大的损失。可是我觉得她生成那么个性格，大概在坟场里还要痛快些。她病倒的时候，正在画着一张图画，人家说这是她画得顶好的，她每天每夜都在祷告，求上帝让她多活几天，把这张图画画完再死，可是她终归还是没有如愿。这张画里画的是个穿白长袍的年轻女人，站在一座桥的栏杆上，准备要跳水，她把头发都披在背上，仰头望着月亮，眼泪顺着脸上直往下流；她有两只胳臂抱在胸前，两只胳臂往前面伸出去，还有两只向上举起，朝着月亮——她原是打算要看看到底哪两只胳臂看起来最合适，再把别的胳臂通通擦掉；可是我刚才说过，她还没有打定主意就死了。现在她家里的人把这张图画挂在她屋子里的床头上，每逢她的生日，他们就在那上面挂上一些花。平常他们都拿一块小帘子把它遮起来。这张画里那个年轻女人的脸长得挺漂亮，可惜胳臂太多，我觉得她的样子简直像个蜘蛛。

　　这个小姑娘在世的时候有一本剪贴簿，她老爱把《长老会观察报》上登的一些讣文、意外新闻和修行受苦的故事剪下来贴在那里面，并且还独出心裁地写些诗附在后面。那些诗都挺好。有一个男孩子名叫斯第芬·都林·博兹掉到井里淹死了，她就为他写了这么一首诗：

悼已故斯第芬·都林·博兹

　　薄命青年斯第芬，
　　　　问你是否因病亡？
　　亲人是否为痛哭，
　　　　吊客可曾把心伤？

　　斯第芬命非如此，

少年夭折实无端。
亲人围洒伤心泪,
　　实与疾病并无关。

未曾患过百日咳,
　　亦无麻疹起红斑。
英名埋没真可叹,
　　但与杂症不相干。

蓬松鬈发好头颅,
　　未因失恋而痛苦。
未曾患过肠胃病,
　　佼佼少年非病夫。

薄命少年伤心史,
　　且请含泪听我讲。
不慎失足堕深井,
　　灵魂出窍升天堂。

井中捞出把水挤,
　　只惜施救已太晚;
灵魂升天真快乐,
　　仙界逍遥不复返。

　　爱梅琳·格兰纪福还不到十四岁,就能作出这么好的诗,她要是不死,后来还说不定有多么了不起呢。勃克说她能出口成章地作诗,毫不费劲。她根本就不用费工夫想一想。他说她一下子就写出一行来,要是想不出押韵的下句,就把它擦掉,马上另外写一句,再往下写。她不管作什么诗都行;随便你叫她作首诗来说什么事情,她都能作,只要是伤心事就行。每逢有男人死了,或是女人死了,或是孩子死了,她老是不等人家尸体凉下来,就当场把"吊唁诗"写好。她把那种诗叫作吊唁

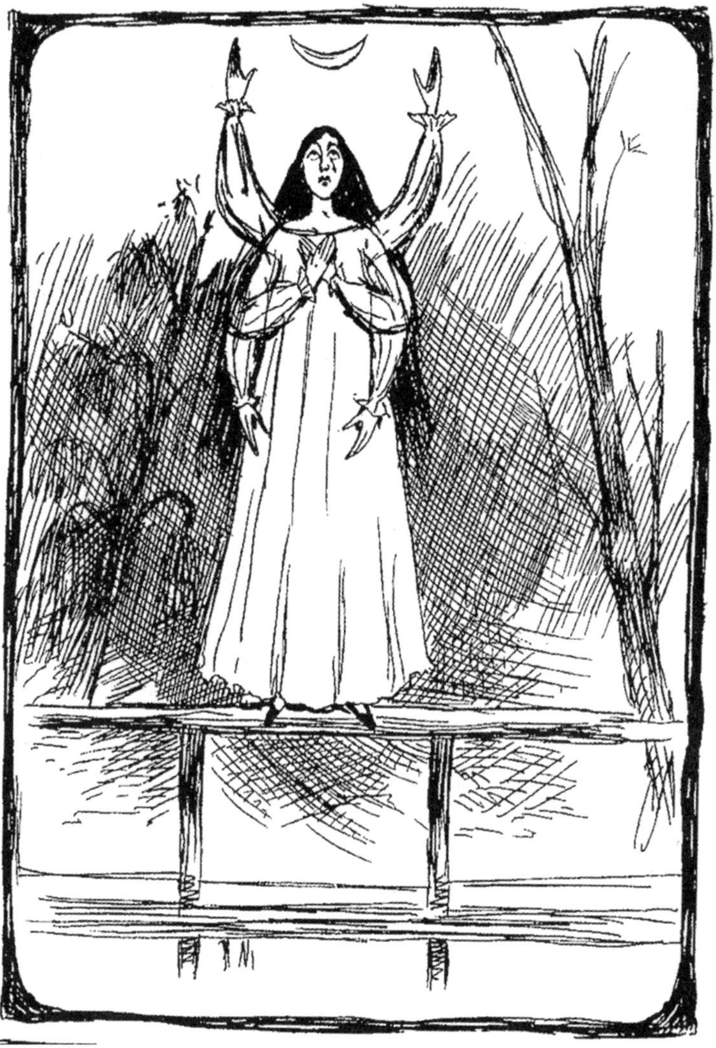

诗。街坊们都说老是医生先到,爱梅琳跟着就来了,再往后才是殡仪馆的人——殡仪馆的人从来没有爱梅琳来得快,只有一次赶在她前头,当时她为了要押死者的名字惠斯勒那个"勒"字的韵,耽搁了一些工夫。从此以后,她就变了样;她根本没有害过什么病,可是不知怎么的,她一天比一天瘦下来,没多久就死了。可怜的姑娘啊,有好几回因为她那些图画弄得我心里难受,使我对她不大高兴,我就无可奈何地上楼去,到她从前住过的那个屋子里,拿出她那本可怜的旧剪贴簿来,看看那里面的东西。这一家人我全都喜欢,不管是死了的和活着的都一样,我可不愿意让我和他们当中发生什么误会。可怜的爱梅琳在世的时候,凡是死了人她就要给他们作诗,现在她死了,没有人给她作首诗,似乎是不大对;所以我就打算拼命绞脑汁,自己作一两首,可是不知怎么的,我好像无论如何也作不成。他们把爱梅琳的屋子收拾得整整齐齐,漂漂亮亮,所有的东西都像她在世的时候那样,全照她的意思安排着,谁也不在那儿睡觉。她家尽管有好些黑奴,老太太偏要亲自照料这间屋子,她老爱在那儿做针线活,念《圣经》也多半是在那儿念。

啊,刚才我还谈到那客厅,那些窗户上都挂着帘子,白色的帘子上印着图画,画的是一些城堡,墙上一直到地都长满了藤子,还有牛羊到河边来喝水。另外还有一架旧的大钢琴,我猜那里面准是有许多洋铁盘子;听听年轻的姑娘们唱《金链断末环》和她们在钢琴上奏出《布拉格之战》的曲子,那真是再美没有了。所有屋子里的墙上都是抹过灰浆的,差不多每间屋里都铺着地毯,整个房子外面都刷过白灰。

那是一所双排的房子,当中挺大的一块空地是盖了顶、铺了砖的,有时候他们中午就把桌子摆在那儿,那地方可真是凉快舒服,简直没法儿再好了。饮食也挺好,并且还多得吓死人呢!

第十八章　哈尼为什么骑着马回去找他的帽子

你知道吧,格兰纪福上校是一位绅士。他浑身都是绅士的派头;他家里人也都是一样。照俗话说,他的出身挺好,这对一个人是很有价值的,就跟对一匹马一样,这话是道格拉斯寡妇说的;从来没有谁否认过她是我们那个镇上最高贵的一流人物;爸也老爱说这话,虽然他自己像阿猫阿狗一样,没有什么身份。格兰纪福上校个子挺高,身材挺瘦,脸色是黑里透白,满处找不出一点红润的影子;他每天早上都把他那张瘦脸刮得干干净净,他的嘴唇顶薄,鼻腔也是顶薄的,鼻子长得很高,眉毛挺密,眼睛挺黑挺黑,凹进去挺深,好像是从黑洞洞里朝外望着你似的,简直可以那么说吧。他的脑门子挺高,头发又黑又直,耷拉在肩膀上。他那双手又长又瘦,他一辈子天天都穿一件干净的衬衫,浑身上下还要穿一套白麻布做的衣服,白得简直叫你一看就觉得刺眼;每到星期日,他就穿上一件带铜纽扣的蓝色燕尾服。他带着一根头上包着银子的红木手杖。他并没有轻浮的神气,一点也没有,他也从来不大声说话。他对人挺和气,要多好有多好——这是你觉得出的,你知道吧,所以你也就自然跟他亲近。有时候他也笑一笑,那是怪好看的;要是他把腰一挺,像根旗杆似的笔直站着,皱起眉毛瞪着眼,像闪电似的发出一股怒气来,那你就恨不得先往树上一爬,再来看看到底是怎么回事。他从来不用叫人家注意礼貌——只要他在场,谁都是规规矩矩的。大伙儿都挺喜欢有他在一起;他差不多老是像太阳光似的——我是说他老是叫人觉得天气好像挺好。他要是变成一大堆黑云的话,那就得有一会儿工夫像天昏地暗的样子,这么一来,也就足够了;准有一个星期不会有人再顽皮了。

每天早上他和老太太下楼来的时候,全家的人就从椅子上站起来,问他们好,非等他们坐下,谁也不敢坐。然后汤姆和巴布就到那放着大酒瓶的架子那儿,调一杯苦味的酒送给他,他把它端在手里,等着汤姆和巴布的酒也掺好了之后,他们俩就鞠一躬,说:"我们给两老请安哪,老太爷,老太太。"他们也就微微地点点头,说声谢谢,随后他们就三人一齐喝酒,巴布和汤姆又在他们的酒杯底上剩下的糖和那一点点威士忌酒或是苹果酒上倒一点儿水,拿给我和勃克,我们俩也就把它喝下去,给两位老人家请安。

　　巴布是老大,汤姆是老二——身材都挺高,长得很漂亮,宽宽的肩膀,古铜色的面孔,头发又长又黑,眼睛也是乌黑的。他们从头到脚穿着一身白麻布衣服,跟老先生一样,头上戴的是宽边巴拿马草帽。
　　再就是夏乐第小姐;她有二十五岁,个子挺高,样子挺骄傲,派头十足,要是没有谁惹她,她倒是要多好有多好;谁要是把她惹起火了,她那副脸色可是够瞧的,就像她父亲一样,真能把你吓得站都站不稳。她长得挺漂亮。
　　她的妹妹素斐亚也挺漂亮,可是跟她不一样。她又温和又可爱,像只鸽子似的,年纪才二十岁。
　　每个人都专有黑奴伺候着——连勃克都有。我那个黑奴简直是逍遥自在,舒服透了,因为我叫别人给我干什么事情,还弄不惯,可是勃克的黑奴一天到晚老是忙得不可开交。
　　现在这家人只有这些了,可是从前还多几个——有三个儿子,都让人家打死了,还有死了的爱梅琳。
　　老先生有许多田地和一百多个黑奴。有时候有好些人骑着马从附近十几英里外上那儿来,住上五六天,大伙儿到外面去吃喝玩耍,到河里去划船,白天在树林子里跳舞和野餐,晚上在家里开跳舞会。这些人大半都是这家人的亲戚本家。男人家都带着枪来。我跟你说吧,那种排场实在是讲究透了。
　　离那儿不远的地方另外还有一伙阔人——一共有五六家——多半都姓谢伯逊。他们和格兰纪福这一族是一样的派头大,出身好,又有钱,又神气。谢伯逊和格兰纪福这两家人在同一个轮船码头上船下船,那地方在我们这所房子上面两英里来远;所以有时候我跟我们这边的人上那儿去,就老是看见那儿有好些谢伯逊家的人,骑着挺好的马。

有一天勃克和我在树林子里打猎,忽然听见一匹马跑过来。我们正在穿过一条路。勃克说:

"快!往树林子里跳!"

我们照这么做了,偷偷地从树叶子当中往树林外面看。一会儿就有一个挺神气的青年人骑着马顺着那条路飞跑过去,他像个军人的样子,让他的马随便跑着。他把枪横摆在马鞍前头。我从前看见过他。这就是哈尼·谢伯逊那小伙子。我听见勃克的枪在我耳边放出去,哈尼的帽子就从他头上掉下去了。他拿起枪来,掉转马头一直朝我们藏着的地方跑。可是我们并没有等着他来。我们撒开腿就穿过树林跑掉了。树林长得并不密,所以我总往肩膀后面望一望,好避开子弹,有两回我都看见哈尼把枪对准了勃克放;后来他就像来的时候一样,骑着马跑开了——我猜是去取他的帽子,可是我瞧不见。我们一口气跑到家里,一直没有停。老先生的眼睛亮了一下——我看那主要是表示欢喜——随后他脸上就平静了一些,他用温和的口气说:

"我不喜欢像那样从树丛后面放枪。孩子,你干吗不大胆走到路上去呢?"

"谢伯逊家的人可不那么做。他们老爱暗算别人。"

勃克讲他这桩事情的时候,夏尔第小姐仰着头,像个女王似的,气得鼻孔直动,眼睛直眨。勃克的两个哥哥显出阴沉沉的神气,可是一句话也不说。素斐亚脸色变得惨白,可是后来她听说那小伙子没有受伤,脸上的颜色又恢复过来了。

后来我把勃克引到外面,到树底下那些装玉米的小木棚子旁边,那儿没有别人,我马上就问他:

"你刚才打算把他打死吗,勃克?"

"嗯,可不是嘛。"

"他有什么事得罪你了?"

"他吗?他什么事也没有得罪过我。"

"嗐,那你为什么要打死他呢?"

"哼,什么也不为——那不过是为了打冤家。"

"什么叫打冤家?"

"嗐,你是在哪儿长大的?难道你连打冤家都不知道吗?"

"从来没听说过——你快告诉我吧。"

"好吧,"勃克说,"打冤家是这么回事:有一个人跟别人吵起架来,把他打死了;后来让他打死的那个人的兄弟又把他打死;这下子两方面的兄弟们都互相报仇;再往后堂兄弟们也参加了——后来每个人都被打死了,打冤家才算完结。可是这慢得很,要很久的时间哪。"

"你们这个冤家也打过很久了吗,勃克?"

"唔,我敢说是不少时候了!三十年前就起头了,反正差不多有那么久吧。那时候两家为一点儿事情吵起来了,后来就打了一场官司;官司打下来,有一个输了,他就干脆把那个赢了官司的人一枪打死——当然他是要这么干的。谁也会这么干。"

"他们为什么事吵架来着,勃克——是为了争地吗?"

"我猜也许是——我不知道。"

"那么,是谁开枪打死人呢?是格兰纪福家的,还是谢伯逊家的呢?"

"天哪,我怎么知道?那么多年以前的事情呀。"

"谁也不知道吗?"

"啊,不,我猜爸知道,还有些别的老年人也知道;可是他们现在都不知道当初到底是为什么事吵起架来的。"

"已经打死了好些人吗,勃克?"

"是呀,出殡的时候多着哪。可是他们也不一定每回都能要人的命。爸身上就有几颗大子弹没取出来;可是他不在乎,因为他反正没多大分量。巴布也让人家使猎刀刺了几处,汤姆也受过一两回伤。"

"今年打死过什么人没有,勃克?"

"有,我们死了一个,他们也死了一个。差不多三个月以前,我那十四岁的堂兄弟博德在河那边骑着马穿过树林,他真是傻得要命,什么家伙也没带,后来走到一个背静地方,他就听见后面有一匹马跑过来,还瞧见老包尔第·谢伯逊手里拿着枪跟在后面撵,白头发让风刮得直飘;博德并没有跳下马,找个地方藏起来,他想着可以跑得比那老头儿快;这下子他们就赛开了,一前一后,一直跑了五英里多地,那老头儿老是越撵越近;后来博德一看跑也没用,他就站住了,还转过身来冲着那老头儿,好让子弹打在前面,你知道吧,结果那老头儿就骑过来把他一枪打倒了。可是他这回走了运也没有欢喜得多久,因为还不到一个礼拜,我们这边的人又把他干掉了。"

"我看这老头儿是个胆小鬼,勃克。"

"我看他才不算胆小鬼哪。他妈的一点也不胆小。他们谢伯逊家的人没有一个胆小鬼——一个也没有。格兰纪福家的人也没有一个不是好汉。嗐,那老头儿有一天跟三个格兰纪福家的人干上了,他毫不含糊,一直干到底,干了一个半钟头,结果还是他赢了。他们都是骑着马的;他跳下马来,躲在一小堆木头后面,还把马也摆在他前面来挡子弹;可是格兰纪福家这三个人都没下马,他们围着老头儿跳来跳去,啪啦啪啦冲着他拼命放枪,他也啪啦啪啦冲他们拼命地打。他和他的马回去的时候都淌着血,瘸着腿,可是格兰纪福家这三位还得叫人抬回去——有一个打死了,还有一个第二天就死了。没有的事,老兄;谁要是想找胆小鬼,可别白费工夫,上谢伯逊家那些人当中去找,因为他们根本就不出<u>这种</u>没出息的人。"

第二个星期日,我们都上教堂去做礼拜,有三英里来远,大伙儿都是骑马去的。男人家都把枪带去了,勃克也带着,他们把枪夹在两腿当中,或是靠墙搁在顺手的地方。谢伯逊家的人也是这样。讲道那一套是怪讨厌的——全是说什么友爱啦,还有这类无聊的话;可是大伙儿都说牧师讲道讲得好,他们回家的时候,还一路谈着这个,尽说什么诚心诚意信上帝啦,多做好事啦,还有什么上帝的无穷恩惠啦,命中天数啦,说了一大堆,我简直弄不清楚,反正我觉得这要算是我一辈子没碰到过的最讨厌的星期日了。

吃完午饭个把钟头以后,大伙儿都东一个西一个地在打瞌睡,有的在椅子上靠着,有的在自己屋里,这么一来,就有些闷得慌。勃克和一只狗躺在太阳底下草地上,睡得挺酣。我就上楼去到我们的屋里,打算自己也睡个小觉。我瞧见那漂亮的素斐亚小姐站在她的房门口,那就在我们的屋子隔壁;她领着我上她屋里去,把门轻轻儿关上,问我是不是喜欢她,我说喜欢;她又问我能不能帮她做点儿事情,不给别人说,我说行。于是她就说她把《圣经》忘掉了,丢在教堂里的座位上,夹在两本别的书中间,她叫我悄悄儿溜出去,上那儿去把书给她取回来,跟谁也别提。我说行。于是我就溜出去,悄悄儿顺着大路往教堂走;教堂里一个人也没有,只有一两只猪,因为教堂的门并没有锁;猪在夏天贪图凉快,挺喜欢在那木条子钉的地板上睡觉。你要是留神的话,上教堂的人差不多都是万不得已才去的,猪可就不一样。

我心想,这事儿有点奇怪;一个姑娘怎么会为了一本《圣经》这么着急,这实在不近情理。所以我就把它甩了一下,果然掉出一张小纸条,上面用铅笔写了"两点半"三个字。我又在书里搜了一阵,可是别的什么也找不着。我简直莫名其妙,所以我就把那张纸条再夹在书里,等我回去走到楼上,素斐亚小姐正站在她房门口等着我哪。她把我拉到屋里,关上了门;随后她就打开书来,找到了那张纸条,她一念那上面的字,马上就显出挺高兴的样子;还没等我来得及想一想,她就一把揪住我,使劲拧了我一下,说我是世界上最好的孩子,叫我别跟人家说。她脸上红了一阵,眼睛也发亮,这简直使她漂亮透了。我大吃一惊,可是我刚喘过气来,就问她那纸条上写的是什么,她就问我看过没有,我说没看过,她又问我认不认得手写的字,我就告诉她:"不认得,只能认粗笔画的。"她就说那纸条没什么关系,只是个书签,给她标明地方的,随后她就叫我出去玩。

我出门走到河边上,心里琢磨着这桩事情,一会儿就看见我那黑奴在后面跟着我过来了。后来我们走到看不见那所房子的时候,他往后面望了一下,又往四处望了一下,随后就跑过来,说:

"乔治少爷,您要是上苇塘那儿去,我可以让您看一大堆水花蛇。"

我心想,这可真是奇怪得很;昨天他说过这话了。他总该知道谁也不会那么喜欢水花蛇,哪儿还会特为去找着瞧呀。他到底是耍什么花头呢?所以我就说:

"好吧,你领头走。"

我跟着走了半英里路;后来他就往苇塘里走过去,在齐踝骨的水里

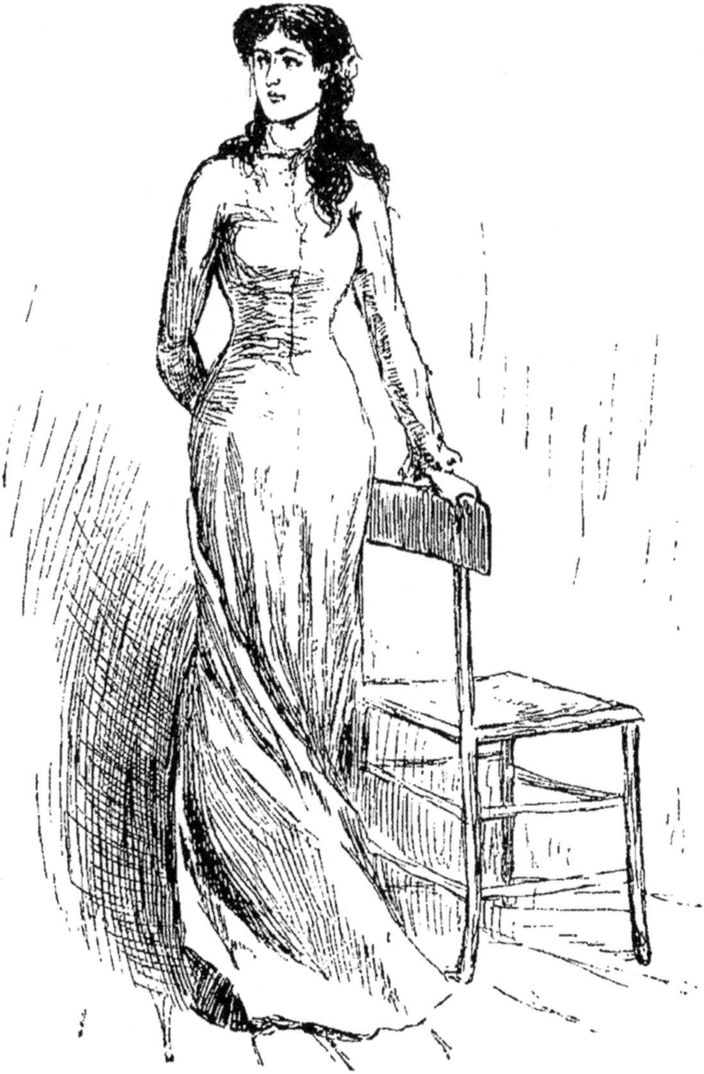

又蹚了半英里远。我们走到了一小块平地,那儿是干的,还长了挺密的大树小树和藤子。他说:

"乔治少爷,您对直往前走几步,水花蛇就在那儿哪。我从前看过;现在不想再看了。"

他说完马上就蹚着泥浆水走开了,一会儿他就让树给挡住,看不见了。我摸索着往那里面走了一段,走到一块像卧室那么大的小小的空地上,那地方四周围都垂着藤子,我看见有一个人在那儿睡着了——哎呀,天哪,原来是我的老吉姆!

我把他叫醒,我还当是他一见我就会大吃一惊,可是他并不觉得奇怪。他高兴得要命,差点儿嚷起来了,可是他并没有吃惊。他说那天夜里他跟在我后面浮过来,老听见我叫他,可是不敢答应,因为他怕人家把他也捞起来,又叫他去当奴隶。他说:

"我受了点儿伤,浮不了你那么快,所以到后来我就落在你后面相当远了;你上了岸,我还想着可以撵得上,用不着冲你大声嚷,可是我一看见那所房子,就把脚步放慢了。我离得太远,听不见他们跟你说了些什么话——我害怕那些狗;可是后来又什么声音都没有了,我知道你已经进了屋,所以就往树林里走,等着天亮。第二天一清早,有几个黑人上地里去,打我那儿过,他们就领着我上这个地方来,因为这儿隔着一片水,狗不会找到我,每天晚上他们都送东西给我吃,还把你的情况告诉我。"

"你怎么不早点叫我那杰克领着我上这儿来呢,吉姆?"

"哈克,咱们还没办法的时候,我就来打搅你,那有什么好处?——现在可行了。我一有机会就买了些锅和盘子和吃的东西,到了晚上还把那木排修理修理,后来……"

"哪个木排,吉姆?"

"还是咱们原有的那个木排呀。"

"你难道是说咱们原来那个木排并没撞碎吗?"

"是呀,没撞碎。它倒是撞坏了不少地方——有一头是遭殃了;可是并没出多大毛病,不过咱们的东西差不多丢光了。要是咱们在水里没钻那么深,在水底下没游那么远,夜里不像那么黑,咱们又没有吓得要命,不像大伙儿说的那么傻拉瓜吉的,那咱们本是可以瞧见那木排的。可是咱们没瞧见倒也好,因为现在又收拾得好好的,差不多像新的一样,并且样样东西都添置了新的,总算把原来的给补上了。"

"喂,吉姆,你到底是怎么弄到那木排的——你是把它捞上来的吗?"

"我在这树林里,怎么去捞呀?不是我捞的;有几个黑人瞧见它在这大河湾里离这儿不远的地方让沉在河里的树干挂住了,他们就把它弄到一个小湾子里,在一些柳树当中藏起来,后来他们就吵来吵去,老在唠叨着这木排该归谁得,结果就让我听见了,所以我就马上告诉他们,这木排原是咱们俩的,他们随便哪个也不该得,这么一来,他们才不再吵了;我又问他们是不是打算抢掉一个年轻的白种人的东西,挨一顿鞭子?后来我就给他们每人一毛钱,他们简直高兴透了,还说他们希望再有木排漂过来,好让他们再发发财呢。他们对我好极了,这些黑人,随便我让他们帮我干什么,我都用不着说两遍,宝贝儿。那个杰克是个挺好的黑人,并且也很聪明。"

"是的,他实在很聪明。他压根儿没给我说过你在这儿;光说叫我过来,他要让我看一大堆水花蛇。要是出个什么岔儿,他也不会受连累。他尽可以说他根本没瞧见咱们俩在一起,那可也是实话。"

第二天的事儿我不打算多谈。我看还是简简单单说一下算了吧。差不多在天亮的时候我就醒来了,本打算翻个身再睡一觉,可是一看那么清静——好像是谁也没有一点儿动静似的。平常可不是这样。后来我又发现勃克已经起来跑出去了。这么一来,我也就起来了,心里觉得奇怪,于是我就跑下楼去——到处都没人;简直清静得什么似的。外面也是一样。我心想,这是怎么回事呢?后来我走到木头堆旁边,才碰见我那杰克,我就问他:

"这到底是怎么回事?"

他说:"您还不知道吗,乔治少爷?"

"是呀,"我说,"我不知道。"

"嗐,素斐亚小姐跑掉了!真的跑了。她是夜里什么时候跑掉的——谁也不知道到底是什么时候;她是跑出去跟哈尼·谢伯逊那小伙子结婚,你知道吗——至少他们猜着是这么回事。她家里的人大概在半个钟头以前才知道——也许还早一点——我跟你说吧,他们可真是一点儿工夫也没耽搁。他们赶紧把枪和马都找齐,那一股劲儿你可是一辈子也没见过!女人家也出去把亲戚本家都叫起来,索尔老爷和他那几个少爷拿起枪骑着马就顺着河边上那条大路往上面跑,打算去截住那个年轻人,把他打死,不让他跟素斐亚小姐跑过河去。我猜这下子准得大干一场。"

"勃克没把我叫醒就走了。"

"唉,我看他可不会把你叫醒!他们不会把你也卷进去的。勃克少爷把枪里装满了子弹,说他非去抓个谢伯逊家的人回来不可,要他的命也得干。嗐,我看他们那边的人准不少,他只要一得手,管保能抓一个来。"

我顺着河边的大路拼命往上头跑。后来我就听见老远有枪响。等我看得见轮船靠岸的地方那个木厂子和那堆木头的时候,我就在大树底下小心地走过去,后来才找到了一个好地方,于是我就爬到一棵白杨树的杈儿上去瞧,那儿是枪子儿打不到的。这棵树前面堆着一排四英尺来高的木头,起先我还打算藏在那后面;可是我也许幸亏没有那么做。

有四五个人骑着马在那木厂子前面的空地上跳来跳去地转,嘴里直是骂,直是嚷,老想要够着轮船码头旁边那一排木头后面的两个小伙子;可是他们老办不到。他们这几个只要有一个人在那堆木头靠河的那边一露面,马上就得挨枪子。那两个孩子背靠背蹲在那堆木头后面,所以把两边都守住了。

一会儿那几个人就不在那儿跳来跳去围着转,也不嚷了。他们骑着马开始往木厂子那边跑;这下子那两个孩子就有一个站起来,从那排木头上面瞄准了一枪,把那几个人打中了一个,打得他从马鞍子上滚下来。另外那几个人一齐跳下马来,抢救打伤了的那个,把他抬到木厂子里去;这时候那两个孩子就趁机会溜掉了。他们往我藏着的那棵树这儿走到半路上,那几个人还没看见。后来那几个人就看见他们了,跟着就跳上马去,拼命地追过来。他们越追越近,可是那也没什么用处,因为那两个孩子跑得很早,已经把他们甩在后面老远;他们跑到我那棵树前面的木头堆那儿,溜到背后藏起来,这下子他们又占了上风。那两个孩子有一个就是勃克,另外那个是个挺瘦的年轻小伙子,大概有十九岁的样子。

那几个人在那儿转来转去乱闯了一阵,就骑着马跑开了。他们刚跑不见,我就大声冲勃克嚷,让他知道。起先他一听我从树上冲他嚷,简直莫名其妙。他可真是吓了一大跳。他叫我仔细看着,那几个人要是再过来,就赶快告诉他;他说他们准是耍什么鬼花样儿去了——待不多久还要回来。我很不愿意在那树上待着,可是又不敢下来。后来勃克连哭带骂,说他和他的叔伯哥哥乔埃(这就是另外那个年轻小伙子)准能把这天的本钱捞回来。他说他父亲和两个哥哥都让人家打死了,敌人那边也打死了两三个。说是谢伯逊家的人打下埋伏,叫他父亲和哥哥上了当。勃克说他父亲和哥哥应该等着亲戚本家一起来——谢伯逊家的人太多了,他们招架不住。我问他哈尼那小伙子和素斐亚小姐怎么样。他说他们已经过了河,没有危险了。我听了这个消息挺高兴;可是勃克为了那天开枪打哈尼没把他打死,一提起就气得要命,大嚷起来——那声音我真是一辈子没听见过。

后来突然一下子,砰!砰!砰!有三四支枪响了——那几个人钻过树林,又绕回来了,他们没有骑马,从后面打过来了!这两个孩子赶紧往河里跳——他们俩都受伤了——他们顺着河水往下浮的时候,那些人还在河边上跟着跑,一面冲着他们开枪,一面大声嚷:"打死他们,打死他们!"这简直叫我难过得要命,我差点儿从树上掉下来了。我可不打算把那时候出的事全说一遍——要是说多了,我心里又要受不了。那天晚上我要是没有上岸去瞧见这些事儿,那该多好。这些事儿在我脑子里一辈子也甭想摆掉——有好些回我都梦见了。

我老在树上待着不敢动,一直到天快黑的时候才下来。有时候我听见老远地在树林里有枪响;还有两回我看见一小股一小股的人骑着马拿着枪从木厂子那儿飞跑过去;所以我就猜想这场大乱子还没完结。我简直丧气透了;于是我就打定主意,再也不走近那所房子,因为我总有些觉得这回的事儿得怨我惹了祸。我猜那张纸条上说的是叫素斐亚小姐两点半钟上个什么地方去跟哈尼碰头,一同逃跑;我觉得我应该把那张纸条的事告诉她父亲,还应该把她那副鬼头鬼脑的样子也告诉他,那么他说不定就会把她锁起来,根本也就不会出这场吓死人的大乱子了。

我从树上下来之后,顺着河边悄悄儿走了一段,后来就瞧见那两个孩子的尸体在水边躺着,我就使劲地拽,终归把他们拽到岸上;随后我把他们俩的脸盖起来,完了就赶快赶快地跑开。我给勃克把脸盖上的时候,还哭了一会儿,因为他对我太好了。

这时候天刚擦黑。我根本没上那所房子跟前去,就穿过树林,往苇塘那儿走。可是吉姆并不在他那个岛上,所以我就赶紧往小湾子那儿走,从那些柳树当中钻过去,急得要命地想马上往木排上一跳,赶快离开这个可怕的地方。谁知木排不见了!天哪,这下子可把我吓坏了!有好一会儿,我简直喘不上气来,后来我就大叫了一声。离我不到二十五英尺的地方有一个声音说:

"我的天哪!是你吗,宝贝儿?可别再嚷了。"

这是吉姆的声音——我一辈子也没听见过这么好听的声音。我顺着河岸走了几步,就上了木排,吉姆把我揪住,使劲搂着我,他看见我回来简直高兴透了。他说:"老天爷保佑你,孩子,这回我又当你准是死了呢。杰克上这儿来过;他说他猜你是让人家开枪打死了,因为你再也没回去;所以我这会儿正打算把木排撑下去,往小湾子口上那儿撑,只等杰克再上这儿来,告诉我说你的确是死了,我马上就预备把木排撑出去,离开这儿。天哪,你又回来了,我可真高兴透了,宝贝儿。"

我说:"好吧——这倒是很好;他们找不着我,就会当是我让人家打死了,在河里漂下去了——上水那儿还有桩事情更会叫他们这么想哪——现在你可千万别耽误工夫,吉姆,趁早儿撑到大溜里去,越快越好。"

一直到木排往下水走到离那儿两英里的地方,到了密西西比河当中,我才放了心。随后我们就把信号灯挂起来,估计这下子算是得到自由,脱离危险了。我从昨天起就没有吃过一口东西,所以吉姆就拿出一些玉米饼和奶酪来,还有猪肉和包心菜和青菜——吃的东西只要做得好,那就再好吃不过了——我一面吃着晚饭,我们俩就只管聊天,真是痛快极了。我摆脱了那些打冤家的事儿,简直高兴得要命,吉姆离开了那个苇塘,也是一样高兴。我们说,把木排当作家,到底是最好不过,哪儿也赶不上。别的地方都显得很别扭,闷气得很,木排上就不是那样。你坐在木排上,就觉得挺自由,挺痛快,挺舒服。

第十九章　公爵和法国太子到木排上来了

　　两三个昼夜过去了；我看还不如说是漂过去的，因为那几天几夜平平静静、顺顺当当、痛痛快快地就溜过去了。我们的时间是这么消磨的：大河到了下面这段宽得要命——有时候有一英里半宽；我们每天夜里赶路，白天就靠岸藏起来；一到黑夜快完的时候，就不再往前走，把木排拴住——差不多每回都在一个冲积洲底下的静水地方；停下来就砍些白杨树和柳树，把木排盖起来。随后我们就把钓绳放下水去。完了我们又溜下河去浮水，好提提精神，凉快凉快；随后我们就在水齐膝盖深的细沙河底上坐下，指望着天亮。四处都没有一点声音——简直清静极了——就像全世界都睡着了似的，只有蛤蟆也许有时候咯咯地乱叫几声。朝水面上往远处看过去，首先看到的是一条黑乎乎的线——那就是河对岸的树林；别的什么也看不清楚；随后天上有了一块灰白的地方；再往后那白色的地方就往四周围扩大了；这下子老远的河面上的颜色也变得柔和起来，成了灰色，不再那么一片漆黑了；你可以看见一些小黑点在老远老远的地方漂动——那是贩货的平底船什么的；还有长条长条的黑线——那就是木排；有时候你可以听见一支长桨吱嘎吱嘎的响声，或是嘈杂的人声；四处还非常清静，所以老远的声音都能传过来；过一会儿你又可以看见水面上有一道纹路，你从这道纹路的样子就可以知道在流得挺急的河底下有一棵沉树，河水在那上面冲过就分开了，结果就弄成那么一条纹路；过后你又看见水面上的雾散开，东方变得通红，河里也照得通红，你还可以看得出河那边老远岸上的树林边有个木头小棚子，大概是个木厂子吧，那恐怕是那些骗子盖的，你随便从哪儿放一条狗都能钻进去；随后一阵爽快的微风刮起来了，从对岸轻轻地冲着你吹过来，真凉快，真清爽，气味也挺香，怪好闻的，因为那边有好些树木和花儿；可是有时候并不是这样，因为有人到处扔下了一些死鱼,像长嘴鱼什么的,那简直臭得要命。后来天就大亮了,什么都在阳光底下露出笑脸,那些唱歌的鸟儿可真唱得有劲呀!

这时候冒出一点烟来是不会有谁注意的,所以我们就从钓钩上取下几条鱼来,做一顿热乎乎的早饭来吃。完了我们就望着河里那一片清静的景致,懒洋洋地待着,后来待着待着就睡着了。睡一阵又醒过来,睁开眼睛瞧瞧是让什么闹醒的,也许就看见一只小火轮喀哧喀哧地响着往上水走,它老远老远地在河那边,你简直什么也看不清楚,只看得出它的机轮是在两边还是在船尾上;随后又得过个把钟头,什么也听不见,什么也看不见——光是一片清静。后来你又看见一个木排漂过去,也是老远老远的,那上面也许有一个才出来驾木排的毛头小子在那儿劈柴火,因为他们老爱在木排上干这种活儿;你会看见斧头一闪亮,就砍下来——你什么也听不见;回头你又看见那斧头往上一举,等它举到那个人头上的时候,你才听见"咔嚓"一声响!——这声音过了那么久才从水面上传过来。我们就这么懒洋洋地把一天的工夫混过去,老是仔细听着,可是什么也听不见。有一回下了大雾,那些木排什么的走河里过,都敲着洋铁盆子,叫轮船别撞着它们。有一只平底船或是一个木排经过的时候离我们那么近,我们简直听得见他们说话,连骂带笑——都听得清清楚楚。可是连他们的影子也看不见,这可真叫你浑身起鸡皮疙瘩,就好像鬼怪在半空里乱嚷似的。吉姆说他准知道那是鬼怪。可是我说:

"不对。鬼怪不会说:'这鬼雾可真他妈的可恶。'"

一到夜里,我们就赶快撑出来。我们把木排差不多撑到河当中的时候,就随它的便了,河水爱叫它往哪儿漂,就让它漂到哪儿。随后我们就点起烟斗来,把两条腿伸到水里耷拉着,东拉西扯地闲聊一气——只要蚊子不咬我们,那我们不分昼夜都是全身脱光——勃克家里的人给我做的新衣服太讲究了,穿着很不舒服,并且我压根儿就是不爱穿衣服的。

有时候光只我们俩就把那整个一条大河占住了,多久都没有别人。远远地隔着水,有河岸和小岛;也许还有一点儿小小的火光,那是木棚子里点的蜡烛;有时候在水面上也可以看见一两颗小小的火光——那是木排上或是平底船上的,你知道吧;也许你还可以听见拉提琴或是唱歌的声音从一个木排上飘过来。在木排上过日子可真是好玩呢。我们头顶上就是天空,满天都是星星,我们老是仰着躺在木排上,望着那些星星,还谈论着它们到底是人做的还是生就的。吉姆说准是人做的,我说准是生就的;我看,要是做那么多星星,不知要花多少工夫。吉姆说月亮会生蛋,可以生出那些星星;唔,这倒是好像有点儿道理,所以我也就没说什么反对的话,因为我看见过一只蛤蟆生的蛋就差不多有那么多,那么月亮生那些星星当然是可以的。我们还老爱看天上掉下来的流星,瞧着它们闪着一道光往下落。吉姆说那准是坏了的蛋,从窝里甩出来的。

一夜总有一两回,我们会看见一只轮船在一片漆黑当中溜过去,过一会儿就从烟囱里吐出一大团火星子来,这些火星子就像下雨似的掉在河里,那才真好看呢;随后它就拐个弯,它那些亮光也就像眼睛那么一眨就不见了,船上的嘈杂声音也听不见了,结果河里又安静下来,等轮船走了很久之后,它掀起的浪才冲到我们这儿来,把木排摇晃摇晃,这以后又不知要过多久,老听不见什么声音,只除了蛤蟆什么的也许叫一叫。

半夜过后,岸上的人都睡觉了,这下子岸上就有两三个钟头是漆黑的——那些木棚子的窗户里再也不见亮光了。这些亮光就是我们的钟——再看到头一处亮光的时候,那就是早晨快到了,那我们就赶快找个隐藏的地方,马上靠岸把木排拴起来。

有一天早上,差不多快天亮的时候,我找到一只小划子,划过一道窄水,到了大河岸上——只有二百来码远——再顺着一条小河沟,在两边的柏树林当中往上面划了一英里来地,想去瞧瞧能不能找到一些杨梅。后来我正走过一个地方,那儿有一条像是牛走的小路横过小河沟,忽然有两个人从这条小路上撒开腿拼命地跑过来。我想这下子可完蛋了,因为只要有谁追什么人,那我猜他追的就是我——要不也许就是追吉姆。我正打算赶快从那儿溜掉,可是他们离我挺近,大声嚷着求我救救他们的命——说他们并没犯什么罪,可是人家偏要追他们——说后面有些人和狗撵过来了。他们想要一直往小船上跳,可是我说:

"你们别这么做。我还没听见狗和马的声音;你们还来得及钻过矮树林子,往河沟上面跑一截路;再从那儿下水,蹚着水上我这儿,再爬上船来——么一来,那些狗就闻不出味道,找不着你们了。"

他们照这么做了,等他们一上船,我马上就往我们那个冲积洲开溜,只过了几分钟,我们就听见那些狗和人老远地过来了,大声在叫嚷。他们冲河沟那边跑过来,可是瞧不见他们;他们好像是在那儿站住了,瞎找了一阵;后来我们一直往前走,越走越远,就根本听不见他们的声音了;等我们把一英里来长的树林甩到后面,划到了河里的时候,什么声音也没有了,于是我们就划过去,到了冲积洲那边,藏在白杨树里面,平安无事了。

这两个家伙有一个大概有七十来岁,也许还要大一些,他是个秃头,长着灰白的络腮胡子。他头上戴着一顶扁了的旧垂边帽,身上穿着一件沾满油泥的蓝羊毛衫和一条挺破的粗蓝布裤子,裤脚套在靴筒子里,背着一副家里编的吊带——不对,他的吊带只剩下一边了。他有一件粗蓝布的旧燕尾服搭在胳臂上,那上面钉着挺漂亮的铜纽扣;他们俩都带着挺大挺鼓的绒毡做的破手提包。

另外那个家伙大概有三十来岁,穿得也差不多一样寒碜。吃过早饭,我们大伙儿都在那儿休息休息,聊聊天,谁知第一桩露底儿的事,就是这两个家伙彼此并不认识。

"你闯了什么祸来着?"秃头的问另外那个家伙。

"嗐,我在那儿卖一种去牙锈的药——灵倒是挺灵,可就是老把牙磁也连带着弄下来——我早点溜掉就好了,不该在那儿多待了一夜,后来我正在往外溜,恰好在镇上这半边那条小路上碰见你,你说他们在后面追上来了,求我帮你想个办法跑掉。我就告诉你说,我自己恐怕也保不住要遭殃,干脆就跟你一块儿开溜吧。就是这么回事——你呢?"

"嗐,我在那儿开布道会宣传戒酒,干了个把礼拜,娘儿们无论大小老少,全都热烈欢迎我,因为我把那些酒鬼骂得狗血淋头,真不含糊,结果我倒是挣了不少钱,一晚上就能得到五六块大洋——每人一毛钱,孩子们和黑人都免费——买卖还老是越来越旺,后来不知怎么的,昨晚上有一点儿谣言传开了,说我自己老是偷偷地喝酒解闷。今早上有个黑奴把我叫醒,告诉我说,大伙儿正在悄悄地开会,把狗和马都预备齐了,他们一会儿就会过来,让我先跑半个来钟头,他们再追过来,要把我撑上;他们要是抓住了我,就要把我抹上柏油,粘上鸡毛,叫我骑在棍子上受罪①,准没错。我没等吃早饭就溜之大吉——肚子也不饿了。"

"老头儿,"年轻的那个说,"我看咱们俩正好配成一对,在一块儿干;你看怎么样?"

"我不反对。你干的是哪一行——主要的?"

"我的本行是在报馆里当印刷工人;也做点儿成药生意;还当演员——专演悲剧,你知道吧;赶巧的时候也搞一搞催眠术,摸摸骨相;有时候还在学校里教教唱歌和地理这两门功课,换换口味;还有时候给人家演讲——啊,我干的事儿可多着哪——什么方便,我就干什么,所以也算不上什么工作。你是干哪一行的?"

"我年轻的时候给人看病,很干过一阵。按摩是我顶呱呱的手艺——专治毒瘤和中风那些毛病;要是有人跟我一道,替我把人家的底细弄清楚,那我算命也算得挺灵。传教也是我的本行,我可以在野外开布道会,还能到处讲道。"

待了一会儿,他俩都没作声;后来那个年轻人叹了一口气说:

"哎,真倒霉!"

"你干吗唉声叹气?"秃头问他。

"我活到现在,竟至过这种日子,居然这么倒霉,跟这些人混到一起,想起来好不伤心。"他说着就拿一块破布擦起眼角来。

"他妈的,你这不知好歹的家伙,跟我在一起还不够好的?"秃头毫不客气,挺骄傲地说。

"不错,现在的确是够好的;我也只配跟你们这些人在一起;从前我那么高贵,谁叫我流落到这种地步?全怨我自己。我决不怪你们,诸位——决不能;我谁也不怪。全是我活该。让这冷酷的世界拼命对我下毒手吧;可是有桩事我拿得准——反正总会有个地方有我一块坟地。这世界尽管照过去一样横行霸道,把我的一切都抢掉——我的亲人哪,

---

① 这是美国的一种私刑。

财产哪,什么都给抢光;可是总抢不掉我的坟地。迟早有一天,我会上那儿去躺下,把什么都忘掉,那时候我这颗可怜的、伤透了的心就可以无忧无虑了。"他还是不住地擦眼睛。

"你那什么可怜的、伤透了的心呀,真是活见鬼,"秃头说,"你拿你那颗可怜的、伤透了的心冲我们发什么牢骚呀?我们又没得罪你。"

"是呀,我也知道你们没得罪我。我并不是埋怨你们,诸位。是我把自己的身份降低了——是呀,只怪我自己。我现在受罪并不冤枉——一点也不冤枉——我并不叫苦。"

"你从什么地位降低下来的?你原先到底是什么身份?"

"唉,说出来你也不会相信;到处都没人信哪——算了吧——没什么关系。我的出身的秘密……"

"你的出身的秘密!你难道是说……"

"诸位,"那个年轻人一本正经地说,"我把这个秘密说给你们听吧,因为我觉得我还可以信得过你们。照合法的名分,我是个公爵呢!"

吉姆一听这话,眼珠儿都鼓出来了;我想我自己大概也是一样。随后秃头就说:"呸!你说的是真话吗?"

"真的。我的曾祖父是布利吉华德公爵的长子,他为了要呼吸新鲜的自由空气,在上世纪末年逃到美国来了;他在这儿结了婚,后来他死了,留下一个儿子,他自己的父亲也差不多同时去世了。这位已故的公爵的第二个儿子夺取了爵位和遗产——真正的公爵还是个小娃娃,让他甩到一边了。我就是那个小娃娃的嫡亲子孙——我就是名正言顺的布利吉华德公爵;现在我可流落到这儿来了,举目无亲,高贵的身份让人夺去了,还让人把我到处撵,让这冷酷的世界瞧不起,一身穿得破破烂烂,累得要命,伤心透顶,并且还堕落到这种地步,跟你们这些坏蛋在一个木排上混到一起来了!"

吉姆非常可怜他,我也是一样。我们想要安慰安慰他,可是他说那也没多大好处,他是不大容易安慰得好的;他说我们要是愿意承认他的身份,那对他就可以有些好处,比别的什么都强;我们就说愿意承认他,只要他告诉我们怎么个承认法就行。他说我们对他说话的时候,应该一面鞠躬,一面说"殿下"或是"大人"或是"爵爷"——哪怕我们就光只称他个"布利吉华德",他也不在乎,因为那好歹总是个爵位的称呼,而不是个姓名;他还说吃饭的时候我们总得有个人伺候着他,他叫我们干什么,就得替他干什么。

这都挺容易,所以我们就照办了。吃饭的时候,吉姆从头到了都站在他身边伺候着,老是说"殿下您请吃点儿这个,吃点儿那个,好吗?"这类的话,一看就知道这是使他非常高兴的。

可是那老头儿后来就不大作声了——他没有多少话说,看着我们对公爵那么巴结,他就显得不大痛快。他好像有他的心事。所以后来到了下午,过了一阵,他就说:

"喂,不吉利滑头,我真是替你难受透了,可是像你那么倒霉的还不只你一人哪。"

"是吗?"

"真的,不只你一人。从一个高贵的地位冤枉透顶地让人拉下来的,可不光只你一个人呢。"

"哎呀!"

"说起身世的秘密,也不光只你一人才有啊。"天哪,他也哭起来了。

"哭什么!你这是什么意思?"

"不吉利滑头,你这人靠得住吗?"老头儿说着,还有点儿哭声。

"靠不住不得好死!"他拉住老头儿的手,使劲拧着说,"你有什么身世的秘密?快说吧!"

"不吉利滑头,我就是原先的法国太子呀!"

说实话,这回吉姆和我可真睁大眼睛望着他了。随后公爵就说:

"你是什么?"

"真的,我的朋友,一点也不假——你现在亲眼望着的就是那可怜的失踪了的太子,鲁衣十七①,也就是鲁衣十六和玛莉·安多妮的儿子。"

---

① 指路易十七(1785—1795),法国王太子。

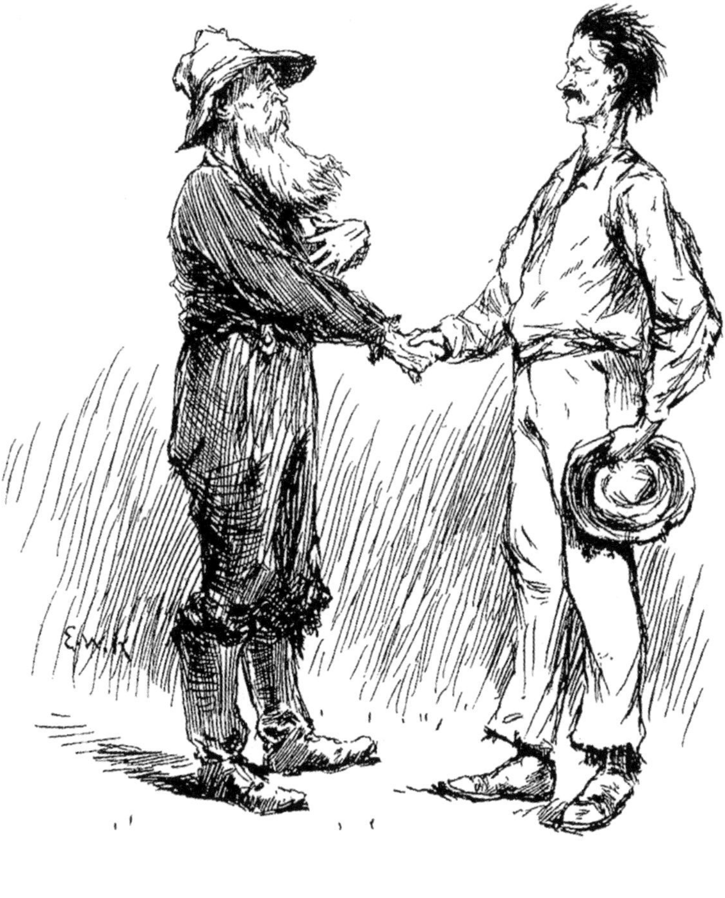
E.W.K

"你呀！瞧你这年纪！不对！你大概是说你是从前的查理曼①吧；你至少也应该有六七百岁了。"

"我是吃苦太多才变成这样的，不吉利滑头，我吃的苦头太多了；我吃了这么多年的苦，头发也有些白了，未老先衰，头顶也秃秃乎也了。真的，诸位，你们眼前看见的，穿着这身粗蓝布衣服、倒霉透顶、到处流浪、充军在外、让人家踩在脚底下、吃尽了苦头的，的的确确就是合法的法国国王呢。"

说着说着，他又哭起来，伤心得要命，我和吉姆看了都难受透了，简直不知怎么办才好——我们又觉得挺高兴，挺得意，很情愿叫他跟我们在一起。所以我们也插嘴了，就像刚才对公爵那样，想要安慰安慰他。可是他说那是枉然，除非干脆死掉，一了百了，不会有什么别的办法能对他有什么好处；不过他说要是人家能照他的身份对待他，和他说话的时候就把一条腿往下一跪，还老称他"陛下"，吃饭的时候先伺候着他吃，在他面前非等他叫坐下就不坐，那么他心里就能想得开，觉得舒服一点。于是吉姆和我就对他叫起陛下来，给他干这干那，他不叫我们坐下，我们就老是站着。这对他的好处可是大极了，他也就显得又高兴，又舒服。可是公爵对他可有点儿吃醋，我们对国王那么恭恭敬敬，伺候周到，他就显出挺不满意的神气；尽管是这样，国王对他还是表示非常要好，他说他的父亲对公爵的曾祖父和所有别的不吉利滑头公爵都很看得起，常让他们到宫里去；可是公爵还是挺不高兴的待了老半天，后来国王才说："不吉利滑头，咱们在这木排上说不定要待他妈的老长的一段时间，那么你这样阴阳怪气有什么好处呢？这只能弄得什么都不痛快。我没有生成一个公爵，那不能怨我，你没有生成一个国王，也不能怨你——那又何必这么难受呢？你不管遭到什么境况，都得随遇而安，我就爱这么说——这就是我的信条。咱们碰到这儿来了，也并不坏呀——吃的东西有的是，日子也过得逍遥自在——得啦，咱们拉拉手吧，公爵，大伙儿交个朋友好了。"

公爵照办了，吉姆和我看了都怪高兴。这么一来，所有的别扭都消

---

① 查理曼(742—814)，法兰克国王；神圣罗马帝国皇帝——查理大帝。

除了,我们一看就觉得挺痛快,因为木排上要是大伙儿不和好,那可是晦气事儿;在木排上,谁也希望人人都满意,自己觉得对劲,对别人也和和气气,这比什么都要紧。

没有多久,我就心里有数,看准了这两个撒谎的家伙压根儿不是什么国王,也不是什么公爵,只不过是两个无赖的骗子手罢了。可是我什么也没说,故意装作不知道;自己心里明白就是了;这是顶好的办法;这么着你就免得跟人家拌嘴,也不会惹出什么乱子来。他们让我们把他们叫作国王和公爵,我也不反对,只要能保住这伙子人一团和气就行了;这话也用不着告诉吉姆,所以我就没有跟他说。我要是没有从爸那儿学到过什么的话,那至少也学会了跟这种人鬼混,最好的办法就是让他们爱怎么样就怎么样,别惹他们。

第二十章　皇家人物在巴克维尔干的事情

他们问了我们好些事情；想要知道我们为什么把木排那么盖起来，白天不赶路，偏要那么藏着——吉姆是个逃跑的黑奴吗？我说：

"哎呀，天哪！逃跑的黑奴还有往南方逃的？①"

当然不会喽，他们也认为是不会的。我可还得把事情说出一番道理来，所以我就说："我是在密苏里州派克县生的，老家就住在那儿，可是后来家里的人全死了，只剩下我和爸和我弟弟艾克。爸就想着他还是干脆离开那地方，到下游去跟贝恩叔叔一起过日子，我叔叔在奥尔良下面四十四英里的地方河边上有一块巴掌大的地。爸是挺穷的，还欠了些账；所以他把账还清了之后，就什么也没有了，只剩下十六块钱和我们的黑奴吉姆。我们靠这点钱要想走出一千四百英里去，那不管是坐统舱或是怎么办，都是不行的。好了，后来河水涨起来，爸就碰到一点儿好运气；他捞着了这半截儿木排；所以我们就想着可以乘这木排上奥尔良去。可是爸的时运不长；有天夜里一只轮船从木排前面的一个犄角撞过去，结果我们全都翻到水里，钻到机轮底下去了；吉姆和我浮上来了，总算没事，可是爸喝醉了，艾克还只有四岁，所以他们就再也没出来了。唉，这以后一两天里，我们可够麻烦了，因为人家老是坐着小船划过来，想从我手里把吉姆夺过去，偏说他们准知道他是个逃跑的黑奴。这下子我们白天就不往前走了；夜里他们总算还不跟我们捣麻烦。"

公爵说："让我来想个办法，好在白天也能赶路，要是咱们愿意走的话。我来仔细想想——我来打个主意对付这个吧。今天就随它去，

---

① 当时美国南部的大农场地主都蓄黑奴，北方是工业地区，工业资本家为了本身的利益，是主张废除蓄奴制的，所以黑人只有由南方往北方逃。

因为我们当然不用打算在白天走过下面那个小镇——那也许不大妥当。"

快到晚上的时候,天色慢慢黑起来,看样子像要下雨;天边很低的地方到处迸出闪电的光来,树叶子也抖动起来了——一眼就能看出,来势是挺凶的。于是公爵和国王就跑去检查我们那小窝棚去了,他们要瞧瞧床铺像什么样儿。我的铺是个草垫——比吉姆的强一点,他的铺是个棒子皮做的垫子;这种垫子里面老掺着好些棒子碎块,你躺在上面就会扎得你发痛;你要是翻个身,那些干棒子皮就会嚓嚓地响,好像你是在一堆干树叶子上打滚似的;那嚓嚓的声音响得挺厉害,简直就能把你闹醒。好,公爵认为他可以睡我的铺;可是国王说那不行。他说:

"据我看,咱俩身份不同,这总该能使你知道,棒子皮的铺给我睡是不大合适的。殿下还是自己睡那棒子皮的铺吧。"

吉姆和我又着急得要命,怕的是他们俩又要吵起架来;所以公爵一让步,我们就觉得挺高兴。他说:

"我真是命中注定了一辈子该受罪,老让人家的铁蹄子踩在头上,把我踩到烂泥里。我当年那种自高自大的脾气,早让这倒霉的运气给磨掉了;我让你,我认输;只怨我的命不好。我现在是光杆儿一条,孤零零地在这世界上鬼混——那就让我来受罪吧;我受得了。"

一到天色挺黑的时候,我们马上就撑开木排走了。国王叫我们好好地驾着木排在河当中走,先别忙点亮,且等往那小镇下面走远一点再说。一会儿我们就瞧见了那一小堆灯光——这就是那个小镇,你知道吧——我们从那儿溜过去,再往下走了半英里来远,没出什么事。后来我们到了那小镇下面四分之三英里的地方,就把我们的信号提灯挂起来;约莫十点钟的时候,就下起雨来了,又是风,又是雨,又打雷,又打闪,简直凶透了;于是国王就叫我们俩在外面守着,一直守到天气好转的时候;随后他和公爵就爬到小窝棚里去睡觉了。底下就该我轮班,一直要守到十二点,可是我哪怕有个铺位,也不会打算睡觉,因为谁也不能在一个星期里天天都看见这种大风大雨,怎么也不会有这种机会。天哪,大风尖叫着一阵吹过去,那股劲儿可真够瞧的!每过一两秒钟,就会有一股闪电的光,把前后左右半英里以内的一片白浪照得透亮,这时候你就会透过那大雨瞧见那些小岛上好像是尘土满处飞似的,那些树也让大风刮得东歪西倒;跟着就是哗的一声——轰隆!轰隆!轰隆隆、轰隆隆、轰隆、轰隆、轰隆、轰隆——雷就这么轰隆隆、扑通通越响越远,后来就不响了——一会儿又是挺亮的一闪,跟着又是一阵响得要命的霹雷。有时候大浪差点儿把我冲到河里去,可是我反正没穿衣服,也就满不在乎。我们并没有撞上沉在水里的树干,出什么乱子;闪电老在四下里直发亮,我们看得见那些树干,来得及东躲西躲,让开它们。

我轮的是半夜里的班,你知道吧,可是那时候我实在困得很,所以吉姆就说他愿意替我守前一半的时候;他老是待我这样好,吉姆这个老好人。我爬到小窝棚里去,可是国王和公爵他们把腿横七竖八地乱摆着,我简直就没机会插脚;所以我就躺在外面——我并不怕雨,因为天气挺暖和,浪头这时候也不怎么大了。可是到了两点钟左右,风浪又大起来了,吉姆正打算叫我;可是他又改了主意,因为他估计风浪还不算太大,不至于对我有什么危险;可是这个他可弄错了,因为过了一会儿就猛一下子来了个十足的大浪,把我冲到河里去了。吉姆差点儿笑死了。他是个顶爱哈哈大笑的黑人,简直是谁也赶不上。

我接着轮班,吉姆就躺下睡觉,呼呼地睡着了;后来风暴又停了,从此没有再起;我瞧见第一个木棚子里透了亮,马上就把他叫醒,我们又把木排划到一个地方藏起来,混过这一天。

吃过早饭,国王就拿出一副挺破的纸牌来,他和公爵打了一会儿"大七点",每局赌五分钱输赢。后来他们玩腻了,就合计着要"订出个活动的计划",这是照他们的说法。公爵就到他那毡子手提包里去找,取出好些小张的传单,大声念起来。有一张传单上说:"巴黎久负盛名的阿蒙·德·蒙达邦博士订于某月某日在某某地方讲演骨相学,入场费每位一角,并出售骨相图解,每张二角五分。"公爵说那就是他本人。在另外一张传单上,他又是"来自伦敦朱里巷大戏院、环球驰名的莎士比亚悲剧名演员小加利克。"在别的传单上,他还有好些别的名字,干过许多别的了不起的事情,譬如拿"风水灵杖"测出地下的泉水和黄金,还会耍"驱邪辟妖"等等把戏。过了一会儿,他就说:

"可是最吃香的是登台献艺这一门。皇上,您上过戏台吗?"

"没有。"国王说。

"那么,落难君王,保管您不出三天,准能登台一显身手。"公爵说,"咱们再到了一个像样的镇上,就赁一个会场来演《理查三世》里面的斗剑和《罗密欧与朱丽叶》①里面那'阳台情话'的一场。你看怎么样?"

"不吉利滑头,凡是能挣钱的事,我不管什么都愿意干,只要做得到;可是你瞧,我对演戏是一窍不通呀,就连看也没大看过几回。我爸在宫里常叫戏班子来演戏,那时候我还太小。你看还能把我教会吗?"

"容易得很!"

"好吧。反正我倒是挺想搞点新鲜玩意儿,心里简直有点儿发痒。咱们马上就动手吧。"

于是公爵就给他说明罗密欧是谁,朱丽叶是谁,还说他自己向来演惯了罗密欧,所以国王演朱丽叶就行了。

"可是,公爵,朱丽叶既然是个那么年轻的姑娘,我这么个光头和满脸的白胡子,扮起她来恐怕会太古怪吧。"

"不要紧,你别着急;这些乡下佬根本就不会想到这个。并且你要知道,你得化装登台,化了装,那简直就是天上地下,完全两样了;朱丽叶还没有去睡觉,坐在阳台上赏月,她穿着睡衣,戴着有皱褶的睡帽。扮这些角儿的行头我这儿有哪。"

他取出两三套窗帘花布做的衣服,他说这是理查三世和另外那个角儿穿的仲佶②时代的盔甲,另外还拿出了一件挺长的白洋布睡衣和一顶带皱褶的睡帽。国王挺高兴;于是公爵就拿出戏本子来,把那几段念了一遍,他念得神气十足,一面还装模作样地迈着大步转来转去,表演戏里的情节,教国王应该怎么演;后来他就把书交给国王,叫他把他那部分台词背熟。

大河湾下面三英里来远,有一个巴掌大的小市镇,吃过午饭,公爵说他想出了一个主意,往后可以白天走动,不叫吉姆有什么危险;所以

---

① 《理查三世》和《罗密欧与朱丽叶》都是莎士比亚的名剧。
② "中古"的讹音。

他就说要到那小镇上去办这桩事情。国王说他也要去,看看能不能捞到个什么。我们的咖啡吃完了,所以吉姆就说我最好是跟他们坐着小划子一道去,买点儿回来。

我们到那儿一看,根本就没有人,一点儿动静也没有;街上是空的,死气沉沉,像星期日似的。我们在一个后院里看见一个有病的黑人在那儿晒太阳,他说所有的人,除了太小的、太老的或是病得太厉害的,大伙儿都上两英里来远的树林里参加野外布道会去了。国王把路线打听清楚,说他要上那儿去,把那布道会好好儿摆弄一下,他说我也可以跟着去。

公爵说他要找的是个印刷所。我们找到了一处;那是个挺小的买卖,在一个木匠铺子楼上——木匠和印刷所的人都上布道会听讲去了,门都没有锁。那是个挺脏的、弄得乱七八糟的地方,墙上到处都是一块一块的油墨,还贴满了许多传单,上面印着一些马和逃跑的黑人。公爵把上衣脱掉,他说这下子可有办法了。于是我跟国王就往外走,上野外布道会那儿去了。

我们走了半个来钟头才到了那儿,走得直淌汗,因为那天简直热得要命。会上有一千来人,都是从周围二十英里来的。树林里停了许多牲口和大车,到处拴着,那些牲口一面在大车上的木槽里吃东西,一面跺着蹄子把苍蝇撵走。还有一些支起几根棍子、盖上树枝的棚子,做小买卖的就在里面卖柠檬水和姜饼,还有一堆一堆的西瓜和青皮玉米和这类吃的东西。

讲道也是在这种棚子底下,不过讲道的棚子比较大一点,容得下一群一群的人。凳子都是用木头外面砍下来的木片做的,圆的那一面钻了一些洞,把木棍子钉进去,就算是凳子的腿。那些凳子都没有靠背。讲道的牧师们在那些棚子的一头,站在挺高的讲台上。娘儿们戴着遮太阳的帽子;有些穿着棉毛料的裯子,有些穿着柳条布的,还有少数年轻姑娘穿的是印花布。有些年轻男人光着脚,有些小孩除了一件粗麻布衬衫,根本就不穿别的什么。有些老太婆在织毛线衣服,有些年轻小伙子在悄悄儿跟姑娘们调情。

在我们所到的第一个棚子里,牧师正在领着大伙儿唱一首赞美诗。

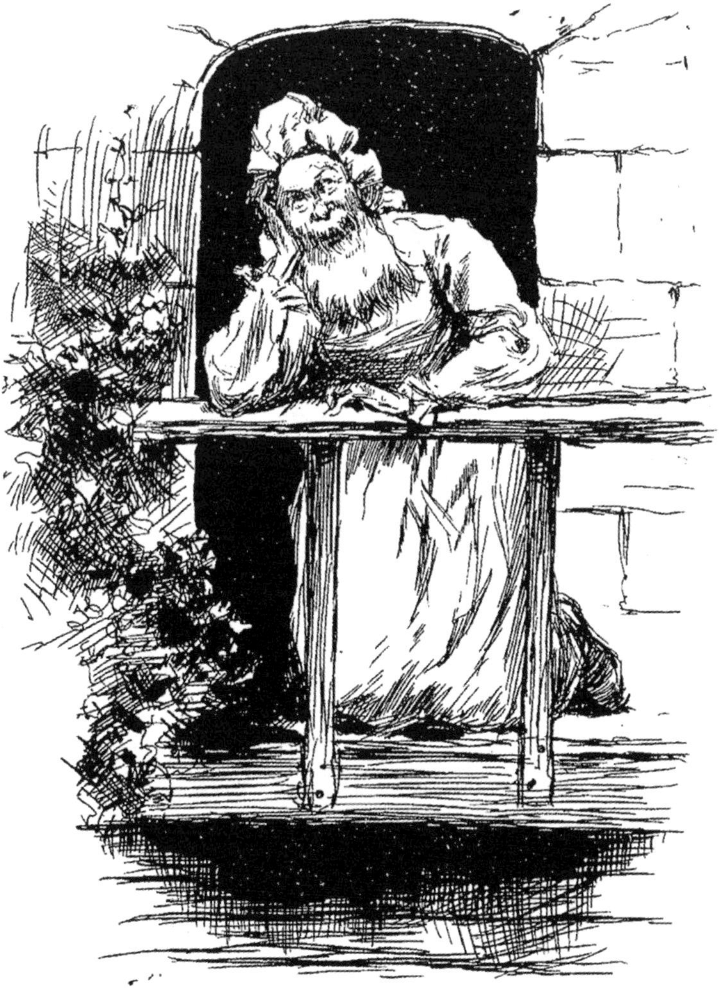

他领头唱了两行,大伙儿都跟着唱,听起来很有点儿派头,唱的人也挺多,他们唱得响亮极了;随后他又唱出两行来让他们跟着唱——就这么一直唱下去。这些人越来越有精神,唱的声音也越来越大;唱到末了,有些人就像在哼,有些人就像在吼。后来牧师就开始讲道,并且是一本正经地讲;他在讲台上走来走去,一会儿往这边走,一会儿往那边走,回头又在讲台前面把腰往下弯,他的胳臂和身子老在不停地晃动,他说的话都是使尽了劲头嚷出来的;他过不了一会儿又把《圣经》举起一下,摊开来好像是左转右转地递给大伙儿看,一面大声嚷着:"这就是荒野中的铜蛇! 大家请看一看,就可以保全性命!①"大伙儿就一齐大声嚷道:"荣耀啊——阿—阿—门!"他又往下讲,台下的人又哼起来,哭叫起来,还说着阿门阿门:

"啊,快到新教友的凳子②上来跪下吧! 罪孽深重的人们,来吧! (阿门!)害病和痛苦的人们,来吧! (阿门!)瘸腿的、残废的、瞎眼的人们,来吧! (阿门!)穷困无依的、受尽耻辱的人们,来吧! (阿—阿—门!)一切受够了折磨、玷污了灵魂的受苦受难的人们,都来吧! ——带着你们那受了创伤的灵魂来吧! 带着你们那悔罪的心来吧! 穿着那一身破烂、带着罪恶和肮脏来吧! 洗罪的圣水是随便取用的,天堂的大门是敞开的——啊,快进来安息吧!"(阿—阿—门! 荣耀啊,荣耀啊,阿利路亚③!)

如此这般地一直吼下去。你再也听不清楚牧师到底说的是什么话,因为大伙儿那么大声嚷叫实在把人弄晕了。到处都有些人在人群当中站起来,使尽气力往前面挤,挤到新教友忏悔的凳子那儿去,大伙儿都满脸淌着眼泪;等到忏悔的人通通到了那儿,集到一块儿的时候,他们就唱起圣歌来,大声地嚷,扑倒在那草垫上,简直是疯疯癫癫的样子。

---

① 照《旧约·民数记》第二十一章第八、九两节的说法,摩西遵照上帝的吩咐,制了一条铜蛇,挂在杆子上,凡被蛇咬的人,一望这铜蛇,就可以活。这里是牧师用这个故事作比喻,劝人信赖上帝。
② 宗教集会中专供初信教的人跪着悔罪的前排凳子叫作"新教友的凳子"。
③ 基督教徒对上帝的赞词。

后来,突然一下,我看见国王跑过去了,你听得出他的声音比谁的都大;随后他一股劲儿冲到讲台上,牧师请他给大伙儿讲话,他就说开了。他告诉人家说,他是个海盗——在印度洋上当过三十年海盗——他船上那一帮人在那年春天打过一仗,打死了不少,他就回老家来,打算再招一些人去填补,谢天谢地,昨晚上他让人抢光了,从一条轮船上让人撵上岸来,一个钱也没有了,他说他遭了这一劫倒挺高兴;这是他一辈子碰到的最走运的事情,因为他现在改邪归正了,这一辈子还是第一次觉得快乐呢;他虽然穷到这个地步,还是决定马上就动身,一路想办法对付过去,要回到印度洋上,把他以后的日子都用来规劝其余的海盗,叫他们也走上正路;因为他和那个大洋上所有的海盗都熟识,干这事儿比谁都强;虽然他没有钱要上那儿去,得费很久的时间,可是他反正还是要去,他每回把一个海盗劝得改邪归正,就要对他说:"你不用谢谢我,别当我有什么功劳吧;这全得归功于巴克维尔的野外布道会那些亲人,他们真是人类的亲兄弟和大恩人,还有在那儿讲道的那位亲爱的牧师,他真是海盗难得碰到的真心朋友啊!"

他说完就哭起来了,大伙儿也都陪着哭。随后就有人大声嚷道:"替他募点捐吧,募点捐吧!"马上就有五六个人跳起来要干这桩事情,可是有人又大声地说:"让他本人拿着帽子上大家面前走一转,亲自收钱吧!"大伙儿都说这么办对,牧师也这么说。

于是国王拿着帽子在人丛当中走了一遍,一面擦着眼睛,一面给人家祝福,恭维人家,谢谢人家对老远的那些可怜的海盗这么好;过不了一会儿就有些顶漂亮的姑娘满脸淌着眼泪跑过来问他能不能让她们亲一亲,做个纪念;他老是让她们亲;有些姑娘他就搂着亲上五六次——后来还有人请他在那儿住一个星期;大伙儿都想要他住在自己家里,说是他们觉得那是挺光荣的事情;可是他说因为那天已经是布道会的末尾一天,他再待下去也不能对大伙儿有什么好处,并且他还挺着急,要赶快上印度洋去,对那些海盗们下一番功夫呢。

我们回到木排上的时候,他把捐来的钱一数,总共有八十七块七毛五分钱。另外他还顺手拿来了三加仑的一大罐酒,这是他穿过树林往回走的时候,在一辆大车底下看到的。国王说,整个儿合计起来,他干传教这一行,随便哪一天都没有那天捞到手的多。他说空口说白话是不行的,要叫一个布道会上当,普通人和海盗比起来,真是狗屎都不如。

公爵本来还当他干的成绩不错,后来国王把他的事儿一吹,公爵就再也不那么想了。他在那个印刷所里给几个庄稼人排了版,印了两份小零活——卖马的广告——得了四块钱。另外他还替他的报纸收了值得十块钱的广告费,他说他们要是先给钱,他就可以作价四块钱替他们把广告登出去——于是他们就把钱交给他了。报纸的定价是两块钱一年,可是他叫人家先给钱,照半块钱一份收了三个订户的款;他们打算照老规矩,拿木料和洋葱折价,可是他说他刚把这个生意顶下来,拼命把订报的价钱降低,打算把这个报办下去,收点现钱进来。他还排了一首小诗,那是他自己动脑筋作的——一共有三节——这首诗的调儿倒还好听,并且有点儿悲伤的味道——题目是《好吧,冷酷的世界,捣碎这颗伤透了的心吧》——他把这首诗全排好了,只等在报纸上印出来,并且他还没有取什么代价。结果他弄到了九块半钱,还说这是他规规矩矩干了一天活挣来的。

后来他又把他印的另外一种小零活拿给我们看,这也是他做了没有要钱的活,因为这是给我们做的。那上面印着一个逃跑的黑奴的相片,这黑奴在肩膀上用一根木棍背着一个包袱,底下印着"悬赏二百元"。那上面印的话都是说的吉姆,简直把他描写得一点也不差。这张东西说他是去年冬天从新奥尔良下面四十英里的圣贾克种植场上逃出来的,大概是上北方去了,谁把他抓到送回原主,就能领到这份奖金和一路的开支。

公爵说:"好吧,过了今天晚上,咱们要是愿意的话,就可以白天赶路了。咱们只要看见有人过来,就可以使一根绳子把吉姆连手带脚绑起来,搁在小窝棚里,拿这张传单给人家看,说我们在大河上游抓到了他,可是因为太穷,搭不起轮船,所以就从朋友那儿赊账,弄到这个小木排,坐着到下面去领这笔奖金。要是给吉姆套上手铐,用铁链子锁上,也许显得更像样些,可是那么一来,又跟咱们说自己怎么穷那套鬼话不对了。那简直会像是戴上了讲究的首饰似的。还是绳子顶合适——咱们要做得恰到好处,合乎戏台上的所谓'三一律'①才行。"

我们都说公爵挺机灵,往后白天赶路再也不会有什么麻烦了。我们估计那天晚上可以走出不少英里去,把那个小镇甩到老远,镇上的人尽管为了公爵在那印刷所里干的好事闹翻了天,那也碍不着我们的事了;再往后,要是我们愿意的话,我们尽可以一个劲儿拼命往前冲。

我们悄悄地藏着,一声不响;直到将近十点钟,才把木排撑出去;然后我们就远远地躲开那小镇,偷偷地溜过去,一直到完全看不见那地方,才把提灯挂起来。

早上四点钟吉姆叫我轮班守望的时候,他说:

"哈克,你看咱们这一路下去,还会再碰上什么国王吗?"

"不会吧,"我说,"我猜是不会的。"

"唉,那就好了。"他说,"一两个国王我倒不在乎,可是那就足够了。这个国王已经够胡闹的,公爵也差不多。"

我知道吉姆一直都在打算叫国王说法国话,好让他听听法国话到底像什么样儿;可是国王说他在美国待得年数太多了,又遭了那许多倒霉事儿,所以他早把法国话忘光了。

---

① "三一律"是十七世纪欧洲剧作家遵守过的时间、场所、情节三者本身必须一致的法则。

第二十一章　阿肯色的难关

太阳早已上来了,可是我们还是一个劲儿往前走,并没有靠岸。一会儿国王和公爵出来了,样子都显得无精打采;可是他们跳下河去游了一会儿水,就把精神大大地振作起来了。吃完早饭之后,国王在木排的一个犄角上坐下,脱掉靴子,卷起裤脚,把两条腿伸到水里泡着,好爽快爽快;随后他又点起烟斗,使劲背他那《罗密欧与朱丽叶》的台词。等他记得挺熟了的时候,他就跟公爵俩在一块儿排练起来。公爵不得不一遍又一遍地教,要教会他把每段话都说对;他还叫他叹气,把手按在胸口上,过了一会儿,他就说他做得怪不错了;他说:"不过你可千万别那么粗声粗气地叫'罗密欧!'像牛叫似的——你得小声儿叫,有气没力,娇滴滴的,像这样——'罗—密—欧!'这才对哪;因为朱丽叶是个怪可爱的、娇生惯养的姑娘,你知道吧,所以她决不会像头公驴似的敞开嗓子叫唤。"

后来他们就把公爵使橡树木头板子做的两把长剑拿出来,开始演习斗剑——公爵管他自己叫作理查三世;他们在木排上打来打去,东跳西蹦的样子,看去真是神气十足。一会儿国王摔了一跤,掉下水去了,后来他们就歇了一会儿,又谈了谈从前他们在这条大河上碰到过的各种各样惊险的事情。

吃完午饭,公爵说:"喂,加贝皇上①,咱们可得把这出戏演得呱呱叫,你知道吧,所以我看咱们得添上点什么才行。咱们得准备点儿什么花样,要是台下叫咱们'再来一个',就好拿去对付对付。"

"什么叫'菜来一棵'呀,不吉利滑头?"

公爵告诉了他,随后又说:"我可以给他们跳个高原舞或是水手舞

---

①　"加贝"是法王路易十六世和他的祖先的姓。

来对付过去;你呢——呃,我想想看——啊,有了有了——你就念一段哈姆雷特的独白吧。"

"哈姆雷特的什么?"

"哈姆雷特的独白,你知道吧;莎士比亚的戏里顶有名的东西。啊,那可真高雅、真高雅呀!老是把满场观众都迷住。我这本书里没有这一段——我只带着一本——可是我想我凭脑子里记住的还能凑得起来。我来溜达一会儿,看看能不能从我的脑海里把它召唤回来吧。"

于是他就来回地走起来,一面走,一面想,过不了一会儿就使劲皱一皱眉头;随后他又把眉毛往上一扬;一会儿他又伸手掐住脑门子,一颠一颠地往后退两步,哼哼似的叫两声;随后他又叹口气,一会儿他又装作掉眼泪的样子。看他那副神气,真是妙透了。过了一会儿,他想起来了。他叫我们注意听。紧跟着他就摆出一副非常高贵的姿势,把一条腿迈到前面,两只胳臂往上伸开,头往背后翘起,望着天上;随后他就拉开嗓子乱嚷起来,还轧得牙齿直响;反正他念这段独白,从头到尾都是大声地吼,装腔作势,挺起胸膛,简直把我一辈子看过的戏全都赛过了。那段独白是这样的——他教国王念的时候,我就学会了,还怪容易呢:

> 活着呢,还是死去:这就是那把出了鞘的短剑,
> 它使人生成为无穷的苦难;
> 因为谁又情愿负着愁苦的重担,
> 除非等到伯南森林真的开到丹西宁,
> 如果不是因为对于死后未知的遭遇所怀的恐惧
> 暗杀了无辜的睡眠,
> 大自然的第二条惯常的过程,
> 使我们宁可投出厄运的毒箭,
> 也不愿逃到我们所不得而知的其他痛苦中以求解脱。
> 这就是我们必须停滞不前的原因:
> 你就这么敲门把邓肯叫活了吧!我真希望你能;
> 因为谁又情愿忍受人间的鞭挞和嘲笑,
> 豪强的欺压,傲慢者的无礼污辱,

诉讼的拖延,和他的痛苦所能带来的最后安息,
在荒凉死寂的子夜里,墓场洞开,鬼魅野游,
它们披着习俗规定的青色丧服,
但是由于那一切旅客都一去不返的神秘之乡
向着人间喷出散布疫疠的毒气,
因此果断的本色,像古谚中那只可怜的猫,
被忧愁顾虑盖上了一层不健康的色彩,
所有低低压在我们房顶上的阴云,
也因为这个缘故改变了它们飘行的方向,
而失去了行动的声名。
这个千古长眠是应该虔诚祈求的。
且慢,美丽的欧菲利亚:
不要张开你那大而笨的大理石嘴巴,
快到修女院去吧——快去①!

　　老头儿也喜欢这段台词,没多大工夫就背熟了,简直念得呱呱叫。他好像天生就会这一套似的;他练习起来,练得起劲的时候,瞧他拼命背那段台词,急得扯开嗓子大喊大叫,把身子往后直仰的那副神气,真是好玩透了。

　　我们刚碰上一个机会,公爵马上就印了些戏报;从那以后,我们又往前漂了两三天,这时候木排上简直成了个顶热闹的地方,因为一天到晚尽是斗剑和排演——这是公爵使的名词儿——简直没个完。有天早晨,我们到了阿肯色州下边,在一个大河湾里看见一个巴掌大的小镇;于是我们就在上游不到一英里的地方靠了岸,把木排拴在一条小河沟口上,那儿两边长满了丝柏树,密密地盖住了那小河沟的口子,简直像个山洞似的;除了吉姆一人留在木排上,我们都坐上小划子,往那小镇上去,瞧瞧那儿有没有表演的机会。

---

① 这是"公爵"凭他的记忆瞎凑的一段"哈姆雷特独白",与原剧的独白全不相符。他在这段"独白"里到处弄得词句颠倒,谬误百出,并且还把莎士比亚另一悲剧的台词胡凑了一些进来,以致不知所云,非常可笑。

我们碰到的运气倒是挺不错;那天下午就有个马戏团要在那儿表演,已经有些乡下人开始来到了,有的坐着各式各样东歪西倒的旧马车,有的是骑马来的。马戏班不等天黑就要离开那儿,所以我们的戏正好有机会上演。公爵就把法院的大厅租下来作戏场,我们就到各处去贴戏报。那上面是这么说的:

莎士比亚名剧重演!!!

美不胜收!

只演一晚!

环球驰名悲剧名角,

伦敦朱里巷大戏院明星**小大卫·加利克**

及

伦敦匹考第里布丁巷白教堂区皇家草市大戏院
大　陆　各　皇　家　戏　院

明星老艾德门·启因

合演莎士比亚名剧《罗密欧与朱丽叶》中之

"阳台情话"一场

演技绝伦!! 非同凡响!!!

罗密欧 …………………………………………… 加利克先生
朱丽叶 …………………………………………… 启因先生

全班演员助演!

全新服装、全新布景、全新道具!

同场演出:

名剧《理查三世》中之"斗剑"场面

绝技奇观、惊心动魄!!!

理查三世 ……………………………………………… 加利克先生
李治蒙 ………………………………………………… 启因先生

特烦加演：

哈姆雷特之不朽独白！！
由名演员启因演出！
曾在巴黎连续演出三百场！
兹因有紧急邀聘，须赴欧洲表演，

只演一晚！！！

入场券每张二角五分；童仆每人只收一角。

　　完了我们就到镇上各处闲逛。商店和住宅差不多都是些东歪西倒、干透了的木架旧房屋，压根儿就没有上过漆；这些房屋都是用短柱子支起的，离地三四英尺高，这是为了河里涨水的时候不被水淹。那些住家的房子周围都有小园子，可是他们好像简直没有在那里面种什么东西，只有些风茄儿和向日葵，还有一堆一堆的炉灰和一些翘起的破靴破鞋、破瓶子和破布，还有些用坏了的洋铁家伙。围墙是各式各样的木板子拼凑起来的，钉上的时候也有先后不同；都是东歪西倒，那上面的门大概都只剩下一个合页了——还是皮子做的。有些围墙不知什么时候曾经刷过灰浆，可是公爵说看样子那恐怕还是哥伦布时代的事哪。那些园子里差不多都有猪跑进去，老是有人把它们往外撵。

　　铺子通通在一条街道上。门前都支着白色的土制布篷，老乡们就把他们的马拴在布篷杆子上。布篷底下摆着一些盛货的空箱子，一天到晚老有些二流子坐在上面，拿巴罗刀在箱子上削着玩；一面嚼烟叶，一面张着大嘴，打哈欠，伸懒腰——真是些地道的无赖。他们都戴着黄草帽，差不多有雨伞那么大，可是都不穿上衣，也不穿背心；他们彼此称呼不是毕尔就是勃克，再不就是汉克、乔埃和安第什么的，聊起天来老是懒洋洋、慢吞吞，还要夹上好些骂人的话。这种二流子可真多，每根支布篷的杆子旁边都靠着一个,差不多老是把手插在裤腰袋里,除了伸手拿一口烟来嚼,或是抓痒的时候。一天到晚,人家听见他们聊来聊去的老是这些话:

"汉克,拿口烟来给我嚼吧。"

"不行;我只剩下一口了。你跟毕尔要吧。"

也许毕尔给他一点;也许他撒谎,说他一口也没有了。这些二流子当中有些家伙简直一辈子穷得精光,一个钱也没有,他们嚼的烟也没有一口是自己的。他们老是找别人借烟来嚼;他们跟一个家伙说:"我希望你借一口烟给我嚼,杰克,刚才我把自己剩下的一口拿给贝恩·汤姆逊了。"——这种话简直每回都是撒谎;要不是生人,谁也骗不过;杰克可不是生人,所以他就说:

"你给了他一口烟,真的吗?你妹妹偷的汉子也给过他吧。莱夫·白克纳,你先把你跟我借去的那些烟还我,那我再借给你一两吨都行,并且还不叫你补利钱。"

"唉,我有一回的确是还过你几口呀。"

"对,你是还过——大概是六口吧。你借去的是公司烟,还的可是'黑人头'。"

公司烟是压扁了的黑色烟饼子,可是这些家伙多半都是把生烟叶卷起来嚼。他们跟别人借口烟来嚼的时候,差不多都不拿刀来切开,干脆就把烟饼放在牙齿当中,一面使牙齿咬,一面拿手使劲揪烟饼,把它撕成两半;有时候烟饼的本主把那家伙咬剩的一块接过手来,显出挺难受的样子望着它,用挖苦的口气说:

"喂,把你咬下的那块给我,你干脆把这块拿去嚼吧。"

所有的街道和胡同都满地是泥;除了泥就什么也没有了——那些泥简直像柏油那么黑,有些地方差不多有一英尺来深,随便哪儿也都有两三英寸。那些猪到处转来转去,哼呀哼地直叫。你可以看到一只满身稀泥的母猪带着一窝小猪懒洋洋地顺着大街走过来,一翻身就在当街躺下,过路的人还得绕着道躲开它,它就伸开腿来,闭上眼睛,甩着耳朵,让小猪儿吃奶,它那样子倒挺快活,就像是按月能拿薪水似的。过一会儿你就会听见一个二流子大声嚷起来:"唏!去吧,小伙子!去咬它,虎子!"于是那母猪就会爬起来跑,一面尖声大叫,叫得吓死人,它每只耳朵都被一两只狗咬住不放,另外还有好几十只追过来;这时候你就会看见所有的二流子都站起来看热闹,一直看到瞧不见这场把戏才完事;他们冲着这桩开心事哈哈大笑,听了这阵闹翻了天的叫声,都显出一股非常痛快的神气。完了他们又各回原位,直到有了狗打架,才又提起劲来。什么事都不能像狗打架那样叫他们起劲,使他们浑身觉得痛快——除非是把松节油浇在一只野狗身上,点火烧起来,或是在它尾巴上拴上一只洋铁盘子,瞧着它一直跑死,他们才觉得更有趣。

河边上有些房子伸出河面,往前面倒,像弯下腰去鞠躬似的,快要塌了。那里面住的人都搬出去了。另外还有些房子,一只犄角底下的河岸塌掉了,那只犄角就悬在空中。这种房子里面还有人住着,可是那是很危险的,因为有时候一回就能塌下像房子那么宽的一条陆地。有时候一条四五百码宽的河岸开始往下塌,一直塌过去,塌过去,一个夏天就全都塌到河里去了。像那样的小镇老得朝后头搬家,搬了又搬,搬个没完,因为大河老是在啃它。

那天离中午越近,街上的大车和马就越聚越多,并且还老有好些车马上这儿来。一家一家的人从乡下把午饭带来了,就在马车里吃。不少的人在喝威士忌酒,我看见了三起打架的。后来有人大声喊起来:"老波格斯来了!从乡下赶到这儿来,照老规矩一月过一回酒瘾;伙计们,他来了!"

所有的二流子都显得挺高兴;我猜他们准是拿波格斯开玩笑开惯了。他们当中有一个说:"看他这回打算把谁臭骂一顿。他要是把这二十年来他想骂倒的人全都骂倒了的话,他现在也该挺有名气了。"

另外有个家伙说:"我倒希望波格斯吓唬吓唬我,因为那么一来,我就准知道我一千年也不会死了。"

波格斯骑着马飞快地猛冲过来,一面像印江人①那么大吼大叫;他冲大伙儿直嚷:"喂,快把道儿给我让开!我是来打仗的,棺材快涨价了!"

---

① "印第安人"的讹音。

他喝醉了,在马鞍子里东歪西倒;他已经有五十多岁,脸色通红。大伙儿都冲着他嚷,冲着他笑,还说些骂他的话,他也回嘴骂人家,说是一会儿轮到他们的时候,他自然会来收拾他们,把他们都干掉,可是现在他没工夫,因为他是到镇上来要老舍本上校的命的;他的宗旨是:"先吃肉,末了再喝几口汤。"

他看见了我,就骑着马跑过来说:"你这孩子是打哪儿来的?你打算找死吗?"

说完他又往前跑。我吓了一跳,可是有个人说:"他说这话并没安什么坏心眼;他一喝醉了就老是这么胡闹。他是阿肯色心眼儿最好的一个老糊涂蛋——不管他醉了没有,他一辈子也没伤害过谁。"

波格斯骑着马一直跑到镇上最大的一个铺子前面,把头低下去,从布篷底下往里面看,一面大声嚷:"舍本,你给我滚出来!老子让你骗光了,你出来跟老子见见面吧。我就是来找你这坏蛋的,今天我可得要你的狗命,不含糊!"

他就这么一个劲儿骂,把舍本骂得狗血淋头,凡是他嘴里说得出的,什么都骂尽了;整条街上都挤满了人,大伙儿都听着他骂,一面笑,一面起哄。一会儿就有一个大概五十五岁的架子挺大的人从店里走出来——他在那个镇上穿得比谁都讲究得多——围着看热闹的人就往两边退,给他让路。他从从容容、慢吞吞地对波格斯说:"你这一套我实在听腻了,可是我再忍一会儿,到一点钟再说吧。只到一点钟,你记住——再久可就不行了。过了那时候,只要你再骂我一句,那就不管你跑到多远去,我也得把你找到。"

说完他就转身进去了。那些看热闹的人显得冷静多了;谁也不动一动,笑声也没有了。波格斯骑着马走开,他一路在街上跑,一直不停地拼命拉开嗓子大嚷大叫,臭骂舍本;一会儿他又回来了,在那铺子前面站住,还是骂个没完。有几个人围住他,想叫他住口,可是他偏不肯;人家告诉他说,再过十五分钟就到一点了,他非得回去**不可**——他得马上就走才行。可是这也白说。他使尽了劲老在那儿骂,还把帽子扔到稀泥里,骑着马在上面走过,一会儿又疯疯癫癫地在街上一阵风冲过去,灰白的头发在后面飘着。凡是能找到机会劝他的人都想方设法要哄着他下马，好把他锁起来，再弄醒他。可是这都不中用——他又在街上飞快地冲回来，把舍本再骂了一顿。一会儿有个人说：

"把他女儿找来吧！——快着，去叫他女儿来；有时候他倒是肯听她的话。要说有人劝得住这个疯子，那可只有她才行。"

于是就有人跑着去找她。我往街那头走了一截就站住了。过了几分钟，波格斯又过来了，可是没有骑马。他光着头歪歪倒倒地冲着我走过街来，两边都有个朋友搀着他的胳臂，催着他赶快走开。他不声不响，脸上的神气可是挺不自在；他并没有赖着不肯走，反而一个劲儿直往前冲。有个人大声儿喊了一声："波格斯！"

我抬头往那边看是谁在叫，原来就是那个舍本上校。他在街上站着，一点也不动，右手举起一支手枪——他并没有瞄准，只举着枪把枪筒朝天上翘起。一眨眼的工夫，我又看见一个年轻姑娘飞跑过来，还有两个男人和她一道。波格斯和那搀着他的两个人转过身来，瞧瞧是谁叫他，那两个人一看见手枪，就跳到旁边一闪，这时候枪筒就慢慢儿放下来，稳稳地举平了——两根枪筒上的扳机都扳开了。波格斯把双手往上一举，一面说："啊，天哪，可别开枪！"砰！一枪放出去，他就一歪一倒地往后退了两步，一面把手在空中乱抓——砰！又是一枪，他就往后一仰，笨重地倒在地下，两只胳臂朝两边摊开了。那个年轻姑娘惨叫了一声，飞跑过来，一下子扑倒在她父亲身上，一面哭，一面说："啊，他把他打死了，他把他打死了！"看热闹的那一群人在他们四面围拢来，大伙儿拿肩膀使劲挤，伸长了脖子，都想看看，里面的人却把他们往回挤，一面还大声嚷："让开点，让开点！让他透透气呀，让他透透气呀！"

舍本上校把手枪往地下一扔，转过身就走开了。

他们把波格斯抬到一个小药房里，看热闹的人还是照样在四面八方拼命挤，整个镇上的人都跟上来了。我赶快跑过去，在窗户那儿找到了一个好地方，离他挺近，可以往屋子里看得见。他们把他放在地下，拿一本挺大的《圣经》垫着他的脑袋，另外又揭开一本盖在他胸口上；可是他们先把他的衬衫撕开，我就瞧见了有一颗子弹打进去的地方。他喘了十几口挺长的气，吸进气去的时候把那本《圣经》掀得挺高，吐出气来的时候又让它落下来——过了这一阵，他就乖乖地躺着；他死

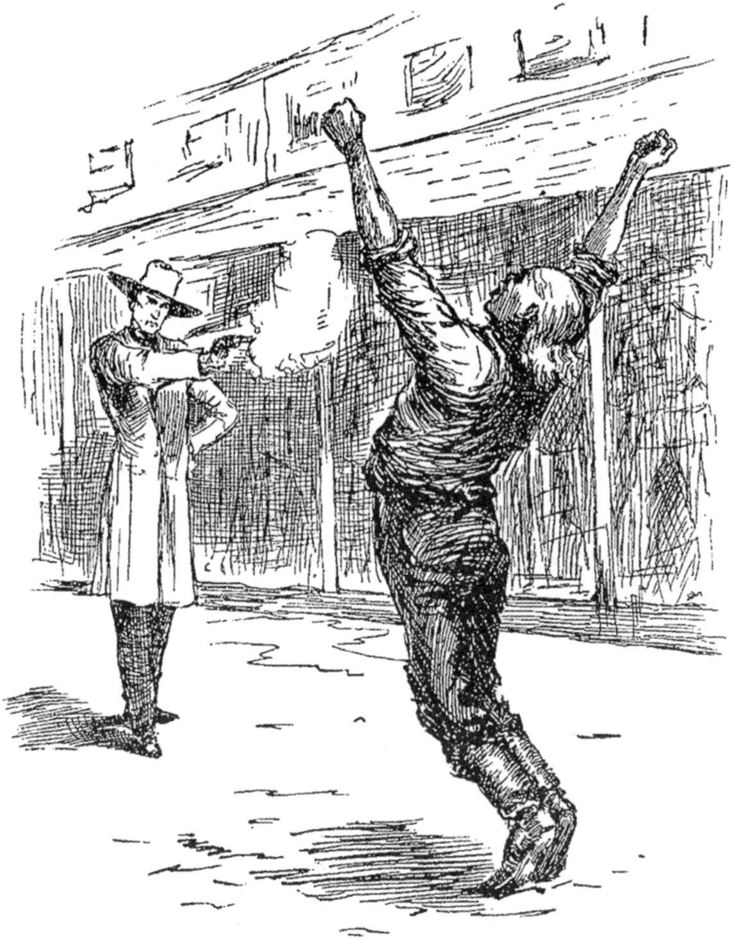

了。随后他们就把他女儿从他身上拉开,她还是大哭大叫,让他们拖着走开了。她大概有十六岁,长得挺漂亮,挺秀气,可是脸色惨白,显出一副吓坏了的神气。

唔,过了不久,全镇的人都到那儿来了,大伙儿钻来钻去,你推我,我推你,东推西挤,拼命往窗户这儿挤过来,想要看一眼。可是已经占住了地方的人都不肯让开,他们背后的人老在说:"嘿,你们这些家伙,总该看够了吧;你们老在那儿不动,不让别人有机会瞧瞧,实在太没道理,太不公平了;人家也跟你们一样,有权利看一看嘛。"

不少的人还嘴骂那些人,所以我就溜出来了,怕的是要出乱子。满街都是人,个个都很紧张。亲眼看见过舍本开枪打死人的,个个都在给别人说刚才出事的经过,每个人前后左右都围上了一大堆人,伸长了脖子听着。有一个瘦长个子、头发挺长的人,后脑瓜上戴着一顶高统白皮帽子,手里拿着一根弯把儿的手杖,在地下划出波格斯站过的地点和舍本站过的地点,大伙儿紧跟着他从这儿转到那儿,仔细看着他的一举一动,连连点头,表示他们明白他的意思;他们还稍微弯下腰去,双手叉在大腿上,仔细望着他使手杖在地下划出那两个地方;他划完就在舍本站过的地方挺直身子站着,眉头一皱,还把帽子边儿往下拉到眉毛那儿,大嚷一声:"波格斯!"跟着就举起手杖,又把它慢慢地瞄平了,一面叫了一声"砰!"就一歪一倒地往后退了两步,又叫一声"砰!"就往后一仰,倒在地下。看见过这回事的人都说他做得像透了;都说原来出事的情形恰好就是那样。于是就有十多个人拿出酒瓶来,请他喝了一顿。

唉,后来有人说该把舍本抓来用私刑干掉;大伙儿马上都跟着这么说;于是他们就走开了,一个个都像疯子似的乱叫乱嚷,碰到晾衣服的绳子就拉下来,预备拿去把舍本绞死。

第二十二章 私刑会为什么碰了钉子

他们像一窝蜂似的朝着舍本家里拥去,一路大嚷大叫,就像印江人那样,什么都得让路,要不就得让他们撞倒,踩成肉酱,那股凶劲儿可真叫人看了害怕。孩子们都在这群乱糟糟的人前面拼命跑,一个个尖声直叫,都想躲开;一路上每个窗户里都挤满了好些娘儿们的头,每棵树都爬上了一些黑孩子,还有好些男男女女的黑人从围墙后面往外看;等到这群人快到他们跟前的时候,他们又马上散开,退到老远。有许多娘儿们和小姑娘都哭起来,哭得怪伤心,差点儿吓死了。

他们拥到舍本家里的木桩围墙前面,密密层层地拼命挤在那儿,那阵嘈杂的声音简直弄得你不知自己心里在想什么。那是一个二十英尺宽的小院子。有人大声嚷起来:"把围墙拆掉!把围墙拆掉!"于是砸的砸,拉的拉,撞的撞,大伙儿一齐动手拆起来,闹得乒乒乓乓直响,后来围墙就一下子垮下来,前面那一道墙似的人群就像潮水那样涌进去了。

正在这时候,舍本出来了,手里拿着一支双筒的枪,走到屋子前面的小门道顶上,非常镇静、从从容容、一声不响地稳稳站住。乱七八糟的声音马上就停止了,像潮水那样往前涌的人群也退下来了。

舍本老是一句话也不说——只在那儿站着,望着底下。那股肃静的情形简直叫人浑身起鸡皮疙瘩,很不舒服。舍本用眼睛慢慢地把那群人扫了一遍;让他的眼光碰到的人都想把眼睛瞪得比他更凶,可是办不到;结果他们把眼睛往下看,显出一副见不得人的样子。后来过了不久,舍本冷笑了一声;这当然不是痛快的笑,笑得你好像觉得是在吃着带沙子的面包一样。

随后他就摆出一副瞧不起人的样子,慢慢地说:

"你们居然也打算用私刑治人的死罪!真是笑话。你们怎么也会想到自己有那么大的胆子,竟敢来要一个好汉的命呀!难道因为你们敢于随便欺负那些外地来的无亲无友、无家可归的可怜的女人,给她们抹上柏油、贴上鸡毛,这就使你们自以为有胆量来收拾一个好汉吗?嗐,一个好汉哪怕落到一万个你们这种没出息的家伙手里,也没有危险——只要是在白天,只要你们不是在他背后的话。

"你们这些人我还不明白?我简直把你们看透了。我是在南方生的,在南方长大的,后来又在北方住过多年;所以各地的普通人我都知道得很清楚。普通的人都是胆小鬼。在北方,随便谁愿意欺负这种没出息的人,他都不敢抵抗,只好回到家里去祷告,央求上帝赏他一副奴才骨头,好让他能受气。在南方,有一个人就在白天单枪独马地截住过一辆坐满了人的定班大马车,把他们全给抢了。你们的报纸老把你们称为一个勇敢的民族,你们听惯了这种恭维的话,也就居然自以为的确比别人勇敢——实际上你们不过是跟人家一样,并不比他们更勇敢。你们的陪审团为什么不把杀人犯判绞刑呢?就是因为他们害怕凶手的朋友会在背后、会在暗中开枪打死他们——那些人的确是会那么干的。

"所以他们就老是把人免罪放走;后来有一个好汉在夜里带着一百个戴假面具的胆小鬼跟在背后,才跑去把那坏蛋私刑处死。你们的错误就是没有带一个有点胆子的人来;这是一个错误,另外还有一个错误,就是你们没有在天黑的时候来,假面具也没有戴。你们只带来半个有点胆子的人——勃克·哈克纳斯,那不是吗——刚才要不是他叫你们那么干的话,你们恐怕就不会管这闲事,早就溜掉了。

"你们本是不愿意来的。普通的人都不爱找麻烦,冒危险。你们就是不爱找麻烦,冒危险的。可是只要有半个有点胆子的人——像勃克·哈克纳斯那样——嚷一嚷'用私刑干掉他!用私刑干掉他!'你们就不敢泄气——怕的是让人家看出你们的真面目——一群胆小鬼——所以你们就大嚷大叫一阵,跟在那半个有点胆子的人屁股后面,气势汹汹地跑过来,发誓说要干些了不起的事情。天下最可怜的就是一群乌合之众;军队就是这么回事——乌合之众;他们打起仗来,不是靠他们自己天生的勇气,而是仗着人多,仗着有长官,才有勇气打仗。可是一群乌合之众没有一个有胆子的人领头,那就连可怜都说不上了。现在你们唯一的办法就是夹着尾巴回家去,老老实实蹲在窝里。要是真打算用私刑把谁处死的话,那就得照南方的办法,在黑夜里干才行;并且来的时候,还得戴着假面具,还得找个有胆子的人一道来。现在你们赶快滚开吧——把你们那半个好汉也带走。"——他一面这么说,一面把枪往上一举,从左胳臂那儿闪过,还把扳机也拉开了。

那一群人突然像潮水似的往后猛退,随后就七零八落地散开,拼命朝四面八方飞跑,连勃克·哈克纳斯也显出一副垂头丧气的样子,跟在后面撵。我要是愿意待在那儿,本是可以不动的,可是我也不愿意待下去。

我跑到马戏班那儿,在后面荡来荡去,等看守的人走过去了,就从帐篷底下钻进去。我带着那二十块金圆,另外还有点零钱,可是我觉得还是留着好些,因为我离了家跑到这么远的地方来,像那样在生人当中混,说不定马上就会用得着这些钱。反正多加小心为好。要是实在没有别的办法,非花钱去看马戏不可,我也并不反对,可是花冤枉钱去看,那就没什么好处。

那马戏班可真是呱呱叫。他们全体骑着马进场的时候,真是好看极了,简直是一辈子也没见过。他们都是一对一对地进来,一男一女,并排骑着马,男人都只穿汗衫和汗裤,既不穿鞋,又没马镫,都把双手叉在大腿上,随随便便、逍遥自在的——准有二十来个——女的每个都挺漂亮,简直美极了,就像一群地道的真皇后似的,她们都穿着顶讲究的衣裳,要值好几百万块钱,还浑身都镶着钻石。那个场面可真是好看,我一辈子都没见过这么好玩的把戏。后来他们又一个个在马背上站起来,围着场里的圆圈打转,从从容容,飘飘荡荡,怪文雅的;那些男人都显得挺高,挺潇洒,身子挺直,他们的头老是一上一下地动,上面靠近帐篷的顶,像燕子飞似的兜圈子,女的个个都穿着玫瑰花瓣儿似的衣裳,在屁股那儿撒开,又轻又软地飘着,样子活像一把把的顶漂亮顶漂亮的阳伞。

随后他们越跑越快,个个都跳起舞来,两只脚轮流伸到空中,马也越来越把身子歪得厉害,领班的围着当中那根柱子直转,一面把鞭子抽得啪啦啪啦地响,一面大声嚷着:"嗨!——嗨!"小丑就在他背后跟着说些逗笑的话；一会儿那些骑马的都把缰绳撒开，女的个个都弯着手指头按在腰上，男的个个都把胳臂叉在胸前，于是那些马就更加歪起身子，拼命快跑，跑得多有劲啊！随后他们一个个跳下马来，跳到当中那个圆圈里，行一个最讨人欢喜的鞠躬，跟着就跳跳蹦蹦地出去了，大伙儿一齐拍手，简直高兴得要发疯了。

他们在这场马戏当中，从头到尾演的都是些了不起的把戏；那小丑一直都在拼命逗笑，差点儿把人都笑死了。领班的只要一开口给他说句话，他一眨眼工夫就拿一句谁也想不出的俏皮话顶回去；到底他怎么能想得出那么多俏皮话来，并且来得那么快，那么顺顺溜溜，我实在猜不透。嗐，要叫我想可是一年也想不出来。过了一会儿有个醉鬼要上场子里面去——说他要骑马；说他骑得比谁也不坏。他们就跟他吵起来，不让他进去，可是他偏不听那一套，于是整个的表演就停住了。大伙儿就冲他哄起来，跟他开玩笑，这下子可把他气疯了，他就跳跳蹦蹦地大闹起来；他这一闹，就把大伙儿闹烦了，有好些人都从座位上跑下来，一窝蜂朝场子当中拥过去，一面说："打倒他！把他甩出去！"有一两个女人还尖声叫喊起来。这时候，领班就给大伙儿说了几句话，他说他希望不要引起纠纷，只要那个人不再闹，他要是觉得自己能在马背上待得稳，那就让他骑一骑也行。大伙儿就哈哈大笑，都说好吧，于是那个人就爬到马背上去了。他刚一爬上去，那匹马就左冲右撞，乱跳乱蹦，两个马戏班里的人拼命揪着马笼头，想把它拉住，那个醉汉就死死地抱住马脖子不放，马跳一下，他就双脚都甩到半空里，全场的人都站起来大吼，笑得直掉眼泪。后来那两个马戏班里的人费尽了九牛二虎之力，还是让那匹马挣脱了，结果它就撒开腿拼命地跑，围着当中的圆圈直转，背上趴着那个醉鬼，死死地抱住它的脖子，一会儿这条腿差点儿从这边落到地下，一会儿那条腿又要从那边掉下来，大伙儿看着简直高兴得发疯了。我可是不觉得好玩；我看见他那么危险，吓得浑身直哆嗦。可是过了一会儿，他使劲一挣，就在马背上坐起来了，他揪住缰绳，左歪右倒；紧跟着他又一下子跳起来，扔掉缰绳，站在马背上了！那个马也跑得更有劲，简直像是着了大火的房子那么猛。他干脆就站在马背上，轻飘飘地兜着圈子，那样子挺自在，挺痛快，好像他一辈子没喝醉

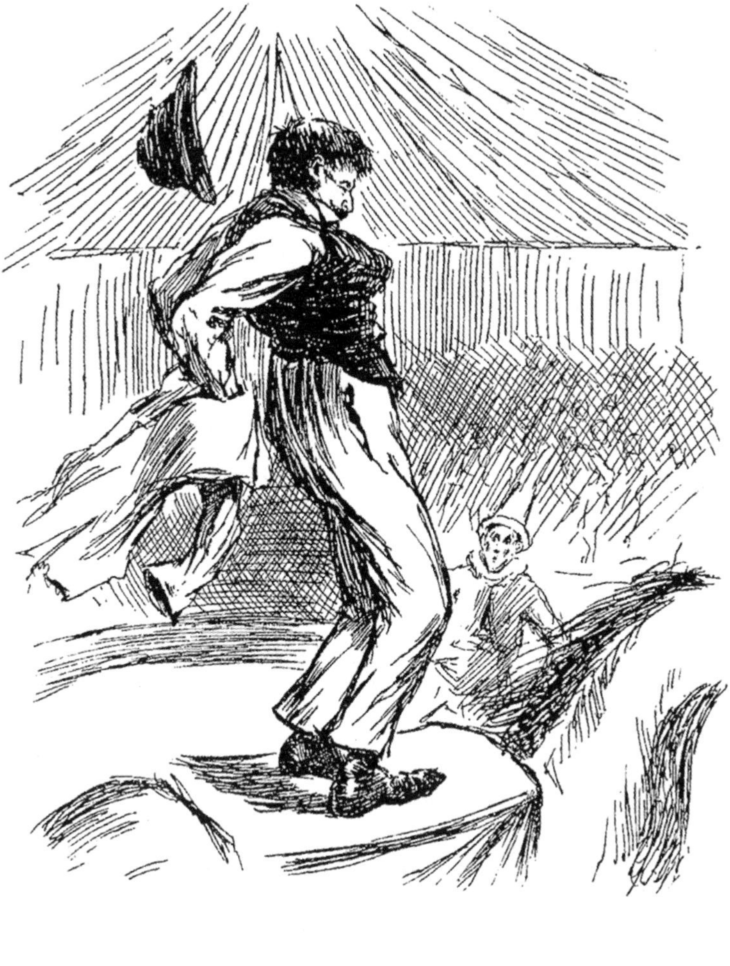

过似的——后来他又把衣服脱掉往下扔。他随脱随丢,快得要命,衣服就像是满天飞似的;他通共脱了十七套。完了他又清清楚楚地在你眼前,细长的身材,漂漂亮亮的,穿得再鲜艳、再好看没有了,你一辈子也没见过那样,他拿鞭子使劲抽那匹马,抽得它拼命地跑——末了他就跳下来,行一个鞠躬,一跳一跳地上化妆室去了;大伙儿又高兴,又惊讶,简直乱吼起来。

这下子领班的才明白他上了当,我看他可真是难得看到的一个顶难为情的领班呢。嗐,那原来是他自己班子里的人呀!其实刚才开的那个玩笑,完全是他自己想出来的主意,可是他根本就没有让谁知道。我让他这么哄了一下,心里觉得怪不好意思,可是要叫我耍他那套把戏,我可不干,哪怕给我一千块钱也不行。我不知道是怎么回事;也许还有别的马戏班比那个更棒,可是我还没碰到过。反正我是觉得那就够好了;随便我在哪儿再碰到它,我每回都准会照顾它的。

那天晚上我们也上演了;可是只到了十一二个人——刚够应付开支。他们老是哈哈哈地笑个没完,简直把公爵气疯了;反正没等演完,大伙儿就全都走光了,只剩下一个睡着了的小孩儿。于是公爵就说这些阿肯色的大傻瓜看不懂莎士比亚;他猜想,他们要看的是低级趣味的喜剧——也许是比低级趣味的喜剧更糟糕的东西。他说他可以猜出他们的嗜好。所以第二天早上他就弄到几张包皮纸和一点黑油墨,涂了几张戏报,在村子里到处都贴上了。那张戏报上说:

环球驰名悲剧明星
伦敦及欧洲大陆各大戏院名演员
小大卫·加利克!
与老艾德门·启因!
主演惊人悲剧
"国王的驼豹"!
又名"皇家奇物"!!!
在本镇法院大厅上演!
只演三晚!

　　　　入场券每张五角。

广告底下写着最大的一行字：

　　　　妇女儿童恕不招待！

"瞧着吧，"他说，"要是这一行字还不能把他们哄来，那就算我没有摸着阿肯色的脾胃！"

第二十三章　国王们的无赖

　　他和国王拼命地干了一整天,把戏台赶快搭起来,还装了一道幕,安了一排蜡烛做脚光;那天晚上戏场里一会儿就挤满了人。等到戏场里的看客挤得不能再挤的时候,公爵就丢下守门的事儿,往后面绕过去,走上戏台,站在幕布前面,说了一番简单的话,极力称赞这出悲剧,说那是从来没见过的最惊心动魄的好戏;接着他又把这出悲剧吹了一阵,还替这里面扮演主角的老艾德门·启因说了一些捧场的话;后来他把大家说得兴致挺高,一心只等着看好戏了,他就把幕拉开,国王马上就光着身子,四肢着地,神气十足地爬出来了;他浑身都画了一圈一圈的条纹,五颜六色,像天上的彩虹一样,怪好看的。还有——别管他还有些什么化装的花样吧;反正是挺胡闹的,可是好玩得要命。大伙儿一看,差点儿笑死了,后来国王在台上左跳右蹦,跳够了以后,就一跳一蹦地退到后台去了,这时候大伙儿就大声吼起来,拼命鼓掌,拼命起哄,呵呵大笑,一直闹到他再出场来,又表演了一遍,完了之后,他们又叫他再做了一回。嗐,这个老笨蛋做的那些怪相,可真能叫一条牛看了都要笑起来哪。

　　随后公爵就把幕布放下,向看客们鞠了一躬,宣布这出大悲剧只能再演两夜,因为他们已经和伦敦订了约,要在朱里巷大戏院演出,戏票都已经通通卖光了,所以他们急于要上那儿去,不能多耽搁;他说完了又向大伙儿鞠了一躬,说是他们如果觉得他的确叫看客们看得有趣,并且得到了益处,他就很希望大家给朋友们介绍介绍,请他们也来看看,那他是非常感谢的。

　　有许多人大声嚷起来:"怎么,这就完了吗?别的什么也没有了吗?"

　　公爵说没有别的了。这下子可热闹开了。大伙儿都嚷:"上当

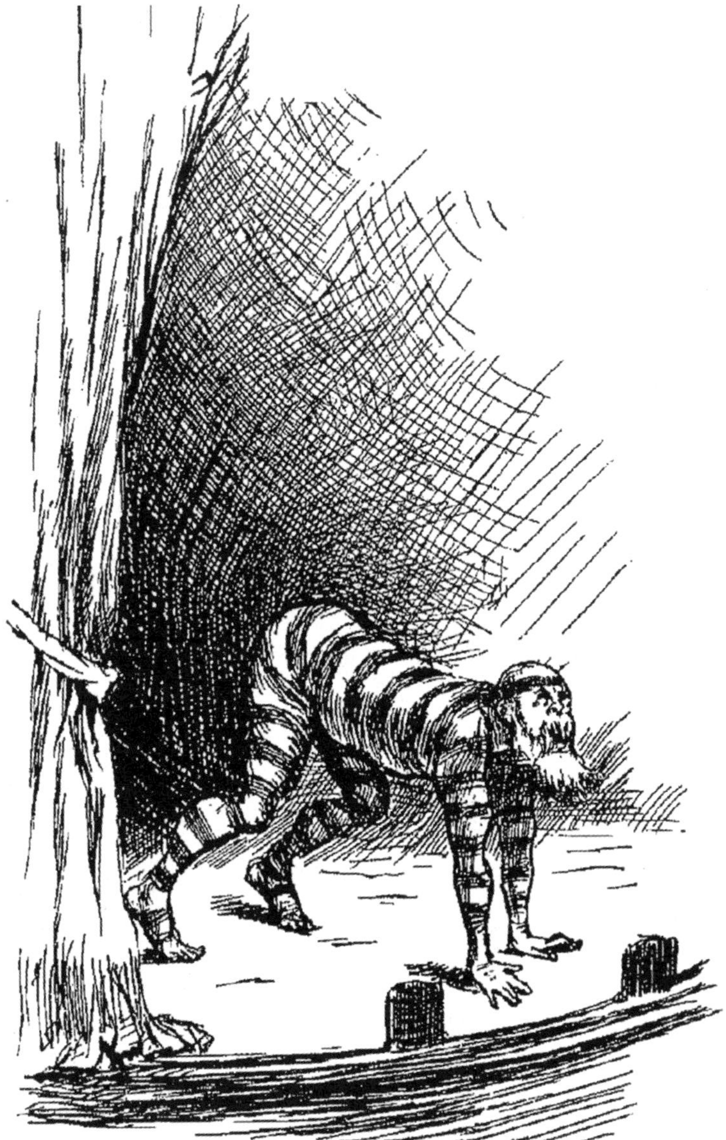

了!"于是就气疯了似的站起来,要往戏台那儿冲过去,找那两位悲剧名角算账。可是有一个样子挺好看的大个子跳到一条板凳上,大声嚷道:

"别动!诸位,听我说句话。"他们就停下来听,"咱们是上当了——上了个老当。可是我觉得咱们可不能让全镇的人看咱们的笑话,老叫人家开心,一辈子没个完。那可不行。咱们得从这儿悄悄走出去,替这出戏捧捧场,好叫这镇上其余的人也上上当!么一来,大伙儿就彼此彼此了。这个办法妙不妙?"("这可真是妙透了!——法官说得对!"大伙儿都这么嚷。)"那么,好吧——上当的事儿一字不提。大伙儿回家去,劝别人通通来看看这出悲剧吧。"

第二天,那个镇上到处都只听见人们谈这出戏多么了不起。那天晚上又是全场客满,我们又用同样的一套把戏叫看客们上了当。我跟国王和公爵回到木排上,一同吃了晚饭;后来到了半夜里,他们就叫吉姆和我把木排退出小河沟,划到大河当中漂下去,漂到下面两英里的地方靠了岸,隐藏起来。

第三天晚上,戏场还是满座——这回并不是新看客,还是头两天晚上来过的一些人。我在门口站在公爵身边,我看见每个往里面去的人口袋里都装得鼓鼓的,衣服里面都包着什么东西——我还看出了那并不是什么香东西,绝不是。我闻出了很大的臭鸡子儿的气味,还有烂白菜什么的;要是有人偷偷地带死猫进去,我也看得出,准瞒不过我;算来他们带进去的有六十四只哪。我钻进场里去了一会儿,可是各式各样的臭味实在太多,我简直受不了。后来那里面的人挤得没法儿再挤了,公爵就拿了两毛五分钱给一个人,叫他替他守一会儿门,随后他就绕过去往戏台的门那儿走,我在他背后跟着;可是我们刚一拐弯,到了漆黑的地方,他就说:"赶快走,离开这些房子,然后往木排那儿拼命跑,就像有鬼在背后追你似的!"

我就那么办了,他也一同跑。我们同时上了木排,还不到两秒钟,我们就顺着大河往下漂了,河里一片漆黑,一点声音也没有,我们把木排斜着往河当中划过去,谁也不声不响。我猜想着国王准是让看客们给抓住了,在那儿受活罪,可是并没有那回事;过了一会儿,他就从那小窝棚里爬出来,说:"喂,这回咱们这老一套还很叫座吗,公爵?"他根本就没到镇上去。

我们往那个庄子下面漂了十来英里,一直不敢点灯。后来我们才把灯点起来吃晚饭,国王和公爵说起他们对付那些人的妙法,笑得差点儿把骨头都笑散了。公爵说:"都是些笨蛋,傻瓜!我看准了头一场的人不会作声,让镇上别的人也来上当;我也知道第三天晚上他们会暗算我们,一心想着这下子该轮到他们来收拾我们了。哼,的确是轮到他们了,我倒情愿打个赌,看他们估计这个轮子值多少钱。我真想知道他们怎样拿这个好机会开心。只要他们愿意,那尽可以把这回事变成一次野餐——他们带的干粮可不少呢。"

他们这两个坏蛋在那三天晚上通共骗到了四百六十五块钱。我从来没见过那么多的钱,真够装一车的。

后来他们睡着了,打起鼾来,吉姆就说:"哈克,他们这些国王就像这样胡闹,你觉得奇怪不奇怪?"

"不,"我说,"没什么奇怪的。"

"为什么不奇怪呢,哈克?"

"嗐,就是不奇怪嘛,这种人生来就是这样。我猜他们都差不多。"

"可是,哈克,咱们这些国王可都是地道的坏蛋;他们的确就是这种家伙;简直是地道的坏蛋。"

"是呀,我说的就是这个意思;依我看,所有的国王差不多都是坏蛋。"

"真的吗?"

"你只要在书上看到一回——你就明白了。你瞧亨利八世吧;要是和他比起来,咱们这一位可真是像个主日学校的校长呢。再看看查理二世吧,还有路易十四、路易十五、詹姆士二世、爱德华二世、理查三世,还有别的许多人;除了这些,还有他们那些撒克逊七王国的国王,古时候都是到处横冲直闯,闹得天翻地覆。唉,你真该瞧瞧亨利八世老王年轻时候的那股劲儿。他可真是风流。他老是天天娶一个新媳妇,第二天早上就把她的头砍掉。他干这种事,简直满不在乎,好像是叫人给他送鸡子儿来似的。他说:'把纳尔·姑因弄来吧。'他们就把她弄来了。第二天早上:'砍掉她的脑袋吧!'他们就把她的头砍掉了。他又说:'把洁恩·秀尔弄来吧。'她马上就来了。第二天早上:'砍掉她的脑袋吧。'——他们又把她的头砍掉了。摇摇铃铛:'把费尔·露莎梦叫来吧。'露莎梦一听见铃铛响就来了。第二天早上:'砍掉她的脑袋吧。'他还叫她们个个都在每天晚上给他说个故事;他一直就是这么干,后来他照这个办法通共弄到了一千零一个故事①;他就把这些故事编成一本书,管它叫作《末日书》②——这个名字倒不错,总算把来由交代清楚了。吉姆,你不知道国王们是些什么人,我可知道;咱们这儿这个老坏蛋要算是我在历史上碰到过的一个顶清白的国王了。哈,亨利忽然转了个念头,要在咱们美国惹出点儿乱子来。他怎么办呢——先出个布告吗?——给咱们一个准备的机会吗?不。他忽然一下子就把波士顿海港里那些船上的茶叶全给倒在海里,还提出一个独立宣言,跟人家挑战。这就是*他的*作风——他反正老是叫人家措手不及。他疑心他的父亲威灵顿公爵。嗐,他怎么办呢?叫他出头来坦白吗?不——把他丢到一大桶酒里面给淹死了,就像淹一只猫似的。假如有人在他待着的地方把钱随便丢下的话——他怎么办呢?顺手就给拿走了。假如他跟人家订了合同干什么事情,你把钱付给他了,可没坐在那儿盯着他干那事情——他怎么办呢?他准不照那么办。要是他一张开嘴——那怎么样?他要是不赶快闭上,那就每回都要撒个谎。亨利就是这么个坏虫③;咱们要是跟他在一道,不是跟咱们这个国王的话,那他就会把这个镇上骗得更惨,比咱们这个国王还要厉害得多。我并不是说咱们这儿尽是老好人,因为事情明摆着,你只要一看,就知道他们并不是好东西;可是比起*那个*老王八蛋来,他们可实在是算不了什么。我说了半天,不过是这么个意思:国王就是国王,你得将就点才行。归总起来说,他们都是一伙无赖。他们就是这样教养大的。"

"可是哈克,咱们这一位实在有一股气味,真他妈的够呛鼻子呀。"

---

① 这是哈克胡扯,因为《一千零一夜》(即《天方夜谭》)是阿拉伯的故事。
② 这也是胡扯——《末日书》是十一世纪末期做成的英格兰土地清丈册,完全是另一回事。
③ 以上这些话也是哈克信口开河胡说的,所以把许多历史事实和人物混在一起。

"嗐，他们都是一样，吉姆。咱们可管不着国王有什么气味；自古以来，谁也拿他们没办法。"

"说起这个公爵，他有些地方倒好像挺不坏哪。"

"是的，公爵是有点不同。可也差不了多少。咱们这个照一个公爵来说，实在是够坏的了。他喝醉了的时候，哪个近视眼也分不出他是公爵还是国王呢。"

"唉，哈克，不管怎么说，我反正不希望再有别的国王和公爵跟咱们在一起了。有这两位，就够我受的了。"

"我也是这么个想法，吉姆。可是咱们已经把他们惹到身上来了，那就得记住他们是什么身份，只好将就一点。有时候我真想听到有一个国家没有国王。"

我要是告诉吉姆说，这两个家伙并不是真正的国王和公爵，那有什么用处呢？那可是一点好处也没有；还有呢，我已经说过：你根本就分不出是真是假。

后来我睡着了，到了该我轮班的时候，吉姆并没有叫我。他老爱这么着。天刚一亮，我就醒了，那时候他坐在那儿，把头埋在膝盖当中，自个儿直唉声叹气，直伤心。我故意不睬，装做没看见。我知道那是怎么回事。他正在想着他的老婆孩子，他们都在大河上游，离他老远，他心里难受，在想家呢；因为他一辈子从来没离开过家；我相信他惦记着家里人，也是跟白种人一样的。这好像有点儿奇怪，可是我猜是这么的。一到晚上，他心想我睡着了，就老是这么唉声叹气，这么伤心，老是说："可怜的丽莎白！可怜的江尼！真伤心呀；我看我这辈子再也见不着你们了，再也见不着了！"吉姆倒是个挺好的黑人呢。

可是这回我不知怎么的，跟他聊起他的老婆孩子来了；后来他就说：

"这回叫我这么难受，是因为我刚才听见那边岸上响了一声，好像是打人，又像是猛一下关门的声音，这就叫我想起从前脾气不好，对我那小丽莎白挺凶的情形。那时她不过四岁，还害了一场猩红热，害得挺厉害；可是她总算好了，有一天她在一边儿站着，我对她说：

"'关上门吧。'

"她没有关;光是站着,好像是冲着我笑。这可把我气坏了;我就大声冲她嚷,我说:

"'你听见了没有?把门关上!'

"她还是那么站着,抬起头望着我笑。我简直气炸了!我说:'他妈的,我非叫你听话不可!'

"我一面这么说,一面在她脸上使劲打了个耳光,打得她趴倒在地下。随后我就上另外一间屋子里去,在那儿待了十来分钟;等我回来一看,那扇门还在开着,那孩子站在门槛上,望着脚底下,哭得挺伤心,眼泪直往下流。嘻,我可是气得要命!我正想去揍那孩子,可是正巧在这时候——那扇门是朝里面开的——正巧在这时候,一阵风刮过来,把门乓的一下关上了,从那孩子背后关过去,扑通!——天哪,那孩子可再也不动了!我吓得差点儿断了气;我只觉得真是——真是——我简直说不上心里是股什么滋味。我迷迷糊糊地跑出去,浑身哆嗦着,东歪西倒地摸到那扇门那儿,轻轻地、慢慢地把它打开,悄悄儿把头伸到那孩子后面去瞧,嘻,忽然一下子我就说,哎呀!我拼命嚷了这么一声。她可是再也不动弹了!啊,哈克,我哇哇地哭起来了,我把她抱起来,说:'啊,可怜的小宝贝!全能的上帝饶恕可怜的老吉姆吧,因为他自己一辈子也不会原谅他自己了!'啊,哈克,她完全成了个聋子和哑巴,耳朵聋了,话也不会说了——我对她真狠心呀!"

第二十四章　国王又成了牧师

第二天天快黑的时候,我们在大河当中一个长着柳树的小冲积洲下面靠了岸,河两边都有个庄子,公爵和国王就打起商量来,想骗那两个小镇。吉姆就给公爵说,他希望只花几个钟头的工夫,因为他让绳子捆着,在小窝棚里待一整天,实在是太难受,太恼人。你瞧,我们上岸的时候,把他一人留在那儿,就得给他捆上,要不然有别人来瞧见他一人在那儿,没有拴绳子,那他就不像个逃跑的黑奴了,你明白吧。于是公爵就说整天捆着绳子躺着,也的确是有点难受,他得想个主意,不叫他再吃这个苦头。

公爵这个人是非常聪明的,他一会儿就想出办法来了。他把李尔王的化装给吉姆穿上——那是一件做帘子用的花布做的长袍,还有一副白马尾做的假头发和大胡子;然后他又拿演戏化装用的颜料给吉姆脸上、手上、耳朵上、脖子上通通涂上一层死人样的灰蓝色,就像是个淹死了九天的人似的。他要不是我从来没见过的一个顶吓死人的活鬼,那才怪呢。随后公爵就在一块木牌子上写了这么一句话:

有病的阿拉伯人——不发神经病的时候是不要紧的。

他把这块木牌钉在一根木条上面,把木条竖在小窝棚前面四五英尺的地方。吉姆倒是挺满意。他说像原先那样拴着绳子,天天躺着,说不定要躺上一两年,每回听见一点儿声音,还吓得浑身直哆嗦,现在这么着可是强得多了。公爵叫他尽管随随便便,自自在在,要是有人来捣麻烦,他一定从小窝棚里跳出来,闹一闹,拉开嗓子吼一两声,像个野兽似的,那么他想人家就会赶紧躲开,不再管他了。这个说法倒是挺有道理;可是要碰到一个普通人的话,那他就不用等他吼起来,早就吓跑了。嗐,他还不光是像个死人,那样子实在比死人还可怕得多哪。

这两个坏蛋还打算再试试"皇家奇物",因为这个把戏挺能挣钱,可是他们估计这不大妥当,因为这时候也许消息已经传到下游来了。他们一时想不出什么称心的好主意,所以后来公爵就说他打算躺下来想一两个钟头,仔细琢磨琢磨,看是不是能够想出个办法,在阿肯色这个庄子上捞一把;国王就说他打算根本不想什么主意就上另外那个庄子上去碰碰运气,靠老天爷指引他走上发财的路——我看他大概说的是靠魔鬼帮忙吧。我们在上回靠岸的地方都买了些现成的衣服;这时候国王把他的穿上了,他还叫我也穿上我的。我当然就穿上了。国王的衣服全是黑的,他倒是显得很神气,很有派头。从前我根本不知道衣服还能改变人的样子。嗐,他原先简直像个顶不成样子的老废物;可是现在他把那顶白獭皮新帽子一摘,鞠个躬,笑一笑,可真显得神气十足,蛮像个善人的样子,你简直会说他是一直从方舟里出来的,也许他就是利未狄克老先生①呢。吉姆把小划子打扫干净,我把桨预备好了。有一只大轮船靠岸停着,离得老远,在大河上游一个码头下面,从这个小镇往上去有三英里来地——在那儿装货,待了两个钟头了。国王说:

"我既然穿得这么讲究,我看还不如说是从圣路易或是辛辛那提下来的,再不然就说是个别的大地方也行。哈克贝利,往轮船那儿划吧;咱们就搭轮船往庄子上去。"

我用不着他吩咐第二遍,当然愿意去开一开搭轮船的洋荤。我在那庄子上游半英里地靠了岸,然后在静水里顺着挺陡的河岸往前溜。过了一会儿,我们就碰见一个长得挺好的、老老实实的乡下小伙子,坐在一块木头上,擦着脸上的汗,因为天气非常暖和;他身边放着两个毡子做的大手提包。

"把划子冲边上划过去吧,"国王说,我就划过去了,"小伙子,你要上哪儿去呀?"

"要上轮船;到奥尔良去。"

---

① 据说太古时代洪水泛滥时,善人挪亚和他的家属坐了方舟得免于难,事见《旧约·创世记》第七章。"利未狄克"是《旧约·利未记》的讹音。《利未记》原是《旧约》的篇名,记载着信奉上帝的人应该遵奉的法则,但哈克把它当成了一个人,而且把他与挪亚混为一谈了。

"到我们船上来吧,"国王说,"稍等一会儿,我这当差的会帮你把手提包拿上来。你跳上岸去帮帮这位先生的忙吧,阿道弗斯。"——我知道这是指的我。

我就照他的吩咐做了,随后我们三个就再往前去。那小伙子挺感谢我们;他说天气那么热,他拿着那两只手提包赶路,实在是费劲得很。他问国王要上什么地方去,国王就告诉他说,他是从大河上面下来的,今天早上在另外那个庄子上了岸,现在要往上水几英里的地方去,到那儿一个农庄上找一个朋友。那年轻人说:

"我刚才瞧见您的时候,起先我还想着:'这是威尔克斯先生,准没错,他来得差不多正是时候呢。'可是后来我又说:'不对,我看这不是他,要不然他不会往大河上面划。'您不是他吧,对不对?"

"不是,我叫布洛格——艾利山大·布洛格——艾利山大·布洛格牧师,我想我得说明一下,因为我是给上帝当差的。可是我还是替威尔克斯先生难过,他没赶上时候,也许错过什么机会了——但愿他没耽误什么事。"

"啊,他来迟了倒不会得不到财产,因为他还是照样可以拿到手;可是他没赶上亲自给他兄弟彼得送终——这个他也许并不在乎,这种事谁也说不清——可是他兄弟老想临死之前和他见一面,谁要是能让他见到他哥哥,那就叫他把什么东西都送给别人,他都心甘情愿;这三个星期他压根儿没谈过别的事情;自从他们小时候分手以后,他一直就没见过他哥哥——他和他兄弟威廉也没见过面——那就是又聋又哑的那个——威廉也不过三十多岁呢。只有彼得和乔治上这边来了,乔治是个娶了亲的兄弟;他和他老婆去年都死了。现在就只剩下哈尔斐和威廉这两弟兄;我刚才说过,他们都没赶上时候到这儿来。"

"有人给他们去过信吗?"

"啊,有人去过信;那是一两个月以前,彼得刚刚病倒的时候;因为那时候彼得说,他好像觉得自己这回的病不会好了。你知道吧,他年纪挺大了,乔治的女儿又太年轻,除了红头发的玛丽·洁恩,都不能常在身边陪着他;所以自从乔治和他老婆死了以后,他就觉得有点儿寂寞,简直不大想活下去。他想和哈尔斐见面,真是想得要命——他也想见见威廉——因为他这种人心肠挺软,一提起写遗嘱,他就受不了。他临死留下了一封信给哈尔斐,他说那封信里说明了他的钱藏在什么地方,又说他希望把别的财产分给乔治的女儿,让她们好过日子——因为乔治死后什么也没留下。人家叫他写遗嘱,他就只写了这么一封信。"

"你猜哈尔斐为什么没来呢?他住在什么地方?"

"啊,他在英国哪——在舍斐尔得——在那儿传教——从来没上美国来过。他不大得空——并且他还说不定根本没接到这封信,你知道吧。"

"太可惜了,可怜的人啊,他没活下来和他的弟兄们见见面,实在是太可惜了。你说你要上奥尔良去吗?"

"是呀,不过我还不光只上那儿去哪。下星期三我还要搭船上里约热内卢去,我叔叔在那儿住家。"

"你这趟出门可走得挺远呢。可是这倒怪好玩的;我也想去。玛丽・洁恩是顶大的一个吗?其余那几个多大岁数?"

"玛丽・洁恩十九岁,苏珊十五岁,琼纳大致是十四岁——那就是专爱打嘴架的一个,她是个缺嘴。"

"可怜的孩子们!就这样无依无靠,被甩下在这冷冰冰的人间。"

"嗐,她们总算还不太倒霉呢。彼得老先生有许多朋友,他们不会让她们受欺负。有霍布生,他是浸礼会的牧师;还有洛特・荷斐执事,贝恩・勒克和阿布纳・舍克尔福德,还有莱维・贝尔律师;还有罗宾逊大夫,还有他们的太太,还有巴特莱寡妇,还有——嗯,多得很哪;不过这些人都是和彼得最要好的,他往老家写信的时候,有时常爱提到他们;所以哈尔斐到这儿来的时候,也就知道上哪儿去找朋友。"

嗳,那老头儿问这问那,问个没完,差不多叫那小伙子把心里装着的事儿全都掏出来了。他要是没把那个倒霉的镇上每个人每桩事情通通问到,那才怪哪,他把威尔克斯一家的事全都问了个一清二楚;还问到彼得干的是哪一行——他是开硝皮厂的;还问到乔治干什么——他是开木匠铺的;还问到哈尔斐干什么——他是个反对国教的牧师,另外还问了这个那个的。后来他就说:

"你干吗要往上游走那么老远,去搭那只轮船呢?"

"因为那是个往奥尔良去的大船;我本来还担心它不会在那儿停靠呢。这种船吃水太深的时候,你打招呼它也不会停的。要是辛辛那提的船,那就可以叫它停,可是这只船是圣路易的。"

"彼得·威尔克斯家境不坏吧?"

"啊,可不是,挺不错的。他有地有房子,人家估计他还有三四千块现钱,不知藏在哪儿。"

"你说他是什么时候死的?"

"我没说这个,不过他是昨晚上死的。"

"明天出殡吧,大概是?"

"是的,大概在中午。"

"唉,这实在是太可惜;可是咱们迟早都有一死。所以人人都得做个准备才行;那就没什么难受了。"

"对啦,先生,最好是那么着。妈从前就老爱说这句话。"

我们划到了那只轮船那儿的时候,船上差不多已经装完了货,过了一会儿船就开走了。国王根本就不提上船的事,所以我终归还是没有过到搭轮船的瘾。轮船开走之后,国王叫我再往上游划了一英里来地,划到一个背静地方,他就上了岸,对我说:

"现在你赶快往回划,马上就去,把公爵接到这儿来,还得带着那两只毡子的新提包。他要是上河那边去了的话,你就划过去,把他找来。你叫他不管怎样都得来。好吧,快走。"

我可是猜透了他打算干什么;不过我当然一声不响。我把公爵接过来之后,我们就把小划子藏起来,随后他们就在一块木头上坐下,国王把一切情形都告诉了他,就像那年轻人说的一样——一字不漏。他说这些话的时候,从头到尾老在学英国人的声调;像他这么个笨蛋,总算学得挺像。我模仿不出他那个声调,所以我也就干脆不打算学他;可是他的确说得挺像。后来他说:

"你扮个聋子和哑巴行不行,不吉利滑头?"

公爵说,尽管放心让他去扮;他说他在戏台上扮过聋子和哑巴。于是他们就等轮船过来。

大约在下午过了一半的时候,有两只小船过来了,可是都不是从上游老远开来的;后来终归有了一只大船,他们就对它打了招呼。船上把小划子放过来,我们就上了大船。这只船是从辛辛那提来的,他们听说我们只要搭四五英里地,简直气得要命,把我们骂了一顿,还说不肯让我们上岸。可是国王一点也不着急。他说:

"只要搭船的先生们出得起钱,走一英里给一块大洋,叫你们派小划子接送,那你们轮船上也就上算,可以让他们搭船吧,是不是?"

于是他们就和气起来,说是不成问题;我们到了那个庄子的时候,他们就用小划子送我们上了岸。岸上有二十多个人看见小划子过来,就一齐跑到河边来了。后来国王就说:

"你们诸位有谁能告诉我,彼得·威尔克斯先生住在什么地方吗?"他们彼此望一眼,又点点头,好像是说:"我说对了没有?"随后他们当中就有一个人挺和气、挺斯文地说:

"真对不起,先生,我们现在可只能告诉您,**昨天晚上**他住在什么地方。"

一眨眼的工夫,这无赖的老家伙简直就撑持不住了,他一下子倒在那个人身上,把下巴靠在人家肩膀上,在他背后把脸朝下哭起来,一面说:

"哎呀,哎呀,苦命的兄弟啊——想不到他就死了,我们没来得及见他一面;啊,这实在太伤心、太伤心了!"他接着就转过身去,哭着脸伸手冲公爵做了许多莫名其妙的手势,结果这家伙也扔下一只手提包,哇哇地哭开了。这两个骗子手呀,他们要不是顶无赖的家伙才怪呢,这种坏蛋我真是一辈子没见过。

那些人都围拢来,对他们很表同情,说了许多安慰他们的话,还替他们提着手提包往山上去,让这两个家伙靠在他们身上哭,他们还对国王把他兄弟临死的情形一五一十地说了一遍,国王就拿手比画着把这些事再告诉公爵一遍,于是他们俩又为这位刚死的硝皮厂老板哭得伤心透了,就好像十二门徒都死光了似的。嗐,我要是见过这种事情的话,那我简直就不算人了。这种丢脸的事,真是叫人替整个人类害臊呢。

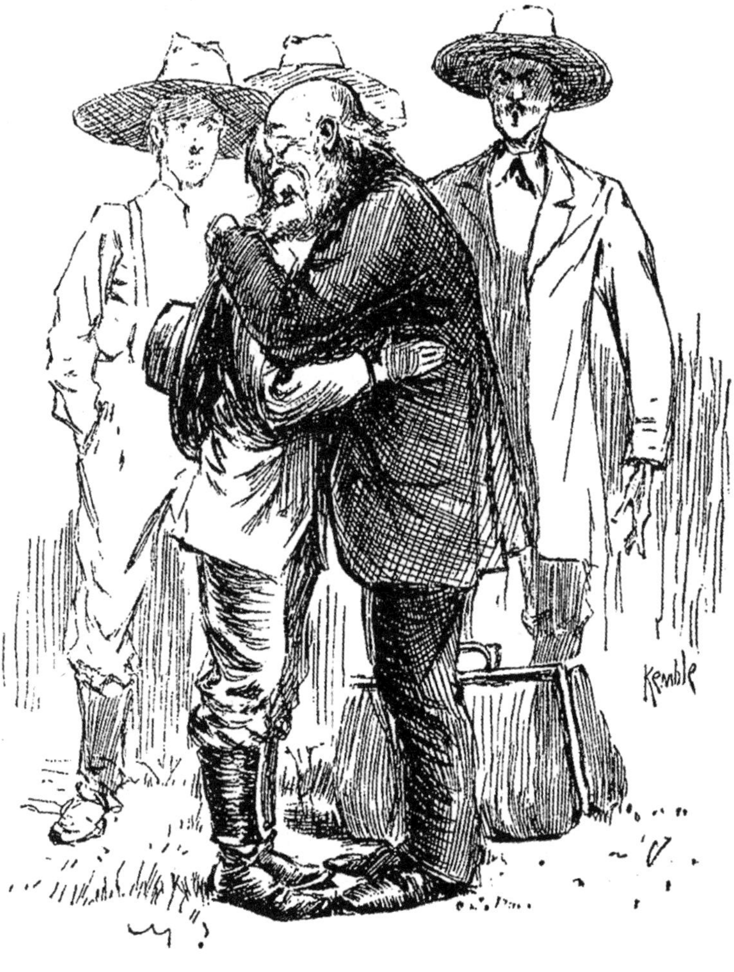
Kemble

第二十五章　伤心痛哭，信口胡说

不过两分钟，消息就传遍了全镇，你可以看见大伙儿从四面八方飞跑过来，有些人还在一边跑一边穿衣服。不大工夫，我们就让一大堆人围住了，脚步的声音简直像部队开拔一样。家家户户，窗户里和大门口院子里都挤满了人；过不了一会儿，就有人从矮墙里面问：

"是他们两位来了吗？"

于是跟着这伙人一起跑的人当中就会有人回答说：

"那还有错！"

我们到了威尔克斯家门前的时候，前面那条街上挤满了人，三个姑娘都在门口站着。玛丽·洁恩果然是红头发，可是这倒没关系，她还是漂亮得要命，她脸上和眼睛里都高兴得发出光彩，因为她一见伯伯和叔叔来了，真是欢喜透了。国王把胳臂伸开，玛丽·洁恩就跳过去抱住他，缺嘴就跳过去抱住公爵，这下子可真热闹开了！大伙儿看见他们终归见了面，那么痛快，每个人，至少是娘儿们，都高兴得差点儿淌下眼泪来了。

后来国王悄悄儿把公爵推了一把——我瞧见他这么做的——接着他就向周围望了一下，瞧见了棺材，在一个旮旯儿里放在两把椅子上；随后他和公爵各人用一只胳臂彼此挽着肩膀，拿另外那只手捂着眼睛，一本正经地慢慢儿走过去，大伙儿都往后退，给他们让路，说话和别的声音全都停住了，有些人"嘘"了一声，男人家就通通摘下帽子，低下头来，于是就鸦雀无声，连一根针掉在地下都听得见。他们俩走到棺材跟前，弯下腰去，朝棺材里面望了一眼，接着就哇哇地大哭起来，那哭声差不多在奥尔良都能听见；随后他们又彼此抱住脖子，把下巴贴在对方的肩膀上；这下子他们就放开"自来水"，流了三四分钟，我一辈子也没见过两个男子汉哭得这么凶。嚏，你听着吧，大伙儿全都哭开了；那屋子里让眼泪把满地都弄湿了,我一辈子也没见过这种样子。后来他们俩就有一个走到棺材这一边,另一个走到那一边,他们跪在地下,把脑门子靠在棺材上,假装着悄悄儿祷告。他们这一着可把那些人都弄得难受极了,那样子你上哪儿也看不到;大伙儿都忍不住了,干脆就大声哭起来——那几个可怜的姑娘也哭开了;差不多每个娘儿们都上这几个姑娘跟前去,一句话也不说,一本正经地亲她们的脑门子,还把手按在她们头上,淌着眼泪,仰起头来朝天上望,然后又哇哇地哭起来,一面抽抽噎噎地哭,一面擦着眼泪走开,让紧挨着的娘儿们也能来这么一套。这真是叫人恶心的事情,我一辈子都没见过。

后来国王站起来,往前走了几步,拼命做作了一番,怪伤心地给大家说了一段话,他一把鼻涕一把眼泪地说着,满嘴瞎扯一阵,他说他和那可怜的兄弟死掉了弟兄,他们从四千英里外老远赶来,没赶上在他去世以前见见面,实在是一桩伤心的事情,可是大家对他们这番同情和圣洁的眼泪却给他们的伤心事添了一股甜蜜的滋味,把它变成了一桩神圣的事情,所以他从自己心坎里和他兄弟的心坎里感激大家,因为他们嘴里说不出来,说得出的话太没有劲、太缺乏热情了,他说了一大套这种不要脸的废话,简直叫人恶心透了;后来他装出诚心诚意的样子,哭哭啼啼地说了一声"亚门"收场,说完又拉开嗓子,哇哇地哭得死去活来。

他的话刚说完,那一群人里就有个离得远点的人唱起赞美诗,大伙儿都拼命大声地跟着唱,这阵歌声叫你听了心里热乎乎的,觉得挺痛快,就像是做完了礼拜散会的时候那样。唱歌果然是一件好事;我听完那一套哄人的废话之后,觉得从来没见过唱歌的声音像这样叫人精神爽快,也没有这样实在,这样好听。

随后国王又信口说开了,他说他和他的侄女们很希望这家的最要好的朋友们今天晚上能有几位留下来和他们一起吃晚饭,帮忙料理后事;他说他的兄弟躺在那儿,要是会说话,他准知道应该请哪几位,因为那些人的名字是和他顶亲近的,他常在信里提到他们;所以他现在也就要请这几位,那就是——霍布生牧师,洛特·荷斐执事,贝恩·勒克先生,还有阿布纳·舍克尔福德,莱维·贝尔,还有罗宾逊大夫,和他们的太太,还有巴特莱寡妇。

霍布生牧师和罗宾逊大夫一同到镇上顶远的地方干他们的拿手事儿去了——我的意思是说,大夫去把一个病人送到阴间,牧师帮着给他指路去了。贝尔律师出远门到路易士维尔出差去了。可是别的几位都在眼前,所以他们都过来和国王拉手,向他道谢,和他谈话;随后他们又和公爵拉手,可是一句话也不说,公爵做了各式各样的手势,嘴里老是"咕——咕——咕——咕—咕"地说个不停,就像个不会说话的娃娃一样,他们就老是赔着笑脸,点点头,活像一群傻子似的。

于是国王又打开话匣子说下去,故意提到镇上一些人和狗的名字,打听他们的消息,差不多个个都问到了,并且还提到这镇上从前什么时候发生过的许多小事情,或是乔治家里的事,或是关于彼得的事。他老是装着那是彼得写信告诉他的;可是这明明是撒谎:他说的这些事情没有一样不是他从我们划到轮船上去的那个年轻傻瓜那儿打听出来的。

后来玛丽·洁恩把她父亲临死的时候留下的那封信拿出来,国王就接过来大声地念,一面还哭得怪伤心。那信里说要把这所住宅和三千块金圆留给那三个姑娘;把那个生意挺好的硝皮厂和值得七千来块钱的几所别的房子和地产,还有三千块金圆,都给哈尔斐和威廉,还说明了那六千块现钱在地窖子里什么地方藏着。于是这两个骗子手就说他们要去把这笔钱拿出来,公公道道、光明正大地处理;他们叫我拿支蜡烛跟着去。我们到了地窖子里,就把门关上,他们找到了那一口袋钱,就把它倒在地下,那才真是叫人看了眼馋呢,全是些晃亮的金圆。嗐,国王的眼睛直发亮,那股神气呀!他在公爵肩膀上拍了一下,说:

"啊,这可真是比什么都棒呀!啊,我看再没有比这更棒的了!嗐,不吉利,这该赛过了'皇家奇物'吧,是不是?"

公爵也说的确不错。他们把那些金圆抓在手里,再让它们从手指缝里溜到地下,掉得丁零丁零地响;于是国王说:

"光说空话没用;不吉利,咱俩冒充死了的阔佬的弟兄,代表他家里留在国外的继承人,真是拿手得很。这个运气是相信天命的结果。归根结蒂,还是这么着顶好。什么办法我都试过,再没有比这更好的了。"

有了这一大堆钱,我想差不多谁也会心满意足,相信数目不错;可是他们偏不信,非数一数不放心。所以他们就数了,结果少四百一十五块。国王说:

"他妈的真浑蛋,不知道他把那四百一十五块钱拿去干吗去了?"

他们为这事儿着了一会儿急,到处搜了一阵。后来公爵说:

"唉,他害病害得不轻,大概是他弄错了——我猜就是这么回事。最好是随它去,不提这回事。少这几个钱咱们不在乎。"

"啊,废话,咱们倒是不在乎。这点钱我根本不放在眼里——我是在想着钱数不符的问题。你要知道,咱们得做得公公道道,光明正大,叫大伙儿看着呀。咱们得把这些钱扛上去,当众点清数目——那就没什么显得可疑的了。可是你要知道,死人既然说是有六千块钱,咱们就不能……"

"别说了。"公爵说,"咱们把钱数凑足吧。"他就掏起腰包来,掏出了一些金圆。

"公爵,这可是个妙不可言的好主意呀——你这脑筋可真是灵活透了。"国王说,"咱们那'皇家奇物'老把戏可不是又帮了咱们的大忙吗。"他也掏起腰包来,掏出了一些金圆,一堆一堆地摆在地下。

这么一来,他们差点儿把腰包掏空了,总算凑足了那六千块钱,一个也不少。

"嘿,"公爵说,"我还有个好主意。咱们到上面去,把钱数一数,数完了就交给那几个姑娘。"

"我的天哪,真有你的,公爵,让我搂你一下吧!这么个高明透顶的主意,真是谁也想不出呀。你这脑筋实在是呱呱叫,我一辈子没见过。啊,这当然是绝顶的妙计,准没错。她们要是爱犯疑心的话,这下子就让她们再去犯吧——这一着可准能把她们哄住了。"

我们到了上面的时候,大伙儿都冲桌子跟前围拢来,国王就把钱数一数,摆成一摞一摞,每一摞是三百块——规规矩矩地摆了二十摞。人人都瞧着眼馋,直舔舌头。随后他们又把那些钱抓到口袋里装着,这下子我就瞧见国王又摆出一副挺神气的样子,给大伙儿说了一番话。他说:

"各位亲友,那边躺着的我这位可怜的兄弟,对他身后留在人间为他伤心的人,是很慷慨的。这几个死了父母、无依无靠的可怜的好孩子,他都挺爱,照顾得挺好,他对她们是很慷慨的。是的,我们凡是了解他的人都知道,他要不是担心他的亲爱的兄弟威廉和我感到委屈的话,那对她们就会更加慷慨。诸位,**对不对**?这是不成问题的,我心里很明白。那么,在眼前这种时候,做弟兄的要是不成全他这番好心肠,那还算什么弟兄呢?假如在眼前这种时候,眼看着他所心疼的可怜的好孩子,我们还打算把她们的钱抢过去——是呀,**抢过去**——那还算什么叔伯呢?我要是了解威廉的话——我相信是了解的——他呀——得,我还是问问他吧。"他转过身去,拿双手冲着公爵做了许多手势,公爵呆头呆脑地望着他,望了一阵;后来突然一下子,他好像是明白了他的意思,就冲国王跳过来,高兴得"咕咕"地拼命直嚷,把他搂了十几回才放手。随后国王就说:"我本来就知道嘛;我看这总可以叫大伙儿相信,他对这桩事情是怎么个想法。来吧,玛丽·洁恩,苏珊,琼纳,把钱拿去吧——**通通拿去**。这是那边躺着的那位老辈子送给你们的,他虽然死了,还是会高兴的。"

玛丽·洁恩就往他跟前去,苏珊和缺嘴都跑到公爵那儿,跟着又搂呀、亲呀,那股子亲热劲儿我真没见过。大伙儿都含着满眶的眼泪围拢来,和这两个骗子拉手,差点儿把他们的手都拉掉了,他们老是一面说:

"你们这两位**好心肠**的人呀!——多了不起!——怎么这么好呀!"

后来过了不大工夫,所有的人又谈起死者来了,都说他怎么怎么好,他死了多么可惜,和这一类的话;再待了一会儿,就有一个面孔挺厉害的大个子从外面挤进来,站在一边听着望着,一声不响;也没有人和他说话,因为国王的话还没有说完,他们都忙着听呢。国王正在说——他有一段话说开了头,正说到了半中间——

"……他们都是死者特别要好的朋友。所以今天晚上就邀请他们吃晚饭;可是明天我们可得请大家都来——个个都来;因为他对大家都很尊重,都很喜欢,所以他这场伤礼当然应该请大家都参加才行。"

他这么稀里糊涂地老说个没完,自己好像还听得怪有劲似的,他说

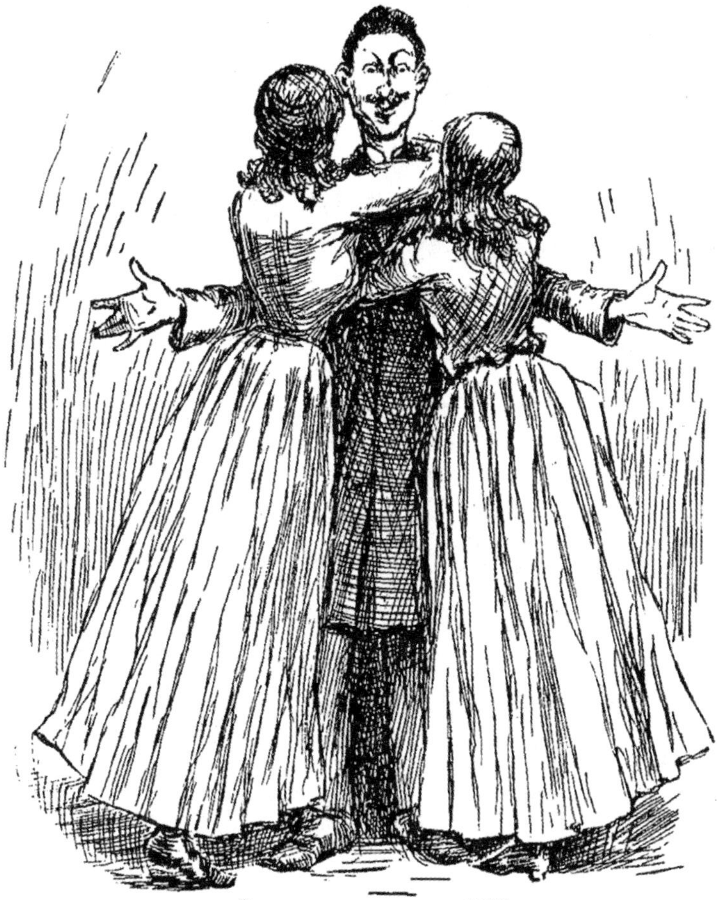

不上几句又提起他那"伤礼",后来公爵实在听得憋不住了;于是他就在一小块纸上写了几个字:"丧礼,你这老糊涂蛋!"他把纸条叠起来,一面"咕咕"地叫,一面从别人头上给他递过去。国王接过来看了一下,就把它塞到口袋里,说:

"可怜的威廉啊,他虽然是个残废人,心里可老是挺明白。他叫我邀请大家都来参加出殡——叫我对大家表示欢迎。可是他用不着操这份儿心——我正在欢迎大家来哪。"

于是他又从从容容地瞎扯下去,过不了一会儿又说出他那"伤礼"来,和起先说的一样。说到第三遍的时候,他就说:

"我说'伤礼',并不是因为这是个普通的名词,这个名词的确不通用——平常都说'丧礼'——我说'伤礼',是因为这个名词才正确。现在'丧礼'这两个字在英国已经不通用了——算是作废了。现在我们在英国都说'伤礼'。'伤礼'的确是比较好一些,因为它把我们所要表达的意思说得清楚多了。'伤'字是希腊文的'人'字和希伯来文的'歹'字拼成的①;人是指吊丧和送殡的人,歹就是太阳,代表晴朗的天气;'伤礼'就是吊丧和送殡的人挑一个挺好的日子,怪伤心地给死者送葬的意思。所以'伤礼'就是出殡的典礼,你知道吧。"

他真是我一辈子没见过的顶坏的坏蛋呀。哼,那个面孔挺厉害的人冲着他哈哈大笑起来了。大伙儿都吓了一跳。大伙儿都说:"嗐,大夫你怎么啦!"阿布纳·舍克尔福德说:

"嗐,罗宾逊,你还没听见这消息吗?这就是哈尔斐·威尔克斯呀。"

国王挺热心地笑着,把手伸过来说:

"这位原来是我那可怜的兄弟的好朋友,当大夫的吗?我……"

"你的手可别碰我!"医生说,"你这像英国人,是不是?我从来没听见过学得这么糟糕的。你是彼得·威尔克斯的哥哥!你是个骗子,准没错!"

---

① "国王"信口开河地瞎编了两个字头字尾,冒充希腊文和希伯来文,译文改成了两个中国字。

好家伙,大伙儿多埋怨啊!他们都围拢大夫身边,极力叫他平静下来,极力向他解释,告诉他说哈尔斐已经说了许多事情证明他的确是哈尔斐,大家的名字他都知道,连狗的名字他也知道,他们苦苦地央求他,千万别伤哈尔斐的感情,别叫那三个姑娘伤心,还说了些这类的话。可是那都白说了;他大发脾气,说是谁要想冒充英国人,可是英国话又学得那么糟,那就分明是个骗子,是撒谎的。那几个可怜的姑娘搂着国王的脖子直哭,后来医生突然一下子冲着她们说话了。他说:

"我是你们父亲的朋友,也是你们的朋友;我这个朋友是对你们实心实意的,很愿意保护你们,不叫你们上当,不叫你们遭殃,现在我以朋友的资格提醒你们,千万别理这个坏蛋,快跟他断绝关系,他是个什么也不懂的流氓,他说的什么希腊文和希伯来文,其实都是胡说八道。他这种骗子手是顶容易识破的——他在别处打听了一大堆空空洞洞的名字和事情,就上这儿来骗人;你们也就真把这些当成证明,这些糊里糊涂的朋友们见识也不够,他们都算是帮了这个骗子的忙,叫你们大上其当。玛丽·洁恩·威尔克斯,你知道我是你的朋友,并且还是个没有私心的朋友。你可千万听我的话;快把这个流氓撵出去——我央求你这么做。行不行?"

玛丽·洁恩挺直了身子,嘿,她可真漂亮呀!她说:

"这就是我的回答。"她提起那一袋钱,放在国王手里,说,"请您把这六千块钱拿去,替我们姐妹三人跟人家搭个伙儿做做买卖,您爱怎么办就怎么办吧,也用不着打收条给我们。"

随后她在一边搂着国王,苏珊和缺嘴在另外一边搂着他。大伙儿都拍掌,还在地下跺脚,跺得像打雷那么响,这时候国王就把头抬得高高的,挺得意地笑着。医生说:

"好吧;这事情我可不管了。可是我警告你们大家,很快就会有这么一天,你们只要一想起今天这种情形,就会觉得不是个滋味儿。"他说完就走了。

"好吧,大夫,"国王有点跟他开玩笑似的,说,"我们想法子劝她们来请您好了。"这一说把大伙儿都逗得哈哈大笑,他们都说这一句真是把他挖苦得够呛。

第二十六章　我偷了国王骗来的钱

　　后来大家都走了,国王就问玛丽·洁恩有没有多余的房间,她说她有一个空房间,可以给威廉叔叔住,她自己的卧房比较大一点,她愿意让给哈尔斐伯伯住,她可以上她妹妹的房里去,在一张小床上睡觉;顶楼上有一间小屋子,里面摆着一个小铺。国王说把那间小屋子给他的跟班住就行了——他这指的就是我。
　　于是玛丽·洁恩就把我们带上楼去,她领着我们看她们的房间,都很朴素,可是都挺好。她说她的衣服和一些别的东西在屋子里搁着,要是哈尔斐伯伯觉得不方便,她可以拿出去,可是他说那并不碍事。衣服是顺着墙挂着的,前面还有一道花布做的帘子,一直拖到地下。有一个旮旯儿里摆着一只马尾编的旧箱子,另外一个旮旯儿里摆着一只吉他盒子,屋子里还满处摆着各式各样的小玩意儿和小摆设,就像小姑娘们装饰屋子使的那些东西。国王说摆着这些东西,更加显得朴素,更加有趣,所以还是不要动它。公爵的房间小得很,可是也够好的,连我那小屋子也不错。
　　那天晚上摆了挺丰富的一桌菜,男男女女,大家坐在一起吃,我就站在国王和公爵背后,伺候他们,那些黑人就伺候着其余的人。玛丽·洁恩在桌子当头坐着,苏珊坐在她身边,洁恩说面包怎么怎么难吃,果酱怎么怎么糟糕,炸小鸡又怎么怎么没味道,炸得不脆——尽是这些废话,女人家说这些,反正是为的逗人家说些恭维话;大家都知道什么都是呱呱叫的,当然也就这么说——他们说:"你们的面包怎么烤得**这么黄、这么漂亮呢?**""天哪,你们这种泡菜是**哪儿来的?**"反正是这套假惺惺的敷衍话,吃饭的时候,人家老爱说这些,你知道吧。
　　大伙儿吃完了的时候,我和缺嘴就在厨房里吃点残汤剩菜,别人就帮着那些黑人收拾东西,缺嘴一个劲儿直问我英国的事情,真糟糕,有

时候真叫我觉得招架不住,挺容易让她问出毛病来。她说:

"你见过国王吗?"

"谁?威廉四世吗?嗐,那还用说——他上我们那礼拜堂去做礼拜呢。"我知道他早就死了,可是我不露出来。所以我一说他上我们教堂里去,她就问:

"怎么——常去吗?"

"是呀——常去。他的座位跟我们的正对着——在讲坛的另外一边。"

"我想他大概是住在伦敦吧?"

"啊,对啦。他不住伦敦还能住哪儿?"

"可是你住在舍斐尔得呀!"

我知道这下子糟了。我只好假装着让鸡骨头卡住了嗓子,借此拖延点时间,好想一想怎么下台。后来我就说:

"我是说他在舍斐尔得的时候,就常上我们那教堂去。只有在夏天,他才上那儿去洗海水澡。"

"咦,你真说得奇怪——舍斐尔得并不在海边上呀。"

"嗐,谁说它在海边上来着?"

"咦,你说的呀。"

"我可没说这话。"

"你说了!"

"我没说。"

"你说了。"

"我压根儿没说这种话。"

"那么,你说什么来着?"

"我说的是他来洗海水澡——我只这么说来着。"

"嗐,那么,你们那地方既不在海边上,他又怎么能洗海水澡呢?"

"你听我说嘛,"我说,"你见过国会泉水吗?"

"见过。"

"那么,你是不是要上国会去才能弄到这种泉水呢?"

"啊,当然不用。"

"对啦,威廉四世也就用不着到海边上去,就可以洗海水澡。"

"那么,他怎么洗呢?"

"就像这儿的人弄到国会泉水一样——用桶子提的。在舍斐尔得的皇宫里,装着火炉子,他要把水烧热才行。要是在海里,那可没法儿把那么多水都烧开。他们没有那种设备。"

"啊,我明白了。你要是先说明这个,那就省得问这么大工夫了。"

她一说这话,我就知道我又敷衍过去了,所以我就觉得挺舒服,挺高兴。随后她又问:

"你也上教堂去吗?"

"是呀——常去。"

"你坐在哪儿?"

"嗐,当然是在我们的座位上呀。"

"谁的座位上?"

"嗐,我们的——你的哈尔斐伯伯的。"

"他的座位?他要个座位干吗?"

"要座位坐呀。你当他要座位干吗?"

"啊,我还以为他在讲坛上哪。"

糟糕,我忘记他是个牧师了。我知道我又露了马脚,所以我又让鸡骨头卡住嗓子,想了一想。然后我就说:

"笑话,你当是教堂里只有一个牧师吗?"

"咦,牧师多了有什么用?"

"怎么!——在国王面前讲道还能只有一个牧师?我从来没见过你这种傻姑娘。通共有十七个哪。"

"十七个!天哪!嗐,我可不会去听那一长串,哪怕我永远不得升天,我也不干。那不是要讲一个星期吗?"

"瞎说,他们并不是个个都在一天讲道呀——一回只有一个人讲。"

"那么,其余那些牧师做什么事?"

"啊,没有多少事情做。到处随便走走,递递捐款的盘子——干些零碎事情。可是他们通常什么也不干。"

"那么,要他们干吗?"

"嗐,他们是装场面的嘛。难道你什么都不懂吗?"

"哼,这种傻事儿我可不想要懂得。英国人对待用人怎么样?是不是比我们这儿对黑人好一点?"

"不!用人在那儿简直是一钱不值。他们对用人真是连狗都不如。"

"他们也给用人放假吗?像我们这儿似的,譬如圣诞节到新年放一个星期,还有七月四号国庆节。"

"啊,听我说吧!光凭这个,人家就知道你准是没到过英国。唉,缺——唉,琼纳,他们一年到头连一天的假都没有呀;一辈子也不能去看马戏,也不能进戏园子,或是看黑人的表演,哪儿也不能去。"

"不做礼拜吗?"

"不做。"

"可是你不是常上教堂吗?"

糟糕,我又让她问住了。我忘了我是老头儿的用人。可是我马上就开动脑筋,想出了一个理由,说是跟班和普通用人不一样,不管他愿不愿意,都非上教堂不可,还得和主人家一家人坐在一起,因为那是法律规定的。可是我说得不像,所以我说完之后,她还是不满意。她说:

"说老实话,你是不是撒了一大堆谎呀?"

"我说的全是实话。"我说。

"一句谎话也没有吗?"

"一句谎话也没有,全是实话。"我说。

"把手按在这本书上,赌个咒吧。"

我一看那不过是一本字典,并不是《圣经》,所以我就把手按在那上面,赌了个咒。于是她就稍微满意一点了,她说:

"这下子你的话有些我是相信了;可是,天哪,还有些我怎么也不相信。"

这时候玛丽·洁恩刚巧走进厨房里来,后面还跟着苏珊。"哪些话你还不相信呢,琼妹?"洁恩说,"你对他说这种话,未免不大妥当,也太不客气了;他是在这儿做客,离自己的亲人老远呀。人家要是这么对你,你会乐意吗?"

"玛姐,你老是这样——人家还没受什么委屈,你就老爱先来帮着解围。我又没得罪他。我猜他说了些胡扯的话,我就说我不能全都相信;我说的就是这样,别的一点儿也没多说。我想这么一句不相干的话他是不会见怪的,是不是?"

"我不管是一点儿还是两点儿;反正他是在咱们家里做客,你对他这么说就太不客气。你要是处在他这个地位的话,那你听了这种话也会觉得难为情吧;所以你就不应该对别人说什么话,弄得人家难为情。"

"嗐,玛姐,他说……"

"不管他说什么,都不相干——问题不在这个。最要紧的是你得对他客客气气,不能说些不顺耳的话,惹得人家想起自己不在老家,不跟自己的亲人在一起。"

我心里想,这么好个姑娘,我可睁着眼睛看着那老坏蛋把她的钱抢掉不管!

随后苏珊也连忙插进嘴来;信不信由你,她也把缺嘴骂得狗血淋头!

我心里想,这又是个好心的姑娘,我也打算让他去抢她的钱,睁着眼睛不管!

随后玛丽·洁恩又把缺嘴训了一顿,接着她又轻言细语地劝了她一阵——她老爱这样做;等她说完了的时候,可怜的缺嘴简直就一点儿也不敢犟嘴了。所以她就哇哇地哭起来。

"那么,好吧,"她那两个姐姐说,"你干脆给他赔个不是吧。"

她也就照办了;她赔不是还赔得真嘴甜呢。她说的那些话真叫人听了舒服;我简直恨不得给她撒一千句谎,好让她再给我赔一回不是哪。

我心想,瞧这个小傻子,我也打算装聋装瞎,偏让那家伙去抢掉她的钱呀。等她给我赔完了不是的时候,她们姐妹三个就一齐想方设法叫我心里舒服,觉得是和好朋友在一起。我实在觉得自己太不像话,太不要脸,所以我心里想,这下子可打定主意了;我豁着这条命也得把那些钱弄回来。

于是我就溜出去了——我说是睡觉去,其实是想着先不忙睡。等我离开了她们,只剩下自己一人的时候,我又把这桩事情在心里盘算起来。我心想,能不能悄悄儿去找那个大夫,把那两个骗子手揭穿呢?不——那可不行。他也许会说出是谁告诉他的;那么国王和公爵就会狠狠地收拾我。我悄悄儿告诉玛丽·洁恩行不行呢?不行——我不敢那么做。她脸上准会露出来,叫他们看出毛病;钱在他们手里,他们马上就会溜出去,把钱带走。她要是上外面去请人来帮忙,那我估计还不等这桩事情了结,我就会弄得脱不了手。不行;只有一个办法,别的全都行不通。我得想法子把那些钱偷出来;并且还得用个很巧的办法去偷,叫他们不会疑心是我干的。他们在这儿走了好运,非得等他们把这家人和这个镇上要到底,他们是不会走的,所以我还来得及找机会下手。我要把它偷出来藏起;后来等我到了大河下游的时候,我就可以给玛丽·洁恩写封信来,告诉她钱在什么地方藏着。可是我只要能下手,顶好是今晚上就把钱弄出来,因为那大夫尽管假装说过他不管这桩事了,其实未必就当真不管;他说不定还会把他们吓跑呢。

所以我就想,我得先上他们屋子里去找一找。楼上过道里是漆黑的,可是我还是找到了公爵的房间,就用两只手到处摸;可是我想起了国王大概不会让别人保管那些钱,非得放在自己手边不行;所以我就上他屋里去,到处乱找一阵。可是我想没有蜡烛是不行的,要是点起蜡烛来找,我当然又不敢。所以我想我就得另外想个办法——藏起来偷听他们说话。正好在这时候,我听见他们的脚步走过来了,我就打算钻到床底下去;我伸手去摸床,可是床并没有在我所想着的地方;偏巧我碰着了玛丽·洁恩挂着挡衣服的那道布帘子,于是我就一脚跳到那后面,在那些长衣服当中藏起来,不声不响地在那儿站着。

他们进来,把门关上了;公爵的第一着就是弯下腰去,往床底下看了一下。这下子我倒很高兴,刚才我想摸那床铺,幸亏没有摸着。可是,你知道吧,你要是打算偷听什么秘密,那你就自自然然会想要藏在床底下。他们俩坐下来,国王就说:

"嗐,究竟是怎么回事?你不该这么早就把话打断,硬叫我走开呀,因为咱们先上楼来,让他们在下面有机会嘀咕咱们,还不如待在底下,多哄着大伙儿说些哀悼死人的话呢。"

"唉,是这么回事,皇上。我心里老不踏实;我老觉得不对劲儿。那个大夫老让我放心不下。我想要知道你打算怎么办。我也有个主意,我觉得还挺不错哪。"

"你有个什么主意,公爵?"

"我看咱们最好是还不到清早三点钟就从这儿溜出去,拿着咱们已经到手的这一份趁早往大河下游跑。尤其是因为这笔钱来得这么容易——咱们本来当然是估计要偷回来的,可是人家偏要把它交还给咱们,简直可以说是天上掉下来的。我是主张趁早收场,赶快溜掉。"

这可真叫我着急了。要是在一两个钟头以前的话,那还要不同一点,可是这时候我一听这话就挺着急,挺失望。国王生着气说:

"什么!不把别的产业全卖掉就走?好好的八九千块钱的产业,只等着咱们捞到手,咱们可偏要把它丢在这儿,像两个大傻瓜似的一个劲儿走开?——这些产业还都是呱呱叫的、挺好卖的东西呢。"

公爵还是咕噜咕噜地直抱怨;他说那一口袋金圆就够了,不愿意再往下搞——不愿意把那几个孤儿所有的东西全给抢光。

"嗐,你怎么这么说!"国王说,"除了这点钱而外,咱们什么也不会抢掉她们的。倒霉的是买到这些产业的人;因为只要弄清楚了这些产业不归咱们所有——咱们溜掉之后,人家马上就明白了——那么这些买卖就作为无效,卖掉的也就全都得归还原主。这几个孤儿还能把房子拿回来,她们有了房子也就够了;她们都还年轻,挺有劲儿,满可以挣钱过日子。她们倒是不会吃苦的。唉,你想想吧——成千成万的人都没有她们这么好的光景呢。天理良心,她们可不会有什么可抱怨的。"

国王把他说得迷迷糊糊;所以他后来终归还是依了国王的话,就说好吧,可是他还是说在这儿待下去实在是荒唐透顶,还有那大夫老盯着他们。可是国王说:

"那大夫算个什么东西!咱们怕他干吗?镇上那些傻瓜们不是全给咱们撑腰吗?不管在哪个镇上,有了这么多人撑腰还不够吗?"

于是他们又准备下楼去。公爵说:

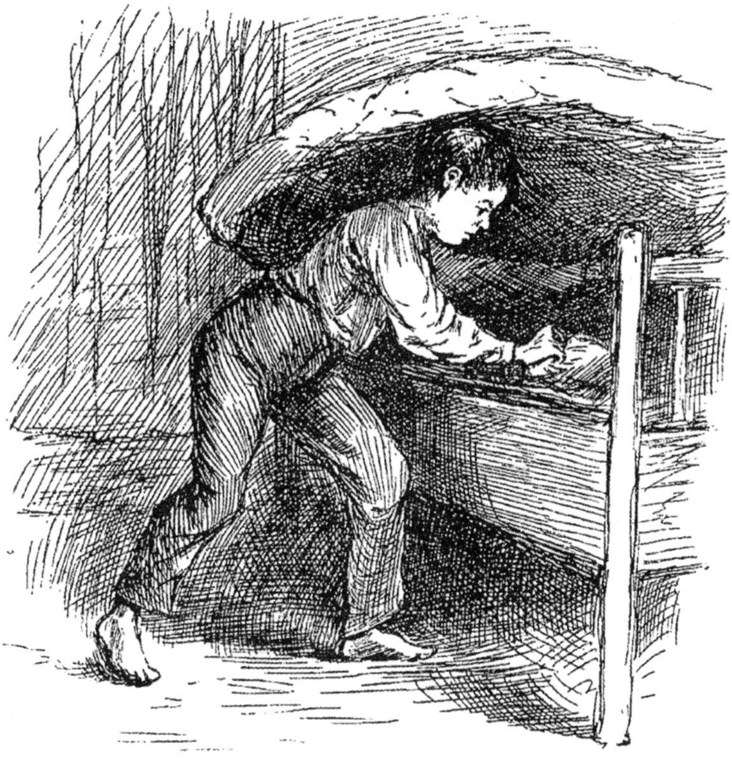

"我看咱们的钱藏的地方不大好。"

这倒叫我挺高兴。我本来正在想,恐怕一点线索都找不着呢。国王说:

"为什么?"

"因为玛丽·洁恩往后就得穿上孝衣;你要知道,她首先就会吩咐收拾这个屋子的黑人把这些衣服装到箱子里收起来;你想一个黑人见了钱,还能不顺手捞几个吗?"

"公爵,你的脑筋又清楚了。"国王说,于是他就走过来,在那布帘子底下摸了一阵,那儿离我站着的地方只有两三英尺远。我紧贴着墙,憋住气,可是吓得直哆嗦;我心里在想,要是他们这两个家伙抓住了我,不知会对我说些什么话;我还拼命盘算着,要是真让他们抓着了,又该怎么办才好。可是我还没来得及把这个念头想到一半,国王就把那口袋找着了,他根本没想到我就在他身边。他们拿着那口袋,把它从鹅绒褥子底下的草垫子当头一条裂口里塞进去,再往里面塞过去一二英尺,把它藏在草里面,说是这下可妥当了,因为黑人来理床,只把鹅绒褥子收拾收拾,草垫子要两年才翻晒一回,所以现在再也没有被偷的危险了。

可是我却知道这是靠不住的。他们下楼去还没有走到半路上,我就把那口袋取出来了。我摸索着上了楼,到我那小屋子里,先把它藏在那儿,再找个机会放到更妥当的地方去。我想最好是把它藏到这所房子外面一个什么地方,因为他们要是发现这一口袋的钱不见了,就会满屋到处去搜:这个我可清楚得很。后来我就上床睡觉,衣服还穿在身上;可是我哪怕是想睡,也睡不着,因为我急着要把这桩事情办妥。待了一会儿,我就听见国王和公爵上楼来了;于是我就从小床上滚下来,把下巴靠着梯子顶上,等着看有没有什么动静。可是结果并没有什么。

于是我就一直等了很久,等到深夜的声音全没有了,清早的声音还没有开始的时候;随后我就溜下楼去。

第二十七章　金圆归了棺材里的彼得

我悄悄儿走到他们门口,听了一会儿;他们都在打呼噜。于是我就踮着脚尖往前走,一直走到楼下。四处都没什么声音。我从饭厅门上一条缝里偷偷地看了一眼,看见守灵的人全都在椅子上睡着了。那扇门是通着客厅的,尸体就放在客厅里;两间屋子里都点着蜡烛。我一直走过去,客厅的大门也是开着的;可是我一看客厅里一个人也没有,光停着彼得的尸体;于是我就赶快从棺材旁边溜过去;可是前面的大门锁上了,钥匙又没在那儿。正在这时候,我听见背后有人下楼来了。我跑到客厅里,赶快往四处望了一下,发现只有棺材里可以藏得下那只口袋。棺材盖子往下面错着一英尺来宽,里面露着死人的面孔,上面还蒙着一块湿布,身上穿着寿衣。我把钱口袋塞到棺材盖子底下,正好搁在他双手交叉的地方下面一点,这下子我简直吓得浑身直打冷战,因为他那双手是冰凉的。我搁好之后,就从客厅那边跑回来,藏在门背后。

过来的人是玛丽·洁恩。她轻轻地走到棺材跟前,跪下来望着里面;随后她拿起手巾来捂住眼睛,我就看见她哭起来了,不过她的背是朝着我这边的,我听不见她的声音。我往外面溜,走过饭厅的时候,我想应该弄清楚,那些守灵的人的确没有看见我才行;所以我又从那条裂缝里望了一下,结果总算什么事也没有。他们都没有动弹。

我悄悄儿回去爬到床上,心里挺发愁,因为我为这桩事情费了那么多心,冒了那么大的危险,结果却弄成了这样,实在叫人难受。我心想,要是那些钱能在那儿,没有人动它,那就好了;因为我们只要到了大河下游一二百英里地,我就可以写信回来给玛丽·洁恩,她就可以把他挖出来,拿到那些钱;可是事情不会这么如意;人家给棺材盖上螺丝钉的时候,就难免要发现这一口袋钱。那么一来,就会再落到国王手里,那就不知要到什么时候,他才会让别人找到机会把那些钱再从他那儿偷出来。我当然很想再溜下楼去，把钱从棺材里取出来，可是我不敢这么试一试。现在离天亮一刻一刻地越来越近了，过不了多久，守灵的人有些就会醒过来，我说不定就要让他们瞧见——人家一看我手里拿着六千块钱，那是谁也没叫我保管的，我可怎么洗得清呀。我心里琢磨着，我可不愿意把自己搅在这种事情里面，弄得脱不了手。

第二天早上我下楼去的时候，客厅已经关上了门，守灵的人都不在了。在场的只有这家里的人和巴特莱寡妇，还有我们这一伙子，另外什么人也没有了。我瞧了瞧他们的脸色，想看看是不是出了什么事，可是我摸不清楚。

快到中午的时候，殡仪馆的老板带着一个下手来了，他们把棺材抬到客厅当中，放在两把椅子上面，然后又把我们的椅子通通摆成一排一排，还从邻居人家借了一些来，把客厅、饭厅和门道里都摆满了。我看见棺材盖还是像原先那么摆着，可是有那么多人在场，我就不敢走过去往棺材里面望一望。

随后外面的人就一群群地挤进来，那两个骗子和三个姑娘在棺材的上头那一排座位上坐下了，于是有半个钟头的工夫，客人们排成单行，在屋里慢慢地绕着走，一个个低下头来，冲死人的脸上望一会儿，有的人还掉了眼泪；四下里清静得很，非常严肃，只有那三个姑娘和那两个骗子把手巾捂着眼睛，老低着头，有时候还抽抽噎噎地哭一两声。屋里什么声音也没有，只听见大伙儿的脚在地板上擦着响，还有擤鼻涕的声音——一到办丧事的地方，人家就老爱擤鼻涕，除了在教堂里，不管在什么地方都没有在这儿擤得多。

后来屋里挤满了人的时候，那位殡仪馆老板就戴着他那双黑手套，悄悄地、轻手轻脚地在屋里来回走动，把场面好好地打点打点，给客人和所有的事情都安排得整整齐齐，舒舒服服，他一点声音都没弄出来，就像一只猫似的。他一句话也不说；只管到处指挥客人，来迟了的他拉着人家挤进来，还叫别人给他们让开一条路，他做这些事，都只靠点点头，摆摆手，并不说话。然后他才走过去，贴着墙站着。我一辈子也没见过他这么个轻手轻脚、溜来溜去、偷偷摸摸的人；他脸上一点笑容也没有，活像一条火腿。

他们借来了一架风琴——是有毛病的;什么都弄好了的时候,就有个年轻的女人坐下来按琴,那声音简直是叽叽地叫、嘎嘎地响,大伙儿都跟着唱起来,照我的想法,只有彼得才有福气,乐得清闲。随后霍布生牧师就开始说话了,他一本正经地说得挺慢;可是地窖子里马上就有一阵汪汪的叫声,那种闹得要命的声音,简直是一辈子难得听到;其实也不过是一只狗,可是它实在叫得吓死人,并且还一个劲儿叫个不停;牧师先生就只好站在棺材跟前等着——那一阵叫声简直闹得你不知自己心里在想什么。那实在是别扭得很,大伙儿好像是谁也不知怎么办才好。可是只待了一会儿,他们就看见那个长腿的殡仪馆老板冲着牧师做了个手势,好像是说:"你别着急——这事儿交给我吧。"于是他就弯下腰,顺着墙往外溜,只有他的肩膀露在大伙儿头上。他就这样往外溜,那阵汪汪大叫的声音一直没有停,越来越吵得要命;后来他在客厅里顺着两面的墙走到了尽头,就钻进地窖子不见了。接着,只过了两秒来钟,我们就听见了一下使劲打狗的声音,那只狗拼命号叫了一两声,随后就完全安静下来了,于是牧师又从刚才说到半截的地方一本正经地接着往下说。再过了一两分钟,那个殡仪馆老板的背和肩膀又顺着墙溜过来了;他像这样一个劲儿往前溜,溜过了三面的墙,然后就站直身子,把双手遮在嘴上面,从人家头上冲着牧师伸出脖子,用沙哑的声音悄悄地说:"它抓住了一只耗子!"随后他又弯下腰去,顺着墙溜回原来的地方。你看得出他的报告使大家很满意,因为他们当然希望知道是怎么回事。干这种小事并不要花什么本钱,可也就是这些小事能使人让别人看得起,讨到别人的欢喜。像这位殡仪馆老板那样的人,这镇上再没有谁比他更受欢迎了。

唔,丧礼的讲道词倒是挺好,可就是长得太讨厌,腻味得很;随后国王又来了一套,说的还是他那老一套的废话,末了这套把戏总算是做完了,殡仪馆老板就拿着螺丝刀往棺材跟前悄悄儿走过来。这时候我可是急得要命,直睁着眼睛盯着他。可是他一点也不多事;只轻轻地把棺材盖子往上推正了,就拧上螺丝钉,把盖子拧得挺紧。这下子我可愣住了!我不知道那些钱在不在那里面。于是我心想要是有人悄悄儿把那口袋偷掉了呢?——我现在怎么知道到底该不该给玛丽·洁恩写信呢？要是她把他挖出来，结果什么也没找到，那她会对我怎么个想法呢？糟糕，我心想，说不定人家会捉拿我，把我关到牢里；所以我还不如瞒住这回事，假装不知道，根本不写什么信吧；这事情现在简直弄得糟糕透了；我本想把一桩坏事变成好事，结果反而弄糟了一百倍，我真他妈的后悔不该多管闲事，这桩事情真是晦气透了！

他们把死人埋了，我们就回家来，于是我又仔细看人家的脸色——我不由得要看，心里简直是七上八下。可是什么事也没有；我从他们脸上什么也没看出来。

那天晚上国王到处去串门，一张甜嘴说得人人都挺高兴，叫人家都挺喜欢跟他交朋友；他放出风去，叫人家相信他在英国的那一伙教友都挺着急，盼着他快回去，所以他不能不赶快把这里的遗产处理一下，趁早回老家去。他说他这么匆忙，实在抱歉得很，大伙儿也觉得难过；他们都希望他能多住些时候，可是他们又说他们也知道那是办不到的事。他说他和威廉当然要把那几个侄女都带回老家去；大伙儿一听这话，个个都很高兴，因为那么一来，这几个姑娘就常在亲人身边，一定会照应得挺好；姑娘们也很高兴——这下子可把她们逗得满心欢喜，简直忘记她们在人间遇到过什么倒霉事儿了；她们都叫国王爱怎么办就怎么办，尽管赶快把产业卖掉，她们说走就走。她们这几个可怜虫那么高兴，那么快活，我看着她们上人家的大当，受人家的欺哄，真是心痛，可是我又想不出妥当的办法，不敢插嘴说话，叫整个的事情变个样儿。

哈，国王果然马上就动手了，他贴出条子去，拍卖那所房子和那些黑人和所有的产业——在出殡过后两天举行；可是谁要是愿意预先私自来买，那也可以。

于是在出殡过后的第二天，大约在中午的时候，那几个姑娘的兴头就遭到了第一次打击。有两个黑人贩子来了，国王就按公道的价钱把那几个黑人卖给他们，换了一张什么三天的期票，于是他们就走了，那两个儿子到大河上游的孟斐斯去，他们的母亲到下游的奥尔良去。我想她们那几个姑娘和他们那几个黑人简直伤心得要命；他们哭成一团，那副伤心的样子，真叫我看了心里直发酸。那几个姑娘说，她们连做梦也从来没想到过要把这一家人拆散，也没想到会把他们从这镇上卖到

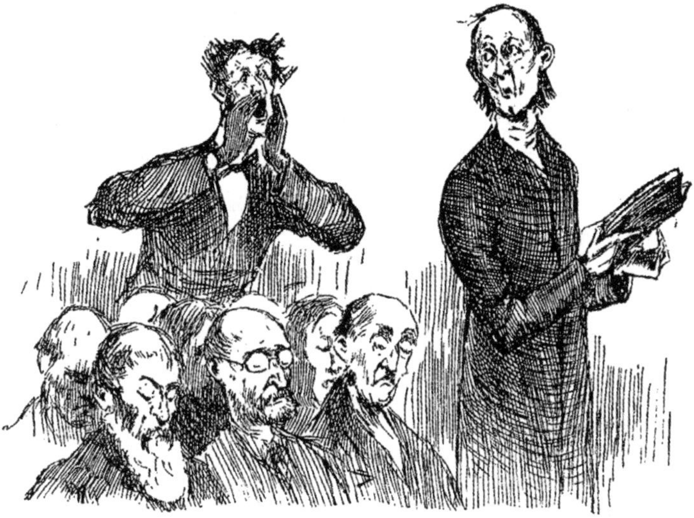

别处去。我亲眼瞧见那几个可怜的、难受得要命的姑娘和黑人彼此搂着脖子直哭,那种凄惨的情形我一辈子也忘不了;我要不是知道这个买卖终归会无效,那几个黑人过一两个星期就要回家来的话,我想我一定会受不了,一定会冲口而出,告发我们那两个坏蛋。

这事情在镇上也引起了一些风波,有许多人挺直爽地出来说话了,他们说像这样把那个母亲和她的孩子们拆散,实在做得太不像话。这有点儿叫那两个骗子手伤了面子;可是那老浑蛋还是一个劲儿硬干下去,不管公爵怎么说,怎么办,他都不睬。公爵心里可实在是七上八下,着急得要命呢。

第二天是拍卖的日期。早上天快大亮的时候,国王和公爵跑到顶楼上来,把我弄醒,我一看他们的脸色,就知道是出事了。国王说:

"你前天晚上上我房间里去了吗?"

"没有,陛下。"——除了我们这一伙,没有外人在场的时候,我老是这么称呼他。

"你昨天或是昨天晚上去过吗?"

"没有,陛下。"

"嘿,老实说呀——可别撒谎。"

"是在老实说呀,陛下,我给您说的全是实话。自从玛丽·洁恩小姐领着您和公爵上那儿去看那个房间之后,我就一直没上那跟前去过。"

公爵说:"你看见别人进去过吗?"

"没有,殿下,我确实记得是没看见谁进去过。"

"你别忙,好好儿想想看。"

我琢磨了一下,看出了有个空子可钻;于是我就说:

"啊,我看见那些黑人上那里面去过好几回。"

他们俩都轻轻地跳了一下,显出他们压根儿没料到的神气,随后又像是早就料到了似的。于是公爵说:

"怎么,他们都进去过吗?"

"不——至少是没有通通一齐进去——我是说,我记得从来没看见他们一齐从里面出来,只有那么一回。"

"嘿！那是哪一回？"

"是我们出殡那天。在早晨。那时候并不算太早,因为我睡得挺晚才起来。我正要下楼梯去,就瞧见了他们。"

"好吧,往下说,往下说呀！他们干什么来着？他们有些什么举动？"

"他们什么也没干。据我看,他们并没多少举动。他们踮着脚尖走开了;所以我很容易看出他们上那屋里,是想着陛下已经起来,给您收拾屋子去的,要不就是要干点儿别的事情;可是他们一看您还没起来,所以就想着只要还没把您吵醒,就希望赶快溜出来,免得把您吵醒,自找麻烦。"

"哎呀,这事儿可糟了！"国王说。他们俩都显得挺晦气,不知怎么办的样子。他们站在那儿,想了一阵,一面直抓脑袋,后来公爵嘎嘎地笑了几声,说:

"那些黑人耍这一手可真是耍得妙透了,谁也赛不过他们。他们还假装着不愿意离开这地方,显出怪难受的样子！我还相信他们当真是难受哪,你也相信,大伙儿都相信了。可别再给我说黑人没有演戏的天才了吧。嗐,他们耍这一手可实在耍得好,谁都得上当。依我看,简直可以靠他们发个财呢。我要是有本钱,有个戏园子的话,只要请到这么个戏班子,就比什么都强了——咱们可偏要把他们当破铜烂铁卖掉,卖那几个钱也不过够买一包烟的。可不是吗,就连这包烟眼前还抽不着哪。嘿,那包烟在哪儿——那张期票？"

"在银行里等着咱们去取款哪。你猜那笔钱还能在什么地方？"

"嗯,那倒可以放心了,谢天谢地。"

我就畏畏缩缩地说:"出了什么岔儿吗？"

国王转过身来冲着我,挺凶地嚷道:

"不关你的事！不许你瞎猜,少管闲事吧;最好是管管自己的事情——要是你也有什么事儿要操心的话。你只要在这镇上待一天,就别忘了这个——听见了吗？"随后他又对公爵说:"咱们只好哑巴吃黄连,根本不提这回事:不开口为妙。"

他们在梯子上往下走的时候,公爵又嘎嘎地笑着说:

"只图卖得快,不求多赚钱!这个买卖可真是做得好——是呀。"

国王龇牙瞪眼地冲他骂开了:

"我想法子赶快把他们卖掉,原是要把事情弄好呀。要是这趟买卖屁也没有捞到,还落个赔本,什么也带不走,那能全怨我不对吗?你的错难道比我小吗?"

"嗐,要是听我的话,他们就还在这儿待着,咱们可早就溜掉了。"

国王又拼命找了些勉强说得过去的道理顶了几句,跟着就转过身来,又拿我来出气。他埋怨我看见那些黑人从他屋里出来,那么鬼鬼祟祟,不该不来告诉他,所以就把我骂了个狗血淋头——他说随便哪个傻瓜也会知道事情不对头。后来他又收了缰,把他自己埋怨了一阵,说那全是因为那天早上他不该起得太早,没睡个懒觉,还说他往后一辈子也不那么做了。他们就这么吵着嘴走开了;我把这桩事情全给栽到那些黑人身上,可是对那些黑人又没什么害处,这一着可叫我高兴死了。

第二十八章　贪得无厌没有好下场

过了一会儿,就到了起床的时候。于是我就下了梯子,再往楼下去;可是我走过那几个姑娘门口的时候,房门是开着的,我瞧见玛丽·洁恩坐在她那只马尾编的旧箱子旁边,敞开箱子,本来在那儿往里面装东西——准备到英国去。可是这时候她把一件叠好的长袍放在腿上,没有再往下收拾,双手捂着脸,正在哭哪。我看她这种样子,简直难受得要命;当然谁看了也会难受。我就走进去说:

"玛丽·洁恩小姐,您看见人家倒霉就受不了,我也是一样——差不多老是这样。您这是怎么回事,给我说说吧。"

于是她就说了。果然是为了那些黑人——我早就猜透了。她说到英国去本是挺美的事情,可是这么一来差不多把她的兴致全都打掉了;她知道那个母亲和她的孩子们一辈子也不能再见面,就不相信自己到了英国怎么还能快活起来——于是她又放声大哭,哭得更伤心了,她把两只手往上甩着说:

"啊,天哪,天哪,他们母子从此就不能再见面了,想起来多难过呀!"

"可是他们会再见面——顶多两个礼拜的工夫——*我准知道!*"我说。

天哪,我连想都没有想就说出口来了!我还没来得及动弹一下,她就伸手搂住我的脖子,直叫我再说一遍,再说一遍,再说一遍!

我知道我说得太愣,说得太过火了,一下子不好拐弯。我要求她让我想一想;她就坐在那儿等着,挺着急,挺紧张,挺漂亮的样子,可又显得有点儿快活和放心,就像是个刚拔掉了牙的人似的。于是我就在心里琢磨起来了。我这么想,我猜一个人觉得左右为难的时候,要是干脆说出实话来,大概是免不了冒挺大的危险,虽然我还没有这种经验,说不准是不是这样；不过我反正觉得好像是这样；可是眼前这事情我可的确觉得说实话比撒谎强，并且实际上还更稳当些。我得放在心里，等往后再多想一想才行，因为这事情实在太特别，太不平常了。我从来没见过这样的事儿。后来我终归打定了主意，要碰碰运气看；我这回干脆说实话，虽然这么一来，简直就有点儿像是坐在一桶火药上面，楞把它点着，看看自己到底会让它轰到哪儿去。于是我就说：

"玛丽•洁恩小姐，乡下不远您有没有什么熟地方，可以去待三四天？"

"有；罗斯洛普先生家里就行。干什么？"

"您先别管是干什么。我要是给您说清楚，我怎么知道那些黑人还可以再见面——不过两个星期的工夫——就在这所房子里——并且还证明我是怎么知道的——那您可以上罗斯洛普先生家里去住上四天吗？"

"四天！"她说，"住一年也行呀！"

"好吧，"我说，"您只要这么说就行了——我听了您这句话就很放心，这比别人拿嘴亲《圣经》起誓还强哪。"她笑一笑，脸红了一下，那样子真美；我就说："您要是不在乎的话，我就把门关起来——还要闩上。"

我把门扣好，就回来重新坐下，接着说：

"您可别嚷嚷。您得好好儿坐着，像个男子汉的派头听我说。我得把实话告诉您，玛丽小姐，您可得拿出几分勇气来才行呀，因为这事情挺糟糕，听起来会叫人难受，可是我又不能不说。您这两位叔伯压根儿就不是什么叔伯；他们是两个骗子手——地道的坏蛋。好了，顶糟的事儿已经说过了，别的话您听了不会怎么难受的。"

这些话当然使她大吃一惊，吓得什么似的；可是我总算是渡过了难关，所以就只顾一个劲儿往下说，她那双眼睛一直在发亮，越听越出神，我一五一十地什么都给她说了，先说我们怎么碰到那个赶轮船的傻小子，一直说到她在大门口往国王怀里扑，让他亲了十六七次的光景——她听到这儿就一下子跳起来，满脸绯红，活像太阳下山的时候那样；她说：

"这个畜生!走吧,一分钟也不能耽误——一秒钟也不行——咱们得把他们涂上柏油,贴上鸡毛,扔到河里去!"

我说:"当然喽。可是您难道是说不先上罗斯洛普先生家里去一趟就动手吗?还是……"

"啊,"她说,"我是怎么想的呀!"她一面说着,又坐下来了,"你别管我说的话吧——千万别怪我冒失——你不会怪我吧,是不是?"她把她那只细嫩的手按在我手上,简直叫我觉得有一股说不出的滋味,于是我就说我宁死也不会怪她。"我根本没想一想,因为我一下子气极了,"她说,"好,你再往下说吧,我再也不那么冒火了。你告诉我怎么办,你怎么说,我就怎么做。"

"嗐,"我说,"他们这两个骗子手可是不好惹,我现在很为难,不管情愿不情愿,好歹还得跟他们一道赶一段路才行——我还是不告诉您为什么吧;您要是把他们给揭穿了,这镇上的人就会把我从他们手里救出来,那我当然是好喽;可是另外还有您不认识的一个人,他可就得遭大殃了。咱们得救救他才行,对不对?当然喽。那么,咱们就先别揭穿他们吧。"

我一面说着这些话,心里又有了一个好主意。我知道这下子我也许能使我自己和吉姆摆脱那两个骗子手;让人家把他们关起来,我们就好走开了。可是我不愿意白天驾着木排走,要是有人问话,那上面除了我自己就没人答应。所以我不愿意动手太早,要等到今天晚上很晚的时候才行。我说:

"玛丽·洁恩小姐,我给您说咱们怎么办吧,您还用不着在罗斯洛普先生家待那么久。他家有多远?"

"差不多有四英里来地——就在这后面乡下。"

"好,那就行。现在您快上那儿去,一直藏到今天晚上九点或是九点半,到那时候您就叫他们送您回家来——只说是您想起了一桩什么事情。您要是在十一点以前到了家,就在这窗户里点上一支蜡烛,我要是没上这儿来,您就等到十一点,要是那时候我还不来,那就是我已经走了,离开了这儿,没有危险了。到那时候您就出来,把这消息到处传开,把这两个骗子手关起来。"

"好,"她说,"我就这么做吧。"

"要是事情不凑巧,我没有走掉,跟他们一起让人家抓住了,您可得出来作证,说我预先把这事儿全给您说过了,您可得拼命帮我说话呀。"

"帮你说话!那当然不成问题。我决不会让他们叫你受委屈,连一根头发都不许他们碰一碰!"她说。我看见她说这话的时候,鼻孔直是动,眼睛直是眨。

"我要是走了,就不能在这儿证明这两个流氓不是您的叔伯,"我说,"哪怕是在这儿,我也不敢说话。反正我可以发誓,他们的确是坏蛋、是懒虫,我只能做到这一步;不过我把这个点破,也还是有点儿好处。另外还有些人,做起证人来比我还强,并且人家还不会像我那样马上叫人起疑心。我告诉您怎么把他们找到吧。您给我一支铅笔和一张纸。您瞧——'皇家奇物,布利克斯维尔。'您把它收起来,可别弄丢了。要是法庭上要找点儿这两个家伙的材料的话,您就让他们派人到布利克斯维尔去,说是演《皇家奇物》的人已经抓到了,需要找几个证人——嗐,玛丽小姐,不到您一眨眼的工夫,那整个镇上的人就会上这儿来了。他们还会气冲冲地跑来呢。"

我估计这时候我们已经把什么都安排好了。于是我就说:

"您尽管让拍卖照样进行,不用着急。这回的拍卖因为预告的时间太短,不管是谁买了东西,也得在拍卖之后过一整天工夫才会付款,那两个坏蛋也非得等拿到钱不会走开;照咱们这么安排好了,这回拍卖就会落空,他们休想拿到钱。这正和他们卖掉那些黑人一样——那种买卖是不算数的,那些黑人过不了几天就会回来。哼,他们现在还不能收到卖黑人的钱——他们可真是够坐蜡的呢,玛丽小姐。"

"好吧,"她说,"现在我先跑下楼去吃早饭,吃完就一直往罗斯洛普先生家里去。"

"好家伙,这个办法可不妙,玛丽·洁恩小姐,"我说,"一点也不好;您得在吃早饭以前去才行。"

"为什么?"

"您猜我到底为什么要叫您上那儿去呢,玛丽小姐?"

"嗐,我根本就没想过——现在想起来,也还是莫名其妙。到底是为什么?"

"嗐,那就是因为您不是他们那种脸皮厚的人。我瞧您那脸上简直比书本儿还清楚,心里有什么事,挺容易让人看出来。人家只要坐下来瞧一眼,那就像看一本印着大字的书似的,马上就看透了。您想想看,要是您去见了您那两位叔伯的面,他们给您亲嘴问好的时候,您能沉得住气,不会……"

"得啦,得啦,别说了吧!好,我不等吃早饭就走——我很乐意去。我那两个妹妹,我就让她们在家里待着,跟那两个家伙敷衍一下吧?"

"好,您不用担心她们。她们俩还得将就着多待一会儿才行。要是你们全都走掉,他们恐怕就会疑心出了问题。我劝您不用见他们的面,也别跟您的妹妹碰头,这镇上的人,您全得躲开;要是有街坊问您,今儿早上您那两位叔伯怎么样,您脸上就会露出马脚来。那可不行,您得趁早走,玛丽·洁恩小姐,他们那些人全让我来对付吧。我会告诉苏珊小姐,叫她替您问两位叔伯好,我就说您要休息休息,换换地方,上朋友家里去了,只耽搁几个钟头,今晚上或是明天清早就回来。"

"说我去看朋友是可以的,我可不愿意叫她们替我问好。"

"好吧,那么,不问就不问吧。"我给她这么说,倒是挺对——这并没什么害处。这不过是一桩小事,一点也不麻烦;在大河下头这带地方,就是要靠耍点儿这样的小花招,才能把事情做得最顺手;这可以使玛丽·洁恩觉得舒服,又不用花什么本钱。随后我就说:"还有一桩事情——那一口袋钱。"

"嗐,钱在他们手里了;我一想起那些钱落到他们手里的经过,实在叫我觉得自己太糊涂了。"

"不对,这事情您可想错了。钱并不在他们手里。"

"那么,到底在谁手里呢?"

"我要是知道就好了,可是我不知道。本来我已经拿到手了,因为我从他们那儿偷出来了;我是偷来还给您的;我知道藏在什么地方,可是我恐怕现在不在那儿了。我难受得要命,玛丽·洁恩小姐,我再也不能比这更难受了;可是我本来是要尽量帮忙;我是实心实意的。我差点儿让人抓住了,所以我刚一找到一个地方,就只好顺手把那个口袋往里一塞,赶快跑掉——那可不是个好地方呢。"

"啊,你别再埋怨自己了吧——这太不应该了,我也不能让你埋怨自己——你是无可奈何;那不能怪你。你把它藏在哪儿呢?"

我不愿意惹得她再想起她的伤心事;我要是给她说明那个口袋放在什么地方,就会使她想起那个尸体躺在棺材里,肚子上放着那一口袋钱,这话我当时好像很难说出口来。所以我待了一会儿,什么话也没有说;后来我才说:

"玛丽·洁恩小姐,您要是能让我暂时不说,我想现在先不给您**当面说明**放在哪儿吧;可是我可以给您写在一张纸上,您要是愿意看,就可以在您上罗斯洛普先生家里去的时候,在路上看。您觉得这样行不行?"

"啊,那也好。"

于是我就写了这么几句话:"我把它放在棺材里。昨天深夜里您在那儿哭的时候,钱就在棺材里放着。那时候我躲在门背后,替您难受得要命呢,玛丽·洁恩小姐。"

我一想起夜里她一个人在那儿哭,那两个鬼东西就在她家里住着,叫她丢脸,还抢她的钱财,我的眼睛就湿了;我把这张纸条子叠起来,交给她的时候,我看见她也快掉眼泪了;于是她就拉着我的手,使劲抖着,说:

"再见。你给我说的事情,我一定全都照办;我要是不能跟你再见面,我一辈子也忘不了你,我一定会时时刻刻想起你,还要替你**祝福**!"——她说完就走了。

好家伙,替我祝福!我想她要是知道我是个什么人的话,就得找个更合她的身份的人才行。可是我敢说她还是照样会替我祝福——她就是这种人嘛。只要她脑子里转了个念头,她简直会有胆量替犹大① 祝福呢——我猜她是敢作敢当的。你爱怎么说就怎么说吧,可是照我看来,她是顶有胆量的,像她那样的姑娘,我从来没见过;依我看,她简直

---

① 犹大是耶稣的门徒之一,他得了耶稣的仇人一些银子,就把耶稣出卖了。

是胆量十足。这种话听起来好像是恭维她,其实并不是瞎恭维。再说到漂亮的话——还有心眼儿好的话——她也把别的姑娘全都赛过了。我从那回看见她走出那个门去以后,就没有再见过她;是的,我从那以后就没见过她,可是我后来常常想起她,我看真不知有多少百万次了,我老想起她说要替我祝福的话;要是我觉得我替她祝福也能有什么好处的话,那我哪怕要命也得替她祝福呢。

我想玛丽·洁恩是从后门跑出去的;因为谁也没有瞧见她走。我碰到苏珊和缺嘴的时候,就说:

"你们有时候过河去看那边的朋友,他们都叫什么名字?"

她们说:"有好几家人呢;不过多半是去找普洛克多他们一家人。"

"就是这个人家,"我说,"我差点儿忘了。玛丽·洁恩小姐叫我告诉你们,她匆匆忙忙过河上那儿去了——他们家有人害病了。"

"是谁?"

"我不知道;至少是我忘了吧;可是我想那大概是……"

"天哪,我想那该不是汉纳吧?"

"我说起来也怪难受,"我说,"可是偏巧就是汉纳。"

"我的老天爷,上星期她还挺好哪!她的病挺厉害吗?"

"她那病可甭提有多么厉害了。玛丽·洁恩小姐说,她家里人守着她坐了个通夜,他们说她恐怕活不到几个钟头了。"

"哎呀,这可怎么好呀!她到底得了什么病呢?"

我一下子想不起什么合适的病来,就说:

"痄腮。"

"痄你奶奶的腮!谁要是害了痄腮,人家根本用不着守着他坐一通夜。"

"用不着,是不是?你要知道,**这种**痄腮可非得叫人守着坐一通夜不行。这种痄腮不同。这是一种新的,玛丽·洁恩小姐说。"

"怎么叫一种新的?"

"因为它还夹着别的毛病。"

"什么别的毛病?"

"呃,麻疹、百日咳、丹毒、肺病,还有黄疸病、脑炎,我可说不完。"

"天哪！这还叫作痄腮吗？"

"玛丽·洁恩小姐是这么说的。"

"嗐，他们管这种病还叫作痄腮，那到底是为什么？"

"咦，就因为那本来是痄腮嘛。她的病是由痄腮起头的。"

"哼，这可是讲不通。要是有人踢伤了脚趾，中了毒，摔到井里，摔断了脖子，摔碎了脑子，别人过来问他是怎么死的，有个傻瓜就说：'他是踢伤了脚趾死的。'这话难道说得过去吗？不行。你说的这些话也是狗屁不通。那个病招人不招？"

"招人不招？嗐，你可真问得好。我问你，一个耙挂人不挂——要是在黑地方的话？你一碰它就得挂上一个齿儿，要不就得挂在别的齿儿上，是不是？你一走就把整个的耙全拖着走了，总不能带着那一个齿儿走开，对不对？哼，这种痄腮就好像一个耙似的，可以那么说吧——并且这个耙的本事还真不小哪，你只要一惹上它，就脱不了手。"

"嗐，我看这可真糟糕，"缺嘴说，"我快去找哈尔斐伯伯，给他说……"

"啊，对啦，"我说，"要是我的话，也得去告诉他。当然得找他才行。我准得马上就去给他说。"

"咦，干吗要那么着急？"

"你只要想一下，也许就会明白。你那伯伯和叔叔不是非得赶快回英国去不可吗？你想他们还会那么自私，只顾自己先走，把你们留下来，叫你们自己去吗？你当然知道他们会等着你们啰。这倒是挺好。你那哈尔斐伯伯是个牧师，对不对？那么，好了；难道一个当牧师的，还能为了叫小火轮上面的管事或是大轮船上的管事让玛丽·洁恩小姐上船，就对他们说假话吗？你当然知道他不会骗人。那么，他到底怎么办呢？啊，他会说：'这事情真不凑巧，我那教堂里的事情就只好让别人勉强对付下去了；因为我的侄女也许染上了挺厉害的传染性痄腮，我当伯伯的应该照顾她，只好在这儿待着，等三个月的工夫，才知道她到底是不是染上了这个病。'可是这倒不要紧，你要是觉得应该告诉你那哈尔斐伯伯的话，那你……"

"见鬼，我们还不赶快上英国去过快活日子，偏要老在这儿待下

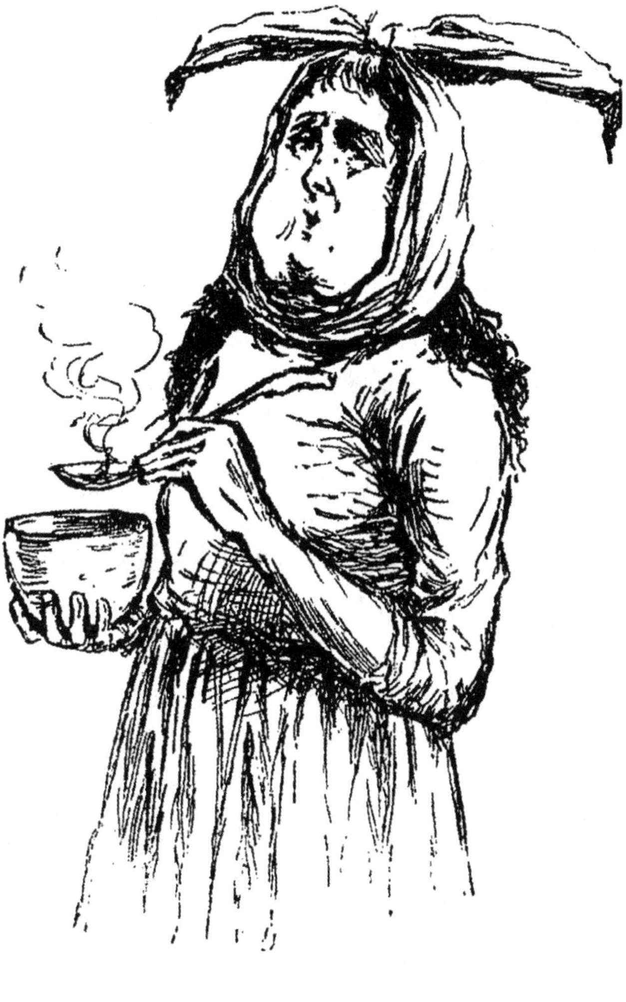

去,等着看玛丽·洁恩是不是染上了这个病吗?嗐,你真是在说傻话。"

"可是不管怎么样,你还是找几个街坊说说这个事儿好点吧。"

"唉,听你说出这种话!你简直是天生的傻瓜,谁也赛不过你。你难道还不知道他们会去给伯伯说吗?现在没别的办法,只好是根本就不跟谁提这回事。"

"啊,也许你这话有理——对啦,我猜你说得对。"

"可是我想咱们应该给哈尔斐伯伯说说,姐姐出门去了,要耽搁一会儿,免得他担心,对不对?"

"是呀,玛丽·洁恩小姐要你们告诉他。她说:'叫她们替我问哈尔斐伯伯和威廉叔叔好,替我亲亲他们,说我过河去看'——咦,当初你那彼得伯伯顶看得起的那家阔人姓什么来着?——我是说的那个……"

"啊,你说的大概是阿普索普斯,是不是?"

"当然喽;这种姓真是讨厌,不知怎么的,有时候简直想不起来。对啦,她说叫你就说她过河去找阿普索普斯那一家人,请他们在拍卖的时候千万要到场,好把这所房子买下来,因为她想着她那彼得伯伯要是在世的话,准会觉得让他们买到,比落到别人手里强;她打算盯住他们,非等着他们答应过来不可,她自己要是不太累的话,今天就会回来,要是太累呢,反正明天早上也会回来。她说,千万别提起普洛克多这家人,光说阿普索普斯夫妻俩就行了——这么说本来也是实话,因为她的确是上他们家去劝他们买这所房子;我知道,因为她亲自对我这么说的。"

"好吧。"她们说,过后就出去找她们那两个叔伯,给他们问好,还亲亲他们,把她们的姐姐过河去的事情告诉他们。

现在什么事儿都弄妥当了。那两个姑娘不会说别的,因为她们想要到英国去;国王和公爵也情愿玛丽·洁恩到远处去找人来买房子,免得她跟罗宾逊大夫在一块儿。我心里挺高兴;我估计这一着做得挺帅——我想哪怕是汤姆·索亚也不见得能想出更好的主意来。当然他还能多插些花样儿进去,可是我对这个不大在行,因为从小就没有人教过我这一套。

那天下午天快黑的时候,他们在广场上举行拍卖,大伙儿一队又一队地拥过来,那老头儿也亲自到场,站在拍卖人身边,装出一本正经的样子,有时候他还引着《圣经》插嘴说一两句话,反正是那假仁假义的一套,公爵也到处咕呀咕地直嚷,拼命逗着人家对他表同情,趁这机会大出风头。

可是后来拍卖终归完结了,什么东西都卖掉了——只剩下坟地里一小块地皮。他们还得连**那个**也弄出去——我一辈子没见过像国王这么贪得无厌的家伙,他是**什么**都要吞掉才甘心。哈,他们正在拍卖这块地皮的时候,有一个小火轮靠岸了,不过两分来钟的工夫,就有一群人往这儿跑,大伙儿连嚷带叫,哈哈大笑,拼命逗乐,大声喊着:

"跟你们竞选的来了!现在老彼得·威尔克斯有两对继承人了——你掏出钱来,随你给哪一对吧!"

第二十九章　我趁着大风大雨溜掉了

　　他们带来了一位相貌挺文雅的老先生,还有一个年纪轻一点的,样子也怪好,可是右手用绷带吊着。哎呀,大伙儿大叫大笑,闹得真凶,并且还老闹个不停。我可是一点也不觉得好笑,我猜要叫国王和公爵觉得有趣,也不大容易。我还以为他们脸上会吓白了呢。可是不,他们脸上一点儿也不发白。公爵根本不露出马脚来,好像完全没那回事,还照样咕呀咕地叫着到处转来转去,挺快活、挺满意的样子,咧着个嘴,活像一把咕噜咕噜倒出酸奶来的壶;国王呢,他一个劲儿睁开眼睛盯着那才来的两个人,显出一副替他们难受的样子,好像他看见世界上居然有这种骗子和坏蛋,把他气得肚子发痛似的。啊,他可装得真像呀。有好些顶有身份的角色都靠拢国王身边来,让他知道他们是站在他这一边的。刚来到的那位老先生简直弄得莫名其妙。过了一会儿,他就说起话来了,我马上就听出他的口音的确是像个英国人的口音——不像国王那样,虽然国王也总算学得挺像。我背不出那位老先生的话,也学不出他那种口音;可是他转过身去冲着那一群人,好像是这么说的:
　　"这事情真叫我大吃一惊,我实在没有料到;说老实话,我承认我现在突如其来地遭到这种事情,又赶上心情不好,简直应付不了;因为我兄弟和我碰到了倒霉的事;他摔断了胳臂,我们的行李昨晚上又让人家弄错了,丢在大河上游的一个小镇上。我是彼得·威尔克斯的哥哥哈尔斐,这是他的兄弟威廉,他耳朵听不见,又不会说话——现在他只剩下一只手可以活动,就连做手势也不大做得好了。我们说是什么人,就是什么人;只要过一两天,等我们取到行李的时候,我就能证明了。可是我现在不愿意多讲话,且等那时候再说吧,我要上旅馆里去等着。"
　　于是他和新来的那个哑巴就走开了;国王又大笑起来,大声嚷道:

"摔断了胳臂——倒是装得**挺像**,是不是?——一个不能不做手势的骗子,还没学会怎么比画,这么一来就可以混过去了,真省事。行李也弄丢了!遇到**眼前**这种情形,这个说法实在是**妙透了**——而且主意也想得挺聪明呀!"

他说完又笑了一阵;大伙儿也跟着笑,只有三四个人,也许是五六个人没有笑。这几个人当中有一个是那位大夫;另外有一位是个有身份的精明人,他手里提着一只毡子做的老式旅行袋,刚从小火轮上下来,他低声和大夫谈着话,他们还时不常儿地把国王望一眼,又点点头——那是莱维·贝尔,他就是上路易士维尔去了的那个律师;另外还有一位是个粗壮结实的大个子,他是跟着大伙儿一起过来的,刚才听着那位老先生说的话,现在又在听国王说。国王说完之后,这个壮汉马上就说:

"嘿,你听着;你要是哈尔斐·威尔克斯的话,请问你是什么时候到这镇上来的?"

"出殡的前一天,朋友。"国王说。

"你是那天什么时候到的呢?"

"下午——大概在太阳下山之前一两个钟头。"

"你是怎么来的?"

"我是从辛辛那提搭苏珊·鲍威尔轮船下来的。"

"那么,你干吗在那天早上跑到上游那个码头那儿去呢——坐着一只小划子?"

"那天早上我根本没到上面那个码头那儿去呀。"

"你这是撒谎。"

有几个人往他那儿跳过去,要求他别对一个当牧师的老人家这么说话。

"什么牧师,见他妈的鬼,他是个坏蛋,是个骗子。那天早上他是在上游那个码头。我就在那儿住家,对不对?哼,那时候我就在那儿,他也在那儿。我看见他在那儿。他坐着一只小划子过来的,船上还有狄姆·柯林斯和一个小孩儿。"

大夫马上就接着问他:

"海因斯,你要是再看见那个孩子的话,是不是还能认识他呢?"

"我想是能认识的,可是我不知道究竟怎么样。嘿,他不就在那儿吗! 我一点也不费劲就认出他来了。"

他伸手指着的就是我。大夫说:

"各位邻居,新来的那两个是不是骗子,我不知道;可是这两个家伙要不是的话,那我简直就算是白痴了,干脆说吧。我觉得咱们应该注意,别让他们跑掉,等咱们先把这桩事情调查清楚再说吧。来吧,海因斯;来吧,各位邻居。咱们把这两个家伙带到客栈里去,叫他们和刚来的那两个人对证,我看那就用不着打破砂锅问到底,就能看得出一点眉目来。"

大伙儿一听这话,倒挺高兴,可是国王的朋友们听了也许不大痛快;过后我们大家都动身了。那时候太阳快下山了。大夫揪着我的手走,他倒是挺和气,可就是决不放松我的手。

我们都到了旅馆的一个大房间里,点上了几支蜡烛,再把新来那两个人找来。大夫首先说:

"我也不愿意叫这两个人太过不去,可是我实在觉得他们是骗子手,并且他们还说不定有同党在这儿,咱们还一点也不知道呢。要是有的话,那些同党会不会把彼得·威尔克斯留下来的那一袋金圆弄走呢? 这不是不可能的事情。这两个人要不是骗子手的话,他们就不会不肯让我们派人去把那些钱拿过来,暂时归我们保管着,且等他们证明了没问题的时候再说——你们看这话对不对?"

大伙儿都赞成这么办。所以我觉得他们一起头就把我们这一伙憋得挺紧。可是国王只显出一副愁眉苦脸的神气说:

"诸位,我也但愿钱还在,因为我决不打算阻挡大家调查这桩晦气事儿,给它公开地、彻底地、公公道道地弄个明白;可是,真糟糕,那些钱已经不在了;你们尽管派人去看,只要你们乐意那么做的话。"

"那么,放在哪儿呢?"

"啊,我侄女儿把它交给我,要我替她保管的时候,我就接过来塞到我床上的草垫子里面,因为我们在这儿只能待几天,就不打算存到银行里去;我们还把那床上当成个稳当地方,也摸不清黑人怎么样,以为

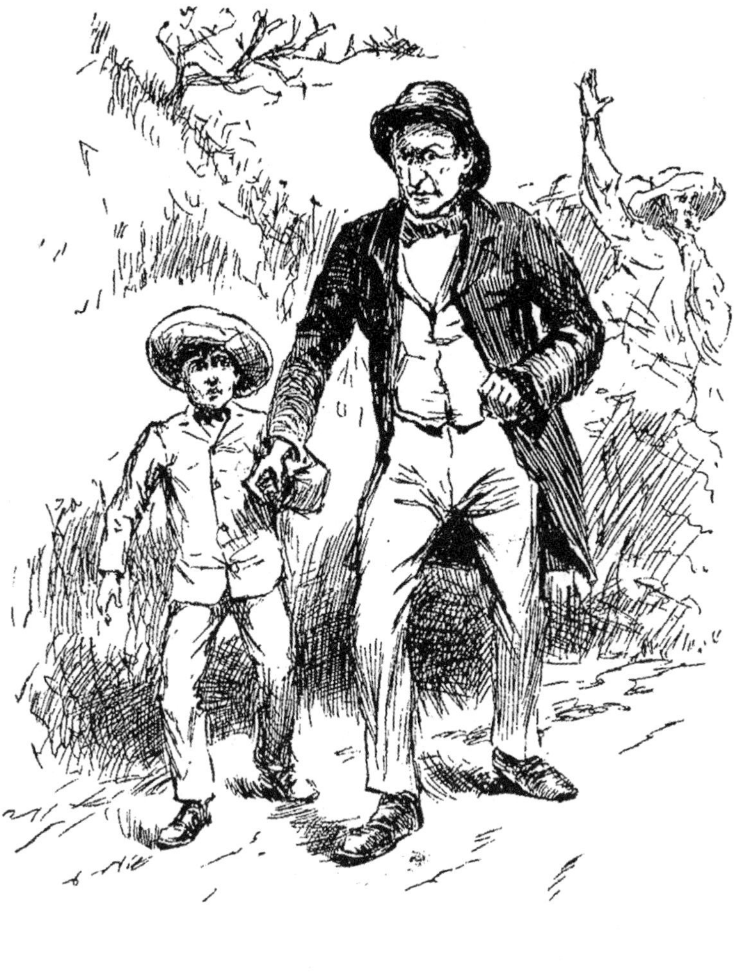

他们都是老老实实的,也像我们英国的用人那样。想不到那些黑人一到第二天早上,就趁我下楼去的时候,把它偷走了;我把他们卖掉的时候,还不知道钱不在了,所以他们就痛痛快快地通通拿走了。诸位,我这个用人可以给你们说得清楚。"

大夫和另外几个人都说:"胡说八道!"我看谁也不大相信他的话。有一个人问我是不是看见黑人把钱偷走。我说没看见,不过我看见他们从那屋子里偷偷地出来,赶快跑开;我压根儿没想到会出什么事,只当是他们害怕吵醒我的主人,就想要赶快走开,免得他生他们的气。人家就只问了我这么一下。随后那大夫突然转过身来问我:

"你也是英国人吗?"

我说是的;他和另外几个人就哈哈大笑起来,说:"瞎扯!"

随后他们就开始进行各方面的调查,我们就让他们翻来覆去地盘问,问了一个钟头又一个钟头,谁也不提吃晚饭的话,好像是连想都不往那上面想似的——他们就是这么一个劲儿问了又问;这可真是叫人顶头痛的事情,一辈子没见过。他们叫国王说他的来历,再叫那位老先生把他的来历也说一说;除了那些有成见的傻瓜,谁都听得出那位老先生说的是实话,国王说的是谎话。过了一会儿,他们就把我叫过去,让我说一说我所知道的事情。国王斜起眼睛很狡猾地望了我一眼,我就知道说些什么话才不会出毛病。我从舍斐尔德说起,说到我们在那儿的生活情形,还把关于英国的威尔克斯这家人的事情说了一大套,又说了些别的话;可是我还没说多久,那大夫就笑起来了;莱维·贝尔律师说:

"你坐下吧,傻孩子;我要是你,就不会这么白费劲,撒这么大的谎。我看你撒谎还不内行,说起话来老不顺口;你还得练习练习才行。你说得太不圆全了。"

他这些恭维话我倒不在乎,可是他总算饶了我,这倒使我挺高兴。

大夫又开口要说些话,他转过身来说:

"莱维·贝尔,你要是起先就在镇上的话……"

国王马上打断他的话,伸出手去,说:

"啊,这位原来就是我那可怜的兄弟常常写信提到的老朋友吗?"

律师和他两个就握了手,律师露出笑脸,显得挺高兴的样子。他们俩就聊了一会儿,随后又跑到一边去,悄悄地说话;后来律师就大声地说:

"这么办就妥当了。我把你的状子和你兄弟的一起递上去,那么一来,他们就会知道这事情没问题了。"

于是他们就找来一张纸和一支笔,国王就坐下来,把头歪到一边,咬着舌头,一声不响地瞎画了一些字;随后他们又把笔交给公爵——这下子公爵才第一次显出了一副不自在的样子。可是他接过笔来,也写了几句话。然后律师就转过身去,对那位新来的老先生说:

"请你和你兄弟也写一两行,签上名字吧。"

这位老先生写了一些字,可是谁也不认识。律师大吃一惊,他说:

"嗐,这可叫我伤脑筋了。"——他从口袋里掏出许多旧信来,仔细看了一阵,再看看那老头儿的字,又看看那两个人的字;然后他就说:"这些旧信是哈尔斐·威尔克斯写来的;现在这儿有这两个人的笔迹,谁也看得出这些信不是他们写的;"(国王和公爵一看自己中了律师的圈套,就显出上了当的一副窘相)"这儿还有这位老先生写的字,谁都很容易看得出,那些信也不是他写的——说实在话,他画的那些根本就不能算是什么字。这儿还有几封信,是……"

新来的那位老先生说:

"请你让我解释一下,行不行?谁也不认识我写的字,只有我这个兄弟认识——所以他老是替我抄写。你手里那些信是他抄的,不是我写的。"

"啊!"律师说,"这事儿倒是真稀罕。我这儿还有几封威廉写来的信呢;那么,你要是可以叫他写一两行的话,我们就可以比……"

"他不能用左手写字呀,"那位老先生说,"他现在要是能使右手写的话,你就会看得出他的信和我的信都是他一人写的。请你把我们两人的信都看看吧——都是一个人的笔迹。"

律师对了一对,就说:

"我想的确是这样——哪怕不是一样,反正总有许多相像的地方,我从前简直没看出来,现在看起来就像得多了。得啦,得啦,得啦!我还以为马上就有了解决问题的线索,谁知这么一来,又差不多是落空了。可是不管怎样,有一点是证明了——这两个家伙都不是威尔克斯家里的人。"——他一面说,一面冲着国王和公爵那边摇摇头。

嗐,你猜怎么着?那个傻头傻脑的老糊涂蛋直到这时候还不服输哪。他就是不甘休。说这个测验做得不公道。说他的兄弟威廉是个顶缺德、顶爱开玩笑的家伙,他根本就没打算认真写——威廉刚一动笔在纸上写字,他就看出他又要开玩笑了。他就这样劲头十足,一直哇啦哇啦往下说,说到后来,简直连他自己都快要相信他说的话了;可是过了一会儿,那位新来的老先生就打断了他的话,说:

"我想出了一个办法。这儿有哪一位帮过忙,替我的兄……替那位才去世的彼得·威尔克斯入殓吗?"

"有我一个,"有人说,"是我和阿布·特尔纳给他入殓的。我们俩都在这儿。"

于是这个老头儿就转过脸去对国王说:

"这位先生也许可以告诉我,他胸口上刺着什么花纹吧?"

这么突如其来地一问,可真把国王问住了,他不得不赶紧提起精神来对付,要不然他就会像河边上让大水冲掉了根基的河岸似的,轰隆一声垮下去了;哼,你瞧,像这样让人家冷不防地提出这么个伤脑筋的问题,那可真是谁都招架不住,因为他怎么会知道那个人身上刺着什么东西呢?他脸上有点儿发白,这是不由自主的;屋里简直没有人作声,大伙儿都往前面弯过腰去,瞪着眼睛望着他。我心想,这下子他可得认输了——再瞎扯也白搭。啊,你猜怎么着?说起来真叫人不相信,他可就是不甘休。我猜他是打算一直绷下去,等他把人家都累坏了的时候,他们就会陆续地走散,然后他和公爵就可以脱身,溜之大吉了。反正他就坐在那儿,过了一会儿,他笑起来,说:

"嘿!这个问题可真难回答呀,是不是!哼,我就偏知道,先生。我可以告诉你,他胸口上刺着什么。那不过是个小小的、细细的蓝色箭头——刺的就是这个;你要不仔细看,还看不见呢。你说对不对呀——嘿?"

嗐,像这个老坏蛋这么死不要脸的,我可真是一辈子没见过。

新来的那位老先生兴冲冲地转过身去冲着阿布·特尔纳和他的伙伴,他眼睛里直发亮,看样子他大概是以为这回可把国王抓到手了,他说:

"喂——你们都听见他说的话了吧!彼得·威尔克斯胸口上有这样的记号吗?"

他们俩一齐开口,说:"我们没瞧见这样的记号。"

"好了!"老先生说,"你们在他胸口上看见的是一个小小的、模模糊糊的'彼'字,还有个'白'字(这个'白'字他还年轻的时候就不用了),还有个'威'字,每两个字中间还夹着个点子,是这样:'彼·白·威',"——他一面说,一面就在一张纸上这么画出来,"你们说吧,是不是看见这么几个字?"

那两个人又一齐开口,说:

"没有,我们没看见。我们根本就什么记号都没看见。"

嚯,这下子大伙儿可不耐烦了,他们都大声嚷起来:

"他们这一帮东西全是骗子手!咱们把他们按到水里去,灌他们!咱们把他们淹死算了!要不就叫他们坐木杠游街!"大伙儿一齐嚷,那阵吼声可真吓死人。可是律师跳到桌子上,大声叫着说:

"诸位——诸——位!听我说一句话——只说一句——请你们听一听呀!现在还有一个办法——咱们去把尸首挖出来看看。"

这可叫大伙儿高兴了。

"对呀!"他们都嚷起来,马上就要动身;可是律师和医生大声叫着说:

"别忙,别忙!抓住这四个人和这个小孩儿,把他们带着一起去吧!"

"我们就这么办!"他们都嚷着说,"我们要是找不着那些记号的话,那就要把这一伙儿全都处私刑了!"

说老实话,这下子可把我吓坏了。可是你要知道,我简直没法子摆脱。他们把我们都抓得挺紧,拽着我们一道走,一直往坟地那儿去,那地方得往大河下游走一英里半,全镇上的人都跟上来了,因为我们闹得声音挺大,那时候还不过是晚上九点钟呢。

我们走过我们那所房子的时候,我就后悔不该叫玛丽·洁恩上别处去,因为这时候我要是冲她使个眼色的话,她马上就会跑过来救我,揭穿那两个坏蛋的罪状。

我们像一窝蜂似的顺着河边的大路往下走,像野猫似的一直往前冲;这时候天上又起了一片黑云,电光也闪起来了,风也刮得树叶子直哆嗦,这就叫人更害怕了。这回出的乱子可真是吓死人,真危险透了,我一辈子没碰到过。我好像吓掉了魂似的,什么事情都跟我原来打算的不一样。本来我还以为什么都安排好了,只要我高兴,就可以自由自在地看热闹,要是碰到什么紧急关头,还有玛丽·洁恩给我撑腰,把我放掉,现在可不行,我简直是无依无靠,除了指望死人身上刺的那些花纹救救命,就只好等着凭空送死。要是他们一看没那种记号的话——

我简直就不敢往下想;可是不知怎么的,心里又偏要想这个,别的什么也不能想。天色越来越黑,这时候要想从这群人当中溜掉,本来是挺好的机会;可是那个粗壮的大个子揪着我的手腕子不放——海因斯——谁想从他手里逃掉,简直就像是打算摆脱歌利亚①一样。他兴头十足,一个劲儿拽着我往前走,我还得跑步才跟得上。

他们到了坟地那儿的时候,就像一窝蜂似的拥进去,像潮水似的把坟地给淹了。他们赶到坟墓跟前一看,要用的铲子差不多有一百倍那么多,可就是谁也没想到带个提灯。可是他们马上就靠闪电的光动手挖起来,一面派人跑出半里地去,到顶近的人家去借提灯。

于是他们拼命地挖个不停;这时候简直黑得要命,雨也下起来了,风也刮得呼呼的、飕飕的,闪电也越来越上劲儿,雷声轰隆轰隆地响;可是他们那些人一心一意地干这事儿,根本就不睬;一会儿,你什么都能看见,那一群人里每个人的脸都看得清清楚楚,还能看见一铲一铲的土从那座坟里掀上来,一会儿,一切又都让那一团漆黑盖住,你就什么也看不见了。

后来他们终于把棺材弄出来了,于是就动手拧开螺丝钉,打开棺材

---

① 《圣经》上的一个气力特别大的巨人,见《旧约·撒母耳记》上篇第十七章第二十三至第五十四节。

盖,这时候大伙儿又拼命乱钻,你挤我,我推你,都想钻到里面去看一眼,这种情形真是少见,又赶上那么黑的时候,实在叫人害怕。海因斯揪着我的手腕子拼命地拽,简直使我痛得要命,他的兴头挺大,直是喘气,我猜他根本就把我忘记得一干二净了。

突然一下,闪电像水闸里放出来的水似的,发出一大片白光,于是有人大声嚷起来:

"哎呀哈,真是怪事,那一口袋金子在他胸口上搁着哪!"

海因斯也和别人一样,大叫了一声,他放开了我的手腕子,拼命往前挤,要挤到里面去看一眼;我马上趁那一团漆黑撒腿就跑,赶快溜到大路上去,我跑的那股快劲儿,谁也想不到。

路上只有我一个人,我简直像飞似的跑开了——一路跑着,除了那一片黑和一阵一阵的闪电,还有那唦唦的雨,呼呼的风,响得吓人的霹雳,另外就只有我一个人了;一点也不假,我简直是在往前飞!

我跑到镇上的时候,一看那大风大雨当中,谁也不在外面,所以我也就不找背街绕着走,干脆顺着大街一直跑;后来快到我们那所房子前面的时候,我就盯着眼睛冲它望过去。里面没有亮;整个房子是漆黑的——这使我觉得怪难受,也很失望,我也不知道那是为什么。可是后来我正要跑过那前面的时候,玛丽·洁恩的窗户里**突然**闪出一道光来!我的心猛跳起来,好像要撞碎似的;一眨眼的工夫,那所房子和一切东西马上又在黑暗当中甩在我背后,从此再也不会到我眼前来了。她实在是我从来没见过的顶好的姑娘,也是顶有胆量的。

我刚走到那个小镇上游一点,一看能够望见那个冲积洲的时候,就睁大了眼睛在河边仔细找,要借个小船,后来闪电刚一照出一只没有锁上链子的船,我就马上把它抓到手,撑出去了。那是个小划子,只拴着一根绳子。冲积洲离河岸很远,在大河当中,可是我一点也没耽误工夫;后来我划到了木排那儿,简直累得要命,要是我敢耽误一下的话,真恨不得躺下来喘口气才好。可是我一直没有歇。我一跳上木排,就大声嚷起来:

"快出来,吉姆,解开木排!谢天谢地,咱们总算把他们甩开了!"

吉姆连忙钻出来,他简直高兴得什么似的,伸开双手冲我扑过来;

可是我在闪电底下望了他一眼，我的心简直蹦到嘴里来了，我吓得往后一仰，掉到水里；因为我忘了他穿着老李尔王的衣服，活像个淹死了的阿拉伯人，这下子差点儿把我的心肝都吓掉了，吓得连魂都出了窍。可是吉姆把我捞了上来，他因为我回来了，我们又摆脱了国王和公爵，觉得挺高兴，所以又要搂我，给我祝福，可是我说：

"别忙；等吃早饭的时候再说吧，等吃早饭的时候再说吧！赶快解开，让木排漂下去吧！"

于是一眨眼的工夫，我们就顺着大河漂下去了，这下子我们又自由了，大河上只有我们俩在一起，谁也不来捣麻烦，这可实在是痛快。我高兴得满处跳起来，乱蹦了好几回——简直是不由自主；可是我跳到第三次的时候，就听见了一个挺熟的声音，我马上就倒吸着气，听着等着；果然不错，电光又在水面上一闪的时候，就看见他们过来了！——他们正在拼命划桨，划得那小船吱吱嘎嘎地直叫唤！原来又是国王和公爵。

于是我猛一下倒在木板上，只好认命；我拼命忍住，才没哭出声来。

第三十章　黄金救了坏蛋的命

　　他们上了木排的时候,国王就冲我走过来,揪住我的衣领子搡我,他说:"你打算扔下我们开小差,是不是,你这小畜生!跟我们在一块儿待腻了吧,嘿?"

　　我说:"不是,陛下,我们没那个意思——求您别这样吧,陛下!"

　　"那么,赶快说吧,你到底打算怎么办来着,要不然我就把你的心肝肠肚全给摇晃出来!"

　　"我老老实实把什么都告诉您吧,陛下,全照实在的说。抓住我的那个人对我挺好,他老说他有个儿子跟我一般大,去年死了,他说他眼看着这么个小孩儿弄到这种危险的地步,心里挺难受;后来他们突然看到那些金子,吃了一惊,大伙儿都往棺材那儿挤过去,这时候他就把我放了,还悄悄儿说:'快跑吧,要不然他们准会把你绞死!'于是我就溜掉了。我在那儿待着好像没什么好处——我一点办法也没有,只要能跑掉,当然不愿意让人家把我绞死。所以我就一直跑个不停,后来才找到了小划子;我上了木排的时候,就叫吉姆赶快划开,要不然人家还能抓到我,把我绞死。我还说恐怕您和公爵已经没命了,我简直难受得要死,吉姆也是一样;后来我们看见你们来了,真是非常高兴;您可以问吉姆,看我是不是那么说的。"

　　吉姆说的确是那样;国王就叫他住口,还说:"啊,真是,这一套编得倒是挺像呀!"于是他又揪着我直搡,还说他打算干脆把我淹死。可是公爵说:

　　"放了这孩子吧,你这老糊涂蛋!要是你的话,还不是一样会溜掉吗?你逃命的时候,打听过他的下落没有?我记得你根本就没提到过人家。"

　　于是国王才撒了手,他又把那个小镇和镇上的人骂开了。可是公爵说：

"他妈的，你还不如把你自己臭骂一顿哪，因为最该挨骂的就是你。从头起你就没干过一桩有脑筋的事，只有后来那么满不在乎地厚着脸皮，说出那个凭空想出来的什么蓝色箭头的记号，倒是挺妙。那实在是聪明——真是妙透了；咱们就靠那一着才救了命。因为要不是那么一来，他们就会把我们看管起来，等到他们那两个英国人的行李来了的时候——然后呢——就得坐牢，准没错！可是你耍了那一手，就把他们逗到坟地上去了，那一口袋金子又帮了我们一个更大的忙；因为那些吃了一惊的傻瓜们要不是撒开了手，拼命跑过去看的话，咱们今晚上就得系着那条领带①睡觉——那还准保是挺结实的一条领带呢——系的工夫也挺长，咱们也许不愿意系那么久吧。"

他们待了一会儿没作声——心里在想事；后来国王心不在焉似的说：

"哼！咱们还当是那些黑人偷去了呢！"

这可说得我胆战心惊了！

"是呀，"公爵说，他说得挺慢，一字一板，还带几分挖苦的口气，"咱-们那么想来着呀。"

过了半分来钟，国王慢吞吞地说：

"至少我是那么想的。"

公爵也慢吞吞地说：

"瞎说，我才是那么想来着呢。"

国王有点儿冒火了，他说：

"嘿，不吉利滑头，你这到底是什么意思？"

公爵也劲头挺足地说：

"既然问到了这一步，那你也许可以让我问一问，你又是什么意思呢？"

"呸！"国王挺挖苦地说，"我怎么知道呀——也许你是睡着了在做梦，根本不知道自己干了什么事吧。"

---

① 指绞索。

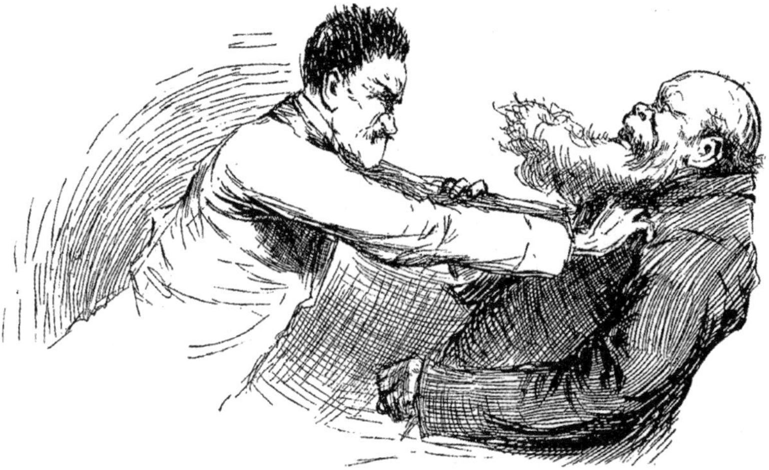

这下子公爵就大发脾气了,他说:

"啊,你别再装蒜,老说这些废话吧;你当我是个大傻瓜吗?你还以为我不知道是谁把那些钱藏到棺材里去了吗?"

"是呀,先生!我知道你的确知道是谁干的,因为那就是你自己呀!"

"放屁!"——公爵马上就扑过去把他揪住。国王大声嚷起来:

"你松手吧!——别掐住我的脖子呀!——就算我没说吧!"

公爵说:"哼,你得先承认是你把那些钱藏在那儿,打算哪一天把我甩开,再回来把它挖出来,一个人独吞。"

"你先别忙,公爵——我只要你回答我一句话,规规矩矩地说;你要是没有把钱藏在那儿,你只要说一声,我一定相信你,并且把我刚才说的话全部收回。"

"你这老浑蛋,那不是我干的,你也知道。嘿,给你个厉害的!"

"得啦,得啦,我相信你。可是我还要再问你一下——你可千万别生气呀;你心里是不是打算过要把那些钱偷走,把它藏起来?"

公爵待了一会儿,一声不响;后来他才说:

"嗐,我是不是那么打算过,那没什么关系;反正我总没有那么干。你可是不但心里打了那个主意,并且还那么干了呀。"

"公爵,我要是干了那个事儿,我就不得好死,这是实话。我并不否认我打算过要那么干,因为我的确是起过那个心;可是你——不,我是说别人——抢先下手了。"

"放屁!明明是你干的,你非得承认是你干的不可,要不然我就……"

国王嗓子里喀咯咯咯地响起来了,随后他喘呼呼地说:

"饶了我吧!——我承认了!"

我听见他说出这句话,心里挺高兴;这使我比刚才的心情安定得多了。于是公爵才撒了手,说:

"你要是再不认账,我就淹死你。你在那儿坐着,像个小娃娃似的哭脸,倒是不错——你干了那种不要脸的事,哭一哭是应该的。我一辈子没见过你这种狠心的老坏蛋,居然要把什么都独吞掉——我还一直相信你,把你当成我自己的父亲一样哪。你听见人家把这桩事情栽到那些可怜的黑人头上,一点也不在乎,偏不替他们说一句话申申冤,我看你应该知道害臊呀。现在想起来真可笑,我怎么那么傻,居然相信那些瞎话。你这该死的东西,现在我明白你当初为什么那么热心,要把那一口袋钱里短少的数目凑足——你为的是要把我演《皇家奇物》和别处挣来的钱全都弄出来,一手把它通通捞去呀!"

国王还在抽抽噎噎,他挺胆小地说:

"咦,公爵,是你说的要凑足钱数呀;又不是我说的。"

"不许再说了!我可不要再听你瞎说八道!"公爵说,"现在你知道你得了个什么报应吧。人家把自己的钱都拿回去了,还把咱们的钱也通通弄走了,只剩下一星半点儿。快去睡你的吧,你往后再闹亏空,可不许亏到我头上来,你这一辈子都得记住这个才行!"

于是国王就贼头贼脑地钻到窝棚里去,拿起酒来解闷,待了一会儿,公爵也拿起他的酒瓶喝开了;所以只过了半个来钟头,他们俩又亲热得什么似的,他们醉得越凶,就越是亲热,后来就搂在一起,打着呼噜睡着了。他们俩都喝得挺醉,可是我看出国王并没有醉得人事不省,他总还记着不再否认他藏起那一口袋钱的事情。这倒使我心里挺自在,也挺满意。不消说,他们打起呼噜来的时候,我们就唠唠叨叨地聊了半天,我把什么都告诉吉姆了。

第三十一章　祷告可不能撒谎

我们往下水赶了好几天路，再也不敢在哪个镇上靠岸了；一直顺着大河往下溜。后来我们就到了南方天气挺暖的地方，离老家挺远挺远了。我们渐渐遇到一些长着西班牙青苔的树，那种青苔从树枝上垂下来，就像灰色的长胡子一样。我还是头一次看见树上长这种青苔，这使得树林显出一副阴沉可怕的样子。于是那两个骗子手就想着他们已经脱离了危险，又到那些村子上去骗起人来了。

他们一起头就来了个宣传戒酒的演说；可是挣到的钱还不够他们俩喝个醉。随后他们又在另外一个村镇上开办了一个跳舞学校；可是他们对跳舞并不比一只袋鼠更内行；所以他们刚刚乱蹦了两下，大伙儿就跑过来，撵着他们慌慌张张地从镇上跑掉了。还有一回，他们打算教演说，可是还没说上多大工夫，听众就站起来，把他们臭骂了一顿，骂得他们赶快溜走了。另外他们还搞过传教和催眠术，搞过治病和算命，各种花样都耍了一下；可是他们好像一点也不走运。所以后来他们简直就穷透了，只好躺在木排上，随它往下漂，心里老在想呀想呀，半天都不说一句话，老是那副愁眉苦脸、走投无路的样子。

后来他们又改了花招儿，在窝棚里交头接耳地打商量，悄悄儿说些私话，一连说上两三个钟头。吉姆和我都有点儿提心吊胆。我们看着那光景，觉得挺不顺眼。我们猜想他们准是在那儿商量什么更不像话的鬼主意。我们俩猜来猜去，后来猜着他们一定是打算闯进什么人家里或是铺子里去偷东西，要不然就是想要干造假钞票的勾当，反正是这类事情。所以我们简直给吓坏了，两人打好商量，无论如何不跟他们干这些坏事儿，只要稍有一点儿机会，就把他们悄悄儿甩掉，溜之大吉，把他们甩在后面。后来，有一天大清早，我们在一个叫作派克斯维尔的破破烂烂的小村镇下游两英里来地，找到一个挺妥当的好地方，把木排藏起来了,国王就上了岸,他叫我们藏在那儿等着,让他到镇上去探听探听消息,看那儿是不是有人听到了《皇家奇物》的风声。("你是说,要找个人家,好下手偷东西呀,"我心想,"可是等你偷完了,再回到这儿来,可就不知道我和吉姆和这木排上哪儿去了——那时候你就得抓瞎。")他说要是到了中午,他还不回来,公爵和我就知道那是没出什么岔儿,我们就要跟着到镇上去。

于是我们就在那儿待着。公爵挺心烦,走来走去,急得要命,老是板着面孔,显着挺不开心的样子。他不管什么事都骂我们,我们好像什么事都做得不对;不管什么小事情,他都要挑错儿。不用说,他又是在打坏主意了。后来到了中午,还不见国王回来,我就高兴得要命;好歹总算又可以活动活动了——说不定还不光是活动的机会,另外还能让我碰上那个机会哪。于是我和公爵就往村镇上去,在那儿到处去找国王,找了一会儿,就在一个挺下等的小酒店里后头的一个屋子里把他找到了。他喝得醉醺醺的,有好些二流子在欺负他,拿他开心,他也拼命地骂,直吓唬人家,他醉得什么似的,连走路都走不动了,简直对他们一点儿办法都没有。公爵就骂起他来了,说他是个老糊涂蛋,国王也还嘴骂他,他们正骂得起劲的时候,我就溜了出来,撒开腿拼命地跑,像一只鹿似的顺着河边的大路一直往前飞跑,因为我知道我们的机会到了;我打定了主意,要叫他们多久也别打算找到我和吉姆。我跑到那儿的时候,连气都喘不过来,可是心里高兴透了,于是我就大声喊起来:

"把木排解开吧,吉姆;咱们这下子可好了!"

可是没有人答应,也没有人从窝棚里出来。吉姆不见了!我使劲嚷了一声——后来又嚷了一声——又嚷了一声;我又到树林里东跑西跑,一面大声地吼,尖声地叫喊;可是全没用——老吉姆不见了。于是我就坐下来哭了;我实在忍不住哭。可是我不能老在那儿坐着不动。过了一会儿,我就走到大路上去了,心里琢磨着该怎么办才好;后来我碰到一个小孩儿在路上走,问他是不是看见过一个怪模怪样的黑人,穿着怎样怎样的衣服的,他说:

"看见过。"

"上哪儿去了?"我说。

"到下面赛拉斯·斐尔普斯家里去了,离这儿有两英里地。他是个逃跑的黑奴,他们把他抓到了。你在找他吗?"

"我才不找他呢!一两个钟头以前,我在树林里碰到他,他说我要是嚷嚷的话,他就要挖出我的心肝来——他叫我躺下,在那儿待着;我就那么做了。从那时候起一直就待在那儿,不敢出来。"

"好了,"他说,"你再也用不着害怕他了,因为他们已经把他抓住了。他是从南方什么地方逃来的。"

"他们把他抓到了,真是好运气。"

"嘻,那还用说!人家悬了两百块大洋的赏要捉拿他。这简直就像是在大路上白捡一笔钱似的。"

"是呀,一点不错——我要是大一些的话,也可以得这笔钱呢;我本是先看见他的。到底是谁逮住他的?"

"是个老头儿——别地方来的人——他只要了四十块钱,就把这个黑人的赏格卖给人家了,因为他急于要到大河上游去,不能久等。嘻,你想想看!要是我呀,哪怕要等七年,我也情愿等着。"

"当然喽,我也是这么想,"我说,"可是他把它卖得那么便宜,说不定那份儿赏格根本就不过是值那几个钱吧。也许这里面还有点儿不清不楚的地方呢。"

"可是那绝没问题——简直是再清楚没有了。我亲眼看见那张悬赏的传单。那上面把他什么都说得清清楚楚,一点儿也不差——就像是给他画了一张像似的,还说了他是从什么农场逃出来的,是从新奥尔良那下面逃来的吧。绝没问题,这笔投机生意准不会有什么差错。嘿,给我一口烟叶子嚼一嚼,行不行?"

我根本就没有烟叶子,所以他就走了。我跑到木排上,在窝棚里坐下来琢磨。可是我简直想不出什么主意来。我一直把头都想痛了,可是终归想不出办法来解决这个倒霉事儿。跑了这么远的路,我们还伺候了他们这两个王八蛋这么久,到头来落了个一场空,什么都完蛋了,因为他们居然有这么黑的心肠,耍这种卑鄙手段来害吉姆,只为了那四十块臭钱,就让他又当一辈子奴隶,并且还叫他流落到外乡。

我心里想了一下,吉姆要是非当奴隶不可的话,那还不如在老家当个奴隶,和自己一家人在一起过日子,比在外面要强到千倍百倍,所以我最好还是给汤姆·索亚写个信去,叫他告诉华森小姐,吉姆在什么地方。可是我马上又打消了这个念头,这有两个原因:她会因为吉姆从她那儿逃掉,觉得他很浑蛋和忘恩负义,所以她准会生气,并且很讨厌他,结果她就会马上又把他卖到大河下游来;要是她不那么办的话,大伙儿也当然会瞧不起一个忘恩负义的黑人,他们一天到晚都会使吉姆觉得难堪,那么他也就会觉得挺别扭,没脸见人。并且还得为我自己设想一下呀! 大伙儿马上就会把消息到处传开,说我哈克·费恩帮助了一个黑人找自由;那么我要是再有一天见到那个镇上的什么人,我就会觉得自己丢了脸,只好跪在地下给人家告饶。事情就是这样;一个人干了不光彩的事,他可又担当不起,直怕挨骂。老想着只要能瞒住别人,那就不算丢人。我为难的地方恰好就在这里。我越琢磨这桩事情,良心上就越是受到折磨,我也就越觉得自己太坏,觉得晦气和难受。后来我猛然一下子想起,那个可怜的女人压根儿没什么对不起我的地方,我可偏要把她的黑奴偷走,现在分明是老天爷打了我一个耳光,让我知道我干的坏事儿一直都有天上的神看着,眼前的事就是要叫我明白,老天爷是时常睁开眼睛的,他只能让那种坏事儿做到这个地步,决不会让它再进行下去;我一想到这些,简直就吓得要命,差点儿当场倒在地下了。于是我心里想着,自己从小长大,本来就专学会了干坏事,所以那也不能怎么怪我,我拼命想这么把自己的罪过减轻一点,可是心里老不踏实,老有个什么东西在对我说:"本来有主日学校,你可以去上学;你要上了主日学校的话,人家就会教你:谁要是像你那样,干出拐逃黑人的事来,就得到阴间去下油锅。"

想到这里,我直打冷战。于是我就很想安下心来祷告,看是不是还能改邪归正,做个好孩子。所以我就跪下了。可是心里偏想不出祷告的词儿来。为什么想不出呢? 要想隐瞒上帝,那是不行的。连我自己也瞒不住呀。我分明知道是为什么想不出祷告的词儿来。那是因为我心眼儿不好;因为我不是光明正大;因为我还在耍滑头。我表面上假装着要改邪归正,可是心里还在舍不得对那桩顶坏的事儿撒手。我想叫我嘴里说要做规规矩矩的事和清清白白的事,写信给那黑奴的主人,告诉她说他在什么地方；可是我自己心里有数，明知那是假话，上帝也知道。祷告可不能撒谎呀——这一点我总算是弄清楚了。

所以我心里挺苦恼，简直苦恼得要命，不知怎么才好。后来我终归想出了一个主意；我就说，我还是去写信吧——写完了再看能不能祷告得成。哈，那才真奇怪哪，我马上就轻松得像一根鸡毛似的，什么苦恼都没有了。于是我就拿起一张纸和一支铅笔，兴头十足地坐下来写：

华森小姐，您那逃掉的黑奴吉姆跑到大河下游这儿来了，他在派克斯维尔下面两英里来地，斐尔普斯先生抓到他了，您要是派人带着奖金来取人，他就会交还给您。

我马上就觉得挺痛快，好像自己身上什么罪过都洗干净了似的，我心里像这样高兴，一辈子还是头一回呢；现在我知道我可以祷告了。可是我并没有马上就祷告，我把那张信搁下，坐在那儿想心思——我想着我这么做多么好，还想到我差点儿走入迷途，下了地狱。就这么一直往下想。后来不知不觉地想起了我们顺着大河往下来的这段路上的情形；我老是像看见吉姆就在眼前似的：想起了白天，也想起了夜里，有时候想起了月亮底下，有时候想起了大风大雨，还有我们一直往下漂，一面聊天、一面唱歌、一面哈哈大笑的情形。可是不知怎么的，我好像找不出哪一点来，可以叫我狠起心来对他，反倒老是叫我想起他的好处。我老是看见他自己轮完了班，接着又替我轮班，并不把我叫醒，为的是好让我照样睡下去；又看见他在我从大雾里回来的时候，那副高兴的样子；还有在上游那回打冤家的地方，我上那泥塘里再去找他的时候，他又是多么欢喜；还想起一些这类的事情，他老是叫我"宝贝儿"，老是对我那么亲热，只要是他想得起的事，他总是拼命照顾我，他的好处真是说不完；后来我又想起那一回，我告诉那两个人说我们木排上有人害天花，结果就救了吉姆，他感激得什么似的，说我是老吉姆在世上最好的朋友，还说他现在就只有我这么一个朋友了；想到这儿，我恰好转过头来，一眼就瞧见了那张信。

这事儿真叫人左右为难。我把那张信拾起来，拿在手里。我浑身哆嗦起来了，因为我得打定主意，在两条路当中选定一条，永远不能翻

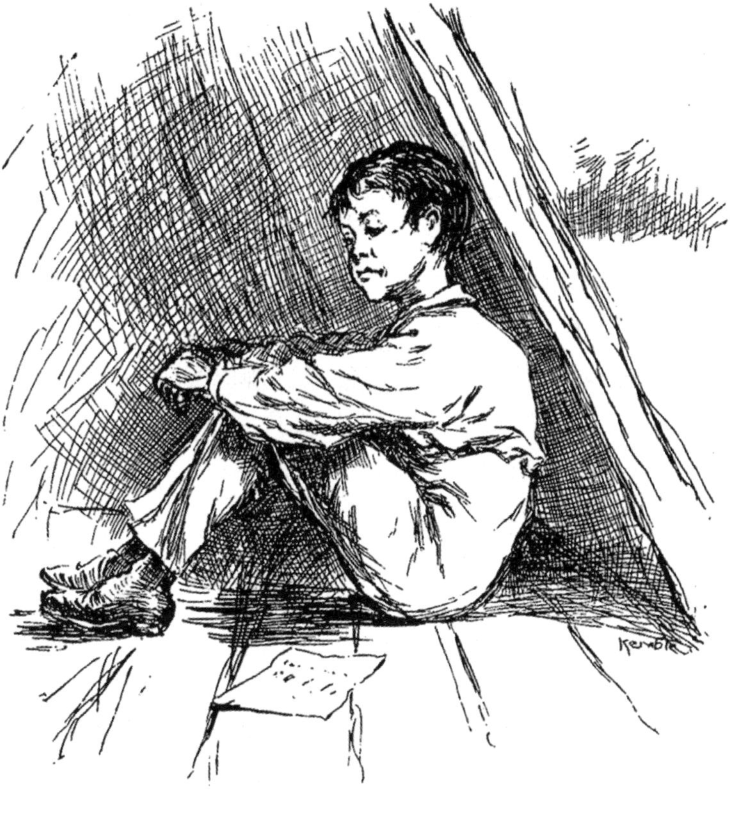
Kemble

悔,这是我看得很清楚的。我琢磨了一会儿,好像连气都不敢出似的,随后才对自己说:

"好吧,那么,下地狱就下地狱吧。"——接着我就一下子把它扯掉了。

起这种念头,说这种话,都是糟糕的事儿,可是这句话还是说出来了。我还真是说了就算数;从此以后就再也不打算改邪归正了。我把这桩事情整个儿丢在脑后,干脆打定主意再走邪路,这才合乎我的身份,因为我从小就学会了这一套,干好事我倒不在行。现在第一着,我打算去想办法,再把吉姆偷出来,叫他脱离奴隶生活;我要是想得出更坏的事情,那我也会要做;因为反正是一不做,二不休,我还不如干脆就干他个痛快吧。

于是我就开动脑筋,想着怎么才能达到目的,心里翻来覆去地盘算了好些主意;后来终归想好了一个合意的办法。随后我就把大河下游一点的一个长满了树的小岛打量清楚,等天刚一黑,我就驾着木排溜出去,划到那儿,再把它藏起来,完了就睡觉了。我睡了一通夜,第二天清早天还不亮,我就起来,吃了早饭,再把我那身现成的新衣服穿上,还找了些别的衣服和零碎东西,捆成一个包袱,随后就驾着小划子,划到河边上去。我琢磨出斐尔普斯住的地方,就在那下游上了岸;我把那个包袱藏在树林里,再把小划子装满了水,又放进一些石头,把它沉到水里,等往后用得着它的时候,还可以找得到,那是在河边上一个机器锯木厂下面四五百码的地方。

随后我就顺着大路往上走,走过那锯木厂的时候,看见那上面挂着一块招牌,上面写着"斐尔普斯锯木厂",后来我再往前走了二三百码,走到那些庄子跟前的时候,就老是溜着眼睛到处看,那时候虽然天已经大亮了,我可什么人也没瞧见。可是我并不在乎,因为这时候我还不愿意看见什么人,只要把这带地方弄清楚就行了。按照我的计划,我要装作从上游那个村子走来的样子,不像是大河下面来的。所以我只看了一下,就朝着镇上一直往前跑。哈,一到那儿,我看到的头一个人就是公爵。他在贴《皇家奇物》的广告——又是连演三晚——像上次一样。他们真是脸皮厚呀,这两个骗子手! 我和他撞了个对面,来不及躲开。

他显出大吃一惊的神气,说:"咦!你从哪儿来的?"随后他就好像是挺高兴、挺关心的样子,说:"木排在哪儿?——找了个好地方藏起来了吗?"

我说:"嗐,我正想问您哪,殿下。"

这么一来,他就显得不大痛快了。

"你怎么会想起来问我呀?"他说。

"是这么回事,"我说,"昨天我看见国王在那个小酒店里,我就想,他醉得那个样子,还得好几个钟头才会醒过来,这会儿还不能带他回去;所以我就到镇上到处去溜达,混时间等他醒来。那时候有个人走过来,出了一毛钱,叫我帮他划一个小船过河去,再从对岸带一只绵羊过来,于是我就跟他去了;可是我们把那只羊往船上拉的时候,那个人叫我抓住绳子,他自己到羊背后去撑着它走,结果因为羊的力气太大,一下就挣脱了绳子跑掉了,我们就在后面追它。我们没有带狗,所以就只好在乡下撵着它满处跑,一直追到天黑,叫它累得跑不动了,才把它逮住;这下子我们才把它划过河来,我就往下头跑,去找木排。我跑到那儿一看,木排不见了,我就想:'他们准是闯了祸,只好走开;他们把我的黑人也带走了,我可只有这么一个黑人呢,现在我流落在这无亲无友的地方,什么家当都没有了,别的东西也没有,简直没法子混饭吃。'所以我就坐在地下哭起来了。我通夜在树林里睡觉。可是,说了半天,木排到底上哪儿去了?——还有吉姆——可怜的吉姆呀!"

"我要知道才怪呢——我说的是木排的下落。那个老糊涂蛋做了一笔买卖,赚到四十块钱,咱们在那小酒店里找到他的时候,那些二流子已经和他赌了一阵半块钱的输赢,弄得他除了付掉的酒钱之外,输得一个钱也没有了;昨晚上直到深夜我才把他弄回去,结果一看木排已经不见了,我们就说:'那个小坏蛋把我们甩下,偷了我们的木排溜之大吉,往大河下头跑掉了。'"

"我总不会甩掉我那个黑人呀,是不是?——我在世界上就只有那么一个黑人,那是我唯一的家当啊。"

"我们压根儿没想到这个。老实说,我觉得我们已经把他当成我们的黑人了;是呀,我们的确是把他当成我们的——天知道,我们为他实在是麻烦够了。所以我们一看木排不见了，我们又穷得一个钱也没有，简直就想不出什么办法，只好把《皇家奇物》拿出来再试一试看。我一直就在到处游荡，一口酒也喝不着，嘴里干得像个火药筒子似的。你那一毛钱在哪儿？拿给我吧。"

我的钱还不少，所以就给了他一毛钱，可是我央求他拿去买点儿吃的东西，分给我一点儿，我说我只有那一毛钱，并且从昨天起就没吃过东西。他可是一声不响。马上他又猛一下对我说：

"你猜那个黑人会泄我们的底吗？他要是来那一手，我们就要剥他的皮！"

"他怎么能泄我们的底呢？不是已经跑掉了吗？"

"没有！那个老糊涂蛋把他卖掉了，他根本没分钱给我，早把它花光了。"

"把他卖掉了？"我一面说，一面就哭起来了，"嗐，那是我的黑人哪，钱也该是我的。他在哪儿？——我要我的黑人。"

"算了吧，干脆告诉你，反正你那黑人弄不回来了——你别哭了吧。你听着——你想想看，你敢不敢泄我们的底？我要是相信你才怪呢。哼，你要是胆敢告我们的话……"

他没往下说，可是他眼睛里显出一股挺凶的神气，真是难看，我从来没见过。我还是抽抽噎噎地一个劲儿哭，一面说：

"我并不打算泄谁的底；我也没工夫去泄；我得赶快上别处去，找我那个黑人。"

他显得有点儿心烦，站在那儿，把一些广告搭在胳臂上，让风吹得乱飘，一面在想心思，一面皱着眉头。后来他才说：

"我要告诉你一个消息。我们在这儿得待三天。只要你答应不泄我们的底，也不让那黑人说出去，我就可以告诉你上哪儿去找他。"

于是我就答应了，他又说：

"有个庄稼人叫作赛拉斯·斐——"他说到这儿就停住了。你明白吧，他一起头本打算给我说实话；可是他这么一停住，又琢磨起来，我就猜出他是改了主意。果然不错。他不敢相信我；想要让我在这三天当中准不会来打搅他们。所以过了一会儿他就说：

"把他买过去的那个人叫作阿布兰姆·福斯特——阿布兰姆·纪·福斯特——他住在这个村镇后面四十英里的地方,在上拉斐德去的路旁边。"

"好吧,"我说,"我有三天工夫能走这些路。今天下午我就动身。"

"啊,那可不行,你现在就得走才好;千万别耽搁吧,路上还得少说废话。你干脆就闭住嘴,一声不响地对直往前走,那你就不会把我们搅在一起惹出祸来了,听见了吗?"

他这么吩咐我,正是我情愿的,我本来就是故意逗着他这么说。我要自由自在地进行我的计划,没有人管我才行。

"那么你就快走吧,"他说,"你见着福斯特先生,随便怎么说都行。也许你能叫他相信吉姆的确是你的黑人——有些傻瓜并不要你拿证件出来看——至少我听说南方这带地方是有这种糊涂虫。你去跟他说,传单和奖金都是假的,再给他解释一下,人家为什么要耍这些花头,说不定他会相信你的话。快走吧,你爱跟他怎么说就怎么说;可是你千万得记住,从这儿上那儿去,路上可不许瞎说。"

于是我就走了,一直往村子后面的乡下走。我并没有往回看,可是总好像觉得他在盯着我。不过我知道我可以叫他盯个够,等他眼睛累了就不会再盯我了。我一直往乡下走,走了一英里来地才停住;过后我就穿过树林,再往斐尔普斯住的地方绕回来。我想我还是不要吊儿郎当地耽搁,干脆马上就动手进行我的计划才好,因为我要先去封住吉姆那张嘴,且等那两个家伙走了再说。我实在不愿意跟他们这种人捣麻烦。他们干的事儿,我简直是看够了,我很想干干脆脆地甩开他们。

第三十二章　我改名换姓

我赶到那儿的时候，四处都挺清静，像个星期日似的，天气挺热，太阳光挺足；帮工的都下地了；空中有好些虫子和苍蝇，嗡嗡地叫，更使那儿显得寂寞，好像什么人都死光了似的；有时候一阵小风吹过来，吹得树叶子沙沙地响，那就使你觉得挺凄凉，因为你觉得好像有些幽灵在那儿悄悄说话——死了多少年的幽灵——你还老想着他们在谈你哪。一般地说，这种情况真使人情愿自己也死了才好，一死也就一了百了。

斐尔普斯住家的地方是个小小的、巴掌大的植棉农场，这种地方都是差不多的。一个两亩地的院子，有一道木栅栏围着；还有一些锯下来的木桩子竖着摆成的一道梯磴，那些木桩子一个比一个高，好像一些高矮不同的木桶子似的，人家可以从这上面翻过栅栏，女人家要骑上马背的时候，还可以拿它们垫脚；那个大院子里还有一片一片半死不活的草皮，可是差不多全是光光的，什么也没有长，就像一顶磨掉了绒毛的旧帽子似的；有一幢两合的大木头房子，那是专给白人住的——这幢房子是砍得方方正正的木头盖起来的，木头上的缝子都用泥巴或是灰浆堵上了，那一条一条的泥巴，从前不知什么时候还刷过一道白灰；还有一间圆木头搭成的厨房，它和那幢房子当中，有一道又大又宽的走廊连起来，这道走廊两边是敞着的，可是上面有顶棚；厨房后面有一间木头搭的熏肉的屋子；熏肉的屋子后面有三间一排的黑人住的小木头棚子；紧靠着后面的栅栏，还有一间孤孤单单的小屋子，另外一边还有些下房；那间小屋子旁边放着一只浸灰桶和一口大锅，那是做肥皂用的；厨房门口摆着一条长凳，还有一桶水和一把瓢；有一只狗在太阳地里睡着了；别处还有一些狗，也在睡觉；老远的一个旮儿里长着三棵遮阴的树；靠近栅栏有一个地方，长着一堆一堆的醋栗子和野莓的小树；栅栏外面有一块菜园和西瓜地；再过去就是棉花地，棉花地再过去就是树林。

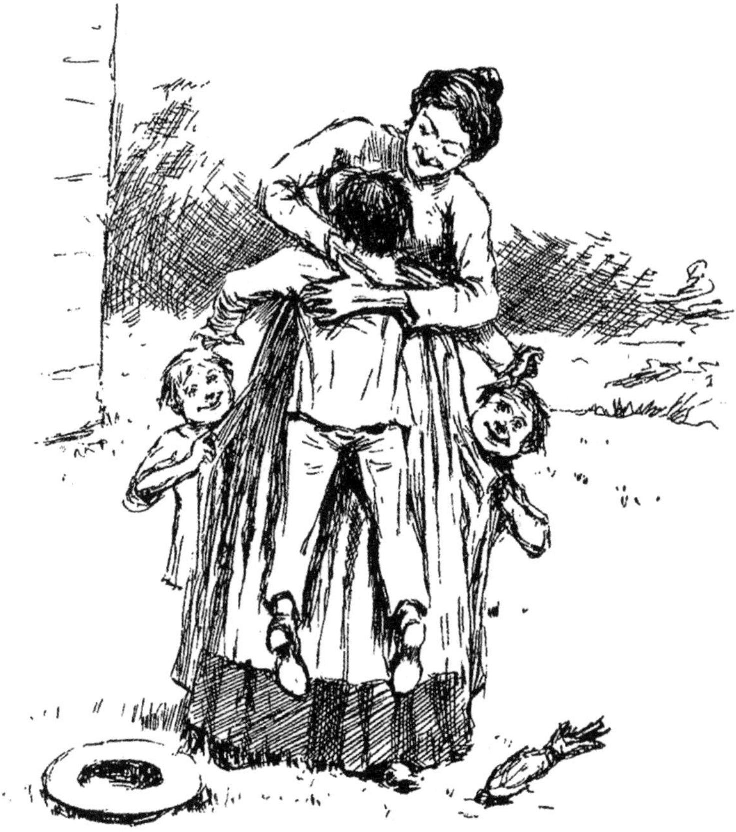

我绕到后面，从那浸灰桶旁边的梯磴翻过栅栏，朝着厨房走过去。我往前走了几步，就听见一架纺车隐隐约约的叫声，高一阵低一阵，像哭声似的；这下子我可真是恨不得自己死了还好些——因为那实在是全世界叫人听了最觉得凄凉的声音了。

我对直往前走，心里并没有打定主意，只好听天由命，且等事到临头，再靠老天爷保佑，让我能说出几句合适的话来对付过去；因为我已经看出来了，只要我听天由命，老天爷就每回都帮我的忙，让我嘴里能说出合适的话来。

我走到半路的时候，那些狗就一个个地站起，冲我扑过来；我当然就站住了，把脸冲着它们，站着不动。这下子它们就汪汪地咬起来，那可真是吓死人！一转眼的工夫，我就好像是成了个车轱辘的轴，可以这么说吧——四周围的狗就像是一根根的车条似的——它们有十四五条，把我团团围住，伸出脖子冲着我直咬直叫；还有别的狗也跑过来了；四处的狗都赶到这儿来，有的是从栅栏外面跳进来的，有的是从房子后面钻出来的。

有一个女黑人从厨房里飞跑出来，手里拿着一根擀面杖，大声嚷起来："滚开！小虎儿你这畜生！你也滚，小花儿！去，去，浑蛋！"于是她就把这个揍一棍，那个揍一棍，打得它们一面叫唤，一面跑开，别的狗也跟着散了；可是它们当中有一半马上又跑回来，围着我直摆尾巴，对我亲热起来。狗倒是没什么坏心眼儿的。

那个女人后面走出一个小黑姑娘和两个小黑男孩，他们身上除了麻布衬衫，什么也没有穿，一个个都揪住妈妈的衣裳，从她背后偷偷地望着我，挺害臊的样子，这种孩子反正老是这样。这时候有一个白种女人从屋子里跑出来，她大约有四十五岁到五十岁的样子，光着头，手里拿着纺锤；她后面也跟着她那些白种孩子，举动和那些小黑孩子一样。她满脸笑容，简直高兴得不得了的样子——她说：

"原来是你呀，终归来了！——可不是吗？"

我来不及想一想，就冲口而出地说了一声："是呀，大妈。"

她把我揪住，使劲地搂我；跟着又把我双手抓住，拉了又拉；她眼睛里迸出眼泪来，顺着脸蛋儿往下流；她把我搂一阵又拉一阵手，简直没个够,嘴里老在说:"我还以为你挺像你妈,可是我看你不怎么像;可是,天哪,我才不管这些呢,我看见你可真高兴呀!哎呀,哎呀,我简直像是能把你一口吞到肚里去!孩子们,这就是你们的汤姆表哥!——快给他问好吧。"

可是他们都马上低下头去,把手指头塞到嘴里,藏到她背后去了。于是她又赶快往下说:

"丽西,快去给他做一顿热和的早饭吧——咦,你是不是在船上吃过早饭了?"

我说我在船上吃过了。于是她就牵着我的手,动身上屋里去,孩子们都在后面紧跟着。我们到了屋里的时候,她就叫我坐在一把木条钉成的椅子上,她自己在我前面一条挺矮的小凳上坐下,揪着我的两只手,说:

"现在我可以把你仔细看一看了;唉,天哪,这些年来,我老在盼着看看你,真不知想过多少回,现在总算看到了!这回我们盼着你来,已经等了两三天了。你让什么事情给耽误了?——是不是船搁浅了?"

"是呀,大妈——船……"

"别叫我大妈呀——你叫我莎莉阿姨吧。船在哪儿搁浅的?"

我可不知道怎么说才对,因为我根本不知道那只船究竟应该从大河下游往上开,还是从上游往下开。可是我向来爱随便瞎猜;这回我就猜着船是往上水开的——从下游开到奥尔良去。可是这么一猜,还是没有多大用处;因为大河下游那一段的浅滩叫什么名字,我都不知道。我看我得捏造一个浅滩才行,要不然就得说是我把轮船搁浅的那个滩的名字忘了——再不然——这时候我忽然想出了一个主意,就把它说出来了:

"那还不是为了搁浅——搁浅倒只耽误了一会儿工夫。我们船上有一个汽缸盖炸掉了。"

"哎呀,老天爷!伤了人吗?"

"没伤人,您哪。只炸死了一个黑奴。"

"啊,总算走运;因为有时候是要伤人的。两年前圣诞节那天,你赛拉斯姨爹从新奥尔良乘拉里·卢克那只旧船上来,那回就炸掉一个汽缸盖,有一个人给炸成了残废。我好像记得他后来死掉了。他还是个浸礼教徒呢。你赛拉斯姨爹认识一个住在巴东·卢什的人家,他们跟那个人家里挺熟。对啦,我现在想起来了,他的确是死了。他那伤口腐烂了,长了毒疮,大夫只好给他锯掉那条腿。可是结果还是没有救活他。不错,是长了毒疮——一点也不错。他浑身发青,死的时候还希望将来能得到光荣的复活呢。他们说他那样子真叫人看了难受。你姨爹每天都到镇上去接你。今天又去了,还不过个把钟头;说不定马上就会回来。你准是在路上碰见了他,是不是?——他是个上年纪的人,手里拿着个……"

"没有,莎莉阿姨,我没碰见什么人。船是天亮的时候靠岸的,我把行李放在趸船上,就到镇上到处逛了一阵,又溜到乡下,混掉些工夫,免得到这儿太早;所以我是走后面绕着来的。"

"你把行李交给谁了?"

"谁也没交。"

"嘻,傻孩子,那可要给人家偷走了!"

"我藏的地方挺好,我看不会让谁偷掉。"我说。

"那么大清早,你怎么就在船上吃了饭呢?"

这一问可问得真有点儿悬,可是我马上就说:

"船长看见我站着没事儿,就给我说,最好是先吃点东西再上岸;所以他就把我带到顶上一层去,叫我跟船上的职员一块儿吃早饭,给我吃了个饱。"

我越来越慌张,简直连话都听不清楚了。我心里老在那些孩子们身上转念头,直想把他们引到一边去,在外面逗着他们说出点儿底细,才好弄清楚我到底是谁。可是我一直找不出机会来,因为斐尔普斯太太老在问个没完没了,话还说得挺快。过了一会儿,她问了些话,简直弄得我浑身都发冷,因为她说:

"可是咱们老把这些话说个没完,你还没提到姐姐,她家里的人一个也没提到呀。好吧,我先歇会儿嘴,让你把话匣子打开吧;你干脆把什么都告诉我——给我说说他们大伙儿的事情——个个都得说到才行;他们怎么样,都在干什么,还有他们叫你给我说什么话;你不管想到什么,都说给我听听吧。"

嗐,我知道这下子我又坐蜡了——简直是没法儿下台。老天爷一直都帮我的忙,总算没出岔子,现在我可成了一只搁浅的船,怎么也走不动了。我知道再那么瞎对付下去是不行的——我非举手投降不可。于是我心里就想,这下子又逼到了绝路,只好是硬着头皮说实话了。我正张开嘴来要说,可是她突然揪住我,赶紧把我推到床背后,说:

"他回来了!你把头低下去一点儿——对,那么着就行了;他看不见你。你可千万别作声,不让他知道你来了,我要给他开个玩笑。孩子们,你们也不许多嘴呀。"

我知道这下子可不好办了。可是光着急也没好处;只好悄悄儿待着,等天上打下雷来的时候,沉住气熬过那一关,再没别的办法了。

那位老先生进来的时候,我刚好看了他一眼;随后床铺就把他挡住了。斐尔普斯太太一下子冲他跳过去,说:

"他来了吗?"

"没有。"她的丈夫说。

"老——天——爷呀!"她说,"他到底出了什么事呢?"

"我猜不出,"老先生说,"说老实话,我简直是担心得要命。"

"担心!"她说,"我简直快急疯了!他一定是已经到了;你在路上跟他错过了吧。我准知道是这么的——好像是有神仙给我报了信似的。"

"嗐,莎莉,我决不会在路上和他错过——这你总该知道呀。"

"可是,哎呀,哎呀,姐姐可要埋怨我们了!他准是来了!你准是把他错过了。他……"

"啊,别再折磨我了吧,我心里已经够难受了。我简直摸不清这到底是怎么回事。我实在是想不出什么办法了,说老实话,我简直吓坏了。要说他已经来了,那是不会有的事;因为他要是来了,我就决不会和他错过。莎莉,这事儿真糟糕透了——实在是糟糕——准是轮船出了事,一定是!"

"嘿,赛拉斯!你往外面瞧瞧!——就在那大路上!——是不是有人过来了?"

他跑到床当头的窗户那儿去,这就中了斐尔普斯太太的计,给了她一个机会。她赶快到床铺这一头,弯下腰来,拽了我一把,我就出来了;后来斐尔普斯先生从窗户那儿转过身来,她就堆着笑脸站着,满面红光,红得就像一所着了火的房子似的,我呆头呆脑地站在她身边,浑身直冒汗。那位老先生瞪着眼睛看,一面问:

"咦,这是谁?"

"你猜是谁?"

"我猜不出。他到底是谁呀?"

"这就是汤姆·索亚!"

天哪,我差点儿钻到地板缝里去了!可是我简直连换个花招儿都来不及了;那位老先生揪住我的手直拉,拉个没完;那女人就一直在旁边跳来跳去,哈哈大笑,一面还老是嚷,真是高兴透了;后来他们俩都拼命冲我开火,问这问那,把席德、玛丽和那一家里别的人的情形通通问到了。

可是要说他们高兴的话,那跟我那股高兴劲儿比起来,真是算不了什么;因为我就像再生到世上来似的,好容易知道了自己究竟是谁,真是高兴透了。好家伙,他们一直钉住我问了两个钟头;后来我简直把嘴都说干了,实在不能再说下去了,我把我家里的事儿——我是说索亚那一家的事儿——可真说得不少,比六个索亚家里的事儿还说得多呢。我把我们那只船在白河口上炸掉汽缸盖的情形说得有眉有眼,还说我们花了三天工夫才把它修好。这倒说得挺像,一点儿没露马脚;因为他们那种人还真相信要三天才能修好呢。我要是说炸掉的是个螺丝帽的话,他们也还是会相信的。

这时候我一方面觉得非常痛快,一方面又怪着急。冒充汤姆·索亚是挺痛快、挺自在的,我一直都觉得又痛快,又自在,后来一听有个小火轮顺着大河往下叫起来,我就觉得事儿不妙了。于是我就想,假如汤姆·索亚就是搭的这只船下来了,那可怎么好?假如他不定什么时候走进这儿来,还没等我来得及对他使个眼色,叫他别作声,他就把我的名字叫出来了,那又怎么办呢?

哼,我可不能让这事情弄到这个地步,那是绝对不行的。我得顺着大路往上走,在半道上截住他。所以我就对他们说,我要到镇上去,把行李取回来。那位老先生很愿意跟我一道去,可是我说不用,我自己会赶马车,请他不用为我的事费心。

第三十三章　皇家人物的悲惨下场

　　于是我就驾着大车往镇上去,刚走到半路,我就看见对面有一辆大车过来了,果然不错,那正是汤姆·索亚;我就停了车,等他过来。我喊了一声"站住"!他的车就挨着我的车停住了,他把嘴张得挺大,像一口箱子似的,就那样愣了很久;他嘴里咽了两三回唾沫,像个嗓子发干的人似的,后来他才说:
　　"我从来没什么事对不起你呀。你也是知道的。那么,你干吗要还魂来缠我呢?"
　　我说:"我并不是还魂——我根本就没到阴间去呀。"
　　他听见我的声音,好像心里踏实了一点,可是他还是不大放心。他说:
　　"你可千万别跟我开玩笑,因为我也不会开你的玩笑。说实话,你真不是个鬼吗?"
　　"是说的实话,我不是鬼。"我说。
　　"好吧——我……我……呃,这么说当然就应该没问题了;可是我好像弄不清楚这到底是怎么回事。我问你,难道你压根儿就没让人家弄死吗?"
　　"没有。我根本没让谁弄死——那是我给他们耍的花招儿。你要是不信,就过来摸摸我吧。"
　　他真的上我车里来,摸了我一下;这才使他放了心;他又和我见了面,真是高兴得了不得,简直不知如何是好。他马上就想要知道一切经过,因为那是一段了不起的冒险经历,又挺神秘,并且还恰好合他的脾胃。可是我说,先别谈那个,往后再说吧;我就叫他那个赶车的等一等,我们把车子赶开了一点,我就把我那为难的情形告诉他,问他认为该怎么办才好。他说,让他好好地想一想,别打搅他。于是他就想了又想,

过了一会儿,他就说:

"不成问题;我想出办法来了。把我的箱子搬到你车上去,就说是你的;你再赶着车回去,路上慢慢儿多蘑菇一会儿,你琢磨着该什么时候到家就什么时候到吧;我自个儿再到镇上去一趟,从那儿再往这边走,等你到了之后一刻钟或是半个钟头,我再赶来;我刚到的时候,你就装做不认识我好了。"

我说:"好吧;可是先别忙。另外还有一桩事情——这事儿除了我谁也不知道。那就是,这儿有个黑人,我打算把他偷走,不叫他再当奴隶了,他的名字叫作吉姆——就是华森老小姐的吉姆。"

他说:"什么!啊,吉姆在……"

他没往下说,心里琢磨起来了。我就说:

"我知道你要怎么说。你会说这是卑鄙、下流的事儿;可是那又有什么关系呢?我根本就是下流的;我打算去把他偷出来,请你保守秘密,不要声张。行不行?"

他眼睛里突然一亮,他说:

"我要帮你的忙,把他偷出来!"

我一听这话,好像挨了一枪似的,简直没有抓拿了。这真是最叫人吃惊的话,我一辈子没听见过——说老实话,我觉得汤姆·索亚的身份都降低了。不过我不能相信他这句话。汤姆·索亚哪会偷黑人呀!

"啊,别瞎说了!"我说,"你在开玩笑吧。"

"我可不是开玩笑。"

"那么,好吧,"我说,"不管你是不是开玩笑,反正你要是听见人家说起一个逃跑的黑人,可千万要记住,就说你不知道这事儿,我也不知道这事儿。"

随后他就把他的箱子搬到我车上来,于是我们俩就坐上车子,各人走各人的路了。可是我因为心里太高兴,又在想心思,当然就忘了慢慢地赶车;结果我到家就到得太快,不像是赶了那么远的路。那位老先生正在门口,他说:

"嘿,这可真了不起呀!谁想得到这匹母马居然有这么大本事?可惜没把它的时间记下来。它还简直没出汗哪——连一根毛也没汗湿呀。真了不起。嗐,现在哪怕是给我一百块大洋卖这匹马,我也不干了——我一定不干,真的;可是原先只要十五块我就愿意卖,并且还以为它就只能值那几个钱呢。"

他就只说了这些话。他是我所见过的最没心眼儿、最老好的一个老头儿。可是这也并不稀奇;因为他不光是个庄稼人,还是个牧师,他那农场后面有一个木头搭的巴掌大的教堂,那是他自己花钱盖的,又作教堂,又作学校,他讲道从来不要人家给钱,并且还没有白费力气。南方还有许多别的庄稼人当牧师的,也都是这么办。

大约过了半个来钟头,汤姆的马车就赶到了前面的梯磴那儿;莎莉阿姨从窗户里看见了,因为那儿只隔着五十来码。她一见有人来了,就说:

"咦,又有人来了! 我猜不出,那是谁呢?啊,我相信那准是个远处来的客人。吉米(这是那些孩子们当中的一个),快去告诉丽西,开饭的时候多摆一份盘子吧。"

大伙儿都赶紧跑到大门口,因为远客是难得每年都来的,所以只要是来了,就能引起大伙儿的兴趣,简直赛过黄热病。汤姆翻过了梯磴,正在冲着这所房子走过来;马车顺着大路飞跑,往镇上去了,我们这些人通通堵在门口。汤姆穿着一身现成的新衣服,又有那么多人瞧着他——汤姆对这一套向来是很有兴趣的。遇到这种情形,他要摆出一副神里神气的派头来,是毫不费劲的。他可不是一个不大方的孩子,决不会像一只绵羊似的,羞羞答答地从那个园子里走过来;不,他大大方方、神气十足地走过来,像一只公羊的样子。他走到我们面前的时候,就把帽子轻轻地摘下来,那副斯文和讲究的派头真了不起,简直好像是一只匣子里有些蝴蝶在睡觉,他摘下帽子的神气,就像是掀开那个匣子的盖儿,还怕打搅那些蝴蝶睡觉似的。他一面摘帽子,一面说:

"对不起,我想您就是阿契波德•尼库尔斯先生吧?"

"不是,好孩子,"那位老先生说,"真糟糕,你那个赶马车的骗你了;尼库尔斯家里离这儿还有三英里来地哪。请进来吧,请进来吧。"

汤姆就回过头去望了一下,说:"来不及了——他已经走得不见了。"

"是呀,他走远了,孩子,你只好进来跟我们一块儿吃饭了;吃过饭我们就套上马车,送你到尼库尔斯家里去。"

"啊,我可**不能**给您添这么多麻烦;连想都不能那么想。我打算走着去——我不怕道儿远。"

"可是我们哪能**让**你走呀——那么着就不合我们南方人招待客人的规矩了。快进来吧。"

"啊,**千万**要进来,"莎莉阿姨说,"这一点也不算麻烦,根本就什么麻烦也说不上。你非在这儿歇一歇**不可**。这么远的三英里路,尘土又大,我们可不能让你走去。还有呢,我刚才看见你来的时候,就叫他们多摆了一份盘子;所以你千万不能让我们失望。快进来吧,用不着客气。"

于是汤姆就挺热烈地大大方方给他们道谢,听从了他们的劝告,还是进来了;他到了屋里的时候,就说他是刚从俄亥俄希克斯维尔来的,名字叫威廉·汤普生——说完又鞠了个躬。

这下子他就滔滔不绝地一个劲儿东说西说,拼命编些话来,把希克斯维尔那地方和那儿的人都说得活灵活现,我听着真有点儿着急,不知道这一套怎么能帮我解决困难;后来他一面还在说话,忽然伸过头去,对准了莎莉阿姨嘴上亲了一下,完了又回到椅子上挺自在地坐着,还打算再往下说,可是莎莉阿姨跳起来,使手背擦了擦嘴,说:

"你这小畜生好大的狗胆!"

他好像有点儿委屈的样子,说:

"太太,您这么不客气,我可真想不到呀。"

"你想不……嗐,你当**我**是什么人呀?我本是一片好心,并且还……喂,我问你,你居然跟我亲起嘴来了,到底安着什么心呀?"

他装出一副老实样子,说:

"我什么心也没安,太太。我并没坏心眼儿。我——我还以为您喜欢让我亲亲嘴呢。"

"嗐,你这天生的小糊涂虫!"她拿起纺锤来,看她那样子,简直是拼命忍住,才没有揍他一下,"你凭什么会想到我喜欢让你亲嘴呀?"

"啊,我也不知道。不过他们——他们都给我说您会喜欢。"

"他们给你说我会喜欢!给你说这种话的人,也跟你一样,准是些疯子。这种荒唐透顶的事儿,我可没听说过。他们到底是谁?"

"嗐,大伙儿嘛。他们都是那么说的,太太。"

她拼命地忍,才忍住了;她气得直眨眼睛,手指头也在动,好像是想要抓他几下似的;她说:

"**大伙儿**是谁呀?快把他们的名字说出来,要不我就揍死你这糊涂蛋。"

他站起来,显出挺难受的样子,笨手笨脚地把他的帽子摸来摸去;后来他说:

"对不起,我真没想到是这样。是他们叫我亲的。他们都叫我跟您亲亲嘴。大伙儿都说,跟她亲亲嘴吧,还说她会高兴。他们都那么说——个个都说过。可是我很对不起您,太太,我再也不敢了——老实说,再也不敢了。"

"你不敢了,是不是?哼,我也**想着**你不敢了!"

"真不敢了,您哪,我是说实话;我再也不敢这么做了——除非您央求我跟您亲嘴。"

"除非我**央求**你亲!这种稀罕事儿我从出娘胎起就没见过!我敢担保你要是等着**我**来央求你亲嘴——或是叫你这类的傻瓜亲嘴,那你就像千年王八那么长寿也等不上。"

"唉,"他说,"这可实在是想不到。怎么啦,我简直莫名其妙。他们说您会高兴,我也猜着您会高兴。可是……"他不往下说了,慢慢地朝周围望了一下,好像是想要碰巧看到有谁对他表同情似的,后来他就盯住那位老先生的眼睛,说:"先生,**您**是不是认为她会喜欢我跟她亲嘴呢?"

"嗐,不;我——我——呃,不,我相信她不会喜欢你亲她。"

于是他就转过脸来,还是那么慢慢地望着,后来瞧见了我,就说:

"汤姆,你是不是想着莎莉阿姨会摊开胳臂欢迎我,赶紧说:'席德·索亚……'?"

"天哪!"莎莉阿姨打断了他的话,连忙向他跳过去,"你这冒失的小捣蛋鬼,怎么这样拿人家开心呀……"她正想要去搂住他,可是他一手把她挡开,说:

"别忙,您得先央求我一声才行。"

她赶快央求了他一声,马上就搂着他,亲了又亲,完了又把他推到

老头儿面前,让他也沾点儿边,过一会儿瘾。等到他们又清静了一点的时候,莎莉阿姨就说:

"哎呀,真有趣,这么个喜出望外的事儿,我还没见过。我们光知道汤姆要来,没想到你也来了。姐姐来信光说他要来,根本没提起还有别人。"

"那是因为原来只打算让汤姆一人来,除了他,本来是谁也不叫来的,"他说,"可是我一回又一回地求她,后来临到汤姆要走了,她才让我也一块儿来;所以我和汤姆在船上的时候,就合计着可以开个挺好的玩笑,叫他先上这儿来,我在后面耽搁一阵,再像凑巧似的找上门来,假装一个生人。可是我们这一下弄错了,莎莉阿姨。像这么个不客气的人家,生人来了可是不大妥当呀。"

"是呀,席德,冒失的小淘气鬼上这儿来是不大妥当的。你真该挨两个耳光才对;多少年来,我都没让谁惹得生这么大的气。可是我倒不在乎,尽管把我逗苦一点也不要紧——只要你来了,哪怕给我开一千个这样的玩笑,我也受得了,不会不高兴。啊,想起你那一手,可真是耍得妙!说老实话,你那么猛一下跟我亲个嘴,可真把我吓愣了。"

我们在那所房子和厨房当中敞着的宽走廊里吃饭;桌上摆的饭菜足够七家人吃——并且还是挺热和的;不像那些嚼不烂、咬不动的肉,在潮湿的地窖子里搁在碗柜里过了一夜,到第二天清早吃起来简直像一块冰凉的老牛排似的。赛拉斯姨爹临到吃饭的时候做了一段挺长的祷告,可是总算还值得听;那些吃的东西也没有让他给弄凉了,我有好些回看见别人说那套废话,可就让饭菜弄得冰凉了。

整个下午,大伙儿谈的话可不少;我和汤姆一直都在留神听着,老想听出一点儿消息来;可是白听了一阵,他们偏偏就没有提到什么逃跑的黑人,我们也不敢逗着他们往这上面谈。可是到了晚上,吃晚饭的时候,有一个小孩说:

"爸,让汤姆和席德带我去看戏好不好?"

"不行,"老头儿说,"我看根本就不会演什么戏了;就算是要演的话,你们也不能去;因为那逃跑的黑人把那演戏骗人的事儿通通告诉波顿和我了,波顿说他要告诉别人;所以我估计还不等到这时候,他们早就把这两个不要脸的流氓从镇上撵出去了。"

哈,原来是这样呀!——可是这事儿不能怨我。他们让汤姆和我在一个屋子里睡一张床;我们刚吃完晚饭,就说是累了,跟他们说了一声明儿见,就上楼去睡觉,再从窗户里爬出来,顺着避雷针溜到地下,赶快往镇上跑;因为我不相信会有谁给国王和公爵报信,所以我要是不赶快去把消息告诉他们,他们就准得倒霉。

我们在路上走着,汤姆就把大伙儿猜想我被人杀了的情形都给我说了一遍,又说起我爸爸不久就失踪了,再也没有回去,还有吉姆跑掉之后,镇上又怎么轰动了一阵;我就把我们那两个演《皇家奇物》的坏蛋说了一遍,还抓紧那点儿时间,尽量说了些木排上的事情;后来我们赶到镇上,正在穿过中间的街道的时候——那时候已经差不多八点半了——忽然有一群人拿着火把,疯了似的涌过来,还拼命地嚷,拼命地叫,一面敲着洋铁锅,一面吹着喇叭;我们就往旁边一跳,让他们过去;他们走过的时候,我就看见他们把国王和公爵骑在木杠子上抬着游街——这就是说,我知道那是国王和公爵,其实他们浑身都涂满了柏油,贴满了鸡毛,简直连人样儿都看不出了——就像是两把挺大挺大的鸡毛掸似的。嗐,这可真叫我看了觉得不是味儿;我还替他们那两个可怜的坏蛋难受,好像觉得再也不会对他们记恨了。那种情形可实在叫人看了害怕。人对人可真能狠得下心呀。

我们知道已经来不及了——什么办法也没有了。我们向几个看热闹的人打听了一下,他们说大伙儿都装着老老实实的样子去看戏,不声不响地打好了埋伏,等到那可怜的老国王在戏台上跳跳蹦蹦,正跳得起劲的时候,就有人发了个信号,于是全场都站起来,向他们冲过去,把他们逮住了。

于是我们就慢慢地往回走,这时候我再也不像起先那么性急了,不知怎么的,我觉得有点儿不痛快,好像没脸见人和干了什么对不起人的事似的——其实我什么错儿也没有。可是一个人老爱犯这个毛病;不管你把事情做对了没有,都是一样,反正一个人的良心总是不讲道理,偏要跟他找碴儿。我要是有一只黄狗,也像人的良心那么糊涂,那我就要拿毒药把它药死。良心在人身上占的地方比心肝肠肚一包在内还占得多,可又一点儿用处都没有。汤姆·索亚说他也觉得是这么的。

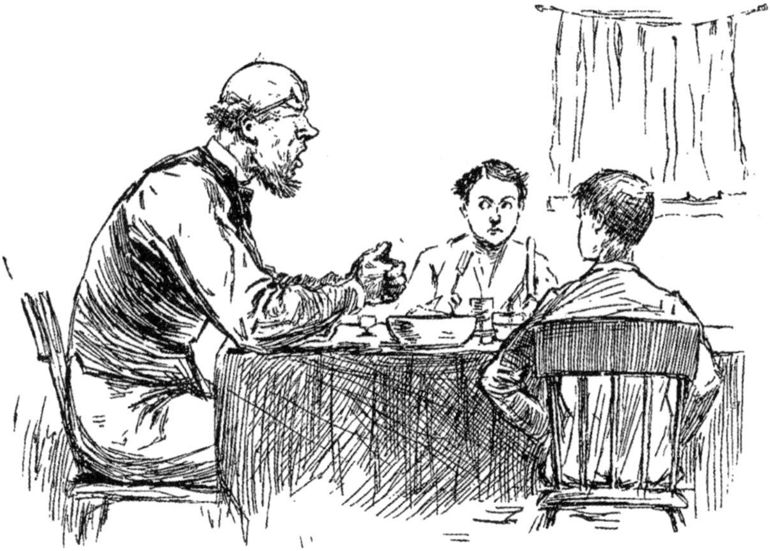

第三十四章 我们给吉姆打气

我们停止了谈话,想起心思来了。过了一会儿,汤姆说:

"嘿,哈克,我们早没想到,真是傻透了!我敢说我知道吉姆在什么地方。"

"怎么!在哪儿?"

"就在浸灰桶旁边那个小屋子里。你听我说吧。咱们吃午饭的时候,有个黑人拿着吃的东西上那儿去,你没看见吗?"

"看见了。"

"那么你猜那些吃的东西是送去干吗的?"

"喂狗的。"

"我原来也是那么想。嗐,其实不是喂狗的。"

"为什么?"

"因为那里面有西瓜。"

"是那么的——我看到了。嘿,这可真是怪事儿,我怎么简直没想到狗不吃西瓜呀。从这儿可以看出一个人尽管看见什么东西,有时候还是等于没长眼睛。"

"还有呢,那黑人进去的时候把门上的挂锁打开,出来的时候又把它锁上了。咱们吃完了饭,离开桌子的时候,他正巧交了一把钥匙给姨爹——我猜一定就是那把钥匙。有西瓜就表示那是人,锁上了门就是说那个人在里面关着;在这么个小农场上,人挺和气,心眼儿挺好,大概不会有别的犯人。所以那犯人准是吉姆。好极了——咱们照侦探的方法把事情弄明白了,我可真是高兴;我看别的办法简直是狗屁不值。现在你动动脑筋,想个办法把吉姆偷出来吧,我也要琢磨出一个办法来;看谁想得好,就用谁的主意。"

一个小孩能有那么好的脑筋,可真是了不起!我要是有汤姆·索

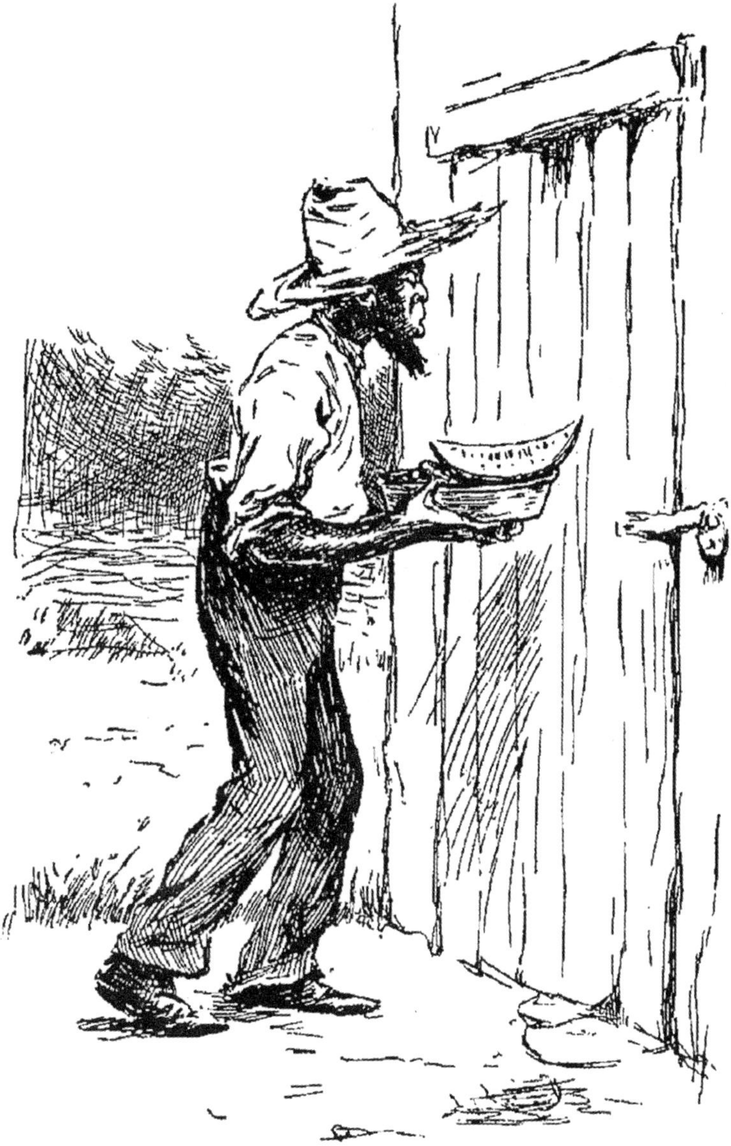

亚那样的脑筋,那就不管拿什么来给我换都不行,无论是让我当公爵,或是轮船上的大副,或是马戏班里的小丑,或是我想得起的什么角色,我都不干。我也想琢磨出一个办法来,可是那不过是白费心思,对付一下;我分明知道妙主意会从哪儿想出来。过了一会儿,汤姆就问我:

"想出来了吗?"

"想出来了。"我说。

"好吧——说给我听听。"

"我的主意是这样的,"我说,"咱们很容易弄清楚吉姆是不是在那里面。明天晚上咱们就把我那个小划子捞起来,再到那小岛上去把木排划过来。然后只等头一个漆黑的晚上,咱们就在那老头儿睡觉之后,从他裤子里把钥匙偷出来,带着吉姆坐上木排,顺着大河赶快往下溜,一到白天就藏起来,晚上才赶路,就像我和吉姆从前那样办。这个主意行得通吗?"

"行得通?嗐,那当然是行得通啰,就像耗子打架似的。可是那他妈的太省事了;一点儿意思也没有。像这种毫不费劲的主意有什么价值呢?真是太没味道了。嗐,哈克,这也不过是像闯进肥皂厂去偷点儿肥皂似的,人家说起来,谁也不会把它当回事。"

我一声不响,因为我本来就料到他会这么说;可是我也知道得挺清楚,只要他的主意想好了,那准是十全十美,挑不出什么毛病来。

果然不错。他把他的主意给我说了,我马上就看出这是个派头十足的妙计,抵得上十几个我那样的屁主意,并且还跟我那个办法一样,也能让吉姆恢复自由,说不定还能叫我们几个人都把命送掉呢。所以我就觉得挺满意,主张赶快办。他出的是个什么主意,我现在先不忙说出来,因为我知道他的主意不会老是不变。我知道我们一面做下去,他就会一面随意修改,只要有机会,他就要添些新花样进去。后来他果然是这么干的。

不过有一点可是毫无问题,那就是汤姆·索亚的确是诚心诚意,的确是打算帮忙把那个黑人偷出来,叫他摆脱奴隶生活。这也正是叫我莫名其妙的一点。像他这么个孩子,本来很体面、很有教养;他要是干坏事儿,就会损坏他的身份;他家里的人也都是挺有身份的;他又挺聪明,并不是傻头傻脑;他很精灵,并不糊涂;他决不下作,心眼儿也挺好;现在他可是降低了身份,一心一意要来干这种事儿,完全不要面子,不管是非,也不顾人情,豁着在大伙儿面前给他自己丢脸,还给他家里丢脸。这我可是怎么也不懂。这简直是荒唐透顶,我知道我应该干脆给他这么说,那才算是他的知己朋友;我应该劝他趁早撒手,别再干下去,免得损坏自己的名誉。后来我就真的开口劝他;可是他不许我说下去,他说:

"你当我是糊里糊涂,不知道自己在干什么吗?我平常做事,不是向来有主张的吗?"

"是呀。"

"我不是明明说了我要帮忙把那个黑人偷出来吗?"

"是呀。"

"哼,那就得啦。"

他的话就说到这里为止,我也没有再往下说什么。多说也是白搭;因为他说要干什么,就非干不可。可是我就是弄不明白,他怎么会愿意搅在这种事情里面;我只好随它去,再也不为这事儿操心了。他既然非这么做不可,我也没法儿拦住他。

我们到家的时候,整个房子里都是漆黑的,一点儿声音也没有;所以我们就一直跑到浸灰桶旁边的小屋子那儿去,看看情况。我们从院子里走过去,试试那些狗怎么样。它们都认识我们,所以就没有大声地汪汪叫,只是像乡下的狗在夜里听到外面有什么走过的时候那样,稍微叫了两声就完了。我们走到那个小木头房子跟前的时候,就看了看前面和两边;后来在我原先没看清楚的那一边——那就是朝北的一边——我们发现了一个方方的窗口,离地挺高,只在框子上钉了一块结实的木板。我说:

"这可好了。这个窗口还不算小,咱们只要把那块木板撬掉,吉姆就可以从里面钻出来。"

汤姆说:"这未免太省事了,就跟下跳棋似的,简直像逃学那么容易。哈克·费恩,我希望咱们能想出个办法,总得比这个曲折一点才行。"

"好吧,"我说,"那么,锯开那块木板让他出来,行不行？就像我那回让人谋害了的时候那个办法,怎么样？"

"那倒还像个主意,"他说,"那挺神秘,挺麻烦,也挺够味儿,"他说,"可是我管保咱们准能想出个别的办法,有这一倍那么费劲。别着急；咱们再上别处瞧瞧吧。"

在这个小屋子和栅栏当中,靠后面那一边,有一间斜顶的棚子,和那小屋子的屋檐连着,是木板子搭的。这个棚子和那间小屋子一样长,可是挺窄——只有六英尺多进深。它的门在南面那一头,上面加了一把挂锁。于是汤姆就上那个煮肥皂的锅那儿去,到处找了一阵,后来就把人家拿来揭锅盖使的一个铁玩意儿拿了来；于是他就使这玩意儿撬开了一颗骑马钉。链子掉下来了,我们就把门打开,走进去再把门关上,又划了一根洋火,这才看出这个棚子不过是靠着那间小屋子搭的,并不相通；棚子里没有地板,那里面除了一些锈了的废锹和铲子、铁镐,还有一把坏了的犁,别的什么也没有搁。洋火灭了,我们也就出来了,于是又把那颗骑马钉插上,那扇门就和原来一样,好好地锁着了。汤姆挺高兴。他说：

"这下子咱们就好办了。咱们可以在地下挖个洞,让他爬出来。那得花个把星期的工夫！"

随后我们就往大房子那边走,我从后门进去了——他们并不把门扣死,你只要把门闩上的一根鹿皮条子拉一下,就可以开门进去——可是汤姆·索亚偏要嫌这个不够神秘；他非要顺着避雷针爬上去不可。可是他爬了三回,都只爬到半截,就泄了气,每回都摔了下来。最后一回,他差点儿把脑浆都摔出来了,这下他才想到非放弃这个办法不可；可是他歇了一会儿,又说还是要碰碰运气,再试它一回,结果他居然爬上去了。

第二天早上,天刚一亮我们就起来了,马上就到那些黑人住的小屋子里去,跟那些狗亲热亲热,和那个送东西去给吉姆吃的黑人攀交情——其实我们还不知道他究竟是不是给吉姆送东西吃的。那些黑人快吃完早饭了,正要下地去；吉姆的那个黑人在一个洋铁锅里摆上面包、肉和一些别的东西,其余的黑人出去的时候,就有人从大房子里把钥匙送过来了。

这个黑人脾气挺好,脸上有一副傻乎乎的神气,他的鬈发用线捆成一绺一绺,这是避邪的。他说妖巫死缠着他,已经有好几夜了,老叫他看见各式各样稀奇古怪的事情,听见各式各样奇怪的话和响声,他相信他一辈子还没有让妖巫缠过这么久。他弄得神经非常紧张,只好到处乱跑,老想摆脱自己的灾难,结果他简直把要干的事情通通忘掉了。于是汤姆就说:

"这些吃的东西拿去干吗?喂狗的吗?"

这个黑人脸上好像慢慢地笑开了,他那副神气就像你在一个泥水坑里丢了一块砖头似的。他说:

"是呀,席德少爷,是一只狗。还是个稀奇的狗哪。你想去看看他吗?"

"好吧。"

我把汤姆推了一下,悄悄说:

"你打算就这样在大白天进去吗?那跟咱们的计划**不对**呀。"

"对倒是不对;可是**现在**咱们的计划就得这样。"

真糟糕,我们就往那儿走,可是我不大喜欢去。我们走进那个小屋的时候,差不多什么也看不见,因为那里面太黑了;可是吉姆果然在那儿,一点也不错,还看得见我们;他大声嚷起来:

"嘿,哈克!**天哪**!那不是汤姆少爷吗?"

我早就知道会这样;果然猜对了。我可不知道怎么办才好;就是知道怎么办,也来不及,因为那个黑人马上就插嘴说:

"嗐,老天爷呀!他认识你们两位少爷吗?"

这时候我们可以看清楚了。汤姆就望着那个黑人,不慌不忙、有点儿觉得奇怪地说:

"**谁**认识我们呀?"

"咦,这个逃跑的黑人呀。"

"我看他并不认识我们;可是你脑子里怎么会凭空起了这么个念头呢?"

"**凭空**起了这个念头?刚才他不是像认识你们似的,大声叫你们吗？"

汤姆装作莫名其妙的样子，说：

"哼，这真是奇怪。谁大声叫来着？是什么时候叫的？他叫什么来着？"他又掉过头来，从从容容望着我说，"你听见有人叫来着吗？"

当然我也没有别的话可说，只好撒一句谎；所以我就说：

"没有；我可没听见谁说什么话。"

于是他又往吉姆那边转过身去，把他浑身打量了一下，好像压根儿没见过他似的，说：

"你叫来着吗？"

"没有，您哪，"吉姆说，"我可没说什么，您哪。"

"一个字都没说吗？"

"没有，您哪，我连一个字也没说过。"

"你从前见过我们吗？"

"没有，您哪；我可是想不起见过您。"

那个黑人显得很慌张、很苦恼的样子，汤姆掉过头去冲着他，摆出几分严厉的神气说：

"你瞧你这到底是怎么回事呀？你怎么会觉得有人叫过？"

"啊，又是他妈的那些妖巫在作怪，我真恨不得死了还好些，真的。他们老是这么跟我捣蛋，您哪，他们简直把我吓得什么似的，差点儿要了我的命。您可千万别跟谁说呀，您哪，要不然赛拉斯老爷又要骂我了；因为他说根本就没什么妖巫。我可真希望他在这儿就好了——那他还有什么话可说！我看他这回要是再不信，那可就怎么也说不出道理来了。世界上的事儿就是这样；犟脾气的人就老是那么犟；他们老不肯看事实，自个儿弄清楚，你要是把事情弄清楚了去告诉他们，他们又不相信你。"

汤姆给了他一毛钱，还告诉他说，我们不会跟谁讲；他叫他再买点线，把头发多捆几个结；随后他又望着吉姆说：

"我不知道赛拉斯姨爹会不会把这个黑人绞死。要是一个忘恩负义的黑人居然逃跑了，让我逮着，我可决不饶他，非绞死他不可。"那个黑人走到门口去，还把那个银角子放到嘴里咬一咬，看看它是不是好

的,汤姆就趁这机会悄悄儿对吉姆说:

"千万别让人知道你认识我们。到了晚上你要是听见有人在地下挖,那就是我们;我们要把你放出去。"

吉姆刚抓住我们的手,捏了一下,那个黑人就回来了;我们说那黑人要是愿意让我们来的话,有时候我们还可以再来;他说他愿意,特别是天黑的时候,因为妖巫多半是在黑地方跟他捣蛋,那时候要是有人在身边,倒是挺好。

第三十五章　秘密和巧妙的计划

那时候离吃早饭差不多还有个把钟头,所以我们就离开那儿,钻到树林里去了;因为汤姆说我们挖洞的时候,多少总得有点儿亮照一照才行,可是提灯又太显眼,难免会惹祸;我们要是能找到那种叫作鬼火的烂木头块儿,那就挺合用,你把这玩意儿搁在漆黑的地方,它就会发出一种隐隐约约的光来。我们拾了一大抱,把它藏在乱草里面,完了就坐下来歇气;汤姆有点儿不大满意,他说:

"糟糕,这事儿可是从头到尾太容易、太不够味儿了。所以要想出个费劲的计划,可他妈的真费劲哪。照说那儿应该有个守门的——可是偏没有,那就没法儿给他下迷药。连一条狗都没有,想要给它下迷药也不行。还有吉姆是用一条十英尺长的铁链子锁住一条腿的,链子套在他的床腿上;嗐,那你只要把床架子抬起来,褪出那条链子就完了。赛拉斯姨爹又对谁都相信;他把钥匙拿给那个傻瓜黑人,也不派个什么人去监视他。吉姆本来早就可以从那窗口里钻出来,可是他腿上还套着一根十英尺长的铁链子,要想那么走路,当然走不动。嗐,真讨厌,哈克,要打算这么办,简直是傻透了的主意,我一辈子没见过。什么困难都得靠你自己动脑筋去凭空制造才行。唉,咱们反正也就只好是这么办了,咱们得拼命想办法,利用眼前这些材料,好好儿干一场。不管怎么样,有一点反正是不会错的——这事儿的种种困难和危险,本来应该有人先给咱们安排好,可是人家偏不管,什么都得叫你自己动脑筋去制造,所以咱们遇到这种情况,要是经过许多困难和危险,把吉姆救出来,那就特别显得有光彩。你只消瞧提灯这一桩事情好了。就实际情况来说,咱们只能假装着怕点灯有危险。哼,要是咱们高兴的话,哪怕是带着一大队人打起火把去干,我相信也没什么不行。啊,想到这个,我又想起咱们还得趁早找个什么东西,做一把锯子才行。"

"咱们要锯子干吗?"

"咱们要锯子干吗?咱们要取下那条铁链子,不是得把吉姆那床铺的腿锯掉吗?"

"咦,你刚才不是说,咱们可以抬起床铺,把铁链子褪下来吗?"

"嗐,哈克·费恩,只有你这种人才说这种脑筋简单的话。你做事光会打些小娃娃的主意。你难道什么书也没念过吗?——比如特伦克男爵、卡萨诺瓦、本文努图·契利尼①和亨利四世②的书,还有别的英雄豪杰的书,你都没念过吗?谁听说过用这种没出息的办法把一个犯人放走的?没有这种事儿;那些顶有名的行家干这种事,都是把床腿锯成两截,还让它照原样立着,再把锯末吃掉,叫人看不出来,锯开的地方还抹上一些土和油,哪怕是眼睛最尖的管监也看不出一点儿锯过的痕迹,还以为那床腿是好好的呢。那么等到哪天晚上,你把什么都准备好了的时候,就只要冲那条床腿踢一脚,它就倒了;再把铁链子褪下来,不就行了嘛。然后只要把绳梯挂在城墙垛上,顺着它溜下去,再在护城壕沟里把腿摔断就行了——你要知道,绳梯太短,还差十九英尺哪——到了下面,就有你的马和忠实的臣子在那儿等着你,他们就把你抬起来,揿到马鞍子上,你就一溜烟飞跑到你的老家朗基多克③或是纳瓦尔④去,不管它是什么地方吧。那才妙透了哪,哈克。这个小屋子要是也有一道壕沟围着,那才好呢。要是临到逃跑的那天夜里,咱们还匀得出工夫的话,最好还是挖一条。"

我说:"咱们不是打算从那小屋子底下挖个洞把他偷出来吗?那还用壕沟干吗?"

可是他根本没听见我的话。他把我和别的一切都给忘掉了。他拿手托着下巴,心里在琢磨。后来他忽然叹了一口气,又摇摇头;然后再

---

① 特伦克男爵(1726—1794)是奥地利军人,卡萨诺瓦(1725—1798)是意大利冒险家,契利尼(1500—1571)是意大利金匠和雕刻师。他们三人的自传都充满了传奇色彩,非常有名。
② 亨利四世(1553—1610),法国国王,一生征战事迹极多。
③ 古时法国南部的一省。
④ 从前法国西部的一个小王国,法王亨利四世曾做过纳瓦尔王。

叹了一口气,说:

"不行,那可不行——还可以不必这么做。"

"不必做什么?"我说。

"啊,不必把吉姆的腿锯掉。"他说。

"我的天哪!"我说,"嗐,根本就用不着那么做嘛。你到底为什么会想起要锯掉他的腿呀?"

"啊,有些挺有名的人这么干过。他们没法儿弄掉锁链,就把手砍下来溜掉了。锯掉腿当然更好啰。可是咱们得打消这个主意。这回可以不必这么做;并且吉姆是个黑人,他不懂为什么要这么办,也不知道欧洲人有这种做法;所以还是算了吧。可是有一桩事情还是要做——他得有一根绳梯才行;咱们可以把被单撕碎,给他做一条绳梯并不费劲。咱们可以把它装在一个大馅儿饼里给他送去;人家差不多都是这么做的。比这更难吃的馅儿饼我都吃过呢。"

"嗐,汤姆·索亚,你这是怎么说的,"我说,"吉姆要一条绳梯没什么用呀。"

"他当然用得着。你还不如问问你自己,你这是怎么说的;这种事你真是一窍不通。他非得有一条绳梯不可;人家都有嘛。"

"他到底要它干吗呀?"

"干吗?他可以把它藏到床上,是不是?人家都是这么做的;他当然也得这么做。哈克,你好像老不爱照老规矩办事;你一直都在打算耍新花样儿。就算他用不着绳梯又怎么样?他跑掉以后,绳梯不是还留在床上,可以给人家做个线索吗?你难道以为人家不要找点儿线索吗?当然是要。你打算什么线索都不给人家留下吗?那可未免太难了,不是吗!我从来没听说过有这么缺德的。"

"好吧,"我说,"如果有这种规矩,他非要一条绳梯不可的话,那也行,就给他一条吧;因为我决不愿意违反规矩;可是,汤姆·索亚,有一点你可得明白——咱们要是打算把咱们的床单子撕碎,给吉姆做绳梯,莎莉阿姨问起来可没法儿对付,那是明摆着的。要是照我的想法,弄个胡桃树皮做的软梯子就不值什么钱,也不糟蹋什么,并且也照样可以装在一个馅儿饼里面,还可以藏在草垫子底下,跟你做的布条子绳梯一样;至于吉姆呢,他是没什么经验的,所以他也不管那是什么样儿的……"

"啊,瞎说,哈克·费恩,我要是像你那么糊涂的话,我就不会开腔——我可决不会胡说八道。谁听说过一个重要的政治犯用胡桃树皮做的绳梯逃跑的?嗐,那未免太可笑了。"

"那么,好吧,汤姆,你爱怎么办就怎么办吧;可是你要是肯听我的话,那就让我去从晾衣服的绳子上弄一条床单下来吧。"

他说那也行。这么一来,又引起了他一个新的主意;他说:

"另外还要弄一件衬衫。"

"咱们要衬衫干吗,汤姆?"

"要拿给吉姆在那上面写日记呀。"

"写你奶奶的日记——吉姆根本就不会写字呀。"

"他不会写又怎么样——咱们要是拿一把旧锡镴调羹或是一块旧铁箍磨一磨,给他做一支笔,他总可以在衬衫上画一些记号,不是吗?"

"嘿,汤姆,咱们可以从鹅身上拔下一根毛来,给他做一支更好的笔;并且做起来还更快哪。"

"你这傻瓜,犯人的监牢旁边哪有什么鹅,让他去拔下毛来做笔呀。他们能够弄到手的只有那些铜烛台什么的,都是些挺硬、挺结实、挺费劲的东西,他们得花好几个星期、好几个月的工夫,才能把它磨好,因为他们只能在墙上磨。他们就是有鹅毛笔的话,也不会使它。那是不合规矩的。"

"那么,咱们使什么来做墨水呢?"

"有许多人是用铁末子和上眼泪做的;不过那是普通人和女人家的办法;那些顶有名的人就用自己的血。吉姆可以这么办;他要是想给外面报个信儿,传出点普普通通的神秘消息,让大家知道他关在什么地方,那他就可以用吃饭的叉子在洋铁盘子底下写上些字,从窗户里丢出来。从前铁面怪人[①]就老爱这么做,这个办法可真他妈的好透了。"

---

① 十七世纪法国的一个神秘政治犯,他被法王路易十四囚禁了几十年,最后死于巴士底狱中。他被戴上了面具,别人始终看不见他的面孔。这个人究竟是谁,有各种揣测,并无定论。

"吉姆可没有洋铁盘子呀。他们是拿洋铁锅给他送饭的。"

"那没关系,咱们可以找几个送给他。"

"他在盘子上写的是什么,谁也认不出呀。"

"那也没什么关系,哈克·费恩。他只要写上一些,扔出来就行了。咱们并不是非得能认出他写的是什么。嗐,犯人在盘子上写的字,或是写在别的什么地方的,多半都认不清楚。"

"那么,为什么偏要糟蹋一些盘子呢?"

"嗐,真他妈的,那并不是犯人的盘子呀。"

"可是盘子反正总是有主儿的,不是吗?"

"嗐,就算是有主儿,又怎么样?犯人还管得着那是谁的……"

他说到这儿就突然停住了,因为我们听见开早饭的号吹起来了。所以我们就赶快跑回家去。

那天上午,我从晾衣服的绳子上借到了一条床单和一件白衬衫,后来又找到了一只旧口袋,把它们装在里面,我们又跑到树林里,找到了那些鬼火,也装在口袋里。我管这叫"借",因为我爸老爱这么说;可是汤姆说那不叫借,干脆就是偷。他说我们是代表犯人的;犯人根本就不管东西怎么弄到手,要拿就拿,人家也不怪他们。汤姆说,犯人为了要逃跑,偷点什么东西,根本不算犯法;这是他应有的权利;所以我们既然是代表犯人,我们为了从牢里逃出去,要是用得着什么的话,就有十足的权利偷这地方的东西。他说我们要不是犯人,那就完全两样了;如果不是犯人,那就只有下流和无耻的家伙才会偷东西。所以我们就认为这儿的东西,不管是什么,只要顺手,就尽管随便偷。可是后来有一天,我从黑人种的西瓜地里偷了一个西瓜吃了,他可又大惊小怪地跟我大吵了一阵,还叫我去给了那些黑人一毛钱,不说明是为什么。汤姆说他的意思是这样:凡是我们需要的东西,都可以偷。那么,我就说,我需要吃个西瓜。可是他说我并不是需要吃西瓜才能逃出监牢;区别就在这儿。他说我要是打算藏一把刀在西瓜里面,把它混进牢里去给吉姆,让他好拿来刺杀管监的,那当然没有问题。于是我听他这么说了一气,也就随它去了,不过我还是觉得有点儿纳闷:如果叫我代表一个犯人,每回碰到有机会可以顺手拿人家一个西瓜,就不得不坐下来,仔细琢磨这

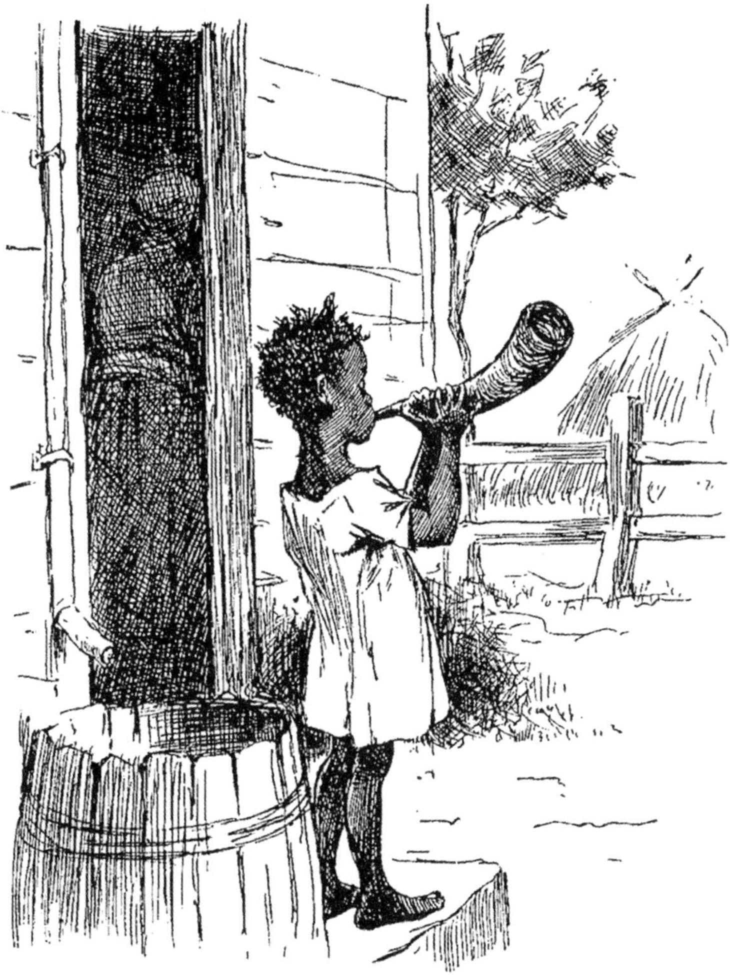

些细致的区别,那我就不懂代表犯人还有什么好处。

啊,我把话说岔了;那天早上我们一直等到大伙儿都干各人的活儿去了,院子里连人影儿都没有了,汤姆才把口袋背到那斜顶的棚子里去,我就站在几步以外给他放风。过了一会儿,他出来了;我们就到一堆木头那儿坐下来打商量。他说:

"现在什么都安排好了,只缺家伙,不过那倒是好办。"

"家伙?"我说。

"是呀。"

"干什么用的家伙?"

"嘻,挖洞使的嘛。咱们总不能用*嘴*啃个洞放他出来,对不对?"

"那些坏了的旧铁镐什么的,拿来给一个黑人挖个洞,让他出来,那还不挺好吗?"我说。

他掉过头来冲着我,摆出一副可怜我的样子,简直叫人委屈得直想哭;他说:

"哈克·费恩,你可听说过,一个犯人有铁镐和铁锹,连各式各样的新式家伙都一套齐全,放在衣柜里,拿来挖洞逃跑,有这样稀罕的事吗? 我还要问问你——要是你还有点儿脑筋的话——要是照你的办法,他还有什么机会成个英雄好汉呢? 哼,那还不如干脆叫人家把钥匙借给他,打开锁出来就完了。铁镐和铁锹——哪怕是个国王,人家也不会给他这些东西呀。"

"那么,"我说,"咱们不要那些铁镐和铁锹,到底要什么呢?"

"弄两把长刀子来就行了。"

"拿来在那小屋子墙脚底下挖洞吗?"

"是呀。"

"哎呀,他妈的,那才傻哪,汤姆。"

"不管怎么傻,反正没关系;这究竟是*正当*的办法——这是老规矩。另外可没有*旁*的办法,*我*从来没听说过;凡是谈到这些事情的书,我全都看过了。人家总是使刀子挖洞出来——并且还不是挖的土,你听着吧:人家差不多都是要挖穿挺结实的石头。那就得花好些、好些星期的工夫,老挖老挖,挖个没完没了。嘻,你瞧瞧马赛港的狄福堡那个地牢里关着的犯人吧,他们当中就有一个是挖地洞逃出来的;你猜猜他干了多久?"

"我不知道。"

"嘿,你猜嘛。"

"我猜不出。一个半月吧。"

"三十七年!——他是从中国钻出去的。那才叫有种哪。咱们这个寨子如果也是挺结实的石头,那我就高兴了。"

"吉姆在中国可是谁也不认识呀。"

"那有什么关系?那个人也不认识什么中国人。可是你总要扯到一边儿去。你怎么老不能钉住主要问题好好儿谈下去呢?"

"得啦——只要他能出来,我才不管他从什么地方出来呢;我猜吉姆也不在乎。可是有一点得注意——吉姆年纪太大了,要是用刀子挖洞,他就出不来了。他活不了那么长。"

"不,他能活那么长。难道你还以为从土墙脚底下挖个洞,也要三十七年吗?"

"那得要多久呢,汤姆?"

"啊,咱们本该多花点儿工夫,可是耽搁久了又有危险,因为过不了几天,赛拉斯姨爹就会接到新奥尔良来的回信了。人家会告诉他,吉姆并不是从那儿来的。那么他下一着就会在报上给吉姆登个招领启事,或是用个别的什么办法。所以咱们尽管应该多挖些时候,可又不能冒着险干。照理说,我想咱们应该挖它两年才成,可是不行。眼前的事情简直捉摸不定,我主张这么办:咱们马上就认真挖,越快越好;挖完之后,咱们自己心里就只当是挖了三十七年好了。那么,一听风声不好,咱们就趁早把他弄出来,赶快把他带走。对,我想这就是顶好的办法。"

"嗯,这倒有点道理,"我说,"只当是怎样,并不花什么本钱;只当是怎样,也不费事;要是用得着的话,哪怕叫我只当是干了一百五十年,我也满不在乎。这一套只要是弄惯了我就一点也不会觉得勉强。好吧,我现在就赶快走,去偷两把长刀来。"

"偷三把才行,"他说,"咱们得拿一把来磨成锯子。"

"汤姆,我想提一提,可不知合不合规矩,犯不犯忌讳,"我说,"那熏肉的屋子后面的护墙板底下,正好插着一条长了锈的旧锯条呀。"

他显出很不耐烦的样子,还有点灰心,他说:

"哈克,要教会你干个什么事情,简直是白费劲。快去把刀子偷来吧——要三把。"我就照办了。

第三十六章　想办法帮吉姆的忙

那天晚上我们估计大伙儿都睡着了的时候,马上就顺着避雷针溜下地来,钻进那个斜顶的棚子里,把门关上,再拿出那一堆鬼火,就动手干起来。我们把墙脚底下那根横木头跟前的东西搬开,腾出了四五英尺的地方。汤姆说我们正好在吉姆的床铺背后,往那底下挖进去就行了;等到挖通了的时候,谁也不会从那小屋子里看出什么洞,因为吉姆的被单差不多一直垂到地下,你得把它掀开,往床底下看,才看得见那个洞。于是我们就使那两把刀子挖了又挖,差不多挖到了半夜;那时候我们简直累得要命,手上也蹭出泡来了,可是看起来好像还没有挖掉什么似的。后来我就说:

"这简直不是三十七年干得了的活儿;这恐怕得三十八年才干得完呢,汤姆·索亚。"

他一声不响。可是他叹了一口气,过了一会儿,他就不挖了,后来待了很大工夫,我知道他在转念头。随后他就说:

"这不行,哈克,这么弄简直弄不动。咱们要真是犯人的话,那就行了,因为那么着咱们就可以要多少年有多少年,不用着急;每天咱们也就只能趁着监牢的看守换班的时候挖个几分钟,咱们的手也不会磨出泡来,尽可以一直挖下去,挖了一年又一年,并且还干得挺好,挺得法。可是咱们现在可不能马马虎虎,随便耽搁;咱们非得赶快挖不可;咱们可耽搁不起。要是咱们再像这样干上一夜,那就得歇一个星期,让手好过来才行——非得过那么些天,咱们的手就连碰都不敢碰一下挖土的刀子。"

"那么,咱们打算怎么办呢,汤姆?"

"我告诉你吧。这本来是不对的,并且也显得没德行,我简直不愿意说出这种话来;可是咱们现在又只有这么一条路可走:咱们只好拿铁镐把他挖出来,心里就想着是使的刀子好了。"

"哈,你这才像话呀!"我说,"你的脑筋越来越清楚了,汤姆·索亚,非使铁镐不可,不管什么德行不德行;依我看,我才不管它什么屁德行呢。我要是动手偷一个黑人,或是偷一只西瓜,偷一本主日学校的书,只图把这桩事情做到,怎么做我才不在乎呢。我要的是我的黑人;要的是西瓜;要的是主日学校的书;只要是铁镐用起来顶方便的话,那我就干脆用铁镐把那个黑人或是那只西瓜或是那本主日学校的书挖出来;至于那些老行家觉得对不对,我可不睬他。"

"嗯,"他说,"像这样的情形,使一使铁镐,冒充一下,还说得过去;要不然的话,我还是不赞成,我也不能站在一边,眼看着人家把规矩破坏——因为对就是对,错就是错,谁要不糊涂,有些见识,那就不应该犯错误。你拿铁镐去把吉姆挖出来,连心里都不想着那用的是刀子,那也无所谓,因为你根本就不懂;我可不能那么做,因为我比你懂得多。递把刀给我吧。"

他自己那把刀就在身边,可是我还是把我的递给他了。他把它甩到地下,说:

"给我一把刀呀。"

我简直不知怎么办——可是我想了一下。我就在那一堆旧家伙当中乱找了一阵,找到一把鹤嘴锄,递了给他。他接过去就动手挖起来,一句话也没说。

他老是那么认真。一点也不肯马虎。

于是我就抄起一把铁锹,我们俩一个刨,一个铲,转来转去,干得挺欢。我们钉着干了半个来钟头,实在是再也熬不下去了;可是总算挖开了一块地方,挺像个洞的样子。后来我上了楼,从窗户里往下看,瞧见汤姆揪住避雷针拼命使劲往上爬,可是他那双手酸痛得厉害,实在爬不上来。后来他说:

"白费劲,爬不上去。你看我该怎么办才好?你难道想不出办法吗?"

"办法倒是有,"我说,"可是我想那是不合规矩的。走楼梯上来,心里想着那是避雷针就行了。"

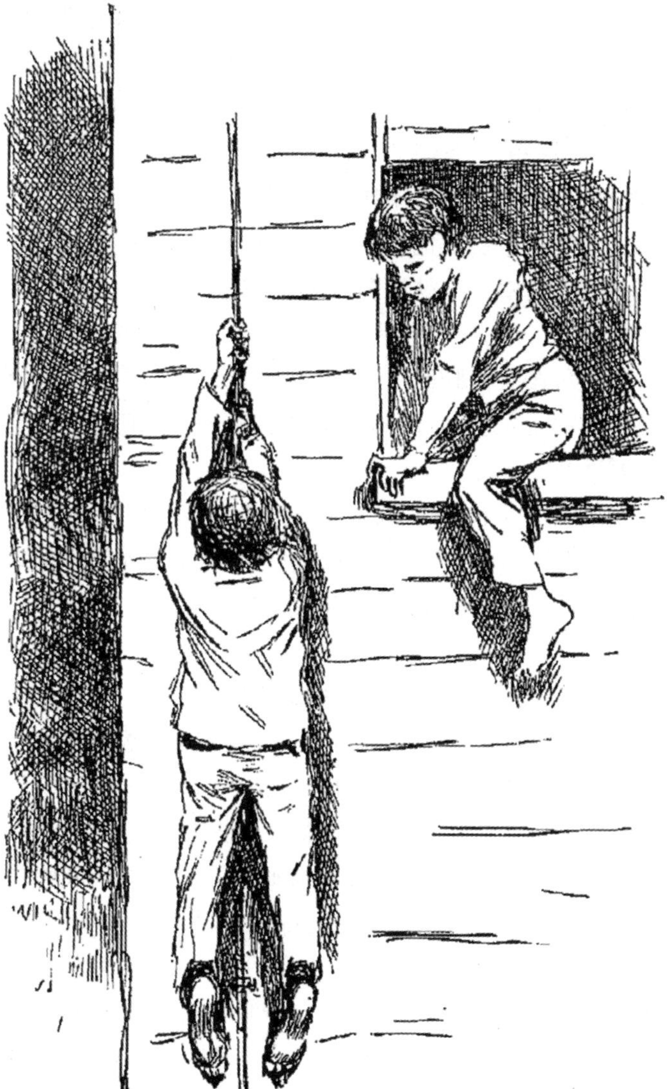

他就那么办了。

第二天汤姆在屋里偷了一把锡镴调羹和一个铜蜡烛台,预备去给吉姆做几支笔,另外还偷了六支蜡烛;我就跑到黑人的小房子那边去转了一阵,找个机会,要偷三只洋铁盘子。汤姆说那还不够;可是我说吉姆扔出来的盘子谁也不会看见,因为它们会掉在窗口底下那些茴香草和风茄儿当中——那么我们又可以把它们拾回来,他又可以再使。这么一说,汤姆就认为满意了。随后他就说:

"现在应该打好主意,把这些东西怎么弄到吉姆手里去。"

"等咱们把洞挖好了,就从洞里递进去吧。"我说。

他只望了我一眼,显出很瞧不起人的样子,还嘟哝了两句,说是谁也没听说过这种傻头傻脑的主意;说完他就琢磨开了。后来他说他想出了两三个办法,可是暂时还不忙决定用哪一个。他说我们得先把消息告诉吉姆才行。

那天晚上刚过了十点,我们就顺着避雷针爬下来,带着一支蜡烛,跑到那窗口下面听了一会儿,听见吉姆在打呼噜;于是我们就把蜡烛丢进去,结果并没有把他弄醒。随后我们又拿起鹤嘴锄和铁锹拼命使劲挖,大约挖了两个半钟头就把那个洞挖穿了。我们爬到吉姆的床底下,爬进了那个小屋,到处摸了一阵,才找到那支蜡烛,把它点着,在吉姆身边站了一会儿,看见他那样子挺结实,挺健壮,于是我们就慢慢地把他轻轻推醒。他看见我们,非常高兴,差点儿嚷了起来。他叫我们宝贝儿,想到什么亲热的称呼就管我们叫什么;他说要我们快去找一把凿子来,马上把他腿上的链子凿断,赶快逃跑,千万别耽搁。可是汤姆告诉他说,那是不合规矩的,他坐下来,把他的计划通通告诉吉姆,并且说如果风声不妙,我们马上就可以改变计划,叫他一点也不用担心,因为我们一定负责叫他跑掉,**准没错**。于是吉姆说那就好了,我们又坐在那儿,谈了一阵从前的事情,后来汤姆又问了好些问题,吉姆就告诉他说,赛拉斯姨爹每过一两天就来陪他祷告一回,莎莉阿姨也来看他舒服不舒服,吃的东西够不够,还说他们俩对他都好到家了,汤姆一听这话,就说:

"**这下我可知道怎么办了。**我们可以让他们给你带几样东西来。"

我说:"可别这么办吧;我一辈子也没听说过这么个傻主意。"可是他根本不睬我,只顾一个劲儿往下说。他要是打定了主意,就老是这样。

　　他告诉吉姆说,我们得瞒着给他送饭的那个黑人纳特,把绳梯夹在馅儿饼里让他拿来,还有一些别的比较大的东西,也得靠这个黑人带进来,他可千万得注意,不用大惊小怪,打开那些东西的时候,也不要让纳特看见;我们还要装些小东西在姨爹的上衣口袋里,他得把它们偷出来才行;要是有机会的话,我们还要把一些小玩意儿系在阿姨的围裙带子上,或是放在她的围裙口袋里。汤姆还告诉他说,那是些什么东西,干什么用的。又告诉他怎样用自己的血在那件衬衫上写日记,还有一些别的事情。他把什么都告诉他了。吉姆对这一大套,多半都不明白有什么道理,可是他想着我们是白种人,比他知道得多;所以他就满意了,他说他一定照汤姆说的那么办。

　　吉姆有好些老玉米棒子做的烟斗和烟叶子;所以我们聊得非常痛快;后来我们就从洞里爬出来,回家睡觉,我们那两双手都好像让什么东西啃过似的。汤姆的兴致挺高。他说这是他一辈子玩得最有趣的一回,也是最动脑筋的一回;他还说要是能想出个办法,我们还可以把这桩事情一辈子玩下去,让我们的后辈去把吉姆救出来;因为他相信吉姆把这一套搞惯了的时候,就会越来越喜欢搞下去。他说那么一来,就可以拖延下去,拖到八十年那么久,还可以大出风头,赛过从前所有的这类事情。他说我们参加过这桩事情的人都可以出名了。

　　第二天早上,我们跑到堆木头的地方,把那个铜蜡烛台砍成了长短合适的几截,汤姆就把它们和那只锡镴调羹放在口袋里。随后我们就跑到黑人的小屋子里去,我逗着纳特注意别的事情,汤姆就趁机会把一截蜡烛台塞进吉姆的洋铁锅里一只玉米面包里,我们还跟着纳特一道去,看结果怎么样;果然真是了不起,吉姆张嘴一咬,差点儿把牙齿全给磕掉了;随便什么东西,都不会有那么大的劲头,汤姆也是这么说。吉姆一点也没露马脚,他假装说那是一块小石头什么的,玉米面包里常有,算不了什么;可是从此以后,他不管吃什么东西,都得先用叉子戳三四处,才动嘴去啃。

　　我们正在那不大亮的屋子里站着的时候,突然有两只狗从吉姆床底下钻出来了;后来又跟着来了许多,通共钻出了十一只,简直挤得我们连气都透不过来。真糟糕,我们忘记扣上隔壁那个小棚子的门了!那个黑人纳特只喊了一声"妖巫",就在那些狗当中晕倒了,他嘴里还直哼哼,好像是要死的样子。汤姆推开门,把吉姆的肉丢了一块出去,那些狗就抢肉去了,汤姆连忙跑出去,再回来把门关上,我知道他已经把隔壁那扇门也扣好了。随后他就去摆布那个黑人,他哄了他几句,跟他亲热亲热,问他是不是又在瞎想,觉得看见了什么东西。他站起来,向四周围眨了眨眼睛,说:

"席德少爷,你又要说我是个傻子,可是我明明看见了数不清的狗,也许是鬼,也许是别的东西,我要是瞎说的话,情愿马上就在这儿死掉。我真看见了,一点不错。席德少爷,我*摸着*他们了——我*摸着*他们了,他们简直把我包围了。他妈的,我要是能把他们这些妖巫抓住一个,那才好哪——只要能抓到一回就行——我只想做到这个。可是我真希望他们别再给我捣蛋,真是。"

汤姆说:"嘿,我告诉你说*我*是怎么个想法吧。你知道他们为什么恰好在这个逃跑的黑人吃早饭的时候上这儿来吗?那是因为他们饿了;就是这个缘故。你给他们做一个妖巫大饼吧;你可只好用这个办法。"

"可是我的天哪,席德少爷,我怎么做得出什么妖巫大饼呀?我不知道怎么做法。我压根儿没听说过这玩意儿。"

"啊,那就只好让我来做一个了。"

"你肯给我做吗,宝贝儿?——真的吗?那我可得给你磕头了,我准磕!"

"好吧,看你的面子,我一定给你做,你倒是对我们挺好,还领着我们来看这个逃跑的黑人。可是你千万要特别小心才行。我们上这儿来的时候,你就转过身去;不管我们在那锅里搁的是什么东西,你可得假装根本没看见。吉姆把锅儿里的东西拿掉的时候,你也别看——说不定会出岔儿,我也不知道会出什么事。顶要紧的是,你*千万别摸那妖巫吃的东西*。"

"别摸呀,席德少爷?您这是*哪儿来的话*?我连手指尖儿都不会碰它一下;哪怕是给我十百千亿块钱,我也不干。"

第三十七章 吉姆接到了妖巫大饼

　　这事儿全都安排好了。于是我们就离开那儿,到后院里的废料堆去,这是他们搁旧靴子、破衣服、破瓶子和破洋铁家伙那些玩意儿的地方,我们在那儿乱翻了一阵,找到一只旧洋铁盆,想法子把窟窿堵好,预备拿来烙那张大饼;我们把它拿到地窨子里,偷了一满盆白面,完了就往餐厅走,打算去吃早饭,后来又拾到两颗钉木瓦的长钉子,汤姆说拿这个给犯人去在地牢墙上划他的名字,记一记他的伤心事,倒是挺方便,于是就丢了一颗在莎莉阿姨搭在椅子上的围裙口袋里,另外那一颗,我们把它插在赛拉斯姨爹放在梳妆台上的帽子箍带里,因为我们听见孩子们说,那天上午他们的爸和妈都要上那逃跑的黑人那个屋子里去。过后我们就去吃早饭,汤姆又塞了一只锡镴调羹在赛拉斯姨爹的上衣口袋里;这时候莎莉阿姨还没有来,所以我们就只好等一会儿。
　　她走过来的时候,气得什么似的,满脸通红,绷着一张脸,简直连饭前的祷告都没耐心听完;随后她一只手把咖啡哗地一下倒出来,另一只戴着顶针的手敲着她身边最顺手的一个孩子的脑袋,一面说:
　　"我东找西找,到处都找遍了,可是找来找去,终归不知道你另外那件衬衫到底上哪儿去了,真见鬼。"
　　我的心吓得直往下沉,沉得跟肺和肝什么的到一块儿去了,这时候有一块挺硬的棒子面饼的壳儿跟着往我嗓子里钻,刚好在半路上碰到一声咳嗽,把它往回一顶,就冲到桌子对面,正好打中了一个孩子的眼睛,把他打得弓起背来,活像钓钩上的一条曲蟮似的,他大叫了一声,简直像上阵的吼声那么响。汤姆吓得满脸发青,登时显得事情挺严重的样子,过了一会儿才平定下来,那时候要是有人稍微哄我一下,我恐怕是很容易把实话说出来的。可是过了那一关,我们就没事了——我们吓得那样浑身发凉,是因为我们冷不防听见莎莉阿姨提起了衬衫的事儿。赛拉斯姨爹说：

"这事儿太奇怪了，我简直不懂。我记得挺清楚，我的确是脱下来了，因为……"

"因为你身上只穿着一件嘛。你们听听这个人说的话啊！我也知道你是脱下来了，并且还比你那稀里糊涂的脑子记得更清楚，因为它昨天还在绳子上晾着哪——我亲眼看见的。可是现在不见了，反正就是这么回事；你只好换上一件红法兰绒的，等我有空再给你做一件吧。这一件可是我在这两年里头给你做的第三件了。光是给你做衬衫，就把人都累坏了；究竟你是怎么在想方设法瞎糟蹋，我可简直弄不清楚。你活到这么大年纪，也该学会操点儿心呀。"

"我知道，莎莉，我拼命在留神。可是这事儿不应该全怨我，因为衣服除了在我身上穿着的时候，我就看不见，也跟它不相干，这你也知道；并且我相信衣服不在我身上的时候，我也没有丢过一件呀。"

"哼，要是没丢，就不算你的错，对不对，赛拉斯？可是我看你要是有机会丢的话，还是得丢。现在还不光只丢了衬衫。还有一只调羹不见了；并且还不光只这个哪。原来有十把调羹，现在只剩九把了。我猜衬衫说不定是小牛给叼走了，可是调羹绝不是小牛叼走的，这可准没错。"

"嗐，莎莉，还有什么不见了？"

"还有六支蜡烛不见了——告诉你吧。蜡烛也许是耗子叼走的，我猜就是它们弄走了；你老说要堵耗子洞，可又老不动手，我真不懂，它们为什么不干脆把这所房子整个儿抬走；耗子要是聪明一点的话，简直就会钻到你头发里去睡觉，赛拉斯——你还会不知道那回事儿，可是你丢了调羹，总不能怨耗子，这个我倒知道。"

"是呀，莎莉，这得怨我，我也承认；我是太大意了；可是明天我一定把耗子洞都堵上，决不再拖延。"

"啊，我可不着急；明年也行。玛提尔达·安吉琳纳·阿兰明达·斐尔普斯！①"

---

① 这里，斐尔普斯太太喝住她的女儿，把"斐尔普斯"特别说得重一些，借此表示她对丈夫的抱怨，因为"斐尔普斯"是她丈夫的姓。

她用顶针使劲敲了那孩子一下,那孩子一点也不敢耽搁,马上就把她的爪子从糖罐子里缩回去了。正在这时候,有一个女黑人上走廊这儿来了,她说:

"太太,有一条床单不见了。"

"床单不见了!哎呀,我的老天爷!"

"我今天就把耗子洞给堵上吧。"赛拉斯姨爹愁眉苦脸地说。

"啊,请你住嘴!——难道床单也是耗子弄走了吗?丢到哪儿去了呢,丽西?"

"天哪,这我可一点也猜不着,莎莉太太。昨天还在晾衣服的绳子上,现在可不见了:早没影儿了。"

"我看这简直到了天翻地覆的末日了。我从出娘胎起,一辈子没见过这种事儿。一件衬衫,一条床单,一把调羹,六支蜡——"

"太太,"一个黄脸的年轻黑丫头跑过来说,"有一支铜蜡烛台不见了。"

"快给我滚出去,你这贱丫头,要不你就得等着挨骂!"

嘻,她简直气疯了。我打算找个机会溜出去,上树林里待一会儿,等这场风波平静了再说。她一个劲儿大发脾气,闹翻了天,别人一个个都乖乖地待着,一声不响。后来赛拉斯姨爹显出一副难为情的样子,从他口袋里把那只调羹掏了出来。这下子莎莉阿姨就住了口,张着大嘴,举起双手直发愣;我呢,可真吓坏了,简直就想钻到地下去才好。可是过了一会儿就好了,因为她说:

"我早就想到了呀。原来你一直都把它装在口袋里;说不定你把别的东西都搁在那儿了。怎么会弄到你口袋里去了呢?"

"我实在是不知道,莎莉,"他像道歉似的说,"要不然你也知道,我会告诉你的。还没吃早饭的时候,我在用心看《使徒行传》①第十七章的经文,我想就是那时候没注意,把调羹放到口袋里去了,心里还当是放的《圣经》呢;准是这么回事,因为我的《圣经》并不在口袋里;可是我得去看看;要是《圣经》在原处放着,我就知道我没有把它装到口袋里,

---

① 《圣经·新约》篇名。

那就是说,我把《圣经》搁下了,拿起了调羹,就……"

"啊,请你积德!让人家歇歇吧!快走开,你们这一堆通通给我滚出去;不许再上我跟前来,先让我心里定一定再说吧。"

哪怕她是悄悄儿自言自语,我也会听得清楚,那么大声嚷更不消说了;我哪怕是死了,也会站起来,照她的吩咐滚出去。我们走过会客室的时候,那老头儿把帽子拿起来,那颗钉木瓦的长钉子就掉到地下了,他把它拾起来,放在壁炉架子上就算了,一句话也没说,就走了出去。汤姆看见他拾钉子,就想起调羹的事儿,他说:

"得,这下子可不能再打算靠他带东西去了,他靠不住。"他跟着又说,"不过那只调羹的事儿,他总算给咱们帮了个大忙,自己还不知道,那么咱们也得去帮他一个忙,也叫他不知道是谁干的——咱们替他把那些耗子洞堵上吧。"

地窖子里的耗子洞可真不少,我们花了整整一个钟头才堵完,可是我们把这个活儿做得挺牢实,真是有条有理。我们跟着就听见楼梯上有脚步声,马上吹灭了亮,藏起来;那老头儿果然来了,他一手举着一支蜡烛,一手拿着一捆堵耗子洞的材料,他那心不在焉的神气,还是跟从前一样。他呆头呆脑地东看看、西看看,瞧瞧这个耗子洞,又瞧瞧那个,一直把每一个都看完了。后来他就站了五分钟的光景,一面从蜡烛上把流下来的蜡掰开,一面在那儿寻思。随后他就慢慢儿转过身去,迷迷糊糊地往楼梯那边走,一面说:

"嗐,要了我的命也想不起是什么时候干的了。现在我总可以叫她相信,耗子叼走了东西可不能怨我。唉,还是算了吧——随它去。我看跟她说也说不清。"

于是他就叽里咕噜地一面说,一面往上走,我们跟着也就走开了。他真是个好到了家的老头儿,一年到头都是这样。

汤姆为了要找一把调羹,不知该怎么办,心里挺着急,可是他说我们非找一把不行;所以他又想了一下。他把主意想好之后,就告诉我该怎么办;于是我们就跑到装调羹的筐子那儿等着,后来看见莎莉阿姨走过来,汤姆就去数那些调羹,把它们拣出来放到一边,我就悄悄地拿了一只藏在袖子里。汤姆说:

"嗐,莎莉阿姨,现在还是只有九把调羹呀。"

她说:"你去玩你的吧,别来跟我找麻烦。我比你要清楚一点,刚才我亲自数过了。"

"嗐,我数过两遍了,阿姨,数来数去只有九把。"

她显出很不耐烦的神气,可是她当然还是来重数一遍——谁也得这么做呀。

"真奇怪,可不是只有九把吗!"她说,"嗐,这到底是怎么回事——这些东西真该死,我来再数它一遍吧。"

于是我又把我藏起的那一把悄悄地放回去,她数完之后,就说:

"这些捣蛋的玩意儿真可恶,现在又有十把了!"她显出又冒火、又心烦的样子。可是汤姆说:

"嗐,阿姨,我可不信会有十把。"

"你这傻瓜,刚才不是看见我数过吗?"

"我知道,可是……"

"好吧,我再数一遍看。"

于是我又偷掉一把,结果她一数又是九把,跟头一回一样。这下子她可是气坏了——气得浑身发抖。简直是气疯了。可是她数了又数,一直数得头昏脑涨,有时候把筐子也当成调羹数在一起了;这么数来数去,有三回对了数,三回不对。随后她就拿起那只筐子,把它往屋子对面使劲甩过去,把那只猫给砸得够呛;她叫我们滚开,让她清静清静,她说我们要是不到吃午饭的时候又上她身边来胡缠,她就要剥我们的皮。于是我们就把那只多出来的调羹弄到了手,趁她撵我们的时候,丢到她的围裙口袋里;结果还不到中午,吉姆就把它连那颗钉木瓦的长钉子一齐拿到手了。我们对这桩事情挺满意,汤姆认为我们哪怕多费一倍的劲,也不算吃亏,因为他说从此以后,她再数那些调羹,那就要她的命也别打算有两回数成一样的数目了;她数对了也不会相信的;他说她再数上三天,数得昏昏沉沉,他估计她就不会再数了,谁要是再叫她数,她简直就会要他的命。

那天晚上,我们又把那条被单送回绳子上去晾着,另外从她的壁柜里偷出一条来;就这么一会儿放回原处,一会儿又偷出来,一直搞了两天，弄得她再也不知道究竟有多少条被单；她根本也就不操这份儿心了，她不愿意为这鬼事儿弄得神魂颠倒，无论如何也不肯再数那些被单了；她宁肯死也不干了。

现在我们的问题都解决了，幸亏有小牛和耗子帮忙，衬衫、被单和蜡烛的事儿都混过去了，我们偷了调羹，又因为我们叫莎莉阿姨数晕了头，也没有露马脚；至于蜡烛台呢，那也没关系，过两天就没事了。

可是那个大馅儿饼倒是挺费劲；我们为了烙那张大饼真是麻烦透了。我们跑到老远，在树林里把它做好了，就在那儿烙；后来终归烙好了，并且还挺满意。可是这玩意儿并不是一天就弄好了；我们通共用了满满的三大盆白面，才把这张大饼烙成功，我们身上还有好些地方让火烫伤了，眼睛也熏得快瞎了；因为，你要知道，我们只想烙成一个空壳儿，可是怎么也不能叫它拱起来，它老爱瘪下去。可是后来我们当然想出了一个好办法——那就是干脆把绳梯夹在大饼里烙。所以第二天晚上我们就和吉姆在一块儿过了一夜，把那条床单撕成了许多小布条，再把它们搓起来，没等天亮，我们早就搓成了一根挺好的绳子，就是拿来绞人，也准能绞死。我们心里算它是花了九个月的工夫才做成的。

第二天上午，我们就把它拿到树林里去，可是那个大饼里面装不下。因为那是用整整的一条床单做的，要是通通拿来装在馅儿饼里，那就足够做四十个饼子，还能剩下不少来煮汤，做腊肠，爱拿来做什么都行。那简直能做出一整桌酒席来呢。

可是我们用不着做那么多东西。我们只要够装一个饼的就行，剩下的都把它扔掉了。我们并没使那个大盆来烙饼——怕的是把焊口烧化了。可是赛拉斯姨爹有一只挺讲究的长把儿铜暖盒，他把这玩意儿当成宝贝，因为那是他的祖先的东西，当初还是征服王威廉大帝乘"五月花"①或是另外一只古时候的船从英国带来的，后来就藏在顶楼上，跟别的许多贵重的旧锅什么的放在一块儿，这并不是说它们有什么了不起，因为这些东西本来算不了什么，只不过因为它们是古董，你知道

---

① "五月花"是一六二〇年英国清教徒渡海移民到美洲所乘的船；威廉大帝是十一世纪的英国国王，两者之间是毫不相干的。哈克在这里也是瞎说。

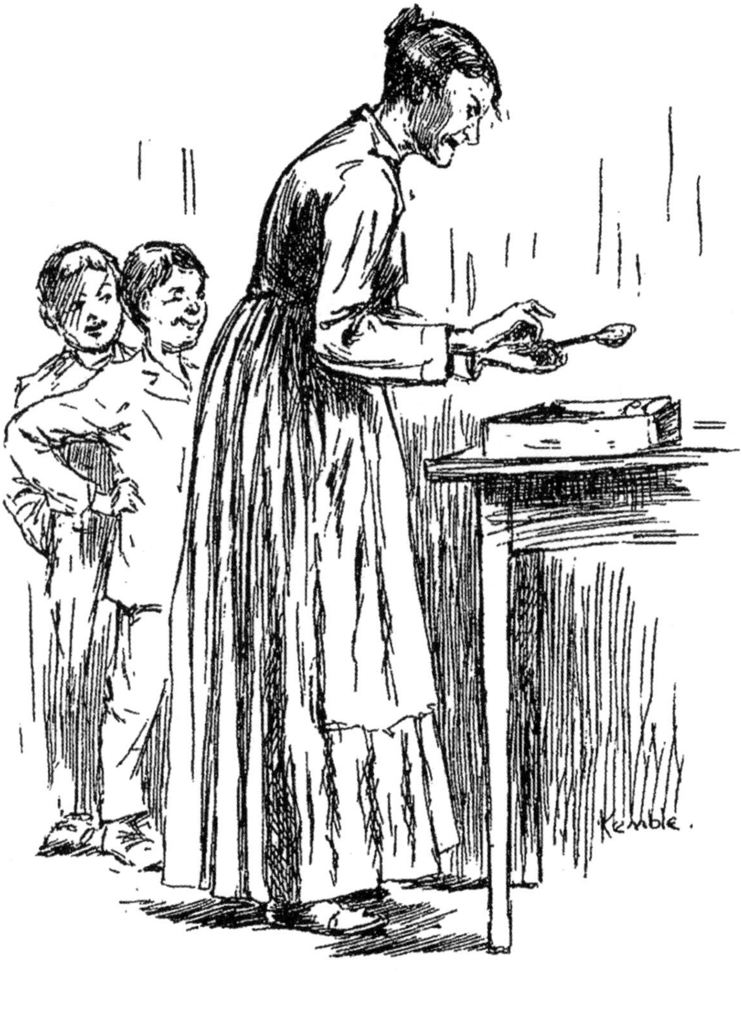
Kemble

吧;我们悄悄地把它偷出来,拿到那儿去,可是起初烙的几个饼都烙坏了,因为我们不知道怎么烙法,可是最后一个还是烙得呱呱叫。我们把这个暖盒儿拿来,四面涂上揉好了的生面,就放到炭火里面,再把绳梯搁上,顶上又加了一层生面,再把盖子盖上,上面又加一层烧红了的炭,我们就拿着那根长木把,站在五英尺以外,又凉快,又舒服,过了十五分钟,就烙成了一块大饼,看起来倒是叫人称心如意。可是吃这个大饼的人就得带两桶牙签才行,因为那根绳梯要是不把他噎死,那我就算是瞎说了;他一吃这个饼,还准保吃得肚子发痛,一直痛到下次吃东西的时候。

我们把这个妖巫大饼放在吉姆锅里的时候,纳特并没有看;我们还把那三个洋铁盘子搁在锅底上,藏在吃的东西下面;所以吉姆就挺顺当地把什么东西都拿到了手了,后来只剩下他一个人的时候,他马上就撕开那个饼,把绳梯拿出来,藏在他床上的草垫子里面;他又在一只洋铁盘子上面随便划了几道,就把它从窗口里扔出来了。

第三十八章 "这里有一颗囚犯的心碎了"

做那几支笔简直是累死人的苦活,做那把锯子也是一样;吉姆可认为叫他题字是最费劲不过的了。这种题词是当犯人的都得在墙上写的。可是不管怎么难,吉姆还是非写不可;汤姆说不写不行;当了政治犯,没有哪个不留下一些题字和他的纹章①就逃跑的。

"你看看洁恩·格莱公主吧,"他说,"看看纪尔福·达得莱吧;再看看诺森布伦老公爵②吧!嗐,哈克,就算有些费劲又怎么样?——你说该怎么办?——难道能免了这一着吗?吉姆非题字和画他的纹章不可呀。大家都这么做嘛。"

吉姆说:"嗐,汤姆少爷,我哪有什么蚊帐呀;我什么也没有,就这么一件旧衬衫,你知道我还得往那上面写日记呢。"

"啊,你不懂,吉姆;纹章和蚊帐完全是两回事呀。"

"哼,"我说,"吉姆说他没有纹章,反正是没说错,因为他的确是没有嘛。"

"你当我连这都不知道吗?"汤姆说,"可是你要知道,他从这儿逃出去之前,总得有个纹章才行——因为他逃跑也得有个派头,不能让他把名声弄坏了。"

于是我和吉姆各人拿一块碎砖头拼命地磨,要把那一截铜蜡烛台和那把调羹磨成笔,吉姆磨的是蜡烛台,我磨的是调羹,这时候汤姆就

---

① 纹章是古时西方标志武士功勋的图记,绣在战袍上,或是刻在盾牌上,后来成了标志贵族门阀的图记。
② 洁恩·格莱(1537—1554)是英国一个博学多才的短命女王,她仅登王位九天,就被玛丽一世的党羽所逮捕,加以叛国罪,和她的丈夫纪尔福·达得莱一同处死。诺森布伦公爵是纪尔福的父亲.他为了自己的门第设想,极力促成了纪尔福和洁恩的婚事,并设法替洁恩取得了王位,但终于一败涂地。

在那儿开动脑筋,要想出一个纹章来。过了一会儿,他就说他想出了好些挺好的纹章,简直不知道用哪个才好,可是有一个他认为特别好,打算采用。他说:

"咱们在盾形纹章的底子上画一条中斜线,或是画在右边的底下,在中央横条上画一个**紫红色**的斜十字,再画一只抬起头蹲着的狗,算是普通的图记,狗的脚底下画一条横摆着的铁链子,代表奴役的意思,上部加些锯齿形的花边,画一个**翠绿**的山形符号,再在天蓝色纹底上画三条有突齿的线,在中央和底边之间一条弯弯曲曲的扁带上,画几个小图形,像用后脚站起的狮子那样;再画一个逃跑的黑人,全身乌黑,用左方横杠扛着他的包袱;另外再画两根**朱红色**的直线,作为支柱,这就是代表你和我;下面的题词是**欲速则不达**。这是从一本书里学来的——意思是越性急就越快不了。"

"哎呀哈,"我说,"别的那些玩意儿又是什么意思呢?"

"咱们可没工夫操这份儿心,"他说,"咱们得拼命往下干才行。"

"嘿,不管怎么样,"我说,"多少总得给我们讲一点儿吧?什么叫'中央横条'?"

"中央横条——中央横条就是……嗐,你用不着知道什么叫中央横条。等他做到那儿的时候,我就会教给他怎么做。"

"呸,汤姆,"我说,"我想你是可以告诉人家的。什么叫'左方横杠'呢?"

"啊,连我也不知道呀。可是他非得有一根不行。贵族的人物都有嘛。"

他这个人就是这么个怪脾气。他要是觉得不该给你把一桩事情说明白,他就反正是不说。你尽管盯住他问,一直问他一个星期,那也还是白搭。

他把那纹章的事儿全都安排好了,所以现在他就要把剩下的一部分事情赶完一下,那就是要想出一句伤心的题词——他说吉姆也跟别人一样,非有一句不可。他编了好几句,还把它们写在一张纸上,念出来给我们听,是这么几句话:

1. 这里有一颗囚犯的心碎了。

2. 这里有一个不幸的囚犯,被世人和朋友所遗忘,熬着伤心的岁月。

3. 这里有一颗孤寂的心碎了,一个饱经折磨的心灵,在尝过三十七年凄凉的铁窗风味之后,终于升天安息了。

4. 这是一位无名贵人的毕命之处,他是路易十四的私生子,在这里无亲无友,熬过了三十七年辛酸的囚禁生涯。

汤姆念这几句题词的时候,声音有些颤抖,他差点儿哭起来了。他念完之后,简直打不定主意,究竟选哪一句叫吉姆画在墙上,因为句句都是好到了家的;可是后来他认为最好还是让他通通写上去。吉姆说叫他拿一颗钉子在木头墙上划这一大堆废话,得花一年的工夫才行,并且他还不会写字;可是汤姆说他会替他先划个底子,吉姆就没什么麻烦,只要照着他的笔画刻就行了。后来过了一会儿,他又说:

"你想想看,木头怎么行呀;地牢里根本就没有木头的墙:咱们得把那些题词刻在石头上才行。咱们去搬块石头来吧。"

吉姆说石头比木头更费劲;他说要是叫他在石头上刻那么些字,那就不知要刻多久,他干脆就一辈子也出不去了。可是汤姆说他可以让我帮他的忙。过后他又朝我和吉姆望了一眼,看看我们俩的笔磨得怎么样。这个活儿可真是讨厌透了,做起来又累又慢,我手上蹭破了的地方也没机会歇一歇,老好不了,并且我们还好像是简直磨不出什么结果来。于是汤姆就说:

"我想出办法来了。咱们反正得找一块石头来刻那个纹章和那些伤心的题词,只要有一块石头就可以一举两得。锯木厂那儿有一块挺好的大磨石,咱们去把它偷来,可以在那上面把那些玩意儿刻上,又可以拿来磨笔和锯子。"

这个主意倒是不坏,那块磨石也不坏,反正够我们搬的吧;可是我们还是打定主意拿出一股劲儿来干。那时候还没到半夜,所以我们就跑到锯木厂那儿去了,把吉姆一人留下来干活。我们把磨石偷出来,推着它往回滚,可是那实在是费劲透了。有时候我们使尽了劲,它还是偏要倒下来,并且每回都差点儿砸着我们。汤姆说我们还不等把它推到家,准得让它砸死一个。我们把它推到了半路上,这时候简直是累得精疲力竭,浑身都让汗泡透了。我们知道这是不行的,非去把吉姆找来不可。于是他就把他的床铺抬起来,从床腿上褪下了那根铁链子,把它一道又一道地绕在脖子上,我们就从那个洞里爬出来,往那儿走,吉姆和我就推着那块磨石,一点不费劲地叫它乖乖地往前走。汤姆跟在旁边指挥着。他当指挥可是比哪个孩子都强,我一辈子没见过他这么内行的。他真是什么事儿都懂得该怎么干。

我们那个洞倒是挺大,可是要把那块磨石滚进去,还是不行;可是吉姆拿起鹤嘴锄来挖了几下,一会儿就挖得够大了。过后汤姆就用钉子在那上面划上那些玩意儿,叫吉姆拿钉子当凿子使,又从斜顶小屋里那一堆废物里面找到一根铁闩子,给他当铁锤使,叫他一直干到那半截蜡烛点完的时候再去睡觉,还叫他把磨石藏在草垫子底下,就在那上面睡觉。过后我们就帮他把链子套到床腿上,我们自己也准备回去睡觉了。可是汤姆又想起了什么事情,他说:

"你这儿有蜘蛛没有,吉姆?"

"没有,您哪,谢天谢地,我这儿没蜘蛛,汤姆少爷。"

"好吧,那我们就给你弄几个来。"

"天哪,我可**不要**,宝贝儿。我怕它们。那还不如叫响尾蛇在我身边呢。"

汤姆想了一会儿,就说:

"这倒是个好主意。我想从前可能有人这么做过。准是有人这么做过;这本是合情合理的嘛。对,这个主意可真是好到家了。你把它养在哪儿呢?"

"养什么呀,汤姆少爷?"

"啊,响尾蛇呀。"

"哎呀,我的老天爷,那可不行,汤姆少爷!嗐,要是有一条响尾蛇上这儿来了,我马上就把脑袋往这木头墙上一撞,赶紧钻出去,真的。"

"唉,吉姆,过不了多久,你就不会怕它了。你可以把它养熟呀。"

"养熟!"

"是呀——挺容易呢。随便什么动物,只要你待它好,和它亲热,它总是知道好歹的,它连想都不会想到伤害和它亲热的人。不管哪本书上都是这么说的。你试试吧——我只要求你试一试;先试两三天再说吧。嘿,用不了多久,你就能把它养熟,它也就喜欢你了;还会跟你一块儿睡觉;一会儿也不肯离开你;它还会让你把它绕在脖子上,把它的脑袋伸进你嘴里去。"

"别说了,汤姆少爷——别说这些话吧!我受不了!它会让我把它的脑袋伸进我嘴里去呀——这可真是赏脸,对不对?我哪怕让它等上几十年,也不会请它往我嘴里钻呀。并且还不光是这个,我也不要它跟我一块儿睡觉。"

"吉姆,你别这么糊涂吧。犯人反正总得有个什么小动物给他开开心呀,要是从前还没有人试过响尾蛇的话,你头一个试它一下,那就特别有光彩,你要是想用别的办法得到这么大的光彩,恐怕要了你的命也想不出来。"

"嘿,汤姆少爷,我可不要这份儿光彩。蛇会把我吉姆的下巴咬掉,哪儿还有什么光彩啊?不行,您哪,我可不干这种事儿。"

"他妈的,叫你试一试还不行吗?我也不过是叫你试试呀——要是不灵,你就不用再干下去了。"

"可是我在试的时候,蛇要是把我咬了,那也就不用活着受罪了。汤姆少爷,只要不是什么不近情理的事儿,随便什么我都情愿试一试,可是你和哈克要是弄一条响尾蛇到这儿来,叫我把它养熟,那我就得走开,准得走。"

"好吧,你要老是这么死心眼儿,那就算了吧。我们给你弄几条菜花蛇来也行,你可以在它们尾巴上拴上一些扣子,就当它们是响尾蛇好了。我看这么办总该行了吧。"

"这个我倒还受得了,汤姆少爷,可是我给您说老实话,就连这种蛇对我也没什么用处。我可从来不知道当犯人还有这么些麻烦事儿呢。"

"是呀,当犯人要想当得在行,反正就少不了麻烦。你这儿有耗子吗?"

"没有,您哪,我没看见。"

"那么,我们给你弄几只来吧。"

"哎呀,汤姆少爷,我可**不要**耗子呀。这可是些顶可恶的东西,人家想要睡觉,它们可偏要来打搅,老在他身边弄得沙沙地响,要不就啃他的脚。不行,您哪,要是我非有不可的话,给我弄几条菜花蛇来还凑合,耗子您可别给我;我简直用不着这种东西。"

"可是,吉姆,你非有**不可**呀——人家都有。你别再啰唆了吧。犯人就没有不要耗子的。那是从来没有的事儿。人家都训练耗子,逗它们玩,教它们耍把戏,它们也就和人处得挺好,像苍蝇一样。可是你得给它们奏乐才行。你有什么玩意儿可以奏乐吗?"

"我什么也没有,只有一把挺粗的梳子和一张纸,还有一个小口琴①;可是我想它们不会爱听小口琴吧。"

"啊,它们爱听。它们才不在乎你奏的是什么音乐呢。小口琴弹给耗子听,那可是够好的。所有的动物都喜欢音乐——在监狱里它们更是爱听极了。特别是悲伤的音乐;反正你弹小口琴也弹不出别的调子来。那些家伙对这个很感兴趣;它们会出来看你有什么伤心事儿。对,你这倒挺好;你有这个玩意儿,真是好极了。你只要每天晚上临睡的时候和清早起来的时候坐在床上,弹弹你那小口琴就行了;你就弹《断情》这个调子吧——这个调子正好,马上就能把耗子逗过来,比什么都灵;你只要弹上两分来钟,就会看见所有的耗子都来了,还有长虫和蜘蛛什么的,也会觉得替你难受,都上你这儿来。它们会像一窝蜂似的拥过来,爬到你身上,玩个痛痛快快。"

"是呀,我看**它**们当然挺痛快啰,汤姆少爷,可是**吉姆**不就够受的吗?这个道理,我要是明白才怪呢。可是我要是非这么做不可,我就这么做吧。我看我得叫这些东西心里痛快才行,反正不让这屋里出乱子。"

汤姆待了一会儿,想了一下,看看是不是还有别的事情没有想起;一会儿他就说:

"啊,我还忘了一桩事情。你看这儿能不能养一棵花儿?"

---

① 原文"juice-harp"是"jew's harp"的俗名,指一种用牙齿咬着用手指弹的简单金属乐器。

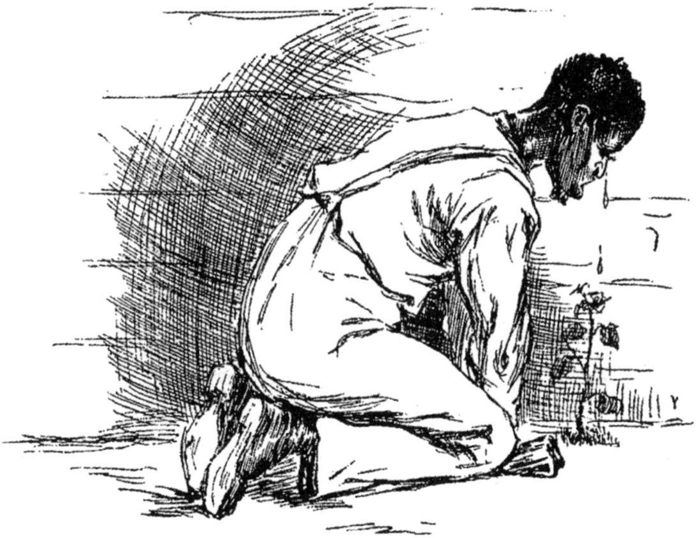

"这我可不敢说,也许行吧,汤姆少爷;可是这里面挺黑,并且我要花也没什么用处,养起来可是够麻烦的呢。"

"嗐,你还是试一试吧,不要紧的。别的犯人也有种花的。"

"我看像大猫尾巴似的那种毛蕊花,种在这儿倒是能养得活,汤姆少爷,可是种起来怪麻烦,那种花可屁也不值呀。"

"哪有的话!我们给你弄一棵小的来,你就种在那边那个旮旯儿里,把它养活。你别把它叫作毛蕊花,你管它叫'比丘兰'①吧——这种花种在监牢里,就应该叫这个名字。你得使眼泪来浇它才行。"

"嗐,我这儿井水可多着哪,汤姆少爷。"

"你可不能用井水去浇;你得使眼泪浇才行。人家都是这么浇的。"

"嗐,汤姆少爷,我敢说,别人用眼泪浇毛蕊花,他刚浇起头的时候,我使井水浇的就能长出两轮来了。"

"不是这么说的。你反正非使眼泪浇不可。"

"那它就会死在我手里了,汤姆少爷,一定的;因为我根本就难得哭一回。"

这可叫汤姆为难了。可是他琢磨了一下,就说吉姆只好拼命多发点愁,再拿大葱头逼出些眼泪来。他答应第二天早上到黑人的小屋子里去,悄悄地丢一颗葱头在吉姆的咖啡壶里。吉姆说,还不如在他咖啡壶里搁一把烟叶子呢;他为这事儿说了一大堆抱怨的话,他还说汤姆叫他干了磨笔、刻字、写日记那些事儿还不算,又叫他费那么老大的劲去种什么毛蕊花,还得弹口琴哄耗子,还得逗着长虫和蜘蛛什么的玩,叫它们高兴,这一大堆麻烦事儿叫他当犯人比干什么还费劲,还着急,责任也大;他发了许多牢骚,简直叫汤姆听得不耐烦了;他说吉姆有那么多了不起的机会,可以出名,天下没有哪一个犯人像他这么运气好,可是他偏不懂这些道理,一点也不稀罕这些好机会,这种运气落到他身上,真是白搭了。于是吉姆也觉得怪难过,他说他再也不敢这么泄气,后来我和汤姆就溜回去睡觉了。

---

① 原文是个意大利字,意思是"花"。

第三十九章 汤姆写匿名信

第二天早上,我们到镇上去,买了一只铁丝老鼠笼,把它拿回来,刨开了一个顶大的耗子洞,过了一个钟头,就捉到了十五只挺壮的大耗子;过后我们就把它拿来,放在莎莉阿姨床底下一个妥当的地方。可是我们出去捉蜘蛛的时候,托马斯·富兰克林·本加明·杰弗逊·艾历山大·斐尔普斯这小家伙看见了老鼠笼子,就把它的门打开,看看耗子是不是出来,结果它们都跑出来了,后来莎莉阿姨上这屋子里来了,我们回来的时候,她正在床上站着,大嚷大叫,那些耗子就满处乱窜,拼命给她解闷。于是她就拿起那根胡桃木棍子,把我们揍了一顿;我们又花了两个来钟头,才又捉到十五六只耗子,这得怨那多事的小鬼给我们捣麻烦,并且这些耗子还不大中意,因为头一回捉到的那些才是顶呱呱的。像头一回捉到的那么中意的耗子,我简直是一辈子没见过。

我们还抓了挺大一堆蜘蛛、屎壳郎、蛤蟆和毛虫什么的,都是拣顶大个儿的;我们本来还想摘一个大马蜂窝,可是没弄到手。那一窝马蜂全在家,我们斗不过它们。可是我们并没有马上就走开,在那儿守了老半天;因为我们估计不是我们守得太久,叫它们待腻了往外跑,就是它们老不走,叫我们守够了就走开,结果还是它们赢了。后来我们就找到一些阿摩尼亚,抹在身上螫伤了的地方,这么着就差不多又好了,可是坐起来还是不大方便。于是我们又去抓长虫,捉到了二十几条菜花蛇和青蛇,把它们用一只口袋装上,放在我们屋里;这时候已经要吃晚饭了,这一天我们干的事可真是呱呱叫!肚子饿不饿?——哈,并不饿,我想是不饿的! 后来我们回去一看,真糟糕,那些长虫一条也不见了——我们根本就没有把口袋拴结实,它们七钻八钻就钻出来跑掉了。可是那也没多大关系,因为它们反正还在那所房子里面,藏在什么地方。所以我们估计还可以捉回几条来。果然不错,这所房子里到处都是蛇，可实在是不少，很热闹了一阵。你待不了一会儿又看见椽子上和别的地方掉下几条来，老是掉在盘子里，要不然就掉在你脖子背后，反正多半都掉在你不乐意看到它们的地方。这些长虫倒是挺漂亮的，都有条纹，哪怕是成千成万，也没什么害处；可是这对莎莉阿姨还是一样；她很讨厌长虫，不管是哪一种；随你怎么说不要紧，她反正是受不了；每回有一条长虫掉在她身上，那就无论她在干什么，她都要马上扔下不管，赶快跑开。我从来没见过这么个女人。你还可以听见她大嚷大叫地跑到老远的地方去。你想叫她拿火钳夹一条长虫，她可是怎么也不干。她睡觉的时候要是一翻身，看见床上有一条长虫，她就赶快滚下来，大声地嚷，叫你听了还当是房子着火了呢。她老是把那老头儿吵醒，他实在让她吵得太厉害，就说老天爷要是根本没有造出长虫这种东西，那才好呢。嗐，后来所有的长虫通通从这所房子里跑出去了，又过了个把星期，莎莉阿姨还老是忘不了这回事；她还是提心吊胆；你看见她坐在那儿想什么事情的时候，要是拿一根鸡毛在她脖子背后碰一碰，她就会吓得要命，猛一下跳起来。这实在是怪事儿。可是汤姆说女人家都是这样。他说不知为什么，女人家天生就是这么没出息。

　　每回有一条长虫掉到她身边，我们就得挨一顿揍，并且她还说这么揍一顿不算什么，要是我们再把这屋里弄得满处是长虫，那她就要把我们收拾得更厉害了。我挨几顿揍，并不在乎，因为那根本就不怎么凶；我着急的是还得再去捉长虫，那可实在是麻烦透了。可是我们还是捉到了，并且还把别的东西也弄齐全了；吉姆的小屋子里有了这许多玩意儿，他奏起乐来，它们就涌出来听，和他亲热，那股欢喜劲儿，可真是难得见到。吉姆不喜欢那些蜘蛛，蜘蛛也不喜欢他；所以它们老爱偷偷地找机会跟他捣蛋，把他收拾得够呛。他说他床上有了那些耗子和长虫，还有那块磨石，差不多简直就没有他睡觉的地方；要是有点儿空处的时候，也睡不成觉，因为那儿实在太热闹了，他说那儿老是很热闹，因为它们并不同时睡觉，老是轮班睡，长虫睡着了的时候，耗子就出来守卫，等到耗子去睡觉，长虫又来站岗，所以他身子下面老有一批角色歇着，挤得他没地方睡，另外还有一批就在他身上表演马戏，他要是起来想找个别的地方，那些蜘蛛又要在他过去的时候趁机会耍他一下。他说这回如果能逃出去,他就一辈子决不再当犯人,哪怕是给他薪水请他干,他也不干了。

唔,三个星期过完了的时候,一切事情都挺顺当了。那件衬衫早就装在一个大馅儿饼里混进去了,每回吉姆让耗子咬了一口,他就赶紧起来,趁着那红墨水还新鲜的时候,在日记里写上一行;笔也磨好了,题词什么的都在磨石上刻好了;那条床腿也锯成了两半,我们还把锯末子都吃光了,结果肚子痛得要命。我们还以为我们都得死掉,可是总算没有死。我压根儿没见过那么不容易消化的锯末子,汤姆也是这么说。可是我又把话说岔了;刚才我说过,我们终归把什么事儿都办好了;这时候我们都累得筋疲力尽,特别是吉姆。那老头儿已经写过两封信到奥尔良下面那个农场去,叫人家来把他们这个逃跑的黑人接走,可是一直没得到回信,因为那儿根本就没有这么个农场;于是他就打算在圣路易和新奥尔良的报纸上登启事招领吉姆;他一提到圣路易的报纸,就把我吓得直打冷战,我知道我们不能再耽搁了。于是汤姆就说,现在该写匿名信了。

"什么叫匿名信?"我说。

"那是给人家的警告,让他们知道马上就要出事了。这一着有各种做法,有时候这么做,有时候那么做。反正总有人在附近偷偷地盯着,一看有动静就给这个城堡的司令官报信。从前路易十六正想从土伊勒里监狱逃出去的时候,就有个丫鬟报了信。这个办法挺好,写匿名信也不错。咱们就把两种办法都用上吧。照例是犯人的母亲和他掉换衣服,他母亲在牢里待着,他就穿着他母亲的衣服溜出来。咱们也照这样耍一套吧。"

"可是我倒要问你,汤姆,咱们干吗要**警告**人家,让他们知道快出事了呢?让他们自个儿去发觉吧——看管本来就是他们的事呀。"

"是呀,我知道;可是他们根本靠不住。他们从头起就是这样——**什么事儿都让咱们随便干**。他们老是相信别人。傻头傻脑的,什么事儿也不注意。所以咱们要是不给他们**报个信**,那就根本不会有谁来阻挡我们,结果咱们费了老大的劲,白麻烦了一阵,这回逃跑的事儿就会平平淡淡地过去了;一点意思也没有——根本就不像那么回事。"

"哼,汤姆,要叫我说呀,那就正是要这样才好。"

"呸!"他显出很厌恶我的样子,只呸了这么一声。于是我就说:

"可是我并不打算埋怨你。反正你说怎么好就怎么好,我决不反对。你说要个丫鬟报信,你打算怎么办呢?"

"你去当她这一角吧。你到半夜里溜到那个黄脸丫头屋里去,把她的上衣偷出来好了。"

"嗐,汤姆,那到第二天早上,又要惹出乱子来了,因为她恐怕就只有那么一件衣裳呢。"

"我知道;可是你只要穿上那件衣服,把那封匿名信送去,从前门底下的门缝里塞进去就行了;顶多穿它十五分钟吧。"

"好吧,那么,我就这么办。可是我穿着自己的衣服去送信,还不是一样吗?"

"那么着你就不像个丫鬟了,是不是?"

"当然不像,可是反正没有谁看见我像不像呀。"

"那是不相干的。顶要紧的是咱们做事得规规矩矩,别管有没有人看见咱们怎么做。你难道简直不讲规矩吗?"

"好吧,我没意见;我就当那个丫鬟吧。谁当吉姆的母亲呢?"

"我当他的母亲。我上莎莉阿姨那儿去偷一件长衫就行了。"

"啊,那么我和吉姆跑了之后,你就得在那小屋子里待着呀。"

"待不了多久。我把吉姆的衣服塞上稻草,放在床上,就算是他母亲改了装躺在那儿,吉姆就从我身上把那个黑女人的长衫脱下去,穿在他身上,咱们就可以一块儿出奔了。有身份的犯人逃跑的时候,就叫作'出奔'。譬如国王逃跑,就是这个说法。国王的儿子逃跑也是一样;不管他是私生子还是公生子,那都没关系。"

于是汤姆就写了那封匿名信,我就在那天晚上把那个黄脸丫头的衣服偷来,穿在身上,从前门底下的门缝里把信塞进去,全照汤姆说的办法。那信上说:

  当心吧。祸在眼前,务须严防。

              无名氏

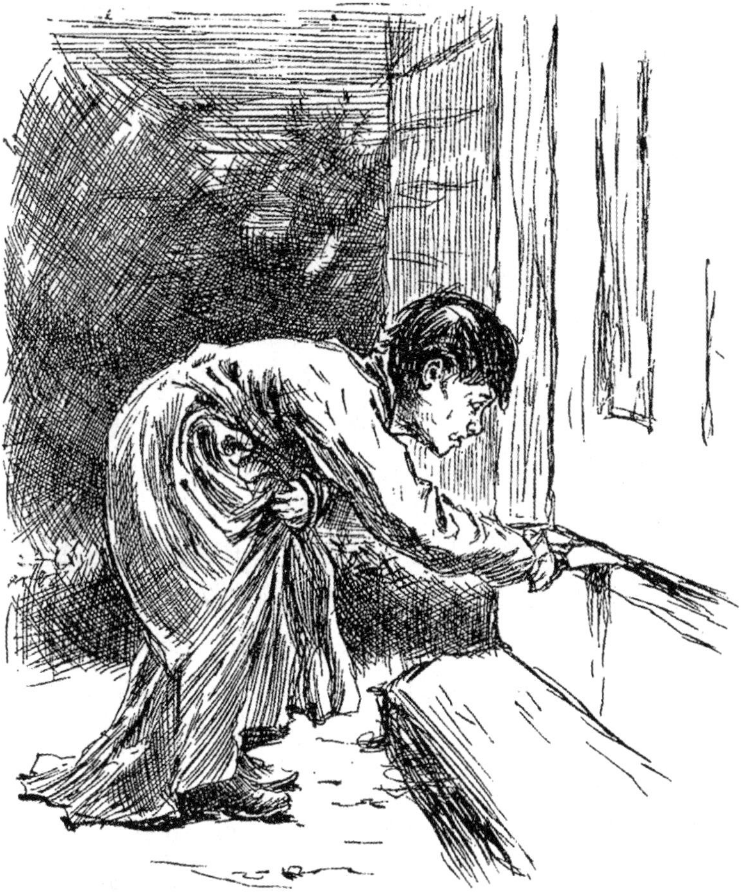

汤姆还用血画了一张图画,上面画着一颗人头骨和两根交叉的骨头;第二天夜里,我们就把它钉在前门上;第三天夜里我们又在后门上钉了一张,上面画的是一口棺材。这下子他们这一家人简直吓得要命,我还没见过谁像他们那么害怕呢。哪怕他们这所房子里满处是鬼,不管什么背后都藏着,床底下也藏着,空中也有鬼飘来飘去,专给他们捣蛋,那也只能把他们吓成这样。要是有一扇门砰地响一声,莎莉阿姨就跳起来说:"哎呀!"要是有什么东西掉在地下,她也要跳起来说:"哎呀!"你要是冷不防碰她一下,她也是这么叫起来;无论她冲着哪一边,老是不放心,因为她时常都觉得有什么东西在她背后藏着——所以她常常都要猛一转身,叫一声"哎呀!"她还没有转到三分之二,又往回一转,再那么叫一声;她老害怕去睡觉,可是又不敢坐着熬夜。所以汤姆就说,他耍的这个把戏非常之灵;他说他从来没见过什么事情效果这么好,叫他这么满意。他说这就表示这事儿做得不错。

于是他说,现在该是唱压台戏的时候了!所以第二天大清早,天刚发亮的时候,我们就写好了另外一封信,可是不知拿它怎么办才好,因为头天吃晚饭的时候,我们听见他们说,他们要在两个门口都派个黑人,守一通夜。汤姆顺着避雷针溜下去,到处看了看动静;他发现守后门的那个黑人睡着了,就把那封信插在他的脖子后面,再回到屋里来。这封信上说:

请不要泄露我的秘密;我愿意做你们的朋友。有一伙穷凶极恶的强盗从印第安人地区到这里来了,他们打算在今天夜里把你们那个逃跑的黑人偷走;他们一直都在想方设法吓唬你们,叫你们待在家里,不去打搅他们。我就在这个帮里,可是我是信教的,很想脱离这个强盗帮,再过规规矩矩的生活;现在我要把他们的恶毒阴谋揭露出来。他们预备准在半夜的时候,从北边偷偷地跑过来,带着一把假钥匙,顺着栅栏走,到那黑人的小木头房子里去,把他弄走。他们叫我在远处放风,如果我看见有什么危险,就得吹一支洋铁喇叭;可是我不会这么做,只等他们一进那小屋子里去,我就要咩咩地学羊叫,不吹喇叭;随后你们就趁着他们把他的链子弄掉的时候,悄悄地溜过去,把他们锁在里面,从从容容地打死他们。

你们只要照我说的这么做就行了,千万不要有其他的举动;如果你们轻举妄动,他们就会疑心出了问题,闹得天翻地覆。我并不希望得到什么报酬,只要知道我的事干得很对就行了。

无名氏

第四十章　迷魂阵似的营救妙计

我们吃过早饭之后,觉得挺痛快,就把我那只小划子捞出来,带着午饭,把它划过河去钓鱼,玩得挺高兴。我们看了看那木排,它还是好好地在那儿;我们很晚才回家吃晚饭,一看他们都非常着急,烦得要命,简直是弄得晕头转向;我们刚吃完晚饭,他们马上就叫我们去睡觉,不肯告诉我们出了什么事,关于后来那封信也一字不提;可是他们也用不着提,因为我们对那封信并不比谁知道得少;我们上楼去,刚走到半中间,莎莉阿姨才一转身,我们就溜下去,跑到地窨子里的碗柜那儿,弄了足够饱吃一顿的东西,拿到我们屋里,这才睡觉;大概在十一点半的时候,我们又起来了,汤姆把他偷来的莎莉阿姨的衣服穿上,拿起那些吃的东西正要往外走,可是他又说:

"黄油在哪儿?"

"我切了一大块,搁在玉米面包上。"我说。

"嗐,那你准是切了又忘记**带来**——这儿可没有呀。"

"咱们不用黄油也吃得下。"我说。

"咱们**有了**黄油也吃得下呀,"他说,"你快溜到地窨子里去把它拿来。过后你再顺着避雷针溜下来,往吉姆那儿跑。我去把稻草塞在吉姆的衣服里,就算是吉姆的妈化了装的样子;只等你一到,我就要咩咩地学羊叫两声,跟着就跑开。"

于是他就往外走,我就到地窨子里去。那一大块黄油足有拳头那么大,还在我原来搁着的地方,我就拿起搁黄油的那块玉米面包,把亮吹灭了,偷偷地往楼上走,一直走到地窨子上面那一层,总算没出事儿,可是这时候莎莉阿姨点着蜡烛过来了,我就赶紧把那块黄油和面包塞在帽子里,往头上一扣,她一转眼的工夫就看见我了;她说:

"你上地窨子里去了吗?"

"是呀,您哪。"

"你上那儿去干什么来着?"

"没干什么。"

"**没干什么!**"

"是呀,您哪。"

"哼,那么,这么深更半夜,什么鬼把你缠住了,叫你上那底下去呢?"

"我不知道,您哪。"

"你不知道?别这么回答我。汤姆,我要问清楚你到底上那底下干什么去来着。"

"我什么也没干,莎莉阿姨;老天爷在上,我实在没干什么。"

我猜她这下该让我走了,要是平常,她是会让我走的;可是我看这回因为出了许多古怪事情,她不管碰到什么小事儿,只要没弄清楚,她就放心不下;所以她就斩钉截铁地说:

"你给我上客堂里去,在那儿待着,等我来了再说。你准是没事儿找事,捣了什么鬼,我非得弄清楚到底是怎么回事,反正不会饶你。"

于是她就走开了,我打开门,走到客厅里。哎呀,谁知那儿有一大堆人!十五个庄稼汉,个个都拿着枪。我简直慌得要命,偷偷地走到一把椅子跟前坐下了。他们满屋坐着,有些人悄悄地稍微说几句话,大伙儿都心神不安,又要拼命装出不在乎的样子;可是我知道他们挺不对劲,因为他们老是一会儿把帽子摘下来,一会儿又戴上去,一会儿抓脑瓜儿,一会儿换换座位,一会儿又摸一摸身上的纽扣。我自己心里也不自在,可是我还是一直不敢把帽子摘下来。

我真希望莎莉阿姨快过来,了掉我的事儿,她要揍我就揍我一顿也不要紧,只要能让我走开就行;我得赶快去告诉汤姆,说我们把这事儿干得太过火了,简直是惹上了一窝挺凶的马蜂,所以我们得趁早别再胡闹了,赶快跟吉姆一块儿溜掉,免得这些家伙冒起火来,找我们的麻烦。

后来她终归来了,把我盘问起来,可是我简直回答不出,弄得晕头转向;因为这些人都急得什么似的,有些人马上就要动身去打埋伏,等着抓那一伙强盗,他们说只过几分钟就到半夜了;可是别的人拼命劝他们别忙。且等听见羊叫的暗号再说;阿姨可偏要问来问去,问个没完;我简直吓得要命,浑身发抖,差点儿当场晕倒在地下;那屋里又越来越热,黄油慢慢地化开了,往我脖子上和耳朵后面流下来;过了一会儿,有一个人说:"我主张现在马上就去,先在那小屋子里藏着,等他们一来就逮住他们。"我一听这话,差点儿晕倒了;有一道黄油顺着我脑门子上往下流,让莎莉阿姨看见了,把她吓得脸色惨白,她说:

"老天爷,这孩子害什么毛病了呀?他准是害脑炎了,一点也不错;你瞧,脑子里的黄浆都渗出来了!"

大伙儿都跑过来看,她猛一下摘掉我的帽子,那块面包和剩下的黄油就露出来了;于是她把我抓住,搂着我说:

"啊,你可把我吓坏了!好,总算没再出倒霉事儿,我真是谢天谢地,高兴极了;我们正走背运哪,我就怕祸不单行,一看你头上渗黄水,就当是你又要完蛋了,因为我看那颜色,就觉得那挺像你的脑浆,要不是……哎呀,哎呀,你怎么不告诉我,说你上那底下去是拿这些东西,那我就不会怪你了。好吧,快去睡觉,非到明儿早上,可别让我再看见你。"

我只一秒钟就上了楼,再一秒钟又顺着避雷针溜下去了,跟着就摸着黑往斜顶小屋子那儿跑。我急得什么似的,连话都说不出了;可是刚透过气来,就赶快告诉汤姆说,我们得趁早溜掉才行,连一分钟也不能耽搁了——那边屋里坐满了人,都带着枪哪!

他高兴透了,眼睛里直发亮;他说:

"不会吧,——真的吗?这可真了不起呀!嗐,哈克,要是从头再来一遍的话,我管保能逗来二百人!咱们要是能拖到……"

"赶快!赶快呀!"我说,"吉姆在哪儿?"

"就在你胳臂肘那儿哪;你只要一伸手就能摸着他。他已经打扮起来了,什么都预备好了。现在咱们就溜出去,学羊叫打个暗号吧。"

可是这时候我们听见有些人的脚步声到门口来了,并且还听见他们摸门上的挂锁的声音,过后又听见有个人说:

"我不是说过吗,咱们来早了不行;他们还没来——门还是锁着的。好吧,我把你们几个锁在屋子里面,你们就在黑地里打下埋伏,等

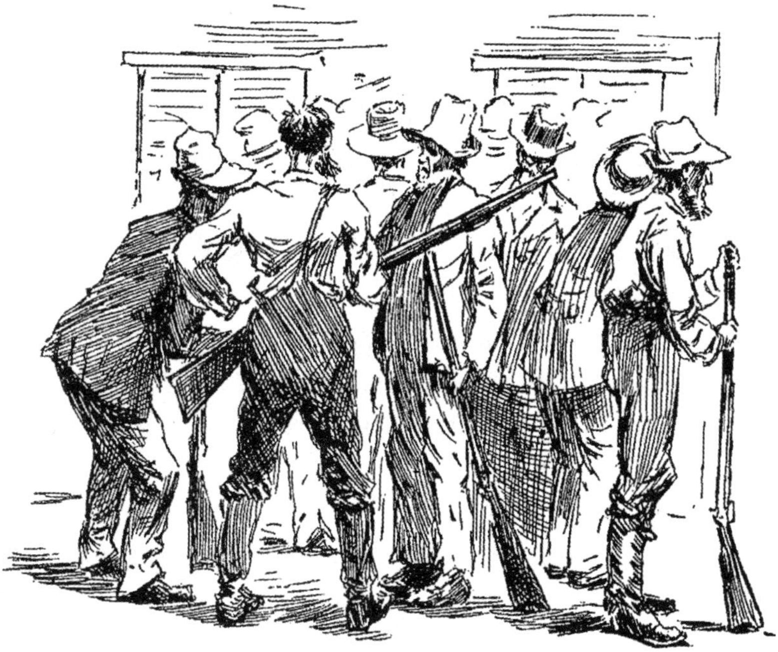

他们一来就打死他们；别的人离远点，在四周藏起来，听听看能不能听见他们过来。"

于是他们马上就进来了，可是在黑地里看不见我们，我们连忙往床底下钻的时候，他们差点儿踩着我们了。可是我们还是钻到了床底下，再从那个洞里钻出来，钻得很快，可是很轻——吉姆先出来，第二个是我，最后是汤姆，这是照汤姆的命令做的。这下子我们就到那斜顶小屋里了，听见外面挺近的地方有脚步声。于是我们就爬到门背后，汤姆就在那儿把我们挡住，把眼睛朝门缝外面看，可是外面挺黑，什么也看不清楚；他就悄悄说，他要听着外面的脚步往远处走，等他拿胳臂肘推我们的时候，吉姆就得先溜出去，他自己走在末尾。于是他把耳朵靠着门缝，听了又听，听了又听，外面老是有脚步声到处嚓嚓地响；后来他把胳臂肘碰了我们一下，我们就溜出去了；我们弯下腰，连气都不敢出，一点声音都没有弄出来，像印江人那样排成一行，偷偷地往栅栏那边溜过去，总算到了那儿，没出什么事，我和吉姆都翻过去了；可是汤姆的裤子让栅栏顶上一根木头上的刺儿紧紧地挂住了，接着他听见有脚步声过来，于是他只好使劲拽，一拽就把那根刺儿拽断了，响了一声；等他跟在我们背后往前跑的时候，就有人大声嚷起来：

"那是谁？快说，要不我就开枪了！"

可是我们没有理他；我们撒开腿就拼命跑开了。马上就有人追上来，砰、砰、砰！子弹在我们前后左右嘘嘘地直响！我们听见他们大声说：

"他们在这儿哪！他们往河边上跑了！快追吧，伙计们，把狗放出去！"

于是他们就飞快地追过来了。我们听得见他们的声音，因为他们穿着靴子，还大声喊叫，可是我们没有穿靴子，也不喊叫。我们走的是上锯木厂去的那条路；等他们追得离我们挺近的时候，我们就往矮树堆里一闪，让他们跑过去，过后再跟在他们后面走。他们本来把所有的狗通通关起来了，不叫它们把强盗吓跑；可是这时候有人把它们放出来了，它们就追过来，汪汪地叫得怪热闹，仿佛有成千上万条狗似的；可是这到底是自己家里的狗，我们就在路上站住，等它们撵上来；后来它们一看是我们,不是别人,用不着它们大惊小怪,它们就只对我们招呼了一下,又往那些人乱嚷乱跑的地方一个劲儿冲过去;过后我们又打起精神来,跟在他们后面飞快地跑,一直跑得快到锯木厂跟前,从矮树林子里钻过去,跑到我拴小划子的地方;我们往船上一跳,亡命地往河当中划,可是并不弄出什么响声来。过后我们就从从容容、舒舒服服地往那岛上划,往我停木排的地方去;我们在小划子上还听得见他们在岸上来回地跑,大伙儿彼此打招呼,叫的叫,嚷的嚷,狗也汪汪直叫;后来我们离得太远了,那些声音才越来越模糊,慢慢就听不见了。我们走上木排的时候,我就说:

"好了,老吉姆,你又恢复自由了,我管保你从此以后再也不会当奴隶了。"

"哼,这回的事儿可实在是干得帅,哈克。主意打得真漂亮,干也干得挺漂亮;不管谁想出个主意来,也赶不上这回的主意这么妙,简直像个迷魂阵似的。"

我们都高兴得什么似的,可是顶高兴的还是汤姆,因为他的小腿上中了一颗子弹。

我和吉姆一听这话,马上就不像刚才那么大兴头了。他受的伤不轻,直淌血;于是我们就把他抬到窝棚里,叫他躺着,又把公爵的衬衫拿一件来扯碎,给他裹伤口,可是他说:

"把布条儿给我吧,我自己会捆。现在可别耽搁了;这回出奔的事儿耍得真漂亮,咱们千万不能在这儿吊儿郎当地耗着,免得误事;快安上长桨,把木排解开吧!伙计们,咱们干得真帅呀!——实在是不错。咱们要是帮的路易十六的忙,那该多好,那也就不会在他的传记里写下'圣路易之子,请你升天吧!①'这么一句话了。不会的,您哪,咱们会带着他偷越国境——要是他,咱们准会那么办——并且还干得挺巧妙,根本就不算一回事。快安上长桨——快安上长桨吧!"

可是我和吉姆却在打商量——想了一想。我们想了一会之后,我就说:

---

① 这是路易十六上断头台时,替他祈祷的大主教所说的一句话。

"你说该怎么办吧,吉姆。"

于是他就说:"嗯,照我看是这样的,哈克。要是逃出来的是他,伙计们有一个挨了枪他会不会说:'快跑,救我的命要紧,用不着找大夫来给这家伙治伤'?汤姆·索亚少爷是这种人吗?他会说这种话吗?管保不会!那么,我吉姆能说这种话吗?不会,您哪——要不找个大夫来看看,我连一步也不肯离开这儿;哪怕要等几十年也不要紧!"

我明知他有一颗白种人的心①,早就估计他会这么说——现在他既然说了这话,那就好办了,所以我就告诉汤姆,说我要去请个大夫来。他为这事儿大吵了一阵,可是我和吉姆坚持要那么办,决不动摇;于是他就打算爬出去,自己把木排解开;可是我们不让他么做。他跟着又给我们说了一些道理,想要说服我们,可是这也白说了。

于是他看见我解开小划子,预备要走的时候,就说:

"好吧,你要是非去不可,那我就告诉你,到了镇上怎么办。你得关上门,拿块布把大夫的眼睛捆得紧紧的,再叫他赌咒,决不声张,再把满满的一口袋钱塞到他手里,然后牵着他穿过一些背静的小胡同,在黑地里到处乱转,再叫他坐上小划子上这儿来,你得在那些小岛当中乱钻一阵,还得搜搜他身上,把他的粉笔搜掉,非等你把他送回镇上,不能还给他,要不然他就会在咱们这个木排上画个记号,往后还能找到咱们。他们老爱来这一手。"

于是我就说一定照办,说着就走了,吉姆只等看见大夫过来,就打算藏到树林里去,等他走了再出来。

---

① 哈克中了种族歧视的偏见的毒,认为黑人不如白人有良心,吉姆有良心,就是具有白人的心肠。

第四十一章 "准是些鬼神"

大夫是个老头儿;我把他叫起来的时候,一看就知道他是个挺好的、和和气气的老头儿。我告诉他说,我和我兄弟俩昨天下午划船到西班牙岛去打猎,在那儿找到一个木排,就在那上面过夜,半夜里他准是在梦里把枪踢了一脚,因为枪走了火,打中了他的腿,我们请他去治一治,可别声张,谁也不让知道,因为我们打算在那天下午回家去,叫家里的亲人大吃一惊。

"你们是谁家的?"他说。

"斐尔普斯家的,就在那下面。"

"啊,"他说,过了一会儿,他又问我,"你说他是怎么让枪打着的?"

"他做了个梦,"我说,"梦里叫他中了一枪。"

"这倒是个古怪的梦呀。"他说。

于是他就点起提灯,带着出门的口袋,我们就动身了。可是他一看那小划子,就不喜欢它那样儿——他说这个小划子坐一个人倒是够大的,两个人坐上去,好像就不大妥当。我说:

"啊,您尽管放心,大夫,我们三个坐着还挺对劲哪。"

"哪三个?"

"噢,我和席德,还有——还有——还有我们的枪呀;我说的是这个意思。"

"啊。"他说。

可是他把脚踩在船边上,摇晃了几下,他就摇摇头,说是他觉得还是得找个大点的划子才行。可是那些划子都用铁链锁上了;于是他就坐上划子,叫我等着他回来,要不然我再到附近找一找划子也行,我要是愿意的话,还不如先回家去,说些话哄哄他们,好叫他们更加吃惊。可是我说我不愿意那么办;我就告诉他怎么去找那木排,他跟着就划过去了。

我一会儿又忽然想出了一个主意。我心里想,假如他不能像俗话所说的神仙一把抓,一下子就把那条腿治好,那又怎么办呢?说不定得花三四天工夫呢。那我们怎么办?——就在那儿待着,等他把风声走漏出去吗?那可不行,您哪;我可知道该怎么办。我等着瞧,他回来的时候,要是说他还得再去看的话,我就跟他一道去,哪怕得浮水也不要紧;我们就把他绑起来,扣留住他,把木排划到大河下游去;等他给汤姆的伤治好了,我们就把他应得的报酬给他,要不就把我们的钱全送给他,再让他上岸去。

于是我就爬到一个木头堆里去睡了一觉;我醒过来的时候,太阳已经照在我头顶上了!我赶快溜出去,跑到大夫家里,可是他们说他在夜里不知什么时候出诊去了,还没回来。嗐,我心想,看样子汤姆的伤准是不轻,我得趁早赶回岛上去才行。于是我转身就跑,拐了个弯,猛一下差点儿把脑袋撞到赛拉斯姨爹肚子上了!他说:

"嘿,汤姆!你上哪儿去待了这么久呀,你这小坏蛋?"

"我哪儿也没去,"我说,"光是去找那逃跑的黑人——我和席德俩。"

"嗐,你们上什么地方去找来着?"他说,"你姨妈可是担心得要命。"

"她用不着担心,"我说,"因为我们都挺好。我们跟在那些人和那些狗后面跑,可是他们跑得太快,我们没撵上;我们觉得好像听见他们在河里,于是我们就找到一只小划子,赶快划着撵上去,可是我们划到河对岸,简直找不到他们的影儿;后来我们划着小船往上水走,一直累得筋疲力尽;我们就把小划子拴上,睡了一觉,直到一个钟头以前才醒过来;后来我们就划到河这边来,打听消息;席德在邮政局听信儿,我就溜回来拿点东西去吃,完了我们就会回家来。"

于是我们就到邮政局去找"席德";可是我早就知道他不在那儿,我们当然没找到他,这位老先生在邮政局里取到一封信,我们又等了一会儿,席德还是没有来;于是老头儿就说,咱们走吧,等席德到处跑过了瘾,就让他一人走回家去,或是坐小划子回去也行——我们可得坐马车回去。我说要他让我在那儿再等一等席德,可是他不答应我;他说等也没什么好处,我非跟他一起走不可,好让莎莉阿姨知道我们没出什么事儿。

我们回到家里,莎莉阿姨一见我,简直欢喜透了,她连笑带哭,把我搂在怀里,又揍了我几下,可是根本就不痛,她说席德回来,她也得赏他一顿。

屋子里又挤满了好些庄稼汉和他们的老婆,都是来吃午饭的;大伙儿又在那儿唠叨,那股热闹劲儿实在是少见。霍支契斯老太婆比谁都啰唆;她嘴里简直说个不停。她说:

"嗐,斐尔普斯大嫂,我把那个小屋子全搜遍了,我看那个黑人简直是发了疯。我给丹木瑞大嫂这么说了——是不是,丹木瑞大嫂?我说,他疯了,我说——我就是这么说的。你们大伙儿都听见了我的话:他疯了,我说;不管从哪儿都看得出,我说。你们看那块磨石吧,我说;难道要叫我相信,不是个有神经病的家伙,还能在磨石上划那么些疯头疯脑的话吗?我说。这儿有某某人的心碎了呀,这儿某某人熬过了三十七年呀,尽是这些鬼话——又是什么路易某某的私生子呀,简直是鬼话连天。他是个地道的疯子,我说。我起头是这么说,当中也是这么说,末尾还是这么说,从头到尾都是这么说的——那黑人发疯了——疯得像尼布甲尼撒①那样,我说。"

"你瞧那个烂布条子做的绳梯,霍支契斯大嫂,"丹木瑞老太婆说,"我的天哪,他干吗要这……"

"我刚才跟阿特拜克大嫂说的正是这话,你不信就问她吧。她说,你瞧那个破布条子做的绳梯呀,她说;我就说,是呀,你瞧瞧,我说——他到底要这个干吗?我说。她就说,霍支契斯大嫂,她说……"

"可是他们到底是怎么把那块磨石弄到那里面去的呢?那个洞又是谁挖的呢?还有谁……"

"我就是那么说来着,潘罗德大哥!我刚才还说——请你把糖浆

---

① 尼布甲尼撒,巴比伦王,公元前605—公元前562在位,曾向各处征讨,性格很狂暴,为俗话里代表疯狂性格的人物。

碟子递给我,好吧?——刚才我还跟邓洛普大嫂在说,他们怎么把磨石搬进去的呢?我说。还没有人帮忙哪,你听说了吗——没有人帮忙呀!顶奇怪的就是这个。我可不信,我说;准是有人帮忙来着,我说;帮忙的人还多着哪,我说;总有十多个人帮那个黑人的忙,我真想把这儿的黑人个个都剥了皮,反正我总得弄清楚,那些事儿到底是谁干的,我说;还有哪,我说……"

"你说只有十几个人呀!——干那么些事情,恐怕四十个人也干不下来。你瞧瞧那长刀磨成的锯子什么的,做那些东西多费劲呀;你瞧那条床腿,使这种家伙锯断的,那得六个人干一个星期才行;你瞧那床上用稻草做的黑人;瞧那……"

"你说得对,海陶尔大哥!我跟斐尔普斯大哥就这么说来着,是跟他本人说的。他说,霍支契斯大嫂,你觉得怎么样?他说。觉得什么事儿怎样呀,斐尔普斯大哥?我说。觉得那条床腿怎么会那么锯断了?他说。觉得怎么样?我说。我看反正不是床腿自个儿锯断的,我说——反正总是有人把它锯断的,我说;那就是我的看法,信不信由你,也许算不了什么,我说,可是尽管这样,总算是我的看法,我说,要是有谁想得出更有道理的说法,我说,就叫他说出来吧,我说,别的没什么可说的。我跟邓洛普大嫂说……"

"嗐,他妈的,那屋子里准是天天晚上都有满屋的黑人,干了四个星期,才干得出那么多事情,斐尔普斯大嫂。你瞧那件衬衫——密密麻麻地写满了秘密的非洲文,都是用血写的呢!准是有好些黑人老在那儿一个劲儿写,一直没停。嗐,要是谁能念给我听听,我情愿给他两块大洋;写字的那些黑人呢,我恨不得把他们抓来,赏他们一顿鞭子,打得他们……"

"你说有人帮他的忙呀,普尔斯大哥!嗐,我想你前两天要是在我家里的话,管保你早就会这么想。嗐,他们把弄得到手的东西全都偷走了——我们还老是留神看着哪,你知道吧。他们干脆就从晾衣服的绳子上把那件衬衫偷走了!还有他们拿来做绳梯的那条床单,他们偷了又还回来,耍来耍去,简直不知搞了多少回;还有面粉、蜡烛、蜡台、调羹,还有那个旧暖盒,简直不知偷了多少东西,我都想不起来了,还有我那件新花布衣服;我和赛拉斯和席德、汤姆都不分昼夜地守着,我刚才说过,可是我们连他们一根头发都没抓着,谁也没看见他们一点影儿,也没听见一点声音,谁知到了末了,你瞧呀,他们猛一下就神出鬼没地溜到我们鼻尖儿底下来,跟我们开起玩笑来了,并且还不光只开我们的玩笑,还跟那些印江人地区的强盗开了玩笑呢,他们当真把那个黑人稳稳当当地弄走了,就在那时候,我们还有十六个人和二十二条狗紧跟着追他们哪!说老实话,这种事我真是一辈子没听说过。嗐,哪怕是鬼神,也不过干得这么妙,也不能比这干得更帅了。我想他们准是些鬼神——因为你知道我们那些狗多么厉害,没有再好的了;嗐,这些狗也连一回都没闻出他们上哪儿去了!你们要是说得出个道理来,就请说给我听听!——不管哪一位都行!"

"嗐,真是本事大,简直赛过……"

"哎呀,我的天,我一辈子没……"

"我敢赌咒,本来还不会……"

"有些是溜门子的小偷,还有些是……"

"老天爷,我可不敢住在这么个……"

"谁敢住呀!——嗐,我简直吓坏了,睡也不敢睡,起也不敢起,躺下也害怕,坐下也担心,李奇维大嫂。嗐,他们说不定会偷到——哎呀,天哪,昨天晚上到了半夜的时候,你可以想得到我多么害怕。我要不担心他们把我们家里的人偷走几个才怪哪!我吓得什么似的,脑子简直就不能想事情了。现在在白天,说这种话就好像是太可笑了;可是我心里想,楼上那间孤孤单单的屋子里,还有那两个可怜的孩子睡着了呢,说老实话,我真是担心得要命,我就悄悄地爬上楼去,把他们锁在屋里了!我就是那么办的,谁也得那么办呀。因为,你知道吧,你吓成那样的时候,心里越来越不对劲,老是越想越可怕,脑子里也就乱得一团糟,这时候你就不由得做出各式各样莫名其妙的事情来,一会儿你就会这么想:假如我是个孩子,老远地睡在楼上,门又没有锁,那你就会……"

她说到这儿就停住了,有点纳闷的样子,后来她就慢慢地转过头来,她的眼睛扫到我身上的时候,我就站起来,上外面去溜达去了。

我心想,我要是上外面躲一下,稍微把这事儿想一想,就能想出个理由来,解释解释今天早晨我们为什么不在那个屋子里。于是我就这么做了。可是我不敢走得太远,要不然她就会叫人来找我回去。后来到了下午很晚的时候,客人都走了,我才回到屋里,告诉她说,外面嘈杂的声音和枪声把我和席德都吵醒了,门又是锁着的,我们要出去看热闹,所以就顺着避雷针溜下去,我们俩都摔伤了一点,往后再也不打算这么干了。我接着又把我跟赛拉斯姨爹说过的话对她说了一遍。她说她可以饶了我们,还说这也许还挺不错,谁也不过指望孩子们这么做,因为照她的看法,孩子们全都是些荒唐鬼;所以既然没出什么岔子,我们都好好地活着,她也没把我们丢了,那她就觉得应该谢天谢地,用不着为了过去的事情心烦。于是她就亲了亲我,又在我头上拍拍,后来就好像想起心思来了;过了一会儿,她就跳起来,说:

"哎呀,我的天哪,天都快黑了,席德还没回来!这孩子到底怎么了?"

我一看机会到了;所以我就蹦起来说:

"我马上跑到镇上去,找他回来。"

"不行,你别去,"她说,"你在家里待着;你们俩有一个不见,就够叫人着急的。他要是不回来吃晚饭,你姨爹就去找他。"

哼,他当然没有回来吃晚饭;所以姨爹刚把晚饭吃完,马上就出去了。

他在十点来钟才回来,有点儿觉得不放心;他根本没找到汤姆的影儿。莎莉阿姨真是着急得厉害;可是赛拉斯姨爹说用不着那么着急——他说,孩子到底是孩子,第二天早上你就会看见这个小淘气露面,什么毛病也没有。她听了这话,也就只好心满意足。可是她说她要坐着等他一会儿,还要点着亮,好让他看得见。

后来我上楼去睡觉的时候,她就陪着我上去,还把蜡烛带着,她替我盖好被窝,简直像亲娘似的把我招呼得挺好,弄得我良心上很过不去,简直有点儿不敢望她的脸。她在床上坐下,跟我说了很久的话,她说席德是个很了不起的孩子,把他夸个没完;她过一会儿就问我一回,老是问我觉得他会不会走丢了,或是受了伤,还说他也许淹死了,这时候也许躺在什么地方受罪,或是死了,她可没有在他身边照应他;她这

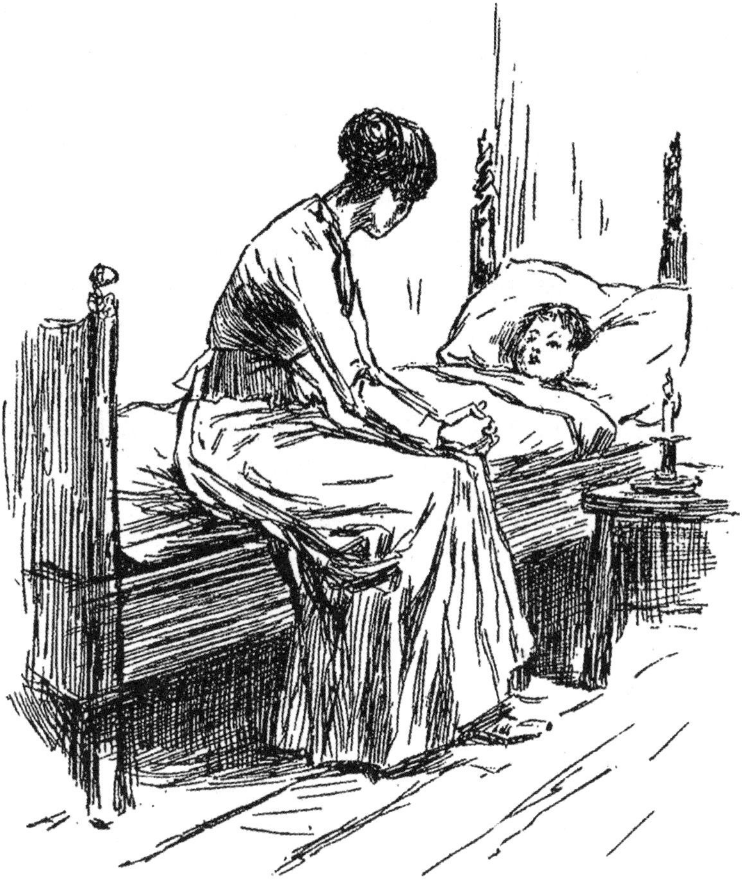

么说着,眼泪就悄悄地掉下来了。我就告诉她,说席德没出什么事,第二天早上准会回家;于是她就捏一捏我的手,要不就亲亲我,叫我再说一遍,还叫我老这么说,因为她心里太苦恼了,听了我这话就高兴。后来她临走的时候,还弯下腰来,挺柔和地仔细盯住我的眼睛,说:

"我不会再锁上门了,汤姆,窗户也是开着的,还有那避雷针;可是**你不会再淘气吧,是不是?你不会跑出去吧?得替我想想呀**。"

天知道,我是**很**想出去瞧瞧汤姆怎么样了,心里直想出去;可是她守着我说了那些话之后,我就不打算去了,无论如何也不去了。

可是我心里一面想着她,一面又惦记着汤姆,所以就睡得很不踏实。那天夜里,我有两回顺着避雷针梭下去,绕到前面,看见她在那儿坐着,窗户上还摆着那支蜡烛,她含着眼泪,眼睛望着大路上,我很想能帮她点忙,可是又没有办法,只能在心里发誓,再不干什么淘气的事,惹得她着急了。天亮的时候,我第三次醒过来,又溜下去,一看她还在那儿,那支蜡烛快点完了,她那灰白的头靠在手背上,她已经睡着了。

第四十二章　他们为什么没有绞死吉姆

那老头儿还没吃早饭，又到镇上去了，可是他还是找不到汤姆的下落；他们夫妻俩在桌子跟前坐着想心思，都不作声；他们显出伤心的样子，咖啡凉了也不管，什么东西都不吃。过了一会儿，老头儿说：

"我把那封信交给你了吗？"

"什么信？"

"昨天我从邮政局里取来的那封信。"

"没有，你并没给我什么信。"

"啊，我准是把它忘了。"

于是他就在口袋里搜了一阵，跟着就走开，上他原先搁那封信的地方去找，结果就拿过来交给她了。她说："咦，是从圣彼得堡来的——这准是姐姐写的。"

我想这时候又得出去溜达溜达才好；可是我简直不能动弹。谁知她还没来得及撕开，就把信扔下，站起就跑——因为她看见外面有人来了。我也看见。那是汤姆·索亚躺在床垫子上，有人抬着他，还有那个老大夫；还有吉姆，穿着她的花布衣服，双手绑在背后；另外还有好些人。我顺手找到一件东西，把那封信藏在它后面，赶快跑出去。她冲汤姆扑过去，一面哭，一面说：

"啊，他死了，他死了，我知道他死了！"

汤姆把头转过一点来，模里模糊地说了一句什么话，一听就知道他心里不大清楚；于是莎莉阿姨就把双手往上一举，她说：

"他还活着哪，多谢老天爷保佑！这就行了！"她连忙亲了他一下，就往屋里飞跑，赶快去铺床，一面还冲那些黑人东一句西一句地吩咐，又对别人也吩咐了一阵，嘴里说个不停，就像放鞭炮那么快，把所有的人都吩咐到了。

我跟着那些人走，要看看他们怎么处置吉姆；那位老大夫和赛拉斯姨爹跟着汤姆进屋里去了。那些人都很冒火，有些人说要绞死吉姆，好给这带地方所有的黑人做个榜样，叫他们不敢学吉姆的样，也打算逃跑，惹出这许多麻烦来，还把这全家的人吓得要死，一连吓了几天几夜。可是另外有些人说，别那么办，那是不行的；因为他不是我们的黑人，他的主人会上这儿来，准得叫我们赔出这个黑人的身价才行。这么着就把他们的劲头压下去一点了，因为那些人虽然为了一个黑人做了什么不对的事情，直想把他绞死，可是他们都只图拿他来解恨，完了可顶不愿意为他赔钱。

可是他们还是拼命骂吉姆，待一会儿又在他脑袋上打一两巴掌，可是吉姆一声不响，还装作不认识我。后来他们又把他押到原先那个小屋子里，把他自己的衣服给他穿上，又拿铁链把他锁上，这回可不是锁在床腿上，他们在墙脚那根大木头上钉了一颗大骑马钉，把铁链锁在那上面，还给他加上了脚镣手铐，他们还说从此以后，除了面包和白水，什么也不给他吃，且等他的主人来了再说，要是过些日子他的主人还不来，那就要把他拿来拍卖；他们还把我们那个洞堵起来，说是一定要派两个庄稼汉，每天夜里带着枪在这小屋子附近看守着，白天就要在门口拴上一条斗狗；他们把这桩事情安排完了，大伙儿临走还要骂一阵收场。正在这时候，那位老大夫来了，他看了一下，就说：

"你们但得不对他那么凶，就别太凶了吧，因为他这个黑人还不坏。我找到那孩子的时候，一看那颗子弹不好取，没人帮忙就取不出，看他那情况，我又走不开，不能找人来帮忙；后来他的伤势越来越厉害了，过了老半天，他就神经错乱了，再也不让我走近他身边，他说我要是在他的木排上画记号，他就要我的命，还说了许多像这样的胡话；我就知道我拿他简直没办法；于是我说，我好歹总得想法子找人来帮忙才行，我刚说出这句话来，这个黑人就不知从哪儿爬出来了，他说他愿意帮忙，并且他就真的帮忙了，而且帮得挺好。当然我猜着了他是个逃跑的黑奴，这可真叫我为难！我只好一直盯在那儿，盯了大半天，还搭上一整夜。那可真是坐蜡，我告诉你吧！我有两个发疟子的病人，我当然很想赶快回镇上来看看他们，可是我又不敢动，因为这个黑人也许会逃

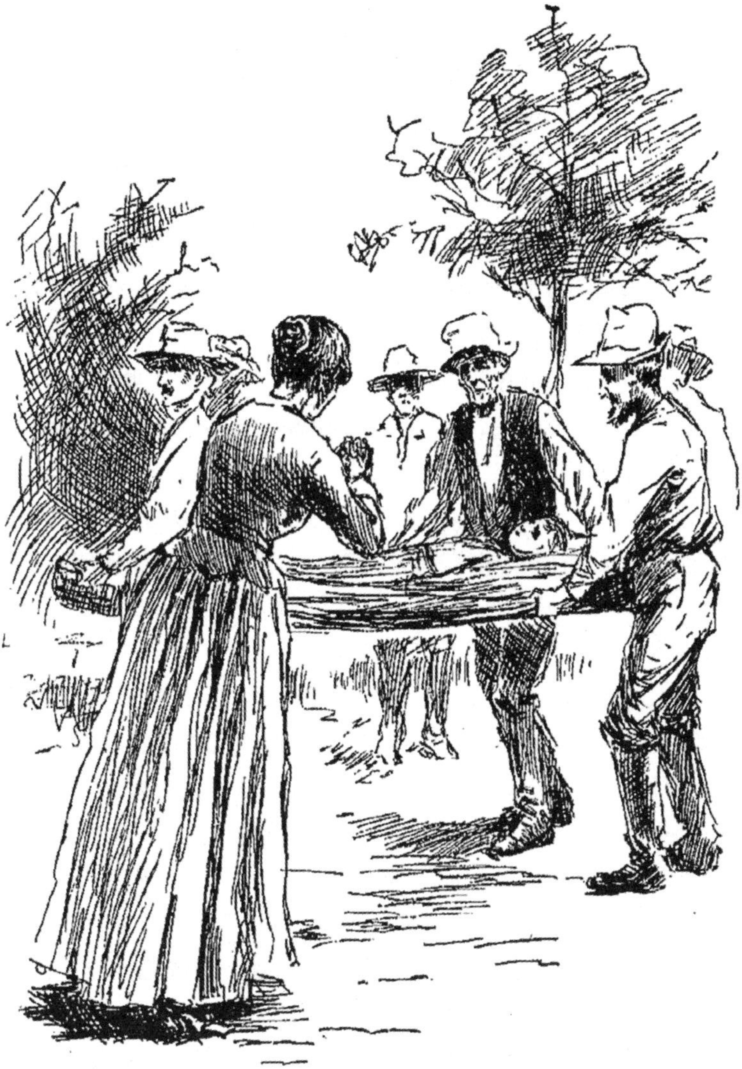

掉,人家可就不能不怪我了;可是河里的小船又没有一只走得很近,能让我叫过来。所以我就只好一声不响地在那儿守着,一直守到今天天亮;我可从来没见过这么个会伺候病人的黑人,也没有比他更忠心的;他简直是冒着让人逮住的危险来帮这个忙,并且他已经是累得要命,我看得非常清楚,近来准是有人叫他干了许多苦活来着。这使我挺喜欢这个黑人;我告诉你们吧,诸位,像这样的黑人实在是值一千块大洋——还应该好好地对待他才行。我要他做的事情,他全都做到了,那孩子也像是在家里一样,什么都挺好——也许比在家还更好呢,因为那儿清静极了。可是我得守着他们两个,实在不容易对付,我只好盯在那儿,一直盯到今天清早;后来有几个人坐着一只小船过来了,事情偏偏凑巧,这个黑人正好坐在小铺旁边,把脑袋支在膝盖上睡着了;于是我比画了几下,叫他们过来,他们就悄悄地扑到他身上,趁他还莫名其妙的时候,冷不防抓住了他,把他捆起来了;我们简直没有费什么事。那孩子也迷迷糊糊地睡着了,我们就把船上的桨裹上东西,不叫它响,再把木排拴在后面,悄悄地把它拖过河来。这黑人一点也没吵闹,从头起就一声不响。这个黑人可真不坏呀,诸位;我对他是这么个看法。"

有人说:"对,您这话说得挺有道理,叫人不能不相信。"

别的人也不那么凶了,这位老大夫给吉姆做了这桩好事,我真是对他感激不尽;他这个人我总算没看错,这也使我高兴;因为我头一回看见他,就觉得他心眼儿挺好,的确是个好人。后来他们大伙儿都承认吉姆的行为很好,应该叫人看得起,并且还要给他一点奖赏才行。所以他们个个都马上就真心真意地答应再也不骂他了。

过后他们就出来了,又把他锁在屋里。我希望他们会说吉姆的铁链子可以取下一两根,因为那些链子重得要命,我还希望他们除了面包和白水,再给他一点肉和青菜吃;可是他们根本没想到这些,我看我还是别掺进去才好,不过我想着我只等自己过了眼前这一关,就得想法子把那位大夫说的话告诉莎莉阿姨——我说过关,就是说我还得给她解释解释,为什么我给她说到汤姆和我那天黑夜里划着小船到处去找那逃跑的黑人的时候,忘了给她提起汤姆受了伤的话。

可是我还有的是工夫。莎莉阿姨整天整夜钉在病人屋里;我每回遇到赛拉斯姨爹呆头呆脑地东荡西荡，就赶紧躲开他。

第二天早上，我听说汤姆好得多了，他们说莎莉阿姨上自己屋里去睡个小觉，休息休息去了。于是我就溜到病人屋里，要是赶上汤姆醒着，我想我们俩就可以编出一套经得住盘问的假话，来哄这一家人。可是他正在睡觉，并且还睡得很安静；他脸色发白，不像来的时候那样烧得通红。于是我就坐下等他醒过来。大概过了半个钟头，莎莉阿姨就悄悄地进来了，这下子我又倒了霉，弄得挺窘！她对我摆摆手，叫我别作声，她在我身边坐下，悄悄地说起话来；她说我们现在都可以高兴了，因为病情全都挺好挺好，他像那样睡着已经睡了很久，一直显得越来越好，越来越安静，等他醒过来的时候，十之八九不会再像那样迷迷糊糊了。

于是我们就坐在那儿守着，过了一会儿，他稍微动了动，挺自然地睁开了眼睛，望了一下，说：

"嘿！——怎么的，我在家里哪！这是怎么回事？木排在哪儿？"

"还是好好的。"我说。

"吉姆呢？"

"也挺好。"我说，可是不敢说得太冒失。谁知他并没注意，又说：

"好！好极了！那么我们平安无事了！你给阿姨说了吗？"

我正想说我已经给她说过了；可是她插嘴说："说什么呀，席德？"

"咦，说这整个的事情是怎么做的呀。"

"什么整个的事情？"

"嗐，就是那整个的事情呀。反正就只这么一桩事情嘛；就是我们怎么把那逃跑的黑人放走的事儿——我和汤姆俩干的。"

"老天爷！把那逃……这孩子说的是什么话呀！哎呀，哎呀，他又在说胡话了！"

"不，我才不是说胡话呢；我说的事情，我都知道得清清楚楚。我们的确是把他放走了——我和汤姆俩。我们打好了主意要那么干，结果就真那么干了。并且还干得挺帅哪。"他把话匣子打开了，她也不挡住他的话，光是坐在那儿瞪眼望着，老让他一个劲儿往下说，我知道我插嘴也没什么用处。"嗐，阿姨，这事儿可叫我们费了老大的劲呀——

干了几个星期——每天夜里,你们都睡着了的时候,我俩就一连干好几个钟头。我们得偷蜡烛,偷被单和衬衫,还有您的衣服,还有调羹和洋铁盘子,小刀和长把儿暖盒,磨石和面粉,说不完的许多东西,您简直想不到我们做锯子和笔是多么费劲的事儿,刻那些题词和干别的事情又多么麻烦;这些事情多么好玩,您连一半都想不到。我们还得画那些棺材什么的图画,写强盗的匿名信,还得顺着避雷针梭上梭下,还得挖个洞往那小屋子里去,还得做那根绳梯,把它烙在一只大馅儿饼里,还得把调羹和别的干活用的东西放在您的围裙口袋里,让您带进去……"

"我的天哪!"

"……又把那小屋子里装满了耗子、长虫什么的,给吉姆做伴;后来您把汤姆老留在这儿,让他帽子里老扣着那块黄油,差点儿把整个事情都给弄糟了,因为我们还没走出那个小屋子,那些人就过来了,我们就只好赶快跑,他们听见了,就拼命追我们,结果我就正好挨了一枪,我们闪到路旁边,让他们走过去,后来那些狗追过来,并不理会我们,只管往声音嚷得顶大的地方撵,我们就找到了我们的小划子,划到木排那边去;我们都平安无事,吉姆也得救了;这些事全是靠我们自己做的,您说帅不帅呀,阿姨!"

"嘿,这种事我从出娘胎起还没听说过!原来是你们干的好事,惹出这许多麻烦呀,你们这两个浑小子!你们把大伙儿都弄得晕头转向,把我们都吓得要命。我真恨不得马上就收拾收拾你们。我一夜接着一夜在这儿熬,想起来真冤枉——你这小畜生,只等你好了,我就非把你们两个揍得现原形不可!"

可是汤姆呢,他得意洋洋,高兴透了,他简直憋不住,嘴里就只管说出来——她也老是插嘴,一个劲儿跟他吵,两个人抢着说,就像猫儿打架一样;她说:

"好吧,你们干这事儿总该痛快够了吧,我告诉你,你们当心吧,往后你们要是再去管他的闲事,那我就……"

"管谁的闲事呀?"汤姆说,他收了笑脸,显出吃惊的神气。

"那还用问?当然是说那个逃跑的黑人哪。你说还能是谁呢?"

汤姆绷着脸望着我,说:"汤姆,你刚才不是说他挺好吗?难道他还没跑掉吗？"

"他？"莎莉阿姨说，"那逃跑的黑人吗？他当然没跑掉。他们把他抓回来了，全须全尾的；他又给关进那小屋子里去了，只给他吃面包和白水，锁上了好几根链子，等着人家来认领，要不就把他拍卖！"

汤姆马上就在床上坐起来，眼睛里直冒火，鼻孔像鱼鳃似的，一开一闭，他对我大声嚷起来：

"他们没有权利把他关起来呀！快去！——一分钟也别耽搁。快把他放了吧！他已经不是奴隶了；他也像这世界上逍遥自在的人一样自由呀！"

"这孩子的话怎么讲？"

"我说的句句都是实话，莎莉阿姨；要是没人去，我就要去了。我老早就认识他，他这一辈子的事，我全知道，汤姆也是一样。华森老小姐两个月以前死了，她本来打算把他卖到大河下游去，临死的时候想起来觉得怪难为情，她自个儿这么说来着；她在遗嘱里恢复他的自由了。"

"那么，你既然早就知道他已经恢复了自由，到底为什么还要你来把他放走呢？"

"噢，那倒真是个问题，老实说；您问的简直是地道的女人家的话！嗐，我是要尝尝冒险的滋味呀；我宁肯流血牺牲，冒天大的危险，在齐脖子的血海里走，也得……哎呀，天哪，波莉阿姨呀！"

可不是吗，她在门里面端端正正地站着，满脸带笑，活像个天使似的，我可真想不到！

莎莉阿姨马上冲她跳过去，使劲搂着她，差点儿把她的脑袋给搂掉了，她又冲她哭了一阵。我赶快钻到床底下，找了个好地方藏起来，因为我觉得这下子我们俩可够窘的了。我偷偷地往外看，过了一会儿，汤姆的波莉阿姨摆开了她的妹妹，站在那儿从眼镜上面往汤姆这边望过来——简直把他盯得直想往地缝里钻，你知道吧。后来她就说：

"对呀，你最好还是把头扭过去吧——我要是你的话，我准会那么做，汤姆。"

"哎哟，怎么啦！"莎莉阿姨说，"难道他的样子会变得这么厉害吗？

嗐，这不是汤姆呀，他是席德；汤姆在……汤姆在……咦，汤姆上哪儿去了？刚才他还在这儿哪。"

"你是说的哈克·费恩吧——准是指的他！我想我把汤姆这小淘气鬼从小带大，带了这么多年，还不至于看见他在眼前还不认得吧。要是连他都认错了，那就成了大笑话了。快从床底下钻出来吧，哈克·费恩。"

于是我就钻出来了，可是我觉得怪不好意思。

莎莉阿姨那副莫名其妙的样子，真是少见——赛拉斯姨爹走进来的时候，听说那些事儿，更是大吃一惊。这简直把他弄得晕头晕脑，后来那老半天，他一直都是迷迷糊糊的，那天晚上他在一个祈祷会上讲道，就讲得大出风头，因为哪怕是世界上最年老的人，也会听不懂他讲的是些什么话。汤姆的波莉阿姨给他们说了我是谁，是个什么样的人；我也就不能不说一说我当初怎么会弄得那么窘，斐尔普斯太太把我当成汤姆·索亚的时候——她插嘴说："啊，还是照旧管我叫莎莉阿姨吧，我现在已经听惯了，你用不着改。"——我得说明一下，莎莉阿姨把我当成汤姆·索亚的时候，我为什么只好将错就错，冒充汤姆——那时候我实在没有别的办法，我也知道他不会在乎，因为这么个秘密会使他觉得怪好玩，他可以拿这个耍出一套冒险的把戏来，耍得心满意足。后来果然是这样，他就假装席德，什么都应付得挺好，没有叫我吃苦头。

他的波莉阿姨说老华森小姐的确在她的遗嘱里说过要恢复吉姆的自由，汤姆的话是真的；汤姆·索亚那么煞费苦心地给一个已经获得自由的黑人恢复自由，原来是这么回事！原先我无论如何也猜不透，像他这种有身份的人家教养出来的孩子，怎么会肯帮助别人给一个黑奴恢复自由；直到这时候，听到他们这些话，我才明白。

波莉阿姨说莎莉阿姨给她去信，说是汤姆和席德都来了，并且平安无事，都挺结实，她心里就想：

"你瞧，这才叫奇怪哪！我本来就该料得到，让他一个人出门，没有谁管着他是不行的。我好像是怎么也接不到你的回信似的，所以我就只好自己出来跑一趟，赶这一千一百英里水路，来看看这个小家伙这回又玩了个什么花招。"

"咦,我压根儿没接到过你的信呀。"莎莉阿姨说。

"嘿,这才怪哪!我给你写过两封信,问你怎么说是席德上这儿来了。"

"啊,我连一封也没接到呀,姐姐。"

波莉阿姨慢慢掉过头去,挺严厉地说:

"汤姆,你这家伙!"

"唉——怎么啦?"他好像是撒娇似的说。

"你还这么问我呀,你这冒失鬼——快把那些信拿出来。"

"什么信呀?"

"**那两封信**。老实告诉你,我要是把你抓住,那就要……"

"信都在箱子里。这总该行了吧。现在它们还是好好的,跟我从邮政局取回来的时候一样。我并没打开来看,连动都没动一下。可是我知道那些信会惹出麻烦来,所以我就想着您要是不着急的话,我就……"

"哼,你这家伙**真该**剥皮才行,这可不是冤枉你。我另外还给你写过一封信,说我就要来找你;我想他也……"

"不,昨天收到了;我还没有看,可是**这封**总算没问题,我收到了。"

我很想给她打两块钱的赌,敢说她没有收到,可是我觉得还是不说为好。所以我就根本没作声。

最后一章　再没有什么可写了

　　后来我好容易碰到个机会，跟汤姆私自谈话，我马上就问他，当初出奔的时候，他到底是打的什么主意？——要是出奔的计划很顺利，结果他把一个已经得到了自由的黑人恢复了自由，他又打算怎么办？他说，他脑子里从头起打的主意是这样：我们要是帮着吉姆稳稳当当地逃出去了，就要叫他坐上木排，再往大河下漂流，一直漂到大河口上，干些冒险的事儿，再把他恢复了自由的消息告诉他，然后派头十足地搭上火轮船，把他带回老家去，还给他一些钱，赔偿他耽搁的工夫，并且还要先写封信回去，叫所有的黑人都出来欢迎，让他们举行一个火炬游行，弄个乐队，大伙儿欢欢喜喜地拥着他回镇上去，那么一来，他就成了个英雄，我们俩也挺有光彩。可是我觉得像现在这样，也就很够开心的了。

　　我们很快就把吉姆的链子解开了，波莉阿姨和赛拉斯姨爹和莎莉阿姨他们听说他帮大夫照应汤姆，干得很好，他们就把他拼命夸奖了一阵，又给他换上了挺漂亮的衣服，还让他吃了许多想吃的东西，叫他痛痛快快地玩，什么事也不叫他做。我们把他领到病人屋子里，欢欢喜喜地聊了一阵；汤姆因为他替我们当了犯人，扮得挺好，就给了他四十块钱的奖赏；吉姆高兴得要命，突然哈哈大笑地说：

　　"你瞧，怎么样，哈克，我那回跟你怎么说来着？——我在杰克逊岛上跟你说什么来着？我说过我胸口上长了毛，是个什么兆头；我说从前我阔过一回，往后还要发财；现在果然灵验了；好运气终归来了！你瞧，怎么样！我可用不着你说——兆头就是兆头，你记住我的话吧；我早就知道我准会再发财，跟板上钉钉一样，那还会有错呀！"

　　后来汤姆就打开话匣子，说个没完，他说，我们三个哪天夜里从这儿溜出去，买一套出门用的东西，到印江人的地区去，搞一些挺热闹的冒险事情，痛痛快快地玩它两三个星期；我说，好吧，这倒是很中我的

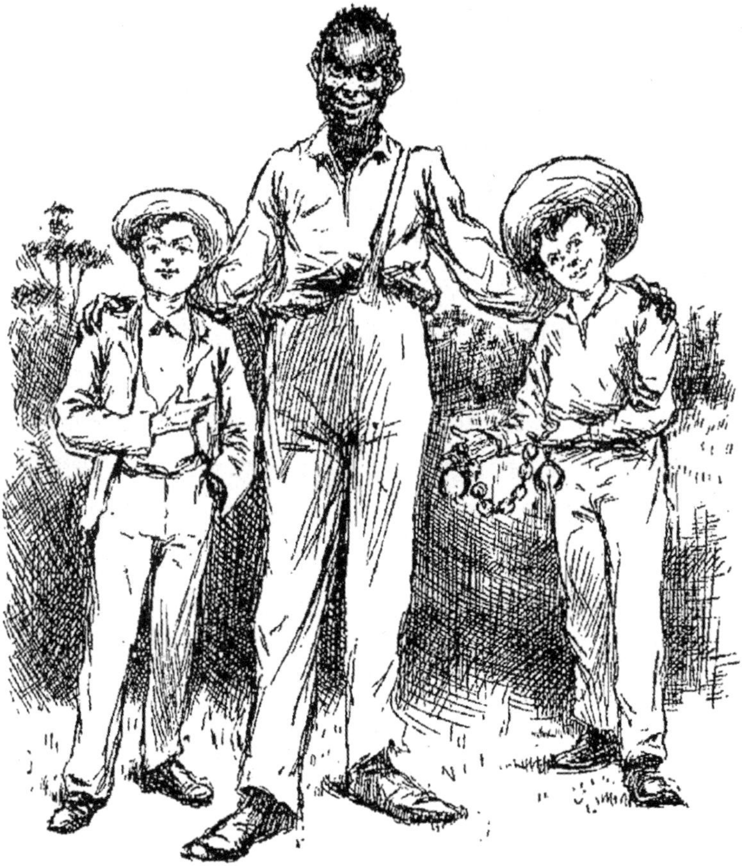

意,可是我没有钱,买不起出门用的东西,并且我猜要从家里要钱来也不行,因为爸大概早就回去了,他多半已经从萨契尔法官那儿把钱都要过去,大喝特喝地花光了。

"不,他没回去,"汤姆说,"你的钱全在那儿哪——六千块大洋,还有多的;你爸连一回也没回去过。反正我出来的时候,还没见他回去过呢。"

吉姆好像是一本正经地说:"他再也不会回去了,哈克。"

我说:"为什么,吉姆?"

"别管它为什么,哈克——反正他再也不会回去就是了。"

可是我老盯住问他,后来他才说:

"你还记得那个顺着大河往下漂的房子吗?那里面有个人,身上蒙着一块布,我上里面去把那块布揭开,不让你进去,你还记得吗?得啦,你要钱的时候就可以取得到,因为那个死人就是你爸爸。"

这时候汤姆差不多全好了,他把他那颗子弹系在表链上当作表,常常拿来看看是什么时候。现在再也没有什么事情可写了,我倒是觉得挺高兴,因为我要是早知道写一本书有这么麻烦,我根本就不会动手,往后我也不会再写了。可是我觉得我只好比他们俩先溜到印江人那边去,因为莎莉阿姨打算收我做干儿子,让我受教化,这个我可是受不了。我早就尝过这个滋味了。

"名著名译丛书"书目

（按著者生年排序）

第 一 辑

书 名	著 者	译 者
荷马史诗·伊利亚特	[古希腊]荷马	罗念生 王焕生
荷马史诗·奥德赛	[古希腊]荷马	王焕生
伊索寓言	[古希腊]伊索	王焕生
一千零一夜		纳 训
源氏物语	[日]紫式部	丰子恺
十日谈	[意大利]薄伽丘	王永年
堂吉诃德	[西班牙]塞万提斯	杨 绛
培根随笔集	[英]培根	曹明伦
罗密欧与朱丽叶	[英]莎士比亚	朱生豪
鲁滨孙飘流记	[英]笛福	徐霞村
格列佛游记	[英]斯威夫特	张 健
浮士德	[德]歌德	绿 原
少年维特的烦恼	[德]歌德	杨武能
傲慢与偏见	[英]简·奥斯丁	张 玲 张 扬
红与黑	[法]司汤达	张冠尧
格林童话全集	[德]格林兄弟	魏以新
希腊神话和传说	[德]施瓦布	楚图南

书名	作者	译者
高老头 欧也妮·葛朗台	[法]巴尔扎克	张冠尧
普希金诗选	[俄]普希金	高莽 等
巴黎圣母院	[法]雨果	陈敬容
悲惨世界	[法]雨果	李丹 方于
基度山伯爵	[法]大仲马	蒋学模
三个火枪手	[法]大仲马	李玉民
安徒生童话故事集	[丹麦]安徒生	叶君健
爱伦·坡短篇小说集	[美]爱伦·坡	陈良廷 等
汤姆叔叔的小屋	[美]斯陀夫人	王家湘
大卫·科波菲尔	[英]查尔斯·狄更斯	庄绎传
双城记	[英]查尔斯·狄更斯	石永礼 赵文娟
雾都孤儿	[英]查尔斯·狄更斯	黄雨石
简·爱	[英]夏洛蒂·勃朗特	吴钧燮
瓦尔登湖	[美]亨利·戴维·梭罗	苏福忠
呼啸山庄	[英]爱米丽·勃朗特	张玲 张扬
猎人笔记	[俄]屠格涅夫	丰子恺
包法利夫人	[法]福楼拜	李健吾
昆虫记	[法]亨利·法布尔	陈筱卿
茶花女	[法]小仲马	王振孙
安娜·卡列宁娜	[俄]列夫·托尔斯泰	周扬 谢素台
复活	[俄]列夫·托尔斯泰	汝龙
战争与和平	[俄]列夫·托尔斯泰	刘辽逸
海底两万里	[法]儒勒·凡尔纳	赵克非
八十天环游地球	[法]儒勒·凡尔纳	赵克非
马克·吐温中短篇小说选	[美]马克·吐温	叶冬心
汤姆·索亚历险记	[美]马克·吐温	张友松
爱的教育	[意大利]埃·德·阿米琪斯	王干卿
莫泊桑短篇小说选	[法]莫泊桑	张英伦
契诃夫短篇小说选	[俄]契诃夫	汝龙
泰戈尔诗选	[印度]泰戈尔	冰心 等
欧·亨利短篇小说选	[美]欧·亨利	王永年

名人传	[法]罗曼·罗兰	张冠尧 艾 珉
童年 在人间 我的大学	[苏联]高尔基	刘辽逸 等
绿山墙的安妮	[加拿大]露西·蒙哥马利	马爱农
杰克·伦敦小说选	[美]杰克·伦敦	万 紫 等
卡夫卡中短篇小说全集	[奥地利]卡夫卡	叶廷芳 等
罗生门	[日]芥川龙之介	文洁若 等
了不起的盖茨比	[美]菲茨杰拉德	姚乃强
老人与海	[美]海明威	陈良廷 等
飘	[美]米切尔	戴 侃 等
小王子	[法]圣埃克苏佩里	马振骋
钢铁是怎样炼成的	[苏联]尼·奥斯特洛夫斯基	梅 益
静静的顿河	[苏联]肖洛霍夫	金 人

第 二 辑

威尼斯商人	[英]莎士比亚	朱生豪
忏悔录	[法]卢梭	范希衡 等
罪与罚	[俄]陀思妥耶夫斯基	朱海观 王 汶
哈克贝利·费恩历险记	[美]马克·吐温	张友松
漂亮朋友	[法]莫泊桑	张冠尧
斯·茨威格中短篇小说选	[奥地利]斯·茨威格	张玉书
海浪 达洛维太太	[英]弗吉尼亚·吴尔夫	吴钧燮 谷启楠
日瓦戈医生	[苏联]帕斯捷尔纳克	张秉衡
大师和玛格丽特	[苏联]布尔加科夫	钱 诚
太阳照常升起	[美]海明威	周 莉

第 三 辑

神曲	[意大利]但丁	田德望
吉尔·布拉斯	[法]勒萨日	杨 绛
都兰趣话	[法]巴尔扎克	施康强

叶甫盖尼·奥涅金	[俄]普希金	智 量
笑面人	[法]雨果	郑永慧
红字 七个尖角顶的宅第	[美]纳撒尼尔·霍桑	胡允桓
死魂灵	[俄]果戈理	满 涛 许庆道
南方与北方	[英]盖斯凯尔夫人	主 万
莱蒙托夫诗选 当代英雄	[俄]莱蒙托夫	余 振 等
前夜 父与子	[俄]屠格涅夫	丽 尼 巴 金
白鲸	[美]赫尔曼·梅尔维尔	成 时
米德尔马契	[英]乔治·爱略特	项星耀
小妇人	[美]路易莎·梅·奥尔科特	贾辉丰
娜娜	[法]左拉	郑永慧
一位女士的画像	[美]亨利·詹姆斯	项星耀
十字军骑士	[波兰]亨利克·显克维奇	林洪亮
樱桃园	[俄]契诃夫	汝 龙
约翰-克利斯朵夫	[法]罗曼·罗兰	傅 雷
我是猫	[日]夏目漱石	阎小妹
嘉莉妹妹	[美]德莱塞	潘庆舲
月亮与六便士	[英]威廉·萨默塞特·毛姆	谷启楠
人性的枷锁	[英]威廉·萨默塞特·毛姆	叶 尊
人类群星闪耀时	[奥地利]斯·茨威格	张玉书
尤利西斯	[爱尔兰]詹姆斯·乔伊斯	金 隄
好兵帅克历险记	[捷克]雅·哈谢克	星 灿
城堡	[奥地利]卡夫卡	高年生
喧哗与骚动	[美]威廉·福克纳	李文俊
老妇还乡	[瑞士]迪伦马特	叶廷芳 韩瑞祥
金阁寺	[日]三岛由纪夫	陈德文
万延元年的 Football	[日]大江健三郎	邱雅芬